Harry Potter

# ハリー・ポッターと死の秘宝

上

J.K.ローリング
松岡佑子＝訳

Harry Potter and the Deathly Hallows

静山社

# ハリー・ポッターと死の秘宝　上

J・K・ローリング
松岡佑子＝訳

*Harry Potter And The Deathly Hallows*

静山社

ハリー・ポッターと死の秘宝 上 ✶ 目次

# 主な登場人物

✴ハリー・ポッター
主人公。十七歳。緑の目に黒い髪、額には稲妻形の傷。幼くして両親を亡くし、マグル（人間）界で育った魔法使い

✴ロン・ウィーズリー
ハリーの親友。背の高い赤毛の少年。大家族の末息子

✴ハーマイオニー・グレンジャー
ハリーの親友。マグル生まれの優等生

✴ドラコ・マルフォイ
ハリーのライバル。父親は死喰い人のルシウス。母親はシリウス・ブラックのいとこでベラトリックス・レストレンジの妹でもあるナルシッサ

✴アルバス・ダンブルドア
ホグワーツ魔法魔術学校の前校長。偉大な魔法使い。不死鳥の騎士団を率い、闇の魔法使いと戦った

✴マンダンガス・フレッチャー（ダング）
不死鳥の騎士団のメンバーながら、飲んだくれの小悪党

✶リータ・スキーター

記者。スキャンダルを取り上げるのが得意

✶ドローレス・アンブリッジ

魔法省の職員。魔法大臣付上級次官

✶グリップフック

魔法界の銀行グリンゴッツに勤める小鬼

✶クリーチャー

ハリーがシリウスから引き継いだ屋敷しもべ妖精

✶フィニアス・ナイジェラス・ブラック

シリウスの祖父の祖父。故人で、ホグワーツの校長室と、
自身の肖像画の間を移動できる

✶ゲラート・グリンデルバルド

ヴォルデモートより前の時代に恐れられた闇の魔法使い。
一九四五年にダンブルドアとの決闘に敗れ、囚われた

✶ヴォルデモート（例のあの人）

最強の闇の魔法使い。多くの魔法使いや魔女を殺した

*The*
*dedication*
*of this book*
*is split*
*seven ways:*
*to Neil,*
*to Jessica,*
*to David,*
*to Kenzie,*
*to Di,*
*to Anne,*
*and to you,*
*if you have*
*stuck*
*with Harry*
*until the*
*very*
*end.*

この
物語を
七つに
分けて
捧(ささ)げます。
ニールに
ジェシカに
デイビッドに
ケンジーに
ダイに
アンに
そしてあなたに。
もしあなたが
最後まで
ハリーに
ついてきて
くださったの
ならば。

おお、この家を苦しめる業(ごう)の深さ、
そして、調子はずれに、破滅がふりおろす
血ぬれた刃、
おお、呻きをあげても、堪えきれない心の煩(わずら)い、
おお、とどめようもなく続く責苦(せめく)。

この家の、この傷を切り開き、膿(うみ)をだす
治療の手だては、家のそとにはみつからず、
ただ、一族のものたち自身が、血を血で洗う
狂乱の争いの果てに見出すよりほかはない。
この歌は、地の底の神々のみが、嘉(よみ)したまう。

いざ、地下にまします祝福された霊たちよ、
ただいまの祈願を聞こし召されて、助けの力を遣わしたまえ、
お子たちの勝利のために。お志を嘉したまいて。

アイスキュロス「供養するものたち」より
（久保正彰訳『ギリシア悲劇全集I』岩波書店）

死とはこの世を渡り逝くことに過ぎない。友が海を渡り行くように。
友はなお、お互いの中に生きている。
なぜなら友は常に、偏在する者の中に生き、愛しているからだ。
この聖なる鏡の中に、友はお互いの顔を見る。
そして、自由かつ純粋に言葉を交わす。
これこそが友であることの安らぎだ。たとえ友は死んだと言われようとも、
友情と交わりは不滅であるがゆえに、最高の意味で常に存在している。

ウィリアム・ペン「孤独の果実」より
（松岡佑子訳）

Original Title: HARRY POTTER AND THE DEATHLY HALLOWS

First published in Great Britain in 2007
by Bloomsbury Publishing Plc, 50 Bedford Square, London WC1B 3DP



Japanese edition first published in 2008


This book is published in Japan by arrangement with
the author through The Blair Partnership

# 第一章　闇の帝王動く

月明かりに照らされた狭い道に、どこからともなく二人の男が現れた。男たちの間はほんの数歩と離れていない。一瞬、互いの胸元に杖を向けたまま身じろぎもしなかったが、やがて相手がわかると、二人とも杖をマントにしまい、足早に同じ方向に歩きだした。

「情報は？」背の高い男が聞いた。

「上々だ」セブルス・スネイプが答えた。

小道の左側にはイバラの灌木がぼうぼうと伸び、右側にはきっちり刈りそろえられた高い生け垣が続いている。長いマントをくるぶしのあたりではためかせながら、男たちは先を急いだ。

「遅れてしまったかもしれん」

ヤックスリーが言った。覆いかぶさる木々の枝が月明かりをさえぎり、そのすきまからヤックスリーの厳つい顔が見え隠れしていた。

「思っていたより少々面倒だった。しかし、これであの方もお喜びになることだろう。君のほうは、受け入れていただけるという確信がありそうだが？」

スネイプはうなずいただけで何も言わなかった。右に曲がると、小道は広い馬車道に変わった。行く手には壮大な錬鉄の門が立ちふさがっている。高い生け垣も同じく右に折れ、道に沿って門の奥まで続いている。二人とも足を止めず、無言のまま左腕を伸ばして敬礼の姿勢を取り、黒い鉄が煙であるかのように、そのまま門を通り抜けた。

イチイの生け垣が、足音を吸い込んだ。右のほうでザワザワという音がした。ヤックスリーが再び杖を抜き、スネイプの頭越しにねらいを定めたが、音の正体は単なる白孔雀で、生け垣の上を気位高く歩いていた。

「ルシウスのやつ、相変わらず贅沢な趣味だな。**孔雀とはね……**」

ヤックスリーはフンと鼻を鳴らしながら、杖をマントに収めた。

まっすぐに延びた馬車道の奥の暗闇に、瀟洒な館が姿を現した。一階のひし形格子の窓に明かりがきらめいている。生け垣の裏の暗い庭のどこかで、噴水が音を立てている。玄関へと足を速めたスネイプとヤックスリーの足元で、砂利がきしんだ。二人が近づくと、人影もないのに玄関のドアが突然内側に開いた。

明かりをしぼった広い玄関ホールは贅沢に飾り立てられ、豪華なカーペットが石の床をほぼ全面にわたって覆っている。壁にかかる青白い顔の肖像画たちが、大股に通り過ぎる二人の男を目で追った。ホールに続く部屋の、がっしりした木の扉の前で二人とも立ち止まり、一瞬ためらったが、スネイプがすぐにブロンズの取っ手を回した。

客間の装飾を凝らした長テーブルは、だまりこくった人々で埋められていた。客間に日常置かれている家具は、無造作に壁際に押しやられている。見事な大理石のマントルピースの上には金箔押しの鏡がかかり、その下で燃え盛る暖炉の火だけが部屋を照らしている。スネイプとヤックスリーは、しばらく部屋の入口にたたずんでいた。薄暗さに目が慣れてきた二人は、その場でも最も異様な光景に引きつけられ、視線を上に向けた。テーブルの上に逆さになって浮かんでいる人間がいる。どうやら気を失っているらしい。見えないロープで吊り下げられているかのように、ゆっくりと回転する姿が、暖炉上の鏡と、クロスのかかっていない磨かれたテーブルとに映っている。テーブルの周囲では、誰一人としてこの異様な光景を見てはいない。ただ、真下に座っている青白い顔の青年だけは、ほとんど一分おきに、ちらちらと上を見ずにはいられない様子だ。

「ヤックスリー、スネイプ」

テーブルの一番奥から、かん高い、はっきりした声が言った。

「遅い。遅刻すれすれだ」

声の主は暖炉を背にして座っていた。そのため、いま到着したばかりの二人には、はじめその黒い輪郭しか見えなかった。しかし、影に近づくにつれて、薄明かりの中にその顔が浮かび上がってきた。髪はなく、蛇のような顔に鼻孔が切り込まれ、赤い両眼の瞳は、細い縦線のようだ。ろうのような顔は、青白い光を発しているように見える。

「セブルス、ここへ」

ヴォルデモートが自分の右手の席を示した。

「ヤックスリー、ドロホフの隣へ」

二人は示された席に着いた。ほとんどの目がスネイプを追い、ヴォルデモートが最初に声をかけたのもスネイプだった。

「それで？」

「わが君、不死鳥の騎士団は、ハリー・ポッターを現在の安全な居所から、来る土曜日の日暮れに移動させるつもりです」

テーブルの周辺がにわかに色めき立った。緊張する者、そわそわする者、全員がスネイプとヴォルデモートを見つめていた。

「土曜日……日暮れ」

ヴォルデモートがくり返した。赤い目がスネイプの暗い目を見すえた。その視線のあまりの烈しさに、そばで見ていた何人かが目をそむけた。凶暴な視線が自分の目を焼き尽くすのを恐れているかのようだった。しかしスネイプは、静かにヴォルデモートの顔を見つめ返した。ややあって、ヴォルデモートの唇のない口が動き、笑うような形になった。

「そうか。よかろう。情報源は――」

「打ち合わせどおりの出所から」スネイプが答えた。

「わが君」

ヤックスリーが長いテーブルのむこうから身を乗り出して、ヴォルデモートとスネイプを見た。全員の顔がヤックスリーに向いた。

「わが君、わたしの得た情報はちがっております」

ヤックスリーは反応を待ったが、ヴォルデモートがだまったままなので、言葉を続けた。

「闇祓いのドーリッシュがもらしたところでは、ポッターは十七歳になる前の晩、すなわち三十日の夜中までは動かないとのことです」

スネイプがニヤリと笑った。

「我輩の情報源によれば、偽の手がかりを残す計画があるとのことだ。きっとそれだろう。ドーリッシュは『錯乱の呪文』をかけられたにちがいない。これが初めてのことではない。あやつは、かかりやすいことがわかっている」

「おそれながら、わが君、わたしが請け合います。ドーリッシュは確信があるようでした」

ヤックスリーが言った。

「『錯乱の呪文』にかかっていれば、確信があるのは当然だ」スネイプが言った。「ヤックスリー、我輩が**君に**請け合おう。闇祓い局は、もはやハリー・ポッターの保護にはなんの役割もはたしておらん。騎士団は、我々が魔法省に潜入していると考えている」

「騎士団も、一つぐらいは当たっているじゃないか、え？」

ヤックスリーの近くに座っているずんぐりした男が、せせら笑った。引きつったようなその笑い声を受けて、テーブルのあちこちに笑いが起こった。

ヴォルデモートは笑わなかった。上でゆっくりと回転している宙吊りの姿に視線を漂わせたまま、考え込んでいるようだった。

「わが君」ヤックスリーがさらに続けた。「ドーリッシュは、例の小僧の移動に、闇祓い局から相当な人数が差し向けられるだろうと考えておりますし――」

ヴォルデモートは、指の長いろうのような手を挙げて制した。ヤックスリーはたちまち口をつぐみ、ヴォルデモートが再びスネイプに向きなおるのを恨めしげに見た。

「あの小僧を、今度はどこに隠すのだ？」

「騎士団の誰かの家です」スネイプが答えた。「情報によれば、その家には、騎士団と魔法省の両方が、できうるかぎりの防衛策を施したとのこと。いったんそこに入れば、もはやポッターを奪う可能性はまずないと思われます。もちろん、わが君、魔法省が土曜日を待たずして陥落すれば話は別です。さすれば我々は、施された魔法のかなりの部分を見つけ出して破り、残りの防衛線を突破する機会も充分にあるでしょう」

「さて、ヤックスリー？」

ヴォルデモートがテーブルの奥から声をかけた。赤い目に暖炉の灯りが不気味に反射している。

「**はたして**、魔法省は土曜日を待たずして陥落しているか？」

再び全員の目がヤックスリーに注がれた。ヤックスリーは肩をそびやかした。

「わが君、そのことですが、よい報せがあります。わたしは――だいぶ苦労しましたし、並たいていの努力ではなかったのですが――パイアス・シックネスに『服従の呪文』をかけることに成功しました」

ヤックスリーの周りでは、これには感心したような顔をする者が多かった。隣に座っていた、長いひん曲がった顔のドロホフが、ヤックスリーの背中をパンとたたいた。

「手ぬるい」ヴォルデモートが言った。「シックネスは一人にすぎぬ。俺様が行動に移る前に、わが手勢でスクリムジョールを包囲するのだ。大臣の暗殺に一度失敗すれば、俺様は大幅な後退を余儀なくされよう」

「御意――わが君、仰せのとおりです――しかし、わが君、魔法法執行部の部長として、シックネスは魔法大臣ばかりでなく、他の部長全員とも定期的に接触しています。このような政府高官を我らが支配の下に置いたからには、他の者たちを服従せしめるのはたやすいことだと思われます。そうなれば、連中が束になってスクリムジョールを引き倒すでしょう」

「我らが友シックネスが、ほかのやつらを屈服させる前に見破られてしまわなければ、だが——」ヴォルデモートが言った。「いずれにせよ、土曜日までに魔法省がわが手に落ちるとは考えにくい。小僧が目的地に着いてからでは手出しができないとなれば、移動中に始末せねばなるまい」

「わが君、その点につきましては我々が有利です」

ヤックスリーは、少しでも認めてもらおうと躍起になっていた。

「魔法運輸部に何人か手勢を送り込んでおります。ポッターが『姿あらわし』したり、『煙突飛行ネットワーク』を使ったりすれば、すぐさまわかりましょう」

「ポッターはそのどちらも使いませんな」スネイプが言った。「騎士団は、魔法省の管理・規制下にある輸送手段すべてをさけています。魔法省がらみのものは、いっさい信用しておりません」

「かえって好都合だ」ヴォルデモートが言った。「やつはおおっぴらに移動せねばならん。ずっとたやすいわ」

ヴォルデモートは再びゆっくりと回転する姿を見上げながら、言葉を続けた。

「あの小僧は俺様が直々に始末する。ハリー・ポッターに関しては、これまであまりにも失態が多かった。俺様自身の手抜かりもある。ポッターが生きているのは、あやつの勝利というより俺様の思わぬ誤算によるものだ」

テーブルを囲む全員が、ヴォルデモートを不安な表情で見つめていた。どの顔も、自分がハリー・ポッター生存の責めを負わされるのではないかと恐れていた。しかし、ヴォルデモートは、誰に向かって話しているわけでもなかった。頭上に浮かぶ意識のない姿に目を向けたまま、むしろ自分自身に話していた。

「俺様はあなどっていた。その結果、綿密な計画には起こりえぬことだが、幸運と偶然というつまらぬやつにはばまれてしまったのだ。しかし、いまはちがう。以前には理解していなかったことが、いまはわかる。ポッターの息の根を止めるのは、俺様でなければならぬ。そうしてやる」

その言葉に呼応するかのように、突然、苦痛に満ちた恐ろしいうめき声が、長々と聞こえてきた。テーブルを囲む者の多くが、ぎくりとして下を見た。うめき声が足元から上がってくるかのようだったからだ。

「ワームテールよ」

ヴォルデモートは、思いにふける静かな調子をまったく変えず、宙に浮かぶ姿から目を離すこともなく呼びかけた。

「囚人をおとなしくさせておけと言わなかったか？」

「はい、わ——わが君」

テーブルの中ほどで、小さな男が息をのんだ。あまりに小さくなって座っていたので、一見、その席には誰も座っていないかのようだった。ワームテールはあわてて立ち上がり、大急ぎで部屋を出ていった。あとには得体のしれない銀色の残像が残っただけだった。

「話の続きだが——」

ヴォルデモートは、再び部下の面々の緊張した顔に目を向けた。

「俺様は、以前よりよくわかっている。たとえば、ポッターを亡き者にするには、おまえたちの誰かから、杖を借りる必要がある」

全員が衝撃を受けた表情になった。腕を一本差し出せと宣言されたかのようだった。

「進んで差し出す者は？」ヴォルデモートが聞いた。

「さてと……ルシウス、おまえはもう杖を持っている必要がなかろう」

ルシウス・マルフォイが顔を上げた。暖炉の灯りに照らし出された顔は、皮膚が黄ばんでろうのように血の気がなく、両眼は落ちくぼんでくまができていた。

「わが君？」聞き返す声がしわがれていた。

「ルシウス、おまえの杖だ。俺様はおまえの杖をご所望なのだ」

「私は……」

マルフォイは横目で妻を見た。夫と同じく青白い顔をした妻は、長いブロンドの髪を背中に流し、まっすぐ前を見つめたままだったが、テーブルの下では一瞬、ほっそりした指で夫の手首を包んだ。妻の手を感じたマルフォイは、ローブに手を入れて杖を引き出し、杖は次々と手送りでヴォルデモートに渡された。ヴォルデモートはそれを目の前にかざし、赤い目が丹念に杖を調べた。

「物はなんだ？」

「楡です、わが君」マルフォイがつぶやくように言った。

「芯は？」

「ドラゴン――ドラゴンの心臓の琴線です」

「うむ」ヴォルデモートは自分の杖を取り出して長さを比べた。

ルシウス・マルフォイが一瞬、反射的に体を動かした。かわりにヴォルデモートの杖を受け取ろうとしたような動きだった。ヴォルデモートは見逃さなかった。その目が意地悪く光った。

「ルシウス、俺様の杖をおまえに？　**俺様の**杖を？」

周囲からあざ笑う声が上がった。

「ルシウス、おまえには自由を与えたではないか。それで充分ではないのか？　どうやらこのところ、おまえも家族もご機嫌うるわしくないように見受けるが……ルシウス、俺様がこの館にいることがお気に召さぬのか？」

「とんでもない――わが君、そんなことはけっして！」

「ルシウス、この**うそつきめ**が……」

残忍な唇の動きが止まったあとにも、シューッという密やかな音が続いているようだった。そのシューッという音はしだいに大きくなり、一人、二人とこらえきれずに身震いした。テーブルの下を、何か重たいものがすべっていく音が聞こえてきた。

巨大な蛇が、ゆっくりとヴォルデモートの椅子に這い上がった。大蛇は、どこまでも伸び続けるのではないかと思われるほど高々と伸び上がり、ヴォルデモートの首の周りにゆったりと胴体を預けた。大の男の太ももほどもある鎌首。瞬きもしない両目。縦に切り込まれた瞳孔。ヴォルデモートは、ルシウス・マルフォイを見すえたまま、細長い指で無意識に蛇をなでていた。

「マルフォイ一家はなぜ不幸な顔をしているのだ？　俺様が復帰して勢力を強めることこそ、長年の望みだったと公言していたのではないか？」

「わが君、もちろんでございます」

ルシウス・マルフォイが言った。上唇の汗をぬぐうマルフォイの手が震えていた。

「私どもはそれを望んでおりました――いまも望んでおります」

マルフォイの左隣では、ヴォルデモートと蛇から目をそむけたまま、妻が不自然に硬いうなずき方をした。右隣では、宙吊りの人間を見つめ続けていた息子のドラコが、ちらりとヴォルデモートを見たが、直接に目が合うことを恐れてすぐに視線をそらした。

「わが君」

テーブルの中ほどにいた黒髪の女が、感激に声を詰まらせて言った。

「あなた様がわが親族の家におとどまりくださることは、この上ない名誉でございます。これにまさる喜びがありましょうか」

厚ぼったいまぶたに黒髪の女は、隣に座っている妹とは似ても似つかない容貌の上、立ち居振舞いもまったくちがっていた。体をこわばらせ、無表情で座る妹のナルシッサに比べて、姉のベラトリックスは、おそばに侍りたい渇望を言葉では表しきれないとでも言うように、ヴォルデモートのほうに身を乗り出していた。

「これにまさる喜びはない」

ヴォルデモートは言葉をくり返し、ベラトリックスを吟味するようにわずかに頭をかしげた。

「おまえの口からそういう言葉を聞こうとは。ベラトリックス、殊勝なことだ」

ベラトリックスはパッとほおを赤らめ、喜びに目をうるませた。

「わが君は、私が心からそう申し上げているのをご存じでいらっしゃいます！」

「これにまさる喜びはない……今週、おまえの親族に喜ばしい出来事があったと聞くが、それに比べてもか？」

ベラトリックスは、ポカンと口を開け、困惑した目でヴォルデモートを見た。

「わが君、なんのことやら私にはわかりません」

「ベラトリックス、おまえの姪のことだ。ルシウス、ナルシッサ、おまえたちの姪でもある。先ごろその姪は、狼男のリーマス・ルーピンと結婚したな。さぞ鼻が高かろう」

一座から嘲笑が湧き起こった。身を乗り出して、さもおもしろそうに顔を見合わせる者も大勢いたし、テーブルを拳でたたいて笑う者もいた。騒ぎが気に入らない大蛇は、カッと口を開けて、シューッと怒りの音を出した。しかし、ベラトリックスやマルフォイ一族がはずかしめを受けたことに狂喜している死喰い人たちの耳には入らない。いましがた喜びに上気したばかりのベラトリックスの顔は、ところどころ赤い斑点の浮き出た醜い顔に変わった。

「わが君、あんなやつは姪ではありません」

大喜びで騒ぐ周囲の声に負けじと、ベラトリックスが叫んだ。

「私たちは――ナルシッサも私も――穢れた血と結婚した妹など、それ以来一顧だにしておりません。そんな妹のガキも、そいつが結婚する獣も、私たちとはなんの関係もありません」

「ドラコ、おまえはどうだ？」

ヴォルデモートの声は静かだったが、ヤジや嘲笑の声を突き抜けてはっきりと響いた。

「狼の子が産まれたら、子守をするのか？」

浮かれ騒ぎが一段と高まった。ドラコ・マルフォイは恐怖に目を見開いて父親を見た。しかし、ルシウスは自分のひざをじっと見つめたままだったので、今度は母親の視線をとらえた。ナルシッサはほとんど気づかれないくらいに首を振ったきり、むかい側の壁を無表情に見つめる姿勢に戻った。

「もうよい」気の立っている蛇をなでながら、ヴォルデモートが言った。「もうよい」

笑い声は、ぴたりとやんだ。

「旧い家柄の血筋も、時間とともにいくぶんくさってくるものが多い」

ベラトリックスは息を殺し、取りすがるようにヴォルデモートを見つめながら聞いていた。

「おまえたちの場合も、健全さを保つには枝落としが必要ではないか？　残り全員の健全さをそこなう恐れのある、くさった部分を切り落とせ」

「わが君、わかりました」ベラトリックスは再び感謝に目をうるませて、ささやくように言った。

「できるだけ早く！」

「そうするがよい」ヴォルデモートが言った。「おまえの家系においても、世界全体でも……純血のみの世になるまで、我々をむしばむ病根を切り取るのだ……」

ヴォルデモートはルシウス・マルフォイの杖を上げ、テーブルの上でゆっくり回転する宙吊りの姿をぴたりとねらって小さく振った。息を吹き返した魔女はうめき声を上げ、見えない束縛から逃れようともがいた。

「セブルス、客人が誰だかわかるか？」ヴォルデモートが聞いた。

スネイプは上下逆さまになった顔のほうに目を上げた。居並ぶ死喰い人も、興味を示す許可が出たかのように囚われ人を見上げた。宙吊りの顔が暖炉の灯りに向いたとき、魔女がおびえきったしわがれ声を出した。

「セブルス！　助けて！」

「なるほど」

囚われの魔女の顔が再びゆっくりとむこう向きになったとき、スネイプが言った。

「おまえはどうだ？　ドラコ？」

杖を持っていない手で蛇の鼻面をなでながら、ヴォルデモートが聞いた。ドラコはけいれんしたように首を横に振った。魔女が目を覚ましたいまは、ドラコはもうその姿を見ることさえできないようだった。

「いや、おまえがこの女の授業を取るはずはなかったな」ヴォルデモートが言った。「知らぬ者にご紹介申し上げよう。今夜ここにおいでいただいたのは、最近までホグワーツ魔法魔術学校で教鞭を執られていたチャリティ・バーベッジ先生だ」

周囲からは、合点がいったような声がわずかに上がった。怒り肩で猫背の魔女が、とがった歯を見せてかん高い笑い声を上げた。

「そうだ……バーベッジ教授は魔法使いの子弟にマグルのことを教えておいでだった……やつらが我々魔法族とそれほどちがわないとか……」

死喰い人の一人が床につばを吐いた。チャリティ・バーベッジの顔が回転して、またスネイプと向き合った。

「セブルス……お願い……お願い……」

「だまれ」

ヴォルデモートが再びマルフォイの杖をヒョイと振ると、チャリティは猿ぐつわをかまされたように静かになった。

「魔法族の子弟の精神を汚辱するだけではあき足らず、バーベッジ教授は先週、『日刊予言者新聞』に穢れた血を擁護する熱烈な一文をお書きになった。我々の知識や魔法を盗むやつらを受け入れなければならぬ、とのたもうた。純血が徐々に減ってきているのは、バーベッジ教授によれば最も望ましい状況であるとのことだ……我々全員をマグルと交わらせるおつもりよ……もしくは、もちろん、狼人間とだな……」

今度は誰も笑わなかった。ヴォルデモートの声には、紛れもなく怒りと軽蔑がこもっていた。

チャリティ・バーベッジがまた回転し、スネイプと三度目の向き合いになった。涙がこぼれ、髪の毛に滴り落ちていく。ゆっくり回りながら離れていくその目を、スネイプは無表情に見つめ返した。

「アバダ　ケダブラ」

緑色の閃光が、部屋の隅々まで照らし出した。チャリティの体は、真下のテーブルに落下した。ドサッという音が響き渡り、テーブルは揺れ、きしんだ。死喰い人の何人かは椅子ごと飛びのき、ドラコは椅子から床に転げ落ちた。

「ナギニ、夕食だ」

ヴォルデモートのやさしい声を合図に、大蛇はゆらりと鎌首をもたげ、ヴォルデモートの肩から磨き上げられたテーブルへとすべり下りた。

# 第二章　追悼

ハリーは血を流していた。けがした右手を左手で押さえ、小声で悪態をつきながら二階の寝室のドアを肩で押し開けた。ガチャンと陶器の割れる音がして、ハリーは、ドアの外に置かれていた冷めた紅茶のカップを踏んづけていた。

「いったいなんだ――？」

ハリーはあたりを見回した。プリベット通り四番地の家。二階の階段の踊り場には誰もいない。紅茶のカップは、ダドリーの仕掛けた罠だったのかもしれない。ダドリーは、賢い「まぬけ落とし」と考えたのだろう。血の出ている右手を上げてかばいながら、ハリーは左手で陶器のかけらをかき集め、ドアの内側に少しだけ見えているごみ箱へ投げ入れた。ごみ箱はすでに、かなりぎゅうぎゅう詰めになっている。それから腹立ち紛れに足を踏み鳴らしながらバスルームまで行き、指を蛇口の下に突き出して洗った。

あと四日間も魔法が使えないなんて、ばかげている。なんの意味もないし、どうしようもないほどいらだたしい……しかし考えてみれば、この指のギザギザした切り傷は、ハリーの魔法ではどうにもならなかった。傷の治し方など習ったことはない。そういえば――特にこれからやろうとしている計画を考えると――これは、ハリーが受けてきた魔法教育の重大な欠陥のようだ。どうやって治すのか、ハーマイオニーに聞かなければと自分に言い聞かせながら、ハリーはトイレットペーパーを分厚く巻き取って、こぼれた紅茶をできるだけきれいにふき取り、部屋に戻ってドアをバタンと閉めた。

ハリーは、六年前に荷造りして以来初めて、学校用のトランクを完全にからにするという作業を、午前中いっぱい続けていた。これまでは、学期が始まる前にトランクの上から四分の三ほどを出し入れしたり入れ替えたりしただけで、底のがらくたの層はそのままにしておいた――古い羽根ペン、ひからびたコガネムシの目玉、片方しかない小さくなったソックスなどが残っていた。そのごたごたした万年床に、ほんの数分前、右手を突っ込み、薬指に鋭い痛みを感じて引っ込めると、ひどく出血していたのだ。

ハリーは、今度はもっと慎重に取り組もうと、もう一度トランクの脇にひざをついて、底のほうに探りを入れた。「**セドリック・ディゴリーを応援しよう**」と「**汚いぞ、ポッター**」の文字が交互に光る古いバッジが弱々しく光りながら出てきたあとに、割れてぼろぼろになった「かくれん防止器」、そして「R・A・B」の署名のあるメモが隠されていた金のロケットが出てきた。それからやっと、切り傷の犯人である刃物が見つかった。正体はすぐにわかった。名付け親のシリウスが死ぬ前にくれた魔法の鏡の、長さ六センチほどのかけらだった。それを脇に置き、ほかにかけらは残っていないかと注意深く手探りしたが、粉々になったガラスが一番底のがらくたにくっついてキラキラしているだけで、シリウスの最後の贈り物は、ほかに何も残っていなかった。

ハリーは座りなおし、指を切ったギザギザのかけらをよく調べたが、自分の明るい緑の目が見つめ返すばかりだった。ハリーは、読まずにベッドの上に置いてあるその日の「日刊予言者新聞」の上に、そのかけらを置いた。割れた鏡が、つらい思い出を一時によみがえらせた。後悔が胸を刺し、会いたい思いがつのった。ハリーはトランクに残ったがらくたをやっつけることで胸の痛みをせき止めようとした。

むだなものを捨て、残りを今後必要なものと不要なものとに分けて積み上げ、トランクを完全にからにするのにまた一時間かかった。学校の制服、クィディッチのユニフォーム、大鍋、羊皮紙、羽根ペン、それに教科書の大部分は置いていくことにして、部屋の隅に積み上げた。ふと、おじさんとおばさんはどう処理するのだろう、と思った。恐ろしい犯罪の証拠でもあるように、たぶん真夜中に焼いてしまうだろう。マグルの洋服、透明マント、魔法薬調合キット、本を数冊、それにハグリッドに昔もらったアルバムや、手紙の束と杖は、古いリュックサックに詰めた。リュックの前ポケットには、忍びの地図と「R・A・B」の署名入りメモが入ったロケットをしまった。ロケットを名誉ある特別席に入れたのは、それ自体に価値があるからではなく——普通に考えればまったく価値のないものだ——払った犠牲が大きかったからだ。

残るは新聞の山の整理だ。ペットの白ふくろう、ヘドウィグの脇の机に積み上げられている。プリベット通りで過ごしたこの夏休みの日数分だけある。

ハリーは床から立ち上がり、伸びをして机に向かった。ヘドウィグは、ハリーが新聞をぱらぱらめくっては一日分ずつごみの山に放り投げる間、ぴくりとも動かなかった。眠っているのか眠ったふりをしているのか、最近はめったに鳥かごから出してもらえないので、ハリーに腹を立てているのだ。

新聞の山が残り少なくなると、ハリーはめくる速度を落とした。探している記事は、確か夏休みでプリベット通りに戻ってまもなくの日付の新聞にのっていたはずだ。一面に、ホグワーツ校のマグル学教授であるチャリティ・バーベッジが辞職したという記事が小さくのっていた記憶がある。やっとその新聞が見つかった。ハリーは十面をめくりながら椅子に腰を落ち着かせて、探していた記事をもう一度読みなおした。

# アルバス・ダンブルドアを悼む

エルファイアス・ドージ

私がアルバス・ダンブルドアと出会ったのは、十一歳のとき、ホグワーツでの最初の日だった。互いにのけ者だと感じていたことが、二人をひきつけたにちがいない。私は登校直前に龍痘にかかり、他人に感染する恐れはもうなかったもののあばたが残っていたし、顔色も緑色がかっていたため、積極的に近づこうとする者はほとんどいなかった。一方、アルバスは、かんばしくない評判を背負ってのホグワーツ入学だった。父親のパーシバルが三人のマグルの若者を襲った件で有罪になり、その残忍な事件がさんざん報道されてから、まだ一年とたっていなかったのだ。

アルバスは、父親（その後アズカバンで亡くなった）がそのような罪を犯したことを、否定しようとはしなかった。むしろ、私が思いきって聞いたときは、父親は確かに有罪であると認めた。この悲しむべき出来事については、どれだけ多くの者が聞き出そうとしても、ダンブルドアはそれ以上話そうとはしなかった。実は、一部の者が彼の父親の行為を称賛する傾向にあり、その者たちはダンブルドアもまた、マグル嫌いなのだと思い込んでいた。見当ちがいもはなはだしい。アルバスを知る者なら誰もが、彼には反マグル的傾向の片鱗すらなかったと証言するだろう。むしろ、その後の長い年月、断固としてマグルの権利を支持してきたことで、アルバスは多くの敵を作った。

　しかしながら、入学後数か月をへずして、アルバス自身の評判は、父親の悪評をしのぐほどになった。一学年の終わりには、マグル嫌いの父親の息子という見方はまったくなくなり、ホグワーツ校始まって以来の秀才ということだけで知られるようになった。光栄にもアルバスの友人であった我々は、彼を模範として見習うことができたし、アルバスが常に喜んで我々を助けたり、激励してくれたりしたことで恩恵を受けたことは言うまでもない。後年アルバスが私に打ち明けてくれたことには、すでにそのころから、人を導き教えることがアルバスの最大の喜びだったと言う。

　学校の賞という賞を総なめにしたばかりでなく、アルバスはまもなく、その時代の有名な魔法使いたちと定期的に手紙のやり取りをするようになった。たとえば、著名な錬金術師のニコラス・フラメル、歴史家として知られるバチルダ・バグショット、魔法理論家のアドルバート・ワフリングなどが挙げられる。彼の論文のいくつかは、『変身現代』や『呪文の挑戦』、『実践魔法薬』などの学術出版物に取り上げられるようになった。ダンブルドアには、華々しい将来が約束されていると思われた。あとは、いつ魔法大臣になるかという時期の問題だけだった。後年、いく度となく、ダンブルドアがまもなくその地位につくと人の口に上ったが、彼が大臣職を望んだことは、実は一度もなかった。

　我々がホグワーツに来て三年後に、弟のアバーフォースが入学してきた。兄弟とはいえ、二人は似ていなかった。アバーフォースはけっして本の虫ではなかったし、もめ事の解決にも、アルバスとはちがって論理的な話し合いよりも決闘に訴えるほうを好んだ。とはいえ、兄弟仲が悪かったという一部の見方は大きなまちがいだ。あれだけ性格のちがう兄弟にしては、うまくつき合っていた。アバーフォースのために釈明するが、アルバスの影のような存在であり続けるのは、必ずしも楽なことではなかったにちがいない。アルバスの友人であることは、何をやっても彼にはかなわないという職業病を抱えるようなもので、弟だからといって、他人の場合より楽だったはずはない。

　アルバスとともにホグワーツを卒業したとき、私たちは、そのころの伝統であった卒業世界旅行に一緒に出かけるつもりだった。海外の魔法使いたちをたずねて見聞を広め、それから各々の人生を歩みだそうと考えていた。ところが、悲劇が起こった。旅行の前夜、アルバスの母親、ケンドラが亡くなり、アルバスは家長であり家族唯一の稼ぎ手となってしまった。私は出発を延ばしてケンドラの葬儀に列席し、礼を尽くしたあとに、一人旅となってしまった世界旅行に出かけた。面倒を見なければならない弟と妹を抱え、残された遺産も少なく、アルバスはとうてい私と一緒に出かけることなどできなくなっていた。

それからしばらくは、我々二人の人生の中で、最も接触の少ない時期となった。私はアルバスに手紙を書き、いま考えれば無神経にも、ギリシャで危うくキメラから逃れたことからエジプトでの錬金術師の実験にいたるまで、旅先の驚くべき出来事を書き送った。アルバスからの手紙には、日常的なことはほとんど書かれていなかった。あれほどの秀才のことだ。毎日が味気なく、焦燥感にかられていたのではないか、と私は推察していた。旅の体験にどっぷりつかっていた私は、一年間の旅の終わり近くになって、ダンブルドア一家をまたもや悲劇が襲ったという報せを聞き、驚愕した。妹、アリアナの死だ。

アリアナは長く病弱だった。とはいえ、母親の死に引き続くこの痛手は、兄弟二人に深刻な影響を与えた。アルバスと近しい者はみな――私もその幸運な一人だが――アリアナの死と、その死の責めが自分自身にあると考えたことが（もちろん彼に罪はないのだが）、アルバスに一生消えない傷痕を残したという一致した見方をしている。

帰国後に会ったアルバスは、年齢以上の辛酸をなめた人間になっていた。以前に比べて感情を表に出さず、快活さも薄れていた。アルバスをさらにみじめにしたのは、アリアナの死によって、アバーフォースとの間に新たな絆が結ばれるどころか、仲たがいしてしまったことだった（その後この関係は修復する——後年、二人は親しいとは言えないまでも、気心の通じ合う関係に戻った）。しかしながら、それ以降アルバスは、両親やアリアナのことをほとんど語らなくなったし、友人たちもそのことを口にしないようになった。

その後のダンブルドアの顕著な功績については、他の著者の羽根ペンが語るであろう。魔法界の知識を豊かにしたダンブルドアの貢献は数えきれない。たとえば、ドラゴンの血液の十二の利用法などは、この先何世代にもわたって役立つであろうし、ウィゼンガモット最高裁の主席魔法戦士として下した、数多くの名判決に見る彼の叡智もしかりである。さらに、一九四五年のダンブルドアとグリンデルバルドとの決闘をしのぐものはいまだにないと言われている。決闘の目撃者たちは、傑出した二人の魔法使いの戦いが、見る者をいかに畏怖せしめたかについて書き残している。ダンブルドアの勝利と、その結果魔法界に訪れた歴史的な転換の重要性は、国際機密保持法の制定もしくは「名前を言ってはいけないあの人」の凋落に匹敵するものだと考えられている。

アルバス・ダンブルドアはけっして誇らず、おごらなかった。誰に対しても、たといはた目にはどんなに取るに足りない者、見下げはてた者にでも、何かしらすぐれた価値を見出した。若くして身内を失ったことが、彼に大いなる人間味と思いやりの心を与えたのだと思う。アルバスという友を失ったことは、私にとって言葉に尽くせないほどの悲しみである。しかし、私個人の喪失感は、魔法界の失ったものに比べれば何ほどのものでもない。ダンブルドアがホグワーツの歴代校長の中でも最も啓発力に富み、最も敬愛されていたことは疑いの余地がない。彼の生き方は、そのまま彼の死に方でもあった。常により大きな善のために力を尽くし、最後の瞬間まで、私が初めて彼に出会ったあの日のように、龍痘の少年に喜んで手を差し伸べたアルバス・ダンブルドアそのままであった。

ハリーは読み終わってもなお、追悼文に添えられた写真を見つめ続けていた。ダンブルドアは、いつものあのやさしいほほえみを浮かべていた。しかし、新聞の写真にすぎないのに、半月形めがねの上からのぞいているその目は、ハリーの気持ちをX線のように透視しているようだった。ハリーのいまの悲しみには、恥じ入る気持ちがまじっていた。

ハリーはダンブルドアをよく知っているつもりだった。しかしこの追悼文を最初に読んだときから、実はほとんど何も知らなかったことに気づかされていた。ダンブルドアの子供のころや青年時代など、ハリーは一度も想像したことがなかった。最初からハリーの知っている姿で出現した人のような気がしていた。人格者で、銀色の髪をした高齢のダンブルドアだ。十代のダンブルドアなんてちぐはぐだ。愚かなハーマイオニーとか、人なつっこい尻尾爆発スクリュートを想像するのと同じくらいおかしい。

ハリーは、ダンブルドアの過去を聞こうとしたことさえなかった。聞くのはなんだかおかしいし、むしろ不躾に感じられただろう。しかし、ダンブルドアが臨んだグリンデルバルドとのあの伝説の決闘なら、誰でも知っていることだ。それなのに、ハリーは、決闘の様子をダンブルドアに聞こうともしなかったし、そのほかの有名な功績についても、いっさい聞こうと思わなかった。そうなのだ。二人はいつもハリーのことを話した。ハリーの過去、ハリーの未来、ハリーの計画……自分の未来がどんなに危険極まりなく不確実なものであったにせよ、いまにして思えば、ダンブルドアについてもっといろいろ聞いておかなかったのは、取り返しのつかない機会を逃したことになる。もっとも、ハリーは、たった一度だけダンブルドア校長に個人的な質問をしたことがあったが、その時だけは、ダンブルドアが正直に答えなかったのではないかと、ハリーは疑っていた。

**――先生ならこの鏡で何が見えるんですか？**

**――わしかね？　厚手のウールの靴下を一足、手に持っておるのが見える。**

しばらく想いにふけったあと、ハリーは「日刊予言者新聞」の追悼文を破り取り、きちんとたたんで『実践的防衛術と闇の魔術に対するその使用法』第一巻の中にはさみ込んだ。それから、破った残りの新聞をごみの山に放り投げ、部屋をながめた。ずいぶんすっきりした。まだ片づいていないのは、ベッドに置いたままにしてある今朝の「日刊予言者新聞」と、その上にのせた鏡のかけらだけだ。

ハリーはベッドまで歩いて、鏡のかけらを新聞からそっとすべらせて脇に落とし、紙面を広げた。今朝早く、配達ふくろうから丸まったまま受け取り、大見出しだけをちらりと見て、ヴォルデモートの記事が何もないことを確かめてから、そのまま投げ出しておいた新聞だ。魔法省が「予言者新聞」に圧力をかけて、ヴォルデモートに関する記事を隠蔽しているにちがいないと思い込んでいたので、ハリーはいまあらためて、読みすごしていた記事に気がついた。

一面の下半分を占める記事に、悩ましげな表情のダンブルドアが大股で歩いている写真があり、その上に小さめの見出しがついていた。

**ダンブルドア――ついに真相が？**

同世代で最も偉大と称された天才魔法使いの欠陥を暴く衝撃の物語、いよいよ来週発売。

銀のひげを蓄えた静かな賢人、ダンブルドアのその親しまれたイメージの仮面をはぎ、リータ・スキーターが暴く精神不安定な子供時代、法を無視した青年時代、生涯にわたる不和、そして墓場まで持ち去った秘密の罪。魔法大臣になるとまで目された魔法使いが、単なる校長に甘んじていたのは**なぜ**か？「不死鳥の騎士団」と呼ばれる秘密組織の真の目的は**なんだった**のか？　ダンブルドアは**どのように**最期を迎えたのか？

これらの疑問に答え、さらにさまざまな謎に迫る、リータ・スキーターの衝撃の新刊、評伝『**アルバス・ダンブルドアの真っ白な人生と真っ赤な嘘**』。

（ベティ・ブレイスウェイトによる著者独占インタビューが十三面に）

ハリーは乱暴に紙面をめくって十三面を見た。記事の一番上に、こちらもまた見慣れた顔の写真があった。宝石縁のめがねに、念入りにカールさせたブロンドの魔女が、本人は魅力的だと思っているらしい歯をむき出しにした笑顔で、ハリーに向かって指をごにょごにょ動かし、愛嬌をふりまいていた。吐き気をもよおすような写真を必死で無視しながら、ハリーは記事を読んだ。

リータ・スキーター女史は、辛辣な羽根ペン使いで有名な印象とはちがい、会ってみるとずっと温かく人当たりのよい人物だった。居心地のよさそうな自宅の玄関で出迎えを受け、女史に案内されるままにキッチンに入ると、紅茶とパウンド・ケーキと、言うまでもなく湯気の立つほやほやのゴシップでたっぷり接待された。

「そりゃあ、もちろん、ダンブルドアは伝記作家にとっての夢ざんすわ」とスキーター女史。

「あれだけの長い、中身の濃い人生ざんすもの。あたくしの著書を皮切りに、もっともっと多くの伝記が出るざんしょうよ」

スキーターはまちがいなく一番乗りだった。九百ページにおよぶ著書を、ダンブルドアが謎の死を遂げた六月からわずか四週間で上梓したわけだ。筆者は、この超スピード出版をなしとげた秘訣を聞いてみた。

「ああ、あたくしのように長いことジャーナリストをやっておりますとね、しめきりに間に合わせるのが習い性となってるんざんすわ。魔法界が完全な伝記を待ち望んでいることはわかっていたざんすしね、そういうニーズに真っ先に応えたかったわけざんす」

筆者は、アルバス・ダンブルドアの長年の友人であり、ウィゼンガモットの特別顧問でもあるエルファイアス・ドージの、最近話題になっているあのコメントに触れてみた。

「スキーターの本に書いてある事実は、『蛙チョコ』の付録のカード以下でしかない」という批判だ。

スキーターはのけぞって笑った。

「ドジのドージ! 二、三年前、水中人の権利についてインタビューしたことがあるざんすけどね。かわいそうに、完全なボケ。二人でウィンダミア湖の湖底に座っていると勘ちがいしたらしくて、あたくしに『鱒』に気をつけろと何度も注意していたざんすわ」

　しかしながら、エルファイアス・ドージと同様に、事実無根と非難する声はほかにも多く聞かれる。スキーターは、たった四週間で、ダンブルドアの傑出した長い生涯を完全に把握できると、本気でそう思っているのだろうか?

「まあ、あなた」スキーターは、ペンを握った私の手の節を親しげに軽くたたいてニッコリした。「あなたもよくご存じざんしょ。ガリオン金貨のぎっしり詰まった袋、『ノー』という否定の言葉には耳を貸さないこと、それにすてきな鋭い『自動速記羽根ペンQQQ』が一本あれば、情報はザックザク出てくるざんす! いずれにせよ、ダンブルドアの私生活をなんだかんだと取りざたしたい連中はうようよしてるざんすわ。誰もが彼のことをすばらしいと思っていたわけじゃないざんすよ——他人の、しかも重要人物の領域にちょっかいを出して、かなり大勢に煙たがられてたざんすからね。とにかく、ドジのドージじいさんには、ヒッポグリフに乗った気分で、偉そうに知ったかぶりするのはやめていただくことざんすね。何しろあたくしには、大方のジャーナリストが杖を差し出してでも手に入れたいと思うような情報源が一つあるざんす。これまで公には一度も話さなかった人ざんしてね、ダンブルドアの若かりしころ、最も荒れ狂った危ない時期に、彼と親しかった人物ざんす」

スキーターの伝記の前宣伝によれば、ダンブルドアの完全無欠な人生を信じていた人たちには衝撃が待ち受けていると、明らかにそうにおわせている。スキーターの見つけた事実の中で、一番衝撃的なものは何かと聞いてみた。

「さあ、さあ、ベティ、そうは問屋がおろさないざんす。まだ誰も本を買わないうちに、おいしいところを全部差し上げるわけにはいかないざんしょ！」スキーターは笑った。「でもね、約束するざんすわ。ダンブルドア自身があのひげのように真っ白だと、まだそう思っている人には衝撃の発見ざんす！　これだけは言えるざんすがね、ダンブルドアが『例のあの人』に激怒するのを聞いた人は夢にもそうは思わないざんしょうが、ダンブルドア自身、若いころは闇の魔術にちょいと手を出していたざんす！　それに、後年、寛容を説くことに生涯を費やした魔法使いにしては、若いころは必ずしも心が広かったとは言えないざんすね！　ええ、アルバス・ダンブルドアは非常に薄暗い過去を持っていたざんすとも。もちろんうさんくさい家族のことは言うにおよばないざんす。ダンブルドアは躍起になってそのことを葬ろうとしたざんすがね」

スキーターが示唆しているのは、ダンブルドアの弟、アバーフォースのことかと聞いてみた。十五年前、魔法不正使用によりウィゼンガモットで有罪判決を受け、ちょっとしたスキャンダルの元になった人物だ。

「ああ、アバーフォースなんか、糞山の一角ざんすよ」スキーターは笑い飛ばした。「いやいや、山羊とたわむれるのがお好きな弟なんかよりはるかに悪質で、マグル傷害事件の父親よりもさらに質が悪いざんす――いずれにせよ、二人ともウィゼンガモットに告発されたざんすから、ダンブルドアは、どちらの件ももみ消すことはできなかったざんすけどね。いいえ、実は、母親と妹のことざんすよ、あたくしが興味を引かれたのは。ちょっとほじくってみたら、ありましたざんすよ。胸の悪くなるような巣窟が――ま、先ほど言いましたざんすが、くわしくは第九章から第十二章までを読んでのお楽しみざんすね。いまはただ、自分の鼻がなぜ折れたかを、ダンブルドアがけっして話さなかったのも無理はない、とだけ申し上げておくざんす」

　家族の恥となるような秘密は別として、スキーターは、多くの魔法を発見したダンブルドアの、卓越した能力をも否定するのだろうか？

「頭はよかったざんすね」スキーターは認めた。「ただ、ダンブルドアの業績とされているもののすべてが、ほんとうに彼一人の功績であったかどうかは、いまでは疑う人も多いざんすよ。第十六章であたくしが明らかにしてるざんすが、アイバー・ディロンスビーは、自分がすでに発見していたドラゴンの血液の八つの使用法を、ダンブルドアが論文に『借用』したと主張しているざんす」

しかし、筆者はあえて、ダンブルドアの功績のいくつかが重要なものであることは否定できないと主張した。グリンデルバルドを打ち負かしたという有名な一件はどうだろう？

「ああ、それそれ、グリンデルバルドを持ち出してくださってうれしいざんす」スキーターはじらすようにほほえんだ。「ダンブルドアの胸のすくような勝利に目をうるませるみなさまには悪うござんすけど、心の準備が必要ざんすね。これは爆弾ざんすよ——むしろクソ爆弾。まったく汚い話ざんす。ま、伝説の決闘と言えるものがほんとうにあったのかどうか、あまり思い込まないことざんすね。あたくしの本を読んだら、グリンデルバルドは単に杖の先から白いハンカチを出して神妙に降参しただけだ、なんていう結論を出さざるをえないかもしれないざんす！」

スキーターはこの気になる話題について、これ以上は明かそうとしなかった。そこで、読者にとってはまちがいなく興味をそそられるであろう、ある人間関係に水を向けてみた。

「ええ、ええ」スキーターは勢いよくうなずいた。「一章まるまる割いたざんすよ。ポッター＝ダンブルドアの関係のすべてにはね。不健全で、むしろいまわしい関係だと言われてたざんす。まあ、この全容も、新聞の読者にあたくしの本を買ってもらうしかないざんすがね、ダンブルドアがはじめっからポッターに不自然な関心を持っていたことは、まちがいないざんす。それがあの少年にとって最善だったかどうか――ま、そのうちわかるざんしょ。とにかく、ポッターが問題のある青春時代を過ごしたことは、公然の秘密ざんす」

スキーターは二年前、ハリー・ポッターとの、かの有名な独占インタビューをはたした。ポッターが確信を持って、「例のあの人」が戻ってきたと語った画期的記事だったが、いまでもポッターと接触があるかどうかと尋ねてみた。

「ええ、そりゃ、あたくしたち二人は親しい絆で結ばれるようになったざんす」スキーターが言った。「かわいそうに、ポッターには真の友と呼べる人間がほとんどいないざんしてね。しかも、あたくしたちが出会ったのは、あの子の人生でも最も厳しい試練のとき――三校対抗試合のときだったざんす。たぶんあたくしは、ハリー・ポッターの実像を知る、数少ない生き証人の一人ざんしょね」

話の流れが、いまだに流布しているダンブルドアの最期に関するさまざまなうわさへと、うまく結びついた。ダンブルドアが死んだとき、ポッターがその場にいたというわさを、スキーターは信じているだろうか？

「まあ、しゃべりすぎないようにしたいざんすけどね――すべては本の中にあるざんす——しかし、ダンブルドアが墜落したか、飛び降りたか、押されて落ちたかした直後に、ホグワーツ城内の目撃者が、ポッターが現場から走り去るところを見ているざんす。ポッターはその後、セブルス・スネイプに不利な証言をしているざんすが、ポッターがこの人物に恨みを抱いていることは有名ざんすよ。はたして言葉どおり受け取れるかどうか？　それは魔法界全体が決めること——あたくしの本を読んでからざんすけどね」

思わせぶりな一言を受けて、筆者はいとまを告げた。スキーターの羽根ペンによる本書は、たちどころにベストセラーとなることまちがいなしだ。一方、ダンブルドアを崇拝する多くの人々にとっては、その英雄像から何が飛び出すやら、戦々恐々の日々かもしれない。

記事を読み終わっても、ハリーはぼうぜんとその紙面をにらみつけたままだった。嫌悪感と怒りが反吐のように込み上げてきた。新聞を丸め、力まかせに壁に投げつけた。ごみ箱はすでにあふれ、新聞はごみ箱の周りに散らばっているごみの山に加わった。

ハリーは部屋の中を無意識に大股で歩き回った。からっぽの引き出しを開けたり、本を取り上げてはまた元の山に戻したり、ほとんど何をしているかの自覚もなかった。リータの記事の言葉が、バラバラに頭の中で響いていた。——**ポッター＝ダンブルドアの関係のすべてには、一章まるまる**

**割いた……不健全で、むしろいまわしい関係だと言われてた……ダンブルドア自身、若いころは闇の魔術にちょいと手を出していた……あたくしには、大方のジャーナリストが杖を差し出してでも手に入れたいと思うような情報源が一つある……。**

「うそだ！」ハリーは大声で叫んだ。

窓のむこうで、芝刈り機の手を休めていた隣の住人が、不安げに見上げるのが見えた。

ハリーはベッドにドスンと座った。割れた鏡のかけらが、踊り上がって遠くに飛んだ。ハリーはそれを拾い、指で裏返しながら考えた。ダンブルドアのことを、そしてダンブルドアの名誉を傷つけているリータ・スキーターのうそ八百を……。

明るい、鮮やかなブルーがきらりと走った。ハッと身を硬くしたとたん、けがをした指が再びギザギザした鏡の縁ですべった。気のせいだ。気のせいにちがいない。ハリーは振り返った。しかし、背後の壁はペチュニアおばさん好みの、気持ちの悪い桃色だ。鏡に映るようなブルーのものはどこにもない。ハリーはもう一度鏡のかけらをのぞき込んだが、明るい緑色の自分の目が見つめ返しているだけだった。

気のせいだ。それしか説明のしようがない。亡くなった校長のことを考えていたから、見えたような気がしただけだ。アルバス・ダンブルドアの明るいブルーの目が、ハリーを見透かすように見つめることはもう二度とない。それだけは確かだ。

# 第三章　ダーズリー一家去る

玄関のドアがバタンと閉まる音が階段の下から響いてきたと思ったら、呼び声が聞こえた。

「おい、こら！」

十六年間こういう呼び方をされてきたのだから、おじさんが誰を呼んでいるかはわかる。しかしハリーは、すぐには返事をせず、まだ鏡のかけらを見つめていた。いましがた、ほんの一瞬、ダンブルドアの目が見えたような気がしたのだ。「**小僧！**」のどなり声でようやくハリーはゆっくり立ち上がり、部屋のドアに向かった。途中で足を止め、持っていく予定のものを詰め込んだリュックサックに、割れた鏡のかけらも入れた。

「ぐずぐずするな！」ハリーの姿が階段の上に現れると、バーノン・ダーズリーが大声で言った。

「下りてこい。話がある！」

ハリーはジーンズのポケットに両手を突っ込んだまま、ぶらぶらと階段を下りた。居間に入ると、ダーズリー一家三人がそろっていた。全員旅支度だ。バーノンおじさんは淡い黄土色のブルゾン、ペチュニアおばさんはきちんとしたサーモンピンクのコート、ブロンドで図体が大きく、筋骨隆々のいとこのダドリーはレザージャケット姿だ。

「何か用？」ハリーが聞いた。

「座れ！」バーノンおじさんが言った。ハリーが眉を吊り上げると、バーノンおじさんは「どうぞ！」とつけ加えたが、言葉が鋭くのどに突き刺さったかのように顔をしかめた。

ハリーは腰かけた。次に何が来るか、わかるような気がした。おじさんは往ったり来たりしはじめ、ペチュニアおばさんとダドリーは心配そうな顔でその動きを追っていた。バーノンおじさんは、意識を集中するあまり、どでかい赤ら顔を紫色のしかめっ面にして、やっとハリーの前で立ち止まって口を開いた。

「気が変わった」

「そりゃあ驚いた」ハリーが言った。

「そんな言い方はおやめ――」ペチュニアおばさんがかん高い声で言いかけたが、バーノン・ダーズリーは手を振って制した。

「たわ言もはなはだしい」バーノンおじさんは豚のように小さな目でハリーをにらみつけた。「一言も信じないと決めた。わしらはここに残る。どこにも行かん」

ハリーはおじさんを見上げ、怒るべきか笑うべきか複雑な気持ちになった。この四週間というもの、バーノン・ダーズリーは二十四時間ごとに気が変わっていた。そのたびに、車に荷物を積んだり降ろしたり、また積んだりをくり返していた。ある時など、ダドリーが自分の荷物に新たにダンベルを入れたのに気づかなかったバーノンおじさんが、その荷物を車のトランクに積みなおそうと持ち上げたとたんに押しつぶされて、痛みに大声を上げながら悪態をついていた。これがハリーのお気に入りの一場面だった。

「おまえが言うには」バーノン・ダーズリーはまた居間の往復を始めた。「わしらが——ペチュニアとダドリーとわしだが——ねらわれとるとか。相手は——その——」

「『僕たちの仲間』、そうだよ」ハリーが言った。

「いいや、わしは信じないぞ」バーノンおじさんはまたハリーの前で立ち止まり、くり返した。「昨夜はそのことを考えて、半分しか寝とらん。これは家を乗っ取る罠だと思う」

「家？」ハリーがくり返した。「どの家？」

「**この**家だ！」バーノンおじさんの声が上ずり、こめかみの青筋がピクピクしはじめた。「**わしらの**家だ！　このあたりは住宅の値段がうなぎ上りだ！　おまえは邪魔なわしらを追い出して、それからちょいとチチンプイプイをやらかして、あっという間に権利証はおまえの名前になって、そして——」

「気は確かなの？」ハリーが問いただした。「この家を乗っ取る罠？　おじさん、顔ばかりか頭までおかしいのかな？」

「なんて口のきき方を――！」

ペチュニアおばさんがキーキー声を上げたが、またしてもバーノンおじさんが手を振って制止した。顔をけなされることなど、自分が見破った危険に比べればなんでもないという様子だ。

「忘れちゃいないとは思うけど」ハリーが言った。「僕にはもう家がある。名付け親が遺してくれた家だよ。なのに、どうして僕がこの家を欲しがるってわけ？　楽しい思い出がいっぱいだから？」

おじさんがぐっと詰まった。ハリーは、この一言がおじさんにはかなり効いたと思った。

「おまえの言い分は」バーノンおじさんはまた歩きはじめた。「そのなんとか卿が――」

「ヴォルデモート」ハリーはいらいらしてきた。「もう百回も話し合ったはずだ。僕の言い分なんかじゃない。事実だ。ダンブルドアが去年おじさんにそう言ったし、キングズリーもウィーズリーさんも――」

バーノン・ダーズリーは怒ったように肩をそびやかした。ハリーはおじさんの考えていることが想像できた。夏休みに入ってまもなく、正真正銘の魔法使いが二人、前触れもなしにこの家にやってきたという記憶を振り払おうとしているのだ。キングズリー・シャックルボルトとアーサー・

ウィーズリーの二人が戸口に現れたこの事件は、ダーズリー一家にとって不快極まりない衝撃だった。ハリーにもその気持ちはわかる。ウィーズリーおじさんは、かつてこの居間の半分を吹っ飛ばしたことがあるのだから、再度の訪問にバーノンおじさんがうれしい顔をするはずがない。

「――キングズリーもウィーズリーさんも、全部説明したはずだ」ハリーは手かげんせずにぐいぐい話を進めた。「僕が十七歳になれば、僕の安全を保ってきた護りの呪文が破れるんだ。そしたら、おじさんたちも僕も危険にさらされる。騎士団は、ヴォルデモートが必ずおじさんたちをねらうと見ている。僕の居場所を見つけ出そうとして拷問するためか、さもなければ、おじさんたちを人質に取れば僕が助けにくるだろうと考えてのことだ」

バーノンおじさんとハリーの目が合った。その瞬間ハリーは、はたしてそうだろうか……と互いにいぶかっているのがわかった。それからバーノンおじさんはまた歩きだし、ハリーは話し続けた。

「おじさんたちは身を隠さないといけないし、騎士団はそれを助けたいと思っているんだよ。おじさんたちには厳重で最高の警護を提供するって言ってるんだ」

バーノンおじさんは、何も言わず往ったり来たりを続けていた。家の外では、太陽がイボタノキの生け垣にかかるほど低くなっていた。隣の芝刈り機がまたエンストして止まった。

「魔法省とかいうものがあると思ったのだが？」バーノン・ダーズリーが出し抜けに聞いた。

「あるよ」ハリーが驚いて答えた。

「さあ、それなら、どうしてそいつがわしらを守らんのだ？　わしらは、お尋ね者をかくまっただけの、それ以外はなんの罪もない犠牲者だ。当然政府の保護を受ける資格がある！」

ハリーはがまんできずに声を上げて笑った。おじさん自身が軽蔑し、信用もしていない世界の政府だというのに、あくまで既成の権威に期待をかけるなんて、まったくどこまでもバーノン・ダーズリーらしい。

「ウィーズリーさんやキングズリーの言ったことを聞いたはずだ」ハリーが言った。「魔法省にはもう敵が入り込んでいるんだ」

バーノンおじさんは暖炉まで行ってまた戻ってきた。息を荒らげているので巨大な黒い口ひげが小刻みに波打ち、意識を集中させているので顔はまだ紫色のままだ。

「よかろう」おじさんはまたハリーの前で立ち止まった。「よかろう。たとえばの話だが、わしらがその警護とやらを受け入れたとしよう。しかし、なぜあのキングズリーというやつがわしらに付き添わんのだ。理解できん」

ハリーはやれやれという目つきになるのをかろうじてがまんした。同じ質問にもう何度も答えている。

「もう話したはずだけど」ハリーは歯を食いしばって答えた。「キングズリーの役割は、マグ――つまり、英国首相の警護なんだ」

「そうだとも――あいつが一番だ！」

バーノンおじさんは、ついていないテレビの画面を指差して言った。ダーズリー一家は、病院を公式見舞いするマグルの首相の背後にぴったりついて、さり気なく歩くキングズリーの姿をニュースで見つけたのだった。その上、キングズリーはマグルの洋服を着こなすコツを心得ているし、ゆったりした深い声は何かしら人を安心させるものがある。それやこれやで、ダーズリー一家は、キングズリーをほかの魔法使いとは別格扱いにしているのだ。もっとも、片耳にイヤリングをしているキングズリーの姿を、ダーズリーたちが見ていないのも確かだ。

「でも、キングズリーの役目はもう決まってる」ハリーが言った。「だけど、ヘスチア・ジョーンズとディーダラス・ディグルなら充分にこの仕事を――」

「履歴書でも見ていれば……」バーノンおじさんが食い下がろうとしたが、ハリーはがまんできなくなった。立ち上がっておじさんに詰め寄り、今度はハリーがテレビを指差した。

「テレビで見ている事故はただの事故じゃない――衝突事故だとか爆発だとか脱線だとか、そういうテレビニュースのあとにも、いろいろな事件が起こっているにちがいないんだ。人が行方不明になったり死んだりしてる裏には、やつがいるんだ――ヴォルデモートが。いやというほど言って聞かせたじゃないか。あいつはマグル殺しを楽しんでるんだ。霧が出るときだって――吸魂鬼の仕業なんだ。吸魂鬼がなんだか思い出せないのなら、息子に聞いてみろ！」

ダドリーの両手がびくっと動いて口を覆った。両親とハリーが見つめているのに気づき、ダドリーはゆっくり手を下ろして聞いた。「いるのか……もっと？」

「もっと？」ハリーは笑った。「僕たちを襲った二人のほかにもっといるかって？　もちろんだとも。何百、いやいまはもう何千かもしれない。恐れと絶望を食い物にして生きるやつらのことだ――」

「もういい、もういい」バーノンおじさんがどなり散らした。

「おまえの言いたいことはわかった――」

「そうだといいけどね」ハリーが言った。「何しろ僕が十七歳になったとたん、連中は――死喰い人だとか吸魂鬼だとか、たぶん亡者たちまで、つまり闇の魔術で動かされる屍のことだけど――おじさんたちを見つけて、必ず襲ってくる。それに、おじさんが昔、魔法使いから逃げようとしたときのことを思い出せばわかってくれると思うけど、おじさんたちには助けが必要なんだ」

一瞬沈黙が流れた。その短い時間に、ハグリッドがその昔ぶち破った木の扉の音が遠く響き、その時からいままでの長い年月を伝わって反響してくるようだった。ペチュニアおばさんはバーノンおじさんを見つめ、ダドリーはハリーをじっと見ていた。やがてバーノンおじさんが口走った。

「しかし、わしの仕事はどうなる？　ダドリーの学校は？　そういうことは、のらくら者の魔法使いなんかにゃ、どうでもいいことなんだろうが――」

「まだわかってないのか？」ハリーがどなった。「**やつらは、僕の父さんや母さんとおんなじように、おじさんたちを拷問して殺すんだ！**」

「パパ」ダドリーが大声で言った。「パパ――僕、騎士団の人たちと一緒に行く」

「ダドリー」ハリーが言った。「君、生まれて初めてまともなことを言ったぜ」

勝った、とハリーは思った。ダドリーが怖気づいて騎士団の助けを受け入れるなら、親もついていくはずだ。かわいいダディちゃんと離ればなれになることなど考えられない。ハリーは暖炉の上にある骨董品の時計をちらりと見た。

「あと五分くらいで迎えに来るよ」

そう言ってもダーズリーたちからはなんの反応もないので、ハリーは部屋を出た。おじ、おば、そしていとことの別れ――それもたぶん永遠の別れ――ハリーにはむしろ喜ばしい別れだった。にもかかわらず、なんとなく気づまりな雰囲気が流れていた。十六年間しっかり憎しみ合った末の別れには、普通、なんと挨拶するのだっけ？

ハリーは自分の部屋に戻り、意味もなくリュックサックをいじり、それから、ふくろうナッツを二個、鳥かごの格子から押し込むようにヘドウィグに差し入れたが、二つともかごの底にボトッと鈍い音を立てて落ち、ヘドウィグは見向きもしなかった。

「僕たち出かけるんだ。もうすぐだよ」ハリーは話しかけた。「そしたら、また飛べるようになるからね」

玄関の呼び鈴が鳴った。ハリーはちょっと迷ったが、部屋を出て階段を下りた。ヘスチアとディーダラスだけでダーズリー一味を相手にできると思うのは期待しすぎだ。

「ハリー・ポッター！」

ハリーが玄関を開けたとたん、興奮したかん高い声が言った。藤紫色のシルクハットをかぶった小柄な男が、深々とハリーにおじぎした。

「またまた光栄のいたり！」

「ありがとう、ディーダラス」

黒髪のヘスチアに、ちょっと照れくさそうに笑いかけながら、ハリーが言った。「お二人にはお世話になります……おじとおばといとこはこちらです……」

「これはこれは、ハリー・ポッターのご親せきの方々！」

ディーダラスはずんずん居間に入り込み、うれしそうに挨拶した。ダーズリー一家のほうは、そういう呼びかけはまったくうれしくないという顔をした。ハリーはこれでまた気が変わるのではないかと半ば覚悟した。ダドリーは魔法使いと魔女の姿に縮み上がって、ますます母親にくっついた。

「もう荷造りもできているようですな。けっこう、けっこう！　ハリーが話したと思いますがね、なに、簡単な計画ですよ」

チョッキのポケットから巨大な懐中時計を引っ張り出し、時間を確かめながらディーダラスが言った。

「我々はハリーより先に出発します。この家で魔法を使うと危険ですから——ハリーはまだ未成年なので、魔法省がハリーを逮捕する口実を与えてしまいますんでね——そこで、我々は車で、そうですな、十五、六キロ走りましてね、それからみなさんのために我々が選んでおいた安全な場所へと『姿くらまし』するわけです。車の運転は、確か、おできになりますな？」

バーノンおじさんに、ディーダラスがていねいに尋ねた。

「おできに——？　むろん運転はよくできるわい！」

バーノンおじさんがつばを飛ばしながら言った。

「それはまた賢い。実に賢い。わたしなぞ、あれだけボタンやら丸い握りやらを見たら、頭がこんがらがりますな」

ディーダラスはバーノン・ダーズリーを誉め上げているつもりにちがいなかったが、何か言うたびに、見る見るダーズリー氏の信頼を失っていった。

「運転もできんとは」ダーズリー氏が口ひげをわなわな震わせながら、小声でつぶやいたが、幸いディーダラスにもヘスチアにも聞こえていなかった。

「ハリー、あなたのほうは」ディーダラスが話し続けた。「ここで護衛を待っていてください。手はずにちょっと変更がありましてね――」

「どういうこと？」ハリーが急き込んで聞いた。「マッド-アイが来て、『付き添い姿くらまし』で僕を連れていくはずだけど」

「できないの」ヘスチアが短く答えた。「マッド-アイが説明するでしょう」

それまでさっぱりわからないという顔で聞いていたダーズリーたちは、「**急げ！**」とどなるキーキー声で飛び上がった。ハリーは部屋中を見回してやっと気づいたが、声の主はディーダラスの懐中時計だった。

「そのとおり。我々は非常に厳しいスケジュールで動いていますんでね」

ディーダラスは懐中時計に向かってうなずき、チョッキにそれをしまい込んだ。

「我々は、ハリー、あなたがこの家から出発する時間と、ご家族が『姿くらまし』する時間を合わせようとしていましてね。そうすれば、呪文が破れると同時に、あなたがた全員が安全な所に向かっているという算段です。さて――」ディーダラスはダーズリー一家に振り向いた。「準備はよろしいですかな？」

誰も応えなかった。バーノンおじさんは愕然とした顔で、ディーダラスのチョッキのふくれたポケットをにらみつけたままだった。

「ディーダラス、わたしたちは玄関ホールで待っていたほうが」ヘスチアがささやいた。ハリーとダーズリー一家が、涙の別れを交わすかもしれない親密な場に同席するのは、無粋だと思ったにちがいない。

「そんな気づかいは」ハリーはボソボソ言いかけたが、バーノンおじさんの「さあ、小僧、ではこれでおさらばだ」の大声で、それ以上説明する手間が省けた。

ダーズリー氏は右腕を上げてハリーと握手するそぶりを見せたが、間際になってとても耐えられないと思ったらしく、拳を握るなり、メトロノームのように腕をぶらぶら振りだした。

「ダディちゃん、いい？」ペチュニアおばさんは、ハンドバッグの留め金を何度もチェックすることで、ハリーと目を合わすのをさけていた。ダドリーは応えもせず、口を半開きにしてその場に突っ立っていた。ハリーは巨人のグロウプをちらりと思い出した。

「それじゃあ、行こう」バーノンおじさんが言った。

おじさんが居間のドアまで行ったとき、ダドリーがぼそりと言った。

「わかんない」

「かわいい子ちゃん、何がわからないの？」ペチュニアおばさんが息子を見上げて言った。

ダドリーは丸ハムのような大きな手でハリーを指した。

「あいつはどうして一緒に来ないの？」

バーノンおじさんもペチュニアおばさんも、ダドリーがたったいま、バレリーナになりたいとでも言ったように、その場に凍りついてダドリーを見つめた。

「なんだと？」バーノンおじさんが大声を出した。

「どうしてあいつも来ないの？」ダドリーが聞いた。

「そりゃ、あいつは――来たくないんだ」そう言うなり、バーノンおじさんはハリーをにらみつけて聞いた。「来たくないんだろう。え？」

「ああ、これっぽっちも」ハリーが言った。

「それ見ろ」バーノンおじさんがダドリーに言った。「さあ、来い。出かけるぞ」

ダーズリー氏はさっさと部屋から出ていった。玄関のドアが開く音がした。しかしダドリーは動かない。二、三歩ためらいがちに歩きだしたペチュニアおばさんも立ち止まった。

「今度はなんだ？」部屋の入口にまた顔を現したバーノンおじさんがわめいた。

ダドリーは、言葉にするのが難しい考えと格闘しているように見えた。いかにも痛々しげな心の葛藤がしばらく続いたあと、ダドリーが言った。

「それじゃ、あいつはどこに行くの？」

ペチュニアおばさんとバーノンおじさんは顔を見合わせた。ダドリーにぎょっとさせられたにちがいない。ヘスチア・ジョーンズが沈黙を破った。

「でも……あなたたちの甥御さんがどこに行くか、知らないはずはないでしょう？」

ヘスチアは困惑した顔で聞いた。

「知ってるとも」バーノンおじさんが言った。「おまえたちの仲間と一緒に行く。そうだろうが？　さあ、ダドリー、車に乗ろう。あの男の言うことを聞いたろう。急いでいるんだ」

バーノン・ダーズリーは再びさっさと玄関まで出ていった。しかしダドリーはついていかなかった。

「**私たちの**仲間と一緒に行く？」

ヘスチアは憤慨したようだった。同じような反応を、ハリーはこれまでも見てきた。有名なハリー・ポッターに対して、まだ生きている親族の中では一番近いこの家族があまりに冷淡なことに、魔法使いたちはショックを受けるらしい。

「気にしないで」ハリーがヘスチアに言った。「ほんとに、なんでもないんだから」

「なんでもない？」聞き返すヘスチアの声が高くなり、険悪になった。

「この人たちは、あなたがどんな経験をしてきたか、わかっているのですか？　あなたがどんなに危険な立場にあるか、知っているの？　反ヴォルデモート運動にとって、あなたが精神的にどんなに特別な位置を占めているか、認識しているの？」

「あの――いえ、この人たちにはわかっていません」ハリーが言った。

「僕なんか、粗大ごみだと思われているんだ。でも僕、なれてるし――」

「おまえ、粗大ごみじゃないと思う」

ダドリーの唇が動くのを見ていなかったら、ハリーは耳を疑ったかもしれない。ハリーはそれでもなおダドリーを見つめ、いましゃべったのが自分のいとこだと納得するのに、数秒かかった。まちがいなくダドリーがそう言った。一つには、ダドリーが赤くなっていたからだ。ハリーもきまりが悪くなったし、意表をつかれて驚いていた。

「えーと……あの……ありがとう、ダドリー」

ダドリーは再び表現しきれない思いと取り組んでいるように見えたが、やがてつぶやいた。

「おまえはおれの命を救った」

「正確にはちがうね」ハリーが言った。「吸魂鬼が奪いそこねたのは、君の魂さ……」

ハリーは不思議なものを見るように、いとこを見た。今年も、去年の夏も、ハリーは短い間しかプリベット通りにいなかったし、ほとんど部屋にこもりきりだったので、ダドリーとは事実上接触がなかった。しかし、ハリーはたったいま、はたと思い当たった。今朝がた踏んづけたあの冷めた紅茶のカップは、いたずらではなかったのかもしれない。ハリーは胸が熱くなりかけたが、ダドリーの感情表現能力がどうやら底をついてしまったらしいのを見て、やはりホッとした。ダドリーはさらに一、二度、口をパクパクさせたが、真っ赤になってだまり込んでしまった。

ペチュニアおばさんはワッと泣きだした。ヘスチアはそれでよいという顔をしたが、おばさんが駆け寄って抱きしめたのがハリーではなくダドリーだったので、憤怒の表情に変わった。

「なー―なんてやさしい子なの、ダッダーちゃん……」ペチュニアは息子のだだっ広い胸に顔をうずめてすすり泣いた。「なー―なんて、い、いい子なんでしょう……あ、ありがとうって言うなんて……」

「その子はありがとうなんて、言っていませんよ！」ヘスチアが憤慨して言った。「ただ、『ハリーは粗大ごみじゃないと思う』って言っただけでしょう！」

「うん、そうなんだけど、ダドリーがそう言うと、『君が大好きだ』って言ったようなものなんだ」ハリーは説明した。ペチュニアおばさんがダドリーにしがみつき、まるでダドリーが燃え盛るビルからハリーを救い出しでもしたかのように泣き続けるのを見て、ハリーは困ったような、笑いたいような複雑な気持ちだった。

「行くのか行かないのか？」居間の入口にまたまた顔を現したバーノンおじさんがわめいた。「スケジュールが厳しいんじゃなかったのか！」

「そう――そうですとも」わけがわからない様子で一部始終をながめていたディーダラス・ディグルが、やっと我に返ったかのように言った。「もうほんとうに行かないと。ハリー――」

ディーダラスはひょいひょい歩きだし、ハリーの手を両手でギュッと握った。

「――お元気で。またお会いしましょう。魔法界の希望はあなたの双肩にかかっております」

「あ、ええ、ありがとう」ハリーが言った。

「さようなら、ハリー」ヘスチアもハリーの手をしっかり握った。「私たちはどこにいても、心はあなたと一緒です」

「何もかもうまくいくといいけど」

ハリーは、ペチュニアおばさんとダドリーをちらりと見ながら言った。

「ええ、ええ、私たちはきっと大の仲良しになりますよ」ディグルは部屋の入口でシルクハットを振りながら、明るく言った。ヘスチアもそのあとから出ていった。

ダドリーはしがみついている母親からそっと離れ、ハリーのほうに歩いてきた。ハリーは魔法でダドリーを脅してやりたいという衝動を抑えつけなければならなかった。ダドリーが出し抜けに大きなピンクの手を差し出した。

「驚いたなあ、ダドリー」ペチュニアおばさんがまたしても泣きだす声を聞きながら、ハリーが言った。「吸魂鬼に別な人格を吹き込まれたのか？」

「わかんない」ダドリーが小声で言った。「またな、ハリー」

「ああ……」ハリーはダドリーの手を取って握手した。「たぶんね。元気でな、ビッグD」

ダドリーはニヤッとしかけ、それからドスドスと部屋を出ていった。庭の砂利道を踏みしめるダドリーの重い足音が聞こえ、やがて車のドアがバタンと閉まる音がした。ハンカチに顔をうずめていたペチュニアおばさんは、その音であたりを見回した。ハリーと二人きりになるとは、思ってもいなかったようだ。ぬれたハンカチをあわててポケットにしまいながら、おばさんは「じゃ――さよなら」と言って、ハリーの顔も見ずにどんどん戸口まで歩いていった。

「さようなら」ハリーが言った。

ペチュニアおばさんが立ち止まって、振り返った。一瞬ハリーは、おばさんが自分に何か言いたいのではないかという、不思議な気持ちに襲われた。なんとも奇妙な、おののくような目でハリーを見ながら、言おうか言うまいかと迷っているようだったが、やがてくいっと頭を上げ、おばさんは夫と息子を追って、せかせかと部屋を出ていった。

# 第四章　七人のポッター

ハリーは二階に駆け戻り、自分の部屋の窓辺に走り寄った。ちょうど、ダーズリー一家を乗せた車が、庭から車道に出ていくところに間に合った。後部座席に座ったペチュニアおばさんとダドリーの間に、ディーダラスのシルクハットが見えた。プリベット通りの端で右に曲がった車の窓ガラスが、沈みかけた太陽で一瞬真っ赤に染まった。そして次の瞬間、車の姿はもうなかった。

ハリーはヘドウィグの鳥かごを持ち上げ、ファイアボルトとリュックサックを持って、不自然なほどすっきり片づいた部屋をもう一度ぐるりと見回した。それから、荷物をぶらさげた不格好な足取りで階段を下り、階段下に鳥かごと箒、リュックを置いて玄関ホールに立った。陽射しは急速に弱まり、夕暮れの薄明かりがホールにさまざまな影を落としていた。静まり返った中にたたずみ、まもなくこの家を永久に去るのだと思うと、なんとも言えない不思議な気持ちがした。その昔、ダーズリー一家が遊びに出かけたあとの取り残された孤独な時間は、貴重なお楽しみの時間だった。まず冷蔵庫からおいしそうなものをかすめて急いで二階に上がり、ダドリーのコンピュータ・ゲームをしたり、テレビをつけて心行くまで次から次とチャンネルを替えたりしたものだ。そのころを思い出すと、なんだかちぐはぐでうつろな気持ちになった。まるで死んだ弟を思い出すような気持ちだった。

「最後にもう一度、見ておきたくないのかい？」

ハリーは、すねて翼に頭を突っ込んだままのヘドウィグに話しかけた。

「もう二度とここには戻らないんだ。楽しかったときのことを思い出したくないのかい？　ほら、この玄関マットを見てごらん。どんな思い出があるか……ダドリーを吸魂鬼から助けたあとで、あいつ、ここに吐いたっけ……あいつ、結局、僕に感謝してたんだよ。信じられるかい？……それに、去年の夏休み、ダンブルドアがこの玄関から入ってきて……」

ハリーはふと、何を考えていたかわからなくなった。ヘドウィグは思い出す糸口を見つける手助けもせず、頭を翼に突っ込んだままだった。ハリーは玄関に背を向けた。

「ほら、ヘドウィグ、ここだよ――」ハリーは階段の下のドアを開けた。「――僕、ここで寝てたんだ！　そのころ、君はまだ僕のことを知らなかった――驚いたなあ、こんなに狭いなんて。僕、忘れてた……」

ハリーは、積み上げられた靴や傘を眺めて、毎朝目が覚めると階段の裏側が見えたことを思い出した。だいたいいつも、クモが一匹か二匹はぶら下がっていたものだ。ほんとうの自分が何者なのかを、まったく知らなかったころの思い出だ。両親がどのようにして死んだのかも知らず、なぜ自分の周りで、いろいろと不思議なことが起きるのかもわからなかったころのことだ。しかし、すでにその当時から自分につきまとっていた夢のことは覚えている。緑色の閃光が走る、混乱した夢だ。そして一度は――ハリーが夢の話をしたら、バーノンおじさんが危うく車をぶつけそうになったっけ――空飛ぶオートバイの夢だった……。

突然、どこか近くで轟音がした。かがめていた体を急に起こしたとたん、ハリーは頭のてっぺんを低いドアの枠にぶつけてしまい、一瞬その場に立ったまま、バーノンおじさんとっておきの悪態を二言三言吐いた。それからすぐに、ハリーは頭を押さえながらよろよろとキッチンに入り、窓から裏庭をじっとのぞいた。

暗がりが波立ち、空気そのものが震えているようだった。そして、一人、また一人と、「目くらまし術」を解いた人影が現れた。その場を圧する姿のハグリッドは、ヘルメットにゴーグルを着け、黒いサイドカーつきの巨大なオートバイにまたがっている。その周囲に出現した人たちは次々に箒から降り、二頭の羽の生えた骸骨のような黒い馬から下りる人影も見えた。

ハリーはキッチンの裏戸を開けるのももどかしく、その輪に飛び込んでいった。ワッといっせいに声が上がり、ハーマイオニーがハリーに抱きついた。ロンはハリーの背をパンとたたき、ハグリッドは「大丈夫か、ハリー？　準備はええか？」と声をかけた。

「ばっちりだ」ハリーは全員にニッコリと笑いかけた。「でも、こんなにたくさん来るなんて思わなかった！」

「計画変更だ」マッド－アイが唸るように言った。

マッド－アイは、ふくれ上がった大きな袋を二つ持ち、魔法の目玉を、暮れゆく空から家へ、庭へと目まぐるしく回転させていた。

「おまえに説明する前に、安全な場所に入ろう」

ハリーはみんなをキッチンに案内した。にぎやかに笑ったり話したりしながら、椅子に座ったり、ペチュニアおばさんが磨き上げた調理台に腰かけたり、しみ一つない電気製品などに寄りかかったりして、全員がどこかに収まった。ロンはひょろりとした長身。ハーマイオニーは豊かな髪を後ろで一つに束ね、長い三つ編みにしている。フレッドとジョージは瓜二つのニヤニヤ笑いを浮かべ、ビルはひどい傷痕の残る顔に長髪だ。頭のはげ上がった親切そうな顔のウィーズリーおじさんは、めがねが少しずれている。歴戦のマッド－アイは片足が義足で、明るいブルーの魔法の目玉がぐるぐる回っている。トンクスの短い髪はお気に入りのショッキングピンクだが、ルーピンは白髪もしわも増えていた。フラーは長い銀色の髪を垂らし、ほっそりとして美しい。黒人のキングズリーははげていて、肩幅ががっちりしている。髪もひげもぼうぼうのハグリッドは、天井に頭をぶつけないように背中を丸めて立っていた。マンダンガス・フレッチャーは、バセットハウンド犬のように垂れ下がった目ともつれた髪の、おどおどした汚らしい小男だ。みんなを眺めていると、ハリーは心が広々として光で満たされるような気がした。みんなが好きでたまらなかった。前に会ったときにはしめ殺してやろうと思ったマンダンガスでさえ、好きだった。

「キングズリー、マグルの首相の警護をしてるんじゃなかったの？」

ハリーは部屋のむこうに呼びかけた。

「ひと晩ぐらい私がいなくとも、あっちは差しつかえない」キングズリーが言った。「君のほうが大切だ」

「ハリー、これな～んだ？」

洗濯機に腰かけたトンクスが、ハリーに向かって左手を振って見せた。指輪が光っている。

「結婚したの？」ハリーは思わず叫んで、トンクスからルーピンに視線を移した。

「来てもらえなくて残念だったが、ハリー、ひっそりした式だったのでね」

「よかったね。おめで――」

「さあさあ。積もる話はあとにするのだ！」

ガヤガヤをさえぎるように、ムーディが大声を出すと、キッチンが静かになった。ムーディは袋を足元に下ろし、ハリーを見た。

「ディーダラスが話したと思うが、計画Aは中止せざるをえん。パイアス・シックネスが寝返った。これは我々にとって大問題となる。シックネスめ、この家を『煙突飛行ネットワーク』と結ぶことも、『移動キー』を置くことも、『姿あらわし』で出入りすることも禁じ、違反すれば監獄行きとなるようしてくれおった。おまえを保護し、『例のあの人』がおまえに手出しできんようにするためだという口実だが、まったく意味をなさん。おまえの母親の魔法がとっくに保護してくれておるのだからな。あいつのほんとうのねらいは、おまえをここから無事には出させんようにすることだ」

「二つ目の問題だが、おまえは未成年だ。つまりまだ『におい』をつけておる」

「僕、そんなもの――」

「『におい』だ、『におい』！」マッド-アイがたたみかけた。「『十七歳未満の者の周囲での魔法行為をかぎ出す呪文』、魔法省が未成年の魔法を発見する方法のことだ！　おまえないしおまえの周辺の者がここからおまえを連れ出す呪文をかけると、シックネスにそれが伝わり、死喰い人にもかぎつけられるだろう」

「我々は、おまえの『におい』が消えるまで待つわけにはいかん。十七歳になったとたん、おまえの母親が与えた護りはすべて失われる。要するに、パイアス・シックネスはおまえをきっちり追い詰めたと思っておる」

面識のないシックネスだったが、ハリーもシックネスの考えどおりだと思った。

「それで、どうするつもりですか？」

「残された数少ない輸送手段を使う。『におい』がかぎつけられない方法だ。何しろこれなら呪文をかける必要がないからな。箒、セストラル、それとハグリッドのオートバイだ」

ハリーにはこの計画の欠陥が見えた。しかし、マッド-アイがその点に触れるまでだまっていることにした。

「さて、おまえの母親の魔法は、二つの条件のどちらかが満たされたときにのみ破れる。おまえが成人に達したとき、または――」

ムーディはちり一つないキッチンをぐるりと指した。

「――この場所を、もはやおまえの家と呼べなくなったときだ。おまえは今夜、おじおばとは別の道に向かう。もはや二度と一緒に住むことはないとの了解の上だ。そうだな？」

ハリーはうなずいた。

「さすれば、今回この家を去れば、おまえはもはや戻ることはない。おまえがこの家の領域から外に出たとたん、呪文は破れる。我々は早めに呪文を破るほうを選択した。なんとなれば、もう一つの方法では、おまえが十七歳になったとたん、『例のあの人』がおまえを捕らえにくる。それを待つだけのことになるからだ」

「我々にとって一つ有利なのは、今夜の移動を『例のあの人』が知らぬことだ。魔法省にガセネタを流しておいた。連中はおまえが三十日の夜中までは発たぬと思っておる。しかし相手は『例のあの人』だ。やつが日程を誤まることだけを当てにするわけにはいかぬ。万が一のために、このあたりの空全体を、二人の死喰い人にパトロールさせているにちがいない。そこで我々は十二軒の家に、できうるかぎりの保護呪文をかけた。そのいずれも、わしらがおまえを隠しそうな家だ。騎士団となんらかの関係がある場所ばかりだからな。わしの家、キングズリーの所、モリーのおば御のミュリエルの家――わかるな」

「ええ」と言ってはみたが、必ずしも正直な答えではなかった。ハリーにはまだ、この計画の大きな落とし穴が見えていた。

「おまえはトンクスの両親の家に向かう。いったん我々がそこにかけておいた保護呪文の境界内に入ってしまえば、『隠れ穴』に向かう移動キーが使える。質問は?」

「あ――はい」ハリーが言った。「最初のうちは、十二軒のどれに僕が向かうのか、あいつらにはわからないかもしれませんが、でも、もし――」ハリーはサッと頭数を数えた。「――十四人もトンクスのご両親の家に向かって飛んだら、ちょっと目立ちませんか?」

「ああ」ムーディが言った。「肝心なことを忘れておった。十四人がトンクスの実家に向かうのではない。今夜は七人のハリー・ポッターが空を移動する。それぞれに随行がつく。それぞれの組が、別々の安全な家に向かう」

ムーディはそこで、マントの中から、泥のようなものが入ったフラスコを取り出した。それ以上の説明は不要だった。ハリーは計画の全貌をすぐさま理解した。

「ダメだ！」ハリーの大声がキッチン中に響き渡った。「絶対ダメだ！」

「きっとそう来るだろうって、私、みんなに言ったのよ」ハーマイオニーが自慢げに言った。

「僕のために六人もの命を危険にさらすなんて、僕が許すとでも――！」

「――何しろ、そんなことは僕らにとって初めてだから、とか言っちゃって」ロンが言った。

「今度はわけがちがう。僕に変身するなんて――」

「そりゃ、ハリー、好きこのんでそうするわけじゃないぜ」フレッドが大真面目な顔で言った。

「考えてもみろよ。失敗すりゃ俺たち、永久にめがねをかけたやせっぽちの、さえない男のままだぜ」

ハリーは笑うどころではなかった。

「僕が協力しなかったらできないぞ。僕の髪の毛が必要なはずだ」

「ああ、それがこの計画の弱みだぜ」ジョージが言った。「君が協力しなけりゃ、俺たち、君の髪の毛をちょっぴりちょうだいするチャンスは明らかにゼロだからな」

「まったくだ。我ら十三人に対するは、魔法の使えないやつ一人だ。俺たちのチャンスはゼロだな」フレッドが言った。

「おかしいよ」ハリーが言った。「まったく笑っちゃうよ」

「力ずくでもということになれば、そうするぞ」ムーディが唸った。魔法の目玉がハリーをにらみつけて、いまやわなわなと震えていた。「ここにいる全員が成人に達した魔法使いだぞ、ポッター。しかも全員が危険を覚悟しておる」

マンダンガスが肩をすくめてしかめっ面をした。ムーディの魔法の目玉がぐるりと横に回転し、頭の横からマンダンガスをにらみつけた。

「議論はもうやめだ。刻々と時間がたっていく。さあ、いい子だ、髪の毛を少しくれ」

「でも、とんでもないよ。そんな必要はないと――」

「必要はないだと！」ムーディが歯をむき出した。「『例のあの人』が待ち受けておるし、魔法省の半分が敵に回っておってもか？　ポッター、うまくいけば、あいつは疑似餌に食らいつき、三十日におまえを待ち伏せするように計画するだろう。しかしあいつもばかじゃないからな、死喰い人の一人や二人は見張りにつけておるだろう。わしならそうする。おまえの母親の護りが効いているうちは、おまえにもこの家にも手出しができんかもしれんが、まもなく呪文は破れる。それにやつらは、この家の位置のだいたいの見当をつけている。おとりを使うのが我らに残された唯一の途だ。『例のあの人』といえども、体を七つに分けることはできまい」

ハリーはハーマイオニーの視線をとらえたが、すぐに目をそらした。

「そういうことだ、ポッター――髪の毛をくれ。頼む」

ハリーはちらりとロンを見た。ロンは、いいからやれよと言うように、ハリーに向かって顔をしかめた。

「さあ！」ムーディが吠えた。

全員の目が注がれる中、ハリーは頭のてっぺんに手をやり、髪をひと握り引き抜いた。

「よーし」ムーディが足を引きずって近づき、魔法薬のフラスコの栓を抜いた。「さあ、そのままこの中に」

ハリーは泥状の液体に髪の毛を落とし入れた。液体は、髪がその表面に触れるや否や、泡立ち、煙を上げ、それから一気に明るい金色の透明な液体に変化した。

「うわぁ、ハリー、あなたって、クラッブやゴイルよりずっとおいしそう」

そう言ったあとで、ハーマイオニーはロンの眉毛が吊り上がるのに気づき、ちょっと赤くなってあわててつけ足した。

「あ、ほら——ゴイルのなんか、鼻クソみたいだったじゃない」

「よし。では偽ポッターたち、ここに並んでくれ」ムーディが言った。

ロン、ハーマイオニー、フレッド、ジョージ、そしてフラーが、ペチュニアおばさんのピカピカの流し台の前に並んだ。

「一人足りないな」ルーピンが言った。

「ほらよ」ハグリッドがどら声とともにマンダンガスの襟首をつかんで持ち上げ、フラーのかたわらに落とした。フラーはあからさまに鼻にしわを寄せ、フレッドとジョージの間に移動した。

「言っただろうが。俺は護衛役のほうがいいって」マンダンガスが言った。

「だまれ」ムーディが唸った。「おまえに言って聞かせたはずだ。この意気地なしめが。死喰い人に出くわしても、ポッターを捕まえようとはするが殺しはせん。ダンブルドアがいつも言っておった。『例のあの人』は自分の手でポッターを始末したいのだとな。護衛のほうこそ、むしろ心配すべきなのだ。死喰い人は護衛を殺そうとするぞ」

マンダンガスは、格別納得したようには見えなかった。しかしムーディはすでに、マントからゆで卵立てほどの大きさのグラスを六個取り出し、それぞれに渡してポリジュース薬を少しずつ注いでいた。

「それでは、一緒に……」

ロン、ハーマイオニー、フレッド、ジョージ、フラー、そしてマンダンガスが飲んだ。薬がのどを通るとき、全員が顔をしかめてゼイゼイ言った。たちまち六人の顔が熱いろうのように泡立ち、形が変わった。ハーマイオニーとマンダンガスが縦に伸びだす一方、ロン、フレッド、ジョージのほうは縮んでいった。全員の髪が黒くなり、ハーマイオニーとフラーの髪は頭の中に吸い込まれていくようだった。

ムーディはいっさい無関心に、今度は持ってきた二つの大きいほうの袋の口を開けていた。ムーディが再び立ち上がったときには、その前に、ゼイゼイ息を切らした六人のハリー・ポッターが現れていた。

フレッドとジョージは互いに顔を見合わせ、同時に叫んだ。

「わおっ――俺たちそっくりだぜ！」

「しかし、どうかな、やっぱり俺のほうがいい男だ」

やかんに映った姿を眺めながら、フレッドが言った。

「アララ」フラーは電子レンジの前で自分の姿を確かめながら嘆いた。「ビル、見ないでちょうだい――わたし、いどいわ」

「着ているものが多少ぶかぶかな場合、ここに小さいのを用意してある」ムーディが最初の袋を指差した。「逆の場合も同様だ。めがねを忘れるな。横のポケットに六個入っている。着替えたら、もう一つの袋のほうに荷物が入っておる」

本物のハリーは、これまで異常なものをたくさん見てきたにもかかわらず、いま目にしているほど不気味なものを見たことがないと思った。六人の「生き霊」が袋に手を突っ込み、服を引っ張り出してめがねをかけ、自分の服を片づけている。全員が公衆の面前で臆面もなく裸になりはじめたのを見て、ハリーは、もう少し自分のプライバシーを尊重してくれと言いたくなった。みんな自分の体ならこうはいかないだろうが、他人の体なので気楽なのにちがいない。

「ジニーのやつ、刺青のこと、やっぱりうそついてたぜ」ロンが裸の胸を見ながら言った。

「ハリー、あなたの視力って、ほんとに悪いのね」ハーマイオニーがめがねをかけながら言った。

着替えが終わると、偽ハリーたちは、二つ目の袋からリュックサックと鳥かごを取り出した。かごの中にはぬいぐるみの白ふくろうが入っている。

服を着てめがねをかけた七人のハリーが、荷物を持ってついにムーディの目の前に勢ぞろいした。

「よし」と、ムーディが言った。「次の者同士が組む。マンダンガスはわしとともに移動だ。箒を使う――」

「どうして、おれがおめえと？」出口の一番近くにいるハリーがブツクサ言った。

「おまえが一番、目が離せんからだ」ムーディが唸った。

確かに魔法の目玉は、名前を呼び上げる間も、ずっとマンダンガスをにらんだままだった。

「アーサーはフレッドと――」

「俺はジョージだぜ」ムーディに指差された双子が言った。「ハリーの姿になっても見分けがつかないのかい？」

「すまん、ジョージ――」

「ちょっと揚げ杖を取っただけさ。俺、ほんとはフレッド――」

「こんなときに冗談はよさんか！」ムーディが歯がみしながら言った。「もう一人の双子――ジョージだろうがフレッドだろうが、どっちでもかまわん――リーマスと一緒だ。ミス・デラクール――」

「僕がフラーをセストラルで連れていく」ビルが言った。「フラーは箒が好きじゃないからね」

フラーはビルの所に歩いていき、メロメロに甘えた顔をした。ハリーは、自分の顔に二度とあんな表情が浮かびませんように、と心から願った。

「ミス・グレンジャー、キングズリーと。これもセストラル――」

ハーマイオニーはキングズリーのほほえみに応えながら、安心したように見えた。ハーマイオニーも箒には自信がないことを、ハリーは知っていた。

「残ったのは、あなたとわたしね、ロン！」

トンクスが明るく言いながらロンに手を振ったとたん、マグカップ・スタンドを引っかけて倒してしまった。

ロンは、ハーマイオニーほどうれしそうな顔をしなかった。

「そんでもって、ハリー、おまえさんは俺と一緒だ。ええか？」

ハグリッドはちょっと心配そうに言った。

「俺たちはバイクで行く。箒やセストラルじゃ、俺の体重を支えきれんからな。だけんどバイクの座席のほうも、俺が乗るとあんまり場所がねえんで、おまえさんはサイドカーだ」

「すごいや」心底そう思ったわけではなかったが、ハリーはそう言った。

「死喰い人のやつらは、おまえが箒に乗ると予想するだろう」

ムーディがハリーの気持ちを見透かしたように言った。

「スネイプは、おまえに関して、以前には話したことがないような事柄までくわしく連中に伝える時間があったはずだ。さすれば、死喰い人に遭遇した場合、やつらは箒に慣れた様子のポッターをねらうだろうと、我々はそう読んでおる。それでは、いいな」

ムーディは、偽ポッターたちの服が入った袋の口を閉め、先頭に立って裏口に向かった。「出発すべき時間まで三分と見た。鍵などかける必要はない。死喰い人が探しにきた場合、鍵で締め出すことはできん……いざ……」

ハリーは急いで玄関に戻り、リュックサックとファイアボルト、それにヘドウィグの鳥かごをつかんで、みんなの待つ暗い裏庭に出た。あちらこちらで、箒が乗り手の手に向かって飛び上がっていた。ハーマイオニーはキングズリーに助けられて、すでに大きな黒いセストラルの背にまたがっていたし、フラーもビルに助けられてもう一頭の背に乗っていた。ハグリッドはゴーグルを着け、バイクの脇に立って待っていた。

「これなの？　これがシリウスのバイクなの？」

「まさにそれよ」ハグリッドは、ハリーを見下ろしてニッコリした。「そんで、おまえさんがこの前これに乗ったときにゃあ、ハリーよ、俺の片手に乗っかるほどだったぞ！」

サイドカーに乗り込んだハリーは、なんだか屈辱的な気持ちになった。みんなより体一つ低い位置に座っていた。ロンは、遊園地の電気自動車に乗った子供のようなハリーを見て、ニヤッと笑った。ハリーはリュックサックと箒を両足の横に置き、ヘドウィグの鳥かごを両ひざの間に押し込んだ。とても居心地が悪かった。

「アーサーがちょいといじくった」

ハグリッドは、ハリーのきゅうくつさなど、まったく気づいていないようだった。ハグリッドがまたがって腰を落ち着けると、バイクが少しきしんで地面に数センチめり込んだ。

「ハンドルに、ちいっとばかり種も仕掛けもしてある。俺のアイデアだ」

ハグリッドは太い指で、スピードメーターの横にある紫のボタンを指した。

「ハグリッド、用心しておくれ」

すぐ横に箒を持って立っていたウィーズリーおじさんが言った。

「よかったのかどうか、私にはまだ自信がないんだよ。とにかく緊急のときにしか使わないように」

「ではいいな」ムーディが言った。「全員、位置に着いてくれ。いっせいに飛び立ってほしい。さもないと陽動作戦は意味がなくなる」

全員が箒にまたがった。

「さあ、ロン、しっかりつかまって」トンクスが言った。

ロンが申し訳なさそうな目でこっそりルーピンを見てから両手をトンクスの腰に回すのを、ハリーは見た。ハグリッドがペダルを蹴るとバイクにエンジンがかかった。バイクはドラゴンのような唸りを上げ、サイドカーが振動しはじめた。

「全員、無事でな」ムーディが叫んだ。「約一時間後に、みんな『隠れ穴』で会おう。三つ数えたらだ。一……二……三」

オートバイの爆音とともに、サイドカーが突然ぐらりと気持ちの悪い傾き方をした。ハリーは急速に空を切って昇っていった。目が少しうるみ、髪の毛は押し流されてはためいた。ハリーの周りには、箒が数本上昇し、セストラルの長く黒いしっぽがサッと通り過ぎた。サイドカーに押し込まれたハリーの両足は、ヘドウィグの鳥かごとリュックサックにはさまれ、痛みを通り越してしびれかけていた。あまりの乗り心地の悪さに、危うく最後にひと目プリベット通り四番地を見るのを忘れるところだった。気がついてサイドカーの縁越しにのぞいたときには、どの家がそれなのか、もはや見分けがつかなくなっていた。高く、さらに高く、一行は空へと上昇していく――。

その時、どこからともなく降って湧いたような人影が、一行を包囲した。少なくとも三十人のフードをかぶった姿が宙に浮かび、大きな円を描いて取り囲んでいた。騎士団のメンバーは、その真っただ中に飛び込んできたのだ。何も気づかずに――。

叫び声が上がり、緑色の閃光があたり一面にきらめいた。ハグリッドがウオッと叫び、バイクがひっくり返った。ハリーは方角がわからなくなった。頭上に街灯の明かりが見え、周り中から叫び声が聞こえた。ハリーは必死でサイドカーにしがみついていた。ヘドウィグの鳥かご、ファイアボルト、リュックサックがハリーのひざ下からすべり落ちた。

「ああっ――**ヘドウィグ！**」

箒はきりもみしながら落ちていったが、ハリーはやっとのことでリュックのひもと鳥かごのてっぺんをつかんだ。その時バイクがぐるりと元の姿勢に戻った。ホッとしたのもつかの間、またしても緑の閃光が走った。白ふくろうがキーッと鳴き、かごの底にポトリと落ちた。

「そんな――**うそだー！**」

バイクが急速で前進した。ハグリッドが囲みを突き破って、フードをかぶった死喰い人を蹴散らすのが見えた。

「ヘドウィグ――**ヘドウィグ**――」

白ふくろうはまるでぬいぐるみのように、哀れにも鳥かごの底でじっと動かなくなっていた。何が起こったのか理解できなかった。同時にほかの組の安否を思うと恐ろしくなり、ハリーは振り返った。すると、ひと塊の集団が動き回り、緑の閃光が飛び交っていた。その中から箒に乗ったふた組が抜け出し、遠くに飛び去っていったが、ハリーには誰の組なのかわからなかった――。

「ハグリッド。戻らなきゃ。戻らなきゃ！」

エンジンの轟音をしのぐ大声で、ハリーが叫んだ。杖を抜き、ヘドウィグの鳥かごを足元に押し込みながら、ヘドウィグの死を認めるものかと思った。

「ハグリッド！　**戻ってくれ！**」

「ハリー、俺の仕事はおまえさんを無事に届けることだ！」

ハグリッドが破れ鐘のような声を上げ、アクセルを吹かした。

「止まれ――**止まれ！**」ハリーが叫んだ。しかし、再び振り返ったとき、左の耳を二本の緑の閃光がかすめた。死喰い人が四人、二人を追って包囲網から離れ、ハグリッドの広い背中を標的にしていた。ハグリッドは急旋回したが、死喰い人がバイクに追いついてきた。背後から次々と浴びせられる呪いを、ハリーはサイドカーに身を沈めてよけた。狭い中で身をよじりながら、ハリーは
「ステューピファイ！　まひせよ！」と叫んだ。赤い閃光がハリーの杖から発射され、死喰い人たちはそれをかわして二手に割れた。

「つかまっちょれ、ハリー、これでも食らえだ！」ハグリッドが吠えた。

ハリーが目を上げると、ちょうどハグリッドが、燃料計の横の緑のボタンを太い指でたたくのが見えた。

排気筒から壁が現れた。固いれんがの壁だ。その壁が空中に広がっていくのを、ハリーは首を伸

ばして見ていた。三人の死喰い人は壁をかわして飛んだが、四人目は悪運尽きて姿を消し、バラバラになった箒とともに壁のむこう側から石のように落下していった。死喰い人三人のうちの一人が、救出しようとして速度を落とし、ハグリッドがハンドルにのしかかってスピードを上げると、その死喰い人たちも空中の壁も、背後の暗闇に吸い込まれていった。

残る二人の死喰い人の杖から放たれたいくつもの「死の呪い」が、ハリーの頭上を通り過ぎた。ハグリッドをねらっている。ハリーは「失神の呪文」の連続で応酬した。赤と緑の閃光が空中で衝突し、色とりどりの火花が降り注いだ。ハリーは、こんなときなのに花火を思い出した。下界のマグルたちには、何が起こっているのかさっぱりわからないだろう——。

「またやるぞ、ハリー、つかまっちょれ！」

大声でそう言うなり、ハグリッドは二番目のボタンを押した。排気筒から今度は巨大な網が飛び出したが、用心していた死喰い人たちは引っかからなかった。二人とも旋回してよけたばかりか、気絶した仲間を救うためにいったん速度を落とした死喰い人も追いついてきた。闇の中から忽然と姿を現し、三人で呪いを浴びせながら、バイクを追ってきた。

「そんじゃ、取っておきのやつだ。ハリー、しっかりつかまっちょれ！」

ハグリッドが叫んだ。ハリーは、スピードメーターの横の紫のボタンを、ハグリッドが手のひら全体でバーンとたたくのを見た。

紛れもないドラゴンの咆哮とともに、排気筒から白熱したドラゴンの青い炎が噴き出した。バイクは、金属がねじ曲がる音を響かせて、弾丸のように飛び出した。ハリーは死喰い人が死の炎をよけて旋回し、視界から消えていくのを見たが、同時にサイドカーが不吉に揺れだすのを感じた。バイクに結合している金属部分が加速の力で裂けたのだ。

「心配ねえぞ、ハリー！」

急加速の勢いで仰向けにひっくり返ったハグリッドがどなった。いまや誰もハンドルを握っていない。サイドカーはバイクのスピードが起こす乱流に巻き込まれ、激しくぐらつきはじめた。

「ハリー、俺が面倒見る。心配するな！」

ハグリッドが声を張り上げ、上着のポケットからピンクの花柄の傘を引っ張り出した。

「ハグリッド！　やめて！　僕に任せて！」

「レパロ！　直れ！」

耳をつんざくバーンという音とともに、サイドカーは完全にバイクから分離した。バイクの前進する勢いに押し出されて、サイドカーは前に飛び出したが、やがて高度を下げはじめた――。

ハリーは死に物狂いでサイドカーに杖を向け叫んだ。

「ウィンガーディアム　レヴィオーサ！　浮遊せよ！」

サイドカーはコルクのように浮かんだ。舵は取れないものの、とにかくまだ浮かんでいる。ホッとしたのもつかの間、何本もの呪いが、矢のようにハリーのそばを飛んでいった。三人の死喰い人が迫っていた。

「いま行くぞ、ハリー！」

暗闇の中からハグリッドの大声が聞こえたが、ハリーはサイドカーが再び沈みはじめるのを感じた。できるだけ身をかがめ、ハリーは襲ってくる死喰い人の真ん中の一人をねらって叫んだ。

「インペディメンタ！　妨害せよ！」

呪詛が真ん中の死喰い人の胸に当たった。男は見えない障壁にぶつかったかのように、一瞬、大の字形の滑稽な姿をさらして宙に浮かび、死喰い人仲間の一人が、危うくそれに衝突しそうになった――。

次の瞬間、サイドカーは本格的に落下しはじめた。三人目の死喰い人が放った呪いがあまりにも近くに飛んできたので、ハリーはサイドカーの縁に隠れるようにすばやく頭を引っ込めたが、その拍子に座席の端にぶつかって、歯が一本折れた――。

「いま行くぞ、ハリー、いま行くからな！」

巨大な手がハリーのローブの背中をつかまえ、落ちていくサイドカーから持ち上げた。ハリーはリュックを引っ張りながら、バイクの座席に這い上がった。気がつくとハグリッドと背中合わせに座っていた。二人の死喰い人を引き離して上昇しながら、ハリーは口からペッと血を吐き出し、落下していくサイドカーに杖を向けて叫んだ。

「コンフリンゴ！　爆発せよ！」

サイドカーが爆発したとき、ハリーはヘドウィグを思い、腸がよじれるような激しい痛みを感じた。その近くにいた死喰い人が箒から吹き飛ばされ、姿が見えなくなった。もう一人の仲間も、退却して姿を消した。

「ハリー、すまねえ、すまねえ」ハグリッドがうめいた。「俺が自分で直そうとしたんが悪かった――座る場所がなかろう――」

「大丈夫だから飛び続けて！」ハリーが叫び返した。暗闇からまた二人の死喰い人が現れて、だんだん近づいていた。

追っ手の放つ呪いが、再びオートバイ目がけて矢のように飛んできたが、ハグリッドはジグザグ運転でかわした。ハリーが不安定な座り方をしている状態では、ハグリッドは二度とドラゴン噴射ボタンを使う気にはなれないだろうとハリーは思った。追っ手に向かって、ハリーは次から次へと「失神呪文」を放ったが、かろうじて死喰い人との距離を保てただけだった。追っ手を食い止めるためにハリーはまた呪文を発した。一番近くにいた死喰い人がそれをよけようとした拍子に、頭からフードがすべり落ちた。ハリーが続けて放った「失神呪文」の赤い光が照らし出した顔は、奇妙に無表情なスタンリー・シャンパイク――スタンだ――。

「エクスペリアームス！　武器よ去れ！」ハリーが叫んだ。

「あれだ。あいつがそうだ。あれが本物だ！」

もう一人の、まだフードをかぶったままの死喰い人の叫び声は、エンジンの轟音をも乗り越えてハリーに届いた。次の瞬間、追っ手は二人とも退却し、視界から消えた。

「ハリー、何が起こった？」ハグリッドの大声が響いた。「連中はどこに消えた？」

「わからないよ！」

しかしハリーは不安だった。フード姿の死喰い人が、「あれが本物だ」と叫んだ。どうしてわかったのだろう？　一見何もない暗闇をじっと見つめながら、ハリーは迫り来る脅威を感じた。やつらはどこへ？

ハリーはなんとか半回転して前向きに座りなおし、ハグリッドの上着の背中につかまった。

「ハグリッド、ドラゴン噴射をもう一度やって。早くここから離れよう！」

「そんじゃ、しっかりつかまれ、ハリー！」

またしても耳をつんざくギャーッという咆哮とともに、灼熱の青白い炎が排気筒から噴き出した。ハリーは、もともとわずかしかない座席からさらにずり落ちるのを感じた。ハグリッドはハリーの上に仰向けにひっくり返ったが、まだかろうじてハンドルを握っていた――。

「ハリー、やつらをまいたと思うぞ。うまくやったぞ！」ハグリッドが大声を上げた。

しかしハリーにはそう思えなかった。まちがいなく追っ手が来るはずだと左右を見回しながら、ハリーは恐怖がひたひたと押し寄せるのを感じていた……連中はなぜ退却したのだろう？　一人はまだ杖を持っていたのに——**あいつがそうだ。あれが本物だ**——スタンに武装解除呪文をかけた直後に、死喰い人は言い当てた……。

「もうすぐ着くぞ、ハリー。もうちっとで終わるぞ！」ハグリッドが叫んだ。

ハリーはバイクが少し降下するのを感じた。しかし地上の明かりは、まだ星のように遠くに見えた。

その時、額の傷痕が焼けるように痛んだ。死喰い人がバイクの両側に一人ずつ現れ、同時に、背後から放たれた二本の「死の呪い」は、ハリーをすれすれにかすめた——。

そして、ハリーは見た。ヴォルデモートが風に乗った煙のように、箒もセストラルもなしに飛んでくる。蛇のような顔が真っ暗な中で微光を発し、白い指が再び杖を上げた——。

ハグリッドは恐怖の叫び声を上げ、バイクを一直線に下に向けた。ハリーは生きた心地もせずしがみつきながら、ぐるぐる回る夜空に向かって失神呪文を乱射した。誰かが物体のようにそばを落ちていくのが見えたので、一人に命中したことはわかったが、その時、バーンという音が聞こえ、エンジンが火を噴くのが見えた。オートバイはまったく制御不能となり、きりもみしながら落ちていった——。

またしても緑の閃光が、いく筋か二人をかすめて通り過ぎた。ハリーは上も下もわからなくなった。傷痕はまだ焼けるように痛んでいる。ハリーは死を覚悟した。間近に箒に乗ったフード姿が迫り、その腕が上がるのが見えた——。

**「この野郎！」**

怒りの叫び声を上げながら、ハグリッドがバイクから飛び降りてその死喰い人に襲いかかった。ハリーが恐怖に目を見開くその前を、ハグリッドは死喰い人もろとも落ちていき、姿が見えなくなった。箒は二人の重みに耐えられなかったのだ——。

落下するバイクをやっと両ひざで押さえながら、ハリーはヴォルデモートの叫びを聞いた。

**「俺様のものだ！」**

もうおしまいだ。ヴォルデモートがどこにいるのか、姿も見えず、声も聞こえなくなった。死喰い人が一人、すっと道を空けるのがちらりと見えたとたん、声が聞こえた。

「アバダ——」

傷痕の激痛で、ハリーは目を固く閉じた。その時、ハリーの杖がひとりでに動いた。まるで巨大な磁石のように、杖がハリーの手を引っ張っていくのを感じた。閉じたまぶたの間から、ハリーは金色の炎が杖から噴き出すのを見、**バシン**という音とともに、怒りの叫びを聞いた。一人残っていた死喰い人が大声を上げ、ヴォルデモートは「**しまった！**」と叫んだ。なぜか、ハリーの目と鼻の先にドラゴン噴射のボタンが見えた。杖に引かれていないほうの手を握って拳でボタンをたたくと、バイクはまたしても炎を噴き出して、一直線に地上に向かった。

「ハグリッド!」ハリーは必死でバイクにつかまりながら呼んだ。

「ハグリッド——アクシオ　ハグリッド!」

バイクは地面に吸い込まれるようにスピードを上げた。ハリーの顔はハンドルと同じ高さにあり、遠くの明かりがどんどん近づいてくるのだけが見えた。このままでは衝突する。しかしどうしようもない。背後でまた叫ぶ声がした——。

「**おまえの杖だ。セルウィン、おまえの杖をよこせ!**」

ヴォルデモートの姿が見える前に、ハリーはその存在を感じた。横を見ると、赤い両眼と目が合った。きっとこれがこの世の見納めだ。ヴォルデモートは再びハリーに死の呪いをかけようとしている——。

ところがその時、ヴォルデモートの姿が消えた。下を見ると、ハグリッドが真下の地面に大の字に伸びていた。ハグリッドの上に落ちないようにと、ハリーは必死にハンドルをぐいと引き、ブレーキをまさぐったが、耳をつんざき地面を揺るがす衝突音とともに、ハリーは池の泥水の中に突っ込んだ。

# 第五章　倒（たお）れた戦士

「ハグリッド？」

ハリーは金属（きんぞく）や革（かわ）の残骸（ざんがい）に埋（う）もれながら、起き上がろうともがいた。立ち上がろうとすると、両手が数センチ泥水（どろみず）の中に沈（しず）み込（こ）んだ。ヴォルデモートがどこに行ってしまったのか、わけがわからなかったし、いまにも暗闇（くらやみ）からぬっと現（あらわ）れるのではないかと気が気でなかった。あごや額（ひたい）からは、どろっとした生暖（なまあたた）かいものが滴（したた）り落（お）ちてくる。ハリーは池から這（は）い出（だ）し、地面に横たわる巨大（きょだい）な黒い塊（かたまり）に見えるハグリッドに、よろよろと近づいた。

「ハグリッド？　ハグリッド、何か言ってよ――」

しかし、黒い塊（かたまり）は動かなかった。

「誰（だれ）かね？　ポッターか？　君はハリー・ポッターかね？」

ハリーには聞き覚えのない男の声だった。それから女性（じょせい）の声がした。

「テッド！　墜落したんだわ。庭に墜落したのよ！」

ハリーは頭がくらくらした。

「ハグリッド」ハリーはふぬけのようにくり返し、がっくりとひざを折った。

気がつくと、ハリーは仰向けに寝ていた。背中にクッションのようなものを感じ、肋骨と右腕に焼けるような感覚があった。折れた歯は元どおり生えていたが、額の傷痕はまだずきずきしていた。

「ハグリッド？」

目を開けると、ランプに照らされた見知らぬ居間のソファに横になっていた。ぬれて泥だらけのリュックサックが、すぐそばの床に置かれている。腹の突き出た、明るい色の髪をした男が、心配そうにハリーを見つめていた。

「ハグリッドは大丈夫だよ」男が言った。

「いま、妻が看病している。気分はどうかね？　ほかに折れた所はないかい？　肋骨と歯と腕は治しておいたがね。ところで私はテッドだよ。テッド・トンクス――ドーラの父親だ」

ハリーはガバッと起き上がった。目の前に星がチカチカし、吐き気とめまいがした。

「ヴォルデモートは――」

「さあ落ち着いて」テッド・トンクスはハリーの肩に手を置いて、クッションに押し戻した。

「ひどい激突だったからね。何が起こったのかね？　バイクがおかしくなったのかね？　アーサー・ウィーズリーがまたやりすぎたのかな？　何しろマグルの奇妙な仕掛けが好きな男のことだ」

「ちがいます」額の傷痕は、生傷のようにずきずき痛んだ。「死喰い人が、大勢で――僕たち、追跡されて――」

「死喰い人？」テッドが鋭い声を上げた。「死喰い人とは、どういうことかね？　あいつらは、君が今夜移動することを知らないはずだ。連中は――」

「知ってたんです」ハリーが言った。

テッド・トンクスは、まるで天井から空が透視できるかのように、上を見上げた。

「まあ、それじゃあ、我々の保護呪文が効いたというわけだね？　連中はここから周辺百メートル以内には侵入できないはずだ」

ヴォルデモートがなぜ消えたのか、ハリーはやっとわかった。あれは、オートバイが騎士団の呪文の境界内に入った時点だったのだ。ハリーは呪文の効果が続きますようにと願った。こうして話をしている間にも、ヴォルデモートが百メートル頭上で大きな透明の泡のような障壁から侵入する方法を探している姿を、ハリーは想像した。

ハリーは腰をひねってソファから両足を下ろした。ハグリッドが生きていることを、自分の目で確かめないと信用できなかった。しかし、ハリーがまだ立ち上がりきらないうちにドアが開いて、ハグリッドがきゅうくつそうに入ってきた。顔は泥と血にまみれ、少し足を引きずっていたが、奇跡的に生きていた。

「ハリー！」

華奢なテーブルを二脚と観葉植物のハランをひと鉢ひっくり返し、ハグリッドはたった二歩で部屋を横切ってハリーを抱きしめた。治ったばかりの肋骨がまた折れそうになった。

「おったまげた。ハリー、いったいどうやって助かった？　てっきり俺たち二人ともお陀仏だと思ったぞ」

「うん、僕も。信じられな――」

ハリーは突然言葉を切った。ハグリッドのあとから部屋に入ってきた女性に気づいたからだ。

「おまえは！」叫ぶなりハリーは、ポケットに手を突っ込んだが、からっぽだった。

「杖ならここにあるよ」テッドが杖で、ハリーの腕を軽くたたきながら言った。「君のすぐ脇に落ちていたので、拾っておいた。それに、私の妻だよ、いま、君がどなりつけたのは」

「えっ、あ、僕――すみません」

部屋の中に入ってくるにつれて、トンクス夫人と姉のベラトリックスの似ている点はあまり目立たなくなった。髪は明るくやわらかい褐色だったし、目はもっと大きく、親しげだった。にもかかわらず、ハリーが大声を出したせいか、少しツンとしているように見えた。

「娘はどうなったの？」夫人が聞いた。「ハグリッドが、待ち伏せされたと言っていましたが、ニンファドーラはどこ?」

「僕、わかりません」ハリーが言った。「ほかのみんながどうなったのか、僕たちにはわからないんです」

夫人はテッドと顔を見合わせた。その表情を見て、ハリーは恐怖と罪悪感の入りまじった気持ちにとらわれた。ほかの誰かが死んだら、自分の責任だ。全部自分のせいだ。計画に同意して、髪の毛を提供したのは自分だ……。

「移動キーだ」ハリーは急に思い出した。「僕たち、『隠れ穴』に戻らないといけない。どうなったか様子を見ないと――そうしたら僕たち、お二人に伝言を送れます。でなければ――でなければトンクスからお送りします。着いたときに――」

「ドーラは大丈夫だよ、ドロメダ」テッドが言った。「あの子は、どうすればよいか知っている。闇祓いの仲間と一緒に、これまでも、さんざん危ない目にあってきた子だ。さあ、移動キーはこっちだよ」テッドがハリーを見た。「使うつもりなら、あと三分でここを発つことになっている」

「ええ、行きます」ハリーは、リュックサックをつかんで背中に担ぎ上げた。「僕――」

ハリーはトンクス夫人を見た。夫人を恐怖におとしいれたまま残していくことを、わびたかった。しかも、自分がどんなにその責任を深く感じているかを述べて、謝りたかった。しかし、言うべき言葉を思いつかない。どんな言葉もむなしいし、誠意がないように思えた。

「僕、トンクスに――ドーラに――連絡するように言います。トンクスが戻ってきたときに……。僕たちのこと、あちこち治していただいてありがとうございます。いろいろお世話になりました。僕――」

その部屋を出ていけるのが、ハリーにとっては救いだった。テッド・トンクスについて玄関の短い廊下を抜け、ハリーは寝室に入った。ハグリッドが二人のあとから、ドアの上に頭をぶつけないように上体を曲げて入ってきた。

「さあ、あれが移動キーだよ」

トンクス氏は、化粧台に置かれた小さな銀のヘアブラシを指差していた。

「ありがとう」ハリーは手を伸ばして指を一本そこに乗せ、いつでも出発できるようにした。

「ちょっと待った」ハグリッドがあたりを見回した。「ハリー、ヘドウィグはどこだ？」

「ヘドウィグは……撃たれた」ハリーが言った。

現実が実感として押し寄せてきた。鼻の奥がツンと痛くなるのを、ハリーは恥ずかしく思った。ヘドウィグは、ずっとハリーと一緒だった。そして、義務的にダーズリー家に戻らなければならなかった日々には、ハリーと魔法界とをつなぐ一つの大きな絆だった。

ハグリッドは大きな手でハリーの肩を軽く、しかし痛いほどにたたいた。

「もう、ええ」ハグリッドの声がかすれた。「もう、ええ。あいつは幸せに長生きした――」

「ハグリッド！」テッド・トンクスが気づかわしげに声をかけた。ヘアブラシが明るいブルーに光りだしていた。間一髪、ハグリッドは人差し指でブラシに触れた。

見えない鉤と糸で引かれるように、へその裏側をぐいと前に引っ張られ、ハリーは無の中へと引き込まれた。指を移動キーに貼りつけたまま、くるくると無抵抗に回転しながら、ハリーはハグリッドとともにトンクス氏から急速に離れていった。数秒後、両足が固い地面を打ち、ハリーは「隠れ穴」の裏庭に両手両ひざをついて落ちた。叫び声が聞こえた。もう光らなくなったヘアブラシを放り投げ、ハリーは、少しよろめきながら立ち上がった。ウィーズリーおばさんとジニーが、勝手口から階段を駆け下りてくるのが見えた。ハグリッドも着地で倒れ、どっこいしょと立ち上がるところだった。

「ハリー？　あなたが本物のハリー？　何があったの？　ほかのみんなは？」

ウィーズリーおばさんが叫んだ。

「どうしたの？　ほかには誰も戻っていないの？」ハリーがあえぎながら聞いた。

ウィーズリーおばさんの青い顔に、答えがはっきり刻まれていた。

「死喰い人たちが待ち伏せしていたんだ」ハリーはおばさんに話した。

「飛び出すとすぐに囲まれた――やつらは今夜だってことを知っていたんだ――ほかのみんながどうなったか、僕にはわからない。僕らは四人に追跡されて、逃げるので精いっぱいだった。それからヴォルデモートが僕たちに追いついて――」

ハリーは、自分の言い方が弁解がましいのに気づいていた。それは、おばさんの息子たちがどうなったのか、自分が知らないわけを理解してほしいという、切実な気持ちだった。しかし――。

「ああ、あなたが無事で、ほんとうによかった」おばさんはハリーを抱きしめた。ハリーは、自分にはそうしてもらう価値がないと感じた。

「モリー、ブランデーはねえかな、え？」ハグリッドは少しよろめきながら言った。「気つけ薬用だが？」

魔法で呼び寄せることができるはずなのに、曲がりくねった家に走って戻るおばさんの後ろ姿を見て、ハリーは、おばさんが顔を見られたくないのだと思った。ハリーはジニーを見た。すると、様子が知りたいという無言のハリーの願いを、ジニーはくみ取ってくれた。

「ロンとトンクスが一番に戻るはずだったけど、移動キーの時間に間に合わなかったの。キーだけが戻ってきたわ」ジニーはそばに転がっているさびた油注しを指差した。「それから、あれは」ジニーは、ぼろぼろのスニーカーを指しながら言った。「パパとフレッドのキーのはずだったの。二番目に着く予定だった。ハグリッドとあなたが三番目で」ジニーは腕時計を見た。「間に合えば、ジョージとルーピンがあと一分ほどで戻るはずよ」

ウィーズリーおばさんがブランデーの瓶を抱えて再び現れ、ハグリッドに手渡した。ハグリッドは栓を開け、一気に飲み干した。

「ママ！」ジニーが、少し離れた場所を指差して叫んだ。

暗闇に青い光が現れ、だんだん大きく、明るくなった。そして、ルーピンとジョージが独楽のように回りながら現れて倒れた。何かがおかしいと、ハリーはすぐに気づいた。ルーピンは、血だらけの顔で気を失っているジョージを支えている。

ハリーは駆け寄って、ジョージの両足を抱え上げた。ルーピンと二人でジョージを家の中に運び込み、台所を通って居間のソファに寝かせた。ランプの光がジョージの頭を照らし出すと、ジニーは息をのみ、ハリーの胃袋はぐらりと揺れた。ジョージの片方の耳がない。側頭から首にかけて、驚くほど真っ赤な血でべっとり染まっていた。

ウィーズリーおばさんが息子の上にかがみ込むとすぐ、ルーピンがハリーの二の腕をつかんで、とてもやさしいとは言えない強さで引っ張り、台所に連れ戻した。そこでは、ハグリッドが、巨体をなんとか勝手口から押し込もうとがんばっていた。

「おい！」ハグリッドが憤慨した。「ハリーを放せ！　放さんか！」

ルーピンは無視した。

「ホグワーツの私の部屋を、ハリー・ポッターが初めて訪ねたときに、隅に置いてあった生き物はなんだ？」ルーピンはハリーをつかんだまま小さく揺すぶった。「答えろ！」

「グ――グリンデロー、水槽に入った水魔、でしょう?」

ルーピンはハリーを放し、台所の戸棚に倒れるようにもたれかかった。

「な、なんのつもりだ?」ハグリッドがどなった。

「すまない、ハリー。しかし、確かめる必要があった」ルーピンは簡潔に答えた。「裏切られたのだ。ヴォルデモートは、君が今夜移されることを知っていたし、やつにそれを教えることができたのは、計画に直接関わった者だけだ。君が偽者の可能性もあった」

「そんなら、なんで俺を調べねえ?」

勝手口を通り抜けようとまだもがきながら、ハグリッドが息を切らして聞いた。

「君は半巨人だ」ルーピンがハグリッドを見上げながら言った。「ポリジュース薬はヒトの使用に限定されている」

「騎士団のメンバーが、ヴォルデモートに今夜の移動のことを話すはずがない」ハリーが言った。疑うことさえ、ハリーにはいとわしかった。誰一人として、そんなことをするとは思えなかった。

「ヴォルデモートは、最後のほうになって僕に追いついたんだ。最初は、誰が僕なのか、あいつは知らなかった。あいつが計画を知っていたなら、僕がハグリッドと一緒だと、はじめからわかっていたはずだ」

「ヴォルデモートが君を追ってきたって?」ルーピンが声をとがらせた。「何があったんだ? どうやって逃れた？」

ハリーはかいつまんで説明した。自分を追っていた死喰い人たちが、本物のハリーだと気づいたらしいこと、追跡を急に中止したこと、ヴォルデモートを呼び出したにちがいないこと、そしてハリーとハグリッドが安全地帯のトンクスの実家に到着する直前に、ヴォルデモートが現れたこと、などなど。

「君が本物だと気づいたって？　しかし、どうして？　君は何をしたんだ？」

「僕……」ハリーは思い出そうとした。

今夜のことすべてが、恐怖と混乱のぼやけた映像のように思えた。

「僕、スタン・シャンパイクを見たんだ……ほら、夜の騎士バスの車掌を知ってるでしょう？　それで、『武装解除』しようとしたんだ。ほんとうなら別の——だけど、スタンは自分で何をしているのかわかってない。そうでしょう？『服従の呪文』にかかっているにちがいないんだ！」

ルーピンはあっけに取られたような顔をした。

「ハリー、武装解除の段階はもう過ぎた！　あいつらが君を捕らえて殺そうとしているというのに！　殺すつもりがないなら、少なくとも『失神』させるべきだった！」

「何百メートルも上空だよ！　スタンは正気を失っているし、もし僕があいつを『失神』させたら、『**アバダ　ケダブラ**』を使ったも同じことになっていた！　スタンはきっと落ちて死んでいた！

それに、『**エクスペリアームス**』の呪文だって、二年前、僕をヴォルデモートから救ってくれたんだ」最後の言葉を、ハリーは挑戦的につけ加えた。

いまのルーピンは、ダンブルドア軍団に「武装解除術」のかけ方を教えようとするハリーをあざ笑った、ハッフルパフ寮のザカリアス・スミスを思い出させた。

「そのとおりだよ、ハリー」ルーピンは必死に自制していた。「しかも、その場面を、大勢の死喰い人が目撃している！　こんなことを言うのは悪いが、死に直面したそんな切迫した場面でそのような動きに出るのは、まったく普通じゃない。その現場を目撃したか、または話に聞いていた死喰い人たちの目の前で、今夜また同じ行動をくり返すとは、まさに自殺行為だ！」

「それじゃ、僕はスタン・シャンパイクを殺すべきだったと言うんですか？」

ハリーは憤慨した。

「いや、そうではない」ルーピンが言った。「しかし、死喰い人たちは——率直に言って、たいていの人なら——君が反撃すると予想しただろう！　『**エクスペリアームス、武器よ去れ**』は役に立つ呪文だよ、ハリー。しかし、死喰い人は、それが君を見分ける独特の動きだと考えているようだ。だから、そうならないようにしてくれ！」

ルーピンの言葉でハリーは自分の愚かしさに気づいたが、それでもまだわずかに反発したい気持ちがあった。

「たまたまそこにいるだけで、邪魔だから吹き飛ばしたりするなんて、僕にはできない」ハリーが言った。「そんなことは、ヴォルデモートのやることだ」

ルーピンが言い返したが、その時ようやく狭い勝手口を通り抜けたハグリッドが、よろよろと椅子に座り込んだとたんに椅子がつぶれ、ルーピンの言葉は聞こえなかった。ののしったり謝ったりのハグリッドを無視して、ハリーは再びルーピンに話しかけた。

「ジョージは大丈夫？」

ハリーに対するルーピンのいらだちは、この問いかけですっかりどこかに消えてしまったようだった。

「そう思うよ。ただ、耳は元どおりにはならない。呪いでもぎ取られてしまったのだからね――」

外で、何かがゴソゴソ動き回る音がした。ルーピンは勝手口の戸に飛びつき、ハリーはハグリッドの足を飛び越えて裏庭に駆け出した。

裏庭には二人の人影が現れていた。ハリーが走って近づくにつれて、それが元の姿に戻る最中のハーマイオニーとキングズリーだとわかった。二人とも曲がったハンガーをしっかりつかんでいた。ハーマイオニーはハリーの腕に飛び込んだが、キングズリーは誰の姿を見てもうれしそうな顔をしなかった。ハリーは、キングズリーが杖を上げてルーピンの胸をねらうのを、ハーマイオニーの肩越しに見た。

「アルバス・ダンブルドアが、我ら二人に遺した最後の言葉は？」

「『**ハリーこそ我々の最大の希望だ。彼を信じよ**』」ルーピンが静かに答えた。

キングズリーは次に杖をハリーに向けたが、ルーピンが止めた。

「本人だ。私がもう調べた！」

「わかった、わかった！」キングズリーは杖をマントの下に収めた。「しかし、誰かが裏切ったぞ！あいつらは知っていた。今夜だということを知っていたんだ！」

「そのようだ」ルーピンが応えた。「しかし、どうやら七人のハリーがいるとは知らなかったようだ」

「たいしたなぐさめにはならん！」キングズリーが歯がみした。「ほかに戻った者は？」

「ハリー、ハグリッド、ジョージ、それに私だけだ」

ハーマイオニーが口を手で覆って、小さなうめき声を押し殺した。

「君たちには、何があった？」ルーピンがキングズリーに聞いた。

「五人に追跡されたが二人を負傷させた。一人殺したかもしれん」キングズリーは一気に話した。

「それに、『例のあの人』も目撃した。あいつは途中から追跡に加わったが、たちまち姿を消した。リーマス、あいつは――」

「飛べる」ハリーが言葉を引き取った。「僕もあいつを見た。ハグリッドと僕を追ってきたんだ」

「それでいなくなったのか――君を追うために！」キングズリーが言った。「なぜ消えてしまったのか理解できなかったのだが。しかし、どうして標的を変えたのだ？」

「ハリーが、スタン・シャンパイクに少し親切すぎる行動を取ったためだ」

ルーピンが答えた。

「スタン？」ハーマイオニーが聞き返した。「だけどあの人は、アズカバンにいるんじゃなかったの？」

キングズリーが、おもしろくもなさそうに笑った。

「ハーマイオニー、集団脱走があったのはまちがいない。魔法省は隠蔽しているがね。私の呪いでフードがはずれた死喰い人は、トラバースだった。あいつも収監中のはずなのだが。ところで、リーマス、君のほうは何があったんだ？　ジョージはどこだ？」

「耳を失った」ルーピンが言った。

「何をですって――？」ハーマイオニーの声が上ずった。

「スネイプの仕業だ」ルーピンが言った。

「**スネイプだって？**」ハリーが叫んだ。「さっきはそれを言わなかった――」

「追跡してくる途中であいつのフードがはずれた。『**セクタムセンプラ**』の呪いは、昔からあいつの十八番だった。そっくりそのままお返しをしてやったと言いたいところだが、負傷したジョージを箒に乗せておくだけで精いっぱいだった。出血が激しかったのでね」

四人は、空を見上げながらだまり込んだ。何も動く気配はない。星が、瞬きもせず冷たく見つめ返すばかりで、光をよぎって飛んでくる友の影は見えない。ロンはどこだろう？　フレッドとウィーズリーおじさんは？　ビル、フラー、トンクス、マッド-アイ、マンダンガスは？

「ハリー、手を貸してくれや！」

ハグリッドがまた勝手口につっかえて、かすれ声で呼びかけた。何かすることがあるのは救いだった。ハリーはハグリッドを外に引っ張り出し、誰もいない台所を通って居間に戻った。ウィーズリーおばさんとジニーが、ジョージの手当てを続けていた。ウィーズリーおばさんの手当てで、血はもう止まっていたが、ランプの灯りの下で、ハリーは、ジョージの耳があった所にぽっかり穴が開いているのを見た。

「どんな具合ですか？」ハリーが聞いた。

ウィーズリーおばさんが振り返って答えた。

「私には、また耳を生やしてあげることはできないわ。闇の魔術に奪われたのですからね。でも、不幸中の幸いだったわ……この子は生きているんですもの」

「ええ」ハリーが言った。「よかった」

「裏庭で、誰かほかの人の声がしたようだったけど？」ジニーが聞いた。

「ハーマイオニーとキングズリーだ」ハリーが答えた。

「よかったわ」ジニーがささやくように言った。二人は互いに見つめ合った。ハリーはジニーを抱きしめたかった。ジニーにすがりつきたかった。ウィーズリーおばさんがそこにいることさえあまり気にならなかった。しかし衝動に身を任せるより前に、台所ですさまじい音がした。

「キングズリー、私が私であることは、息子の顔を見てから証明してやる。さあ、悪いことは言わんから、そこをどけ！」

ハリーは、ウィーズリーおじさんがこんな大声を出すのを初めて聞いた。おじさんははげた頭のてっぺんを汗で光らせ、めがねをずらしたまま居間に飛び込んできた。フレッドもすぐあとに続いていた。二人とも真っ青だったが、けがはしていない。

「アーサー！」ウィーズリーおばさんがすすり泣いた。「ああ、無事でよかった！」

「様子はどうかね？」

ウィーズリーおじさんは、ジョージのそばにひざをついた。フレッドは、言葉が出ない様子だった。ハリーは、そんなフレッドを見たことがなかった。目にしているものが信じられないという顔で、フレッドは、ソファの後ろから双子の相棒の傷をポカンと眺めていた。

フレッドと父親がそばに来た物音で気がついたのか、ジョージが身動きした。

「ジョージィ、気分はどう？」ウィーズリーおばさんが小声で聞いた。

ジョージの指が、耳のあたりをまさぐった。

「聖人みたいだ」ジョージがつぶやいた。

「いったい、どうしちまったんだ?」フレッドが、ぞっとしたようにかすれ声で言った。「頭もやられっちまったのか?」

「聖人みたいだ」ジョージが目を開けて、双子の兄弟を見上げた。「見ろよ……穴だ。ホールだ、**ホーリー**だ。ほら、聖人じゃないか、わかったか、フレッド?」

ウィーズリーおばさんがますます激しくすすり泣いた。フレッドの蒼白な顔に赤みがさした。

「なっさけねえ」フレッドがジョージに言った。「情けねえぜ! 耳に関するジョークなら、掃いて捨てるほどあるっていうのに、なんだい、**ホーリー**しか考えつかないのか?」

「まあね」ジョージは涙でぐしょぐしょの母親に向かって、ニヤリと笑った。「ママ、これで二人の見分けがつくだろう」

ジョージは周りを見回した。

「やあ、ハリー——君、ハリーだろうな?」

「ああ、そうだよ」ハリーがソファに近寄った。

「まあ、なんとか君を無事に連れて帰ることはできたわけだ」ジョージが言った。「我が病床に、ロンとビルが侍っていないのはどういうわけ?」

「まだ帰ってきていないのよ、ジョージ」

ウィーズリーおばさんが言った。ジョージの笑顔が消えた。ハリーはジニーに目配せし、一緒に外に出てくれというしぐさをした。台所を歩きながら、ジニーが小声で言った。

「ロンとトンクスはもう戻ってないといけないの。長い旅じゃないはずなのよ。ミュリエルおばさんの家はここからそう遠くないから」

ハリーは何も言わなかった。「隠れ穴」に戻って以来ずっとこらえていた恐怖が、いまやハリーを包み込み、皮膚を這い、胸の中でずきずきと脈打って、のどを詰まらせているような気がした。勝手口から暗い庭へと階段を下りながら、ジニーがハリーの手を握った。

キングズリーが大股で往ったり来たりしながら、折り返すたびに空を見上げていた。ハリーは、バーノンおじさんが居間を往ったり来たりしていた様子を、もう百万年も昔のことのように思い出した。ハグリッド、ハーマイオニー、そしてルーピンの黒い影が、肩を並べてじっと上を見つめていた。ハリーとジニーが沈黙の見張りに加わっても、誰も振り向かなかった。

何分間が何年にも感じられた。全員が、ちょっとした風のそよぎにもびくりとして振り向き、葉ずれの音に耳をそばだて、灌木や木々の葉陰から行方不明の騎士団員の無事な姿が飛び出てきはしないかと、望みをかけるのだった――。

やがて箒が一本、みんなの真上に現れ、地上に向かって急降下してきた――。

「帰ってきたわ！」ハーマイオニーが喜びの声を上げた。

トンクスが長々と箒跡を引きずり、土や小石をあたり一面にはね飛ばしながら着地した。

「リーマス！」よろよろと箒から降りたトンクスが、叫びながらルーピンの腕に抱かれた。

ルーピンは何も言えず、真っ青な硬い表情をしていた。ロンはぼうっとして、よろけながらハリーとハーマイオニーのほうに歩いてきた。

「君たち、無事だね」ロンがつぶやいた。

ハーマイオニーは飛びついてロンをしっかりと抱きしめた。

「心配したわ――私、心配したわ――」

「僕、大丈夫」ロンは、ハーマイオニーの背中をたたきながら言った。「僕、元気」

「ロンはすごかったわ」トンクスが、抱きついていたルーピンから離れて、ロンをほめそやした。

「すばらしかった。死喰い人の頭に『失神呪文』を命中させたんだから。何しろ飛んでいる箒から動く的をねらうとなると――」

「ほんと？」

ハーマイオニーはロンの首に両腕を巻きつけたまま、ロンの顔をじっと見上げた。

「意外で悪かったね」

ロンはハーマイオニーから離れながら、少しむっとしたように言った。

「僕たちが最後かい？」

「ちがうわ」ジニーが言った。「ビルとフラー、それにマッドーアイとマンダンガスがまだなの。ロン、私、パパとママに、あなたが無事だって知らせてくるわ――」

ジニーが家に駆け込んだ。

「それで、どうして遅くなった？　何があったんだ？」

ルーピンは、まるでトンクスに腹を立てているような聞き方をした。

「ベラトリックスなのよ」トンクスが言った。「あいつ、ハリーをねらうのと同じくらいしつこく私をねらってね、リーマス、私を殺そうと躍起になってた。あいつをやっつけたかったなぁ。ベラトリックスには借りがあるんだから。でも、ロドルファスには確実にけがをさせてやった……それからロンのおばさんのミュリエルの家に行ったけど、移動キーの時間に間に合わなくて、ミュリエルにさんざんやきもきされて――」

ルーピンは、あごの筋肉をピクピクさせて聞いていた。うなずくだけで、何も言えないようだった。

「それで、みんなのほうは何があったの？」

トンクスがハリー、ハーマイオニー、そしてキングズリーに聞いた。

それぞれがその夜の旅のことを語った。しかし、その間も、ビル、フラー、マッドーアイ、マンダンガスの姿がないことが、霜が降りたように全員の心にのしかかり、その冷たさはしだいに無視できないつらさになっていた。

「私はダウニング街の首相官邸に戻らなければならない。一時間前に戻っていなければならなかったのだが――」しばらくしてキングズリーがそう言い、最後にもう一度、隅々まで空を見回した。「戻ってきたら、報せをくれ」

ルーピンがうなずいた。みんなに手を振りながら、キングズリーは暗闇の中を門へと歩いていった。ハリーは、「隠れ穴」の境界のすぐ外で、キングズリーが「姿くらまし」するポンというかすかな音を聞いたような気がした。

ウィーズリー夫妻が、裏庭への階段を駆け下りてきた。すぐ後ろにジニーがいた。二人はロンを抱きしめ、それからルーピンとトンクスを見た。

「ありがとう」ウィーズリーおばさんが二人に言った。「息子たちのことを」

「あたりまえじゃないの、モリー」トンクスがすぐさま言った。

「ジョージの様子は？」ルーピンが聞いた。

「ジョージがどうかしたの？」ロンが口をはさんだ。

「あの子は、耳――」

ウィーズリーおばさんの言葉は、途中で歓声に飲み込まれてしまった。高々と滑空するセストラルが見えたのだ。目の前に着地したセストラルの背から、風に吹きさらされてはいたが、ビルとフラーの無事な姿がすべり下りた。

「ビル！　ああよかった、ああよかった――」

ウィーズリーおばさんが駆け寄ったが、ビルは、母親をおざなりに抱きしめただけで、父親をまっすぐ見て言った。

「マッド-アイが死んだ」

誰も声を上げなかった。誰も動かなかった。ハリーは体の中から何かが抜け落ちて、自分を置き去りにしたまま、地面の下にどんどん落ちていくような気がした。

「僕たちが目撃した」ビルの言葉に、フラーがうなずいた。そのほおに残る涙の跡が、台所の明かりにキラキラ光った。「僕たちが敵の囲みを抜けた直後だった。マッド-アイとダングがすぐそばにいて、やはり北を目指していた。ヴォルデモートが――あいつは飛べるんだ――まっすぐあの二人に向かっていった。ダングが動転して――僕はやつの叫ぶ声を聞いたよ――マッド-アイがなんとか止めようとしたけれど、ダングは『姿くらまし』してしまった。ヴォルデモートの呪いがマッド-アイの顔にまともに当たって、マッド-アイは仰向けに箒から落ちて、それで――僕たちは何もできなかった。なんにも。僕たちも六人に追われていた――」

ビルは涙声になった。

「当然だ。君たちには何もできはしなかった」ルーピンが言った。

全員が、顔を見合わせて立ち尽くした。ハリーはまだ納得できなかった。マッドーアイが死んだ。そんなはずはない……あんなにタフで、勇敢で、死地をくぐり抜けてきたマッドーアイが……。

やがて、誰も口に出しては言わなかったが、誰もがもはや庭で待ち続ける意味がなくなったと気づいたようだった。全員が無言で、ウィーズリー夫妻に続いて「隠れ穴」の中へ、そして居間へと戻った。そこではフレッドとジョージが、笑い合っていた。

「どうかしたのか？」居間に入ってきたみんなの顔を次々に見回して、フレッドが聞いた。「何があったんだ？　誰かが――？」

「マッドーアイだ」ウィーズリーおじさんが言った。「死んだ」

双子の笑顔が衝撃でゆがんだ。何をすべきか、誰にもわからなかった。トンクスはハンカチに顔をうずめて、声を出さずに泣いていた。トンクスはマッドーアイと親しかった。魔法省で、マッドーアイの秘蔵っ子として目をかけられていたことを、ハリーは知っていた。ハグリッドは部屋の隅の一番広く空いている場所に座り込み、テーブルクロス大のハンカチで目をぬぐっていた。

ビルは戸棚に近づき、ファイア・ウィスキーを一本と、グラスをいくつか取り出した。

「さあ」そう言いながら、ビルは杖をひと振りし、十二人の戦士に、なみなみと満たしたグラスを送った。十三個目のグラスを宙に浮かべ、ビルが言った。

「マッドーアイに」

「マッドーアイに」全員が唱和し、飲み干した。

「マッドーアイに」ひと呼吸遅れて、しゃっくりしながらハグリッドが唱和した。

ファイア・ウィスキーはハリーののどを焦がした。焼けるような感覚がハリーをしゃきっとさせた。まひした感覚を呼び覚まし、現実に立ち戻らせ、何かしら勇気のようなものに火をつけた。

「それじゃ、マンダンガスは行方をくらましたのか？」

一気にグラスを飲み干したルーピンが聞いた。

周りの空気がサッと変わった。緊張した全員の目が、ルーピンに注がれていた。ルーピンにそのまま追及してほしいという気持ちと、答えを聞くのが少し恐ろしいという気持ちが混じっている。ハリーにはそう思えた。

「みんなが考えていることはわかる」ビルが言った。「僕もここに戻る道々、同じことを疑った。何しろ連中は、どうも我々を待ち伏せしていたようだったからね。しかし、マンダンガスが裏切ったはずはない。ハリーが七人になることを、連中は知らなかったし、だからこそ、我々が現れたとき、連中は混乱した。それに、忘れてはいないだろうが、このインチキ戦法を提案したのはマンダンガスだった。肝心なポイントをやつらに教えていなかったのは、おかしいだろう？　僕は、ダングが単純に恐怖にかられただけだと思う。あいつは、はじめから来たくなかったんだが、マッドーアイが参加させた。それに、『例のあの人』が真っ先にあの二人を追った。それだけで誰だって動転するよ」

「『例のあの人』は、マッド-アイの読みどおりに行動したわ」トンクスがすすり上げた。「マッド-アイが言ったけど、『あの人』は、本物のハリーなら、一番タフで熟練の闇祓いと一緒だと考えるだろうって。マッド-アイを最初に追って、マンダンガスが正体を現したあとは、キングズリーに切り替えた……」

「ええ、それはそのとーりでーすが」フラーが切り込んだ。「でも、わたしたちが今夜アリーを移動するこーとを、なぜ知っていーたのか、説明つきませーんね？　誰かがうっかりでしたにちがいありませーん。誰かが外部のいとにうっかりもらしましたね。彼らがいにちだけ知っていーて、プランの全部は知らなーいのは、それしか説明できませーん」

フラーは美しい顔にまだ涙の跡を残しながら、全員をにらみつけ、異論があるなら言ってごらんと、無言で問いかけていた。誰も反論しなかった。沈黙を破るのは、ハグリッドがハンカチで押さえながらヒックヒックしゃくり上げる声だけだった。ハリーはハグリッドをちらりと見た。ほんの少し前、ハリーの命を救うために自分の命を危険にさらしたハグリッド――ハリーの大好きな、ハリーの信じているハグリッド。そして、一度はだまされて、ドラゴンの卵と引き換えに、ヴォルデモートに大切な情報を渡してしまったハグリッド……。

「ちがう」ハリーが口に出してそう言うと、全員が驚いてハリーを見た。ファイア・ウィスキーのせいで、ハリーの声が大きくなっていたらしい。

「あの……誰かがミスを犯して」ハリーは言葉を続けた。「それでうっかりもらしたのなら、きっとそんなつもりはなかったんだ。その人が悪いんじゃない」ハリーは、いつもより少し大きい声でくり返した。「僕たち、お互いに信頼し合わないといけないんだ。僕はみんなを信じている。この部屋にいる人は、誰も僕のことをヴォルデモートに売ったりはしない」

ハリーの言葉のあとに、また沈黙が続いた。全員の目がハリーに注がれていた。ハリーは再び高揚した気持ちになり、何かをせずにはいられずにファイア・ウィスキーをまた少し飲んだ。飲みながらマッドーアイのことを思った。マッドーアイは、人を信用したがるダンブルドアの傾向を、いつも痛烈に批判していたものだ。

「よくぞ言ったぜ、ハリー」フレッドが不意に言った。

「傾聴、傾聴！　傾耳、傾耳！」ジョージがフレッドを横目で見ながら合いの手を入れた。フレッドの口の端がいたずらっぽくヒクヒク動いた。

ルーピンは、哀れみとも取れる奇妙な表情で、ハリーを見ていた。

「僕が、お人好しのばかだと思っているんでしょう？」ハリーが詰問した。

「いや、君がジェームズに似ていると思ってね」ルーピンが言った。「ジェームズは、友を信じないのは、不名誉極まりないことだと考えていた」

ハリーには、ルーピンの言おうとすることがわかっていた。父親は友人のピーター・ペティグリューに裏切られたではないかということだ。ハリーは説明できない怒りにかられ、反論したいと思った。しかしルーピンは、ハリーから顔をそむけ、グラスを脇のテーブルに置いてビルに話しかけていた。

「やらなければならないことがある。私からキングズリーに頼んで、手を貸してもらえるかどうかと――」

「いや」ビルが即座に応えた。「僕がやります。僕が行きます」

「どこに行くつもり？」トンクスとフラーが同時に聞いた。

「マッド－アイのなきがらだ」ルーピンが言った。「回収する必要がある」

「そのことは――？」ウィーズリーおばさんが、懇願するようにビルを見た。

「待てないかって？」ビルが言った。「いや。死喰い人たちに奪われたくはないでしょう？」

誰も何も言わなかった。ルーピンとビルは、みんなに挨拶して出ていった。

残った全員がいまや力なく椅子に座り込んだが、ハリーだけは立ったままだった。死は突然であり、妥協がない。全員がその死の存在を意識していた。

「僕も行かなければならない」ハリーが言った。

十組の驚愕した目がハリーを見た。

「ハリー、そんなばかなことを」ウィーズリーおばさんが言った。「いったい、どういうつもりなの？」

「僕はここにはいられない」

ハリーは額をこすった。こんなふうに痛むことはここ一年以上なかったのに、またチクチクと痛みだしていた。

「僕がここにいるかぎり、みんなが危険だ。僕はそんなこと――」

「バカなことを言わないで！」ウィーズリーおばさんが言った。「今夜の目的は、あなたを無事にここに連れてくることだったのよ。そして、ああ、うれしいことにうまくいったわ。それに、フラーが、フランスではなく、ここで結婚式を挙げることを承知したの。私たちはね、みんながここに泊まってあなたを護れるように、何もかも整えたのよ――」

おばさんにはわかっていない。気が楽になるどころか、ハリーはますます気が重くなった。

「もしヴォルデモートが、ここに僕がいることをかぎつけたら――」

「でも、どうしてそうなるって言うの？」ウィーズリーおばさんが反論した。

「ハリー、いま現在、君のいそうな安全な場所は十二か所もある」ウィーズリーおじさんが言った。「その中の、どの家に君がいるのか、あいつにわかるはずがない」

「僕のことを心配してるんじゃない！」ハリーが言った。

「わかっているよ」ウィーズリーおじさんが静かに言った。「しかし、君が出ていけば、今夜の私たちの努力はまったく無意味になってしまうだろう」

「おまえさんは、どこにも行かねえ」ハグリッドが唸るように言った。「とんでもねえ、ハリー、おまえさんをここに連れてくるのに、あんだけいろいろあったっちゅうのにか？」

「そうだ。俺の流血の片耳はどうしてくれる？」ジョージはクッションの上に起き上がりながら言った。

「わかってる――」

「マッドーアイはきっと喜ばないと――」

「**わかってるったら！**」ハリーは声を張り上げた。

ハリーは包囲されて責められているような気持ちだった。みんなが自分のためにしてくれたことを、僕が知らないとでも思っているのか？　だからこそ、みんなが僕のためにこれ以上苦しまないうちに、たったいま出ていきたいんだってことがわからないのか？　長い、気づまりな沈黙が流れ、その間もハリーの傷痕はチクチクと痛み、うずき続けていた。

しばらくして沈黙を破ったのは、ウィーズリーおばさんだった。

「ハリー、ヘドウィグはどこなの？」おばさんがなだめすかすように言った。「ピッグウィジョンと一緒に休ませて、何か食べ物をあげましょう」

ハリーは内臓がギュッとしめつけられた。おばさんにほんとうのことが言えなかった。答えずにすむように、ハリーはグラスに残ったファイア・ウィスキーを飲み干した。

「いまに知れわたるだろうが、ハリー、おまえさんはまた勝った」ハグリッドが言った。「あいつの手を逃れたし、あいつに真上まで迫られたっちゅうのに、戦って退けた！」

「僕じゃない」ハリーがにべもなく言った。「僕の杖がやったことだ。杖がひとりでに動いたんだ」

しばらくしてハーマイオニーがやさしく言った。

「ハリー、でもそんなことありえないわ。あなたは自分で気がつかないうちに魔法を使ったのよ。直感的に反応したんだわ」

「ちがうんだ」ハリーが言った。「バイクが落下していて、僕はヴォルデモートがどこにいるのかもわからなくなっていた。それなのに杖が手の中で回転して、あいつを見つけて呪文を発射したんだ。しかも、僕にはなんだかわからない呪文だった。僕はこれまで、金色の炎なんて出したことがない」

「よくあることだ」ウィーズリーおじさんが言った。「プレッシャーがかかると、夢にも思わなかったような魔法が使えることがある。まだ訓練を受ける前の小さな子供がよくやることだが――」

「そんなことじゃなかった」ハリーは歯を食いしばりながら言った。傷痕が焼けるように痛んだ。

腹が立っていらいらしていた。ハリーこそヴォルデモートと対抗できる力を持っていると、みんなが勝手に思い込んでいるのが、いやでたまらなかった。

誰も何も言わなかった。自分の言ったことを信じていないのだと、ハリーにはわかっていた。それに、考えてみれば、杖がひとりでに魔法を使うという話は聞いたことがない。

傷痕が焼けつくように痛んだ。うめき声を上げないようにするのが精いっぱいだった。外の空気を吸ってくるとつぶやきながら、ハリーはグラスを置いて居間を出た。

暗い裏庭を横切るとき、骨ばったセストラルが顔を向けて、巨大なコウモリのような翼をすり合わせたが、またすぐ草を食みはじめた。ハリーは庭に出る門の所で立ち止まり、伸び放題の庭木を眺め、ずきずきうずく額をさすりながら、ダンブルドアのことを考えた。

ダンブルドアなら、ハリーを信じてくれただろう、絶対に。ダンブルドアならハリーの杖がなぜひとりでに動いたのかも、どのように動いたのかもわかっていただろう。ダンブルドアは、どんなときにも答えを持っていた。杖一般についても知っていたし、ハリーの杖とヴォルデモートの杖の間に不思議な絆があることも説明してくれた……しかし、ダンブルドアは逝ってしまった。そして、マッド-アイも、シリウスも、両親も、哀れなハリーのふくろうも、みんな、ハリーと二度と話ができない所へ行ってしまった。ハリーはのどが焼けるような気がしたが、それは、ファイア・ウィスキーとはなんの関係もなかった……。

するとその時、まったく唐突に、傷痕の痛みが最高潮に達した。額を押さえ、目を閉じると、頭の中で声が聞こえてきた。

**「誰かほかの者の杖を使えば問題は解決すると、貴様はそう言ったな！」**

ハリーの頭の中に映像がパッと浮かんだ。ぼろぼろの服の、やせおとろえた老人が石の床に倒れ、長く恐ろしい叫び声を上げている。耐えがたい苦痛の悲鳴だ……。

「やめて！　やめてください！　どうか、どうかお許しを……」

「ヴォルデモート卿に対して、うそをついたな、オリバンダー！」

「うそではない……けっしてうそなど……」

「おまえはポッターを助けようとしたな。俺様の手を逃れる手助けをしたな！」

「けっしてそのようなことは……別の杖ならうまくいくだろうと信じていました……」

「それなら、なぜあのようなことが起こったのだ。言え。ルシウスの杖は破壊されたぞ！」

「わかりません……絆は……二人の杖の間に……その二本の間にしかないのです……」

**「うそだ！」**

「どうか……お許しを……」

ハリーは、ろうのような手が杖を上げるのを見た。そしてヴォルデモートの邪悪な怒りがどっと流れるのを感じ、弱りきった老人が苦痛に身をよじり、床をのたうち回る姿を見た――。

「ハリー？」

始まったときと同様に、事は突然終わった。ハリーは、門にすがって震えながら暗闇の中に立っていた。動悸が高まり、傷痕はまだ痛んでいた。しばらくしてやっと、ロンとハーマイオニーがそばに立っているのに気づいた。

「ハリー、家の中に戻って」ハーマイオニーが小声で言った。「出ていくなんて、まだ、そんなことを考えてるんじゃないでしょうね？」

「そうさ、おい、君はここにいなきゃ」ロンがハリーの背中をバンとたたいた。

「気分が悪いの？」近づいたハーマイオニーが、ハリーの顔をのぞき込んで聞いた。

「ひどい顔よ！」

「まあね」ハリーが弱々しく応えた。

「たぶん、オリバンダーよりはましな顔だろうけど……」

いま見たことをハリーが話し終えると、ロンはあっけに取られた顔をしたが、ハーマイオニーはおびえきっていた。

「そういうことは終わったはずなのに！　あなたの傷痕――こんなことはもうしないはずだったのに！　またあのつながりを開いたりしてはいけないわ――ダンブルドアはあなたが心を閉じることを望んでいたのよ！」

ハリーが応えずにいると、ハーマイオニーはハリーの腕を強く握った。

「ハリー、あの人は魔法省を乗っ取りつつあるわ！　新聞も、魔法界の半分もよ！　あなたの頭の中までそうなっちゃダメ！」

# 第六章 パジャマ姿の屋根裏お化け

マッド-アイを失った衝撃は、それから何日も、家中に重くたれ込めていた。ハリーは、ニュースを伝えに家に出入りする騎士団のメンバーにまじって、マッド-アイも裏口からコツッコツッと義足を響かせて入ってくるような気がしてならなかった。罪悪感と哀しみをやわらげるには行動しかない。分霊箱を探し出して破壊する使命のために、できるだけ早く出発しなければならない、とハリーは感じていた。

「でも、十七歳になるまでは、君は何もできないじゃないか。その『×××』のこと」ロンは「**分霊箱**」と声には出さず、口の形で言った。「何しろ、まだ『におい』がついているんだから。それに、ここだってどこだって計画は立てられるだろ？　それとも」ロンは声を落としてささやいた。「『例のあいつら』がどこにあるか、もうわかってるのか？」

「いいや」ハリーは認めた。

「ハーマイオニーが、ずっと何か調べていたと思うよ」ロンが言った。「君がここへ来るまではだまってるって、ハーマイオニーがそう言ってた」

ハリーとロンは、朝食のテーブルで話していた。ウィーズリーおじさんとビルがいましがた仕事に出かけ、おばさんはハーマイオニーとジニーを起こしに上の階に行き、フラーが湯船に浸かるために、ゆったりと出ていったあとのことだ。

「『におい』は三十一日に消える」ハリーが言った。「ということは、僕がここにいなければならないのは、四日だ。そのあとは、僕――」

「五日だよ」ロンがはっきり訂正した。「僕たち、結婚式に残らないと。出席しなかったら、あの人たちに殺されるぜ」

ハリーは、「あの人たち」というのが、フラーとウィーズリーおばさんだと理解した。

「たった一日増えるだけさ」抗議したそうなハリーの顔を見て、ロンが言った。

「『あの人たち』には、事の重要さが――？」

「もちろん、わかってないさ」ロンが言った。「あの人たちは、これっぽっちも知らない。そう言えば、話が出たついでに君に言っておきたいことがあるんだ」

ロンは、玄関ホールへのドアをちらりと見て、母親がまだ戻ってこないことを確かめてから、ハリーのほうに顔を近づけて言った。

「ママは、僕やハーマイオニーから聞き出そうと、躍起になってるんだ。僕たちが何をするつもりなのかって。次は君の番だから、覚悟しとけよ。パパにもルーピンにも聞かれたけど、ハリーはダンブルドアから、僕たち二人以外には話さないようにと言われてるって説明したら、もう聞かなくなった。でもママはあきらめない」

ロンの予想は、それから数時間もたたないうちに的中した。昼食の少し前、ウィーズリーおばさんはハリーに頼み事があると言って、みんなから引き離した。ハリーのリュックサックから出てきたと思われる片方だけの男物の靴下が、ハリーのものかどうかを確かめてほしいというわけだ。台所の隣にある小さな洗い場にハリーを追いつめるや否や、おばさんのそれ、が始まった。

「ロンとハーマイオニーは、どうやらあなたたち三人とも、ホグワーツ校を退学すると考えているらしいのよ」おばさんは、なにげない軽い調子で始めた。

「あー」ハリーが言った。「あの、ええ、そうです」

隅のほうで洗濯物しぼり機がひとりでに回り、ウィーズリーおじさんの下着のようなものを一枚しぼり出した。

「ねえ、**どうして**勉強をやめてしまうのかしら？」おばさんが言った。

「あの、ダンブルドアが僕に……やるべきことを残して」ハリーは口ごもった。「ロンとハーマイオニーはそのことを知っています。それで二人とも一緒に来たいって」

「『やるべきこと』ってどんなことなの？」

「ごめんなさい。僕、言えない――」

「あのね、率直に言って、アーサーと私は知る権利があると思うの。それに、グレンジャーご夫妻もそうおっしゃるはずよ！」ウィーズリーおばさんが言った。「子を心配する親心」の攻撃作戦を、ハリーは前から恐れていた。ハリーは気合いを入れて、おばさんの目をまっすぐに見た。そのせいで、おばさんの褐色の目が、ジニーの目とまったく同じ色合いであることに気づいてしまった。これには弱かった。

「おばさん、ほかの誰にも知られないようにというのが、ダンブルドアの願いでした。すみません。ロンもハーマイオニーも、一緒に来る必要はないんです。二人が選ぶことです――」

「**あなただって**、行く必要はないわ！」

いまや遠回しをかなぐり捨てたおばさんが、ピシャリと言った。

「あなたたち、ようやく成人に達したばかりなのよ！　まったくナンセンスだわ。ダンブルドアが何か仕事をさせる必要があったのなら、騎士団全員が指揮下にいたじゃありませんか！　ハリー、あなた、誤解したにちがいないわ。ダンブルドアは、たぶん、**誰かにやりとげてほしい**ことがあると言っただけなのに、あなたは**自分に**言われたと考えて――」

「誤解なんかしていません」ハリーはきっぱりと言った。

「僕でなければならないことなんです」

ハリーは自分のものかどうかを見分けるはずの靴下を、おばさんに返した。金色のパピルスの模様がついている。

「それに、これは僕のじゃないです。僕、パドルミア・ユナイテッドのサポーターじゃありません」

「あら、そうだったわね」

ウィーズリーおばさんは急になにげない口調に戻ったが、かなり気になる戻り方だった。

「私が気づくべきだったのにね。じゃあ、ハリー、あなたがまだここにいる間に、ビルとフラーの結婚式の準備を手伝ってもらってもかまわないかしら？　まだまだやることがたくさん残っているの」

「いえ——あの——もちろんかまいません」

急に話題が変わったことに、かなり引っかかりを感じながら、ハリーが答えた。

「助かるわ」おばさんはそう言い、洗い場から出ていきながらほほえんだ。

その時を境に、ウィーズリーおばさんは、ハリーとロン、ハーマイオニーを、結婚式の準備で大わらわにしてくれた。忙しくて何も考える時間がないほどだった。おばさんの行動を善意に解釈すれば、三人ともマッド-アイのことや先日の移動の恐怖を忘れていられるように、と配慮してのことなのだろう。しかし、二日間休む間もなく、ナイフやスプーン磨き、パーティ用の小物やリボンや花などの色合わせ、庭小人駆除、大量のカナッペを作るおばさんの手伝い等々を続けたあと、ハリーは、おばさんには別の意図があるのではないかと疑いはじめた。おばさんが言いつける仕事のすべてが、ハリー、ロン、ハーマイオニーの三人を、別々に引き離しておくためのものに思えた。最初の晩、ヴォルデモートがオリバンダーを拷問していた話をしたあとは、誰もいない所で二人と話す機会はまったくなかった。

「ママはね、三人が一緒になって計画するのを阻止すれば、あなたたちの出発を遅らせることができるだろうって、考えているんだわ」

三日目の夜、一緒に夕食の食器をテーブルに並べながら、ジニーが声をひそめてハリーに言った。

「でも、それじゃおばさんは、そのあと、どうなると思っているんだろう？」ハリーがつぶやいた。「僕たちをここに足止めして、ヴォローヴァン・パイなんか作らせている間に、誰かがヴォルデモートの息の根を止めてくれるとでも言うのか？」

深く考えもせずにそう言ったあとで、ハリーはジニーの顔が青ざめるのに気づいた。

「それじゃ、ほんとなのね？」ジニーが言った。「あなたがしようとしていることは、それなのね？」

「僕――別に――冗談さ」ハリーはごまかした。

二人はじっと見つめ合った。ジニーの表情には、単に衝撃を受けただけではない何かがあった。突然ハリーは、ジニーと二人きりになったのはしばらくぶりであることに気がついた。ホグワーツの校庭の隠れた片隅で、こっそり二人きりの時間を過ごした日々以来、初めてのことだった。ハリーは、ジニーもその時間のことを思い出しているにちがいないと思った。その時、勝手口の戸が開いて、二人とも飛び上がるほど驚いた。ウィーズリーおじさんとキングズリー、ビルが入ってきた。

いまでは、夕食に騎士団のメンバーが来ることが多くなっていた。「グリモールド・プレイス十二番地」にかわって、「隠れ穴」が本部の役目をはたしていたからだ。ウィーズリーおじさんの話では、騎士団の「秘密の守人」だったダンブルドアの死後は、本部の場所を打ち明けられていた騎士団員が、ダンブルドアにかわってあの本部の「秘密の守人」を務めることになったとのことだ。

「しかし、守人は二十人ほどいるから、『忠誠の術』も相当弱まっている。死喰い人が、我々のうちの誰かから秘密を聞き出す危険性は二十倍だ。秘密が今後どれだけ長く保たれるか、あまり期待できないね」

「でも、きっとスネイプが、もう十二番地を死喰い人に教えてしまったのでは？」

ハリーが聞いた。

「さあね、スネイプが十二番地に現れたときに備えて、マッド-アイが二種類の呪文をかけておいた。それが効いて、スネイプを寄せつけず、もしあの場所のことをしゃべろうとしたらあいつの舌を縛ってくれることを願っているがね。しかし確信は持てない。護りが危うくなってしまった以上、あそこを本部として使い続けるのは、まともな神経とは言えないだろう」

その晩の台所は超満員で、ナイフやフォークを使うことさえ難しかった。気がつくとハリーは、ジニーの隣に押し込まれていた。いましがた無言で二人の間に通い合ったものを思うと、ハリーはジニーとの間にもう二、三人座っていてほしかった。ジニーの腕に触れないようにしようと必死になって、チキンを切ることさえできないくらいだった。

「マッド-アイのことは、何もわからないの?」ハリーがビルに聞いた。

「なんにも」ビルが答えた。

ビルとルーピンが遺体を回収できなかったために、まだ、マッド-アイ・ムーディの葬儀ができないままだった。あの暗さ、あの混戦状態からして、マッド-アイがどこに落ちたのかを知るのは難しかった。

「『日刊予言者』には、マッド-アイが死んだとも遺体を発見したとも、一言ものっていない」ビルが話を続けた。「しかし、それは、取りたてて言うほどのことでもない。あの新聞は、最近いろいろなことに口をつぐんだままだからね」

「それに、死喰い人から逃れるときに、未成年の僕があれだけ魔法を使ったのに、まだ尋問に召喚されないの?」ハリーはテーブルのむこうにいるウィーズリーおじさんに聞いたが、おじさんは首を横に振った。「僕にはそうするしか手段がなかったって、わかっているからなの? それともヴォルデモートが僕を襲ったことを、公表されたくないから?」

「あとのほうの理由だと思うね。スクリムジョールは、『例のあの人』がこれほど強くなっていることも、アズカバンから集団脱走があったことも、認めたくないんだよ」

「そうだよね、世間に真実を知らせる必要なんかないものね？」ハリーはナイフをギュッと握りしめた。すると、右手の甲にうっすらと残る傷痕が白く浮かび上がった――**僕はうそをついてはいけない**。

「魔法省には、大臣に抵抗しようって人はいないの？」ロンが憤慨した。

「もちろんいるよ、ロン。しかし誰もがおびえている」ウィーズリーおじさんが答えた。「次は自分が消される番じゃないか、自分の子供たちが襲われるんじゃないか、とね！　いやなうわさも飛び交っている。たとえば、ホグワーツのマグル学の教授の辞任にしたって、信じていないのはおそらく私だけじゃない。もう何週間も彼女は姿を消したままだ。一方、スクリムジョールは一日中大臣室にこもりきりだ。何か対策を考えていると望みたいところだがね」

一瞬話がとぎれたところで、ウィーズリーおばさんがからになった皿を魔法で片づけ、アップルパイを出した。

「アリー、あなたをどんなふうに変装させるか、決めないといけませーんね」

デザートが行き渡ったところでフラーが言った。ハリーがキョトンとしていると、フラーが、

「結婚式のためでーすね」とつけ加えた。

「もちろん、招待客に死喰い人はいませーん。でも、シャンパーニュを飲んだあと、いみつのことをもらさなーいという保証はありませーんね」

その言い方で、ハリーは、フラーがまだハグリッドを疑っていると思った。

「そうね、そのとおりだわ」

テーブルの一番奥に座っていたウィーズリーおばさんが、鼻めがねをかけて、異常に長い羊皮紙に書きつけた膨大な仕事のリストを調べながら言った。

「さあ、ロン、部屋のお掃除はすんだの？」

「**どうして？**」ロンはスプーンをテーブルにたたきつけ、母親をにらみながら叫んだ。「どうして自分の部屋まで掃除しなきゃならないんだ？　ハリーも僕もいまのままでいいのに！」

「まもなくお兄さんがここで結婚式を挙げるんですよ、坊ちゃん――」

「僕の部屋で挙げるっていうのか？」ロンがカンカンになって聞いた。「ちがうさ！　なら、なんでまた、おたんこなすのすっとこどっこいの――」

「母親に向かってそんな口をきくものじゃない」ウィーズリーおじさんがきっぱりと言った。「言われたとおりにしなさい」

ロンは父親と母親をにらみつけ、それからスプーンを拾い上げて、少しだけ残っていたアップルパイに食ってかかった。

「手伝うよ。僕が散らかしたものもあるし」

ハリーはロンにそう言ったが、おばさんがハリーの言葉をさえぎった。

「いいえ、ハリー、あなたはむしろ、アーサーの手伝いをしてくださると助かるわ。鶏小屋を掃除してね。それからハーマイオニー、デラクールご夫妻のためにシーツを取りかえておいてくださるとありがたいんだけど。ほら、明日の午前十一時に到着なさる予定なのよ」

結局、鶏のほうは、ほとんどすることがなかった。

「なんと言うか、その、モリーには言う必要はないんだが」おじさんはハリーが鶏小屋に近づくのをさえぎりながら言った。「しかし、その、テッド・トンクスがシリウスのバイクの残骸をほとんど送ってくれてね、それで、なんだ、ここに隠して――いやその、保管して――あるわけだ。すばらしいものだよ。排気ガス抜きとか――確かそんな名前だったと思うが――壮大なバッテリーとかだがね。それにブレーキがどう作動するかがわかるすばらしい機会だ。もう一度組み立ててみるつもりだよ。モリーが見ていない――いや、つまり、時間があるときにね」

二人で家の中に戻ったときには、おばさんの姿はどこにも見えなかった。そこでハリーは、こっそり屋根裏のロンの部屋に行った。

「ちゃんとやってるったら、やってる！――あっ、なんだ、君か」

ハリーが部屋に入ると、ロンがホッとしたように言った。ロンは、いまのいままで寝転がっていたことが見え見えのベッドに、また横になった。ずっと散らかしっぱなしだった部屋はそのままで、ちがうと言えば、ハーマイオニーが部屋の隅に座り込んでいることぐらいだった。足元には、ふわふわしたオレンジ色のクルックシャンクスがいた。ハーマイオニーは本を選り分け、二つの大きな山にして積み上げていた。中にはハリーの本も見えた。

「あら、ハリー」

ハリーが自分のキャンプベッドに腰かけると、ハーマイオニーが声をかけた。

「ハーマイオニー、君はどうやって抜け出したの？」

「ああ、ロンのママったら、きのうもジニーと私にシーツをかえる仕事を言いつけたことを、忘れているのよ」

ハーマイオニーは『数秘学と文法学』を一方の山に投げ、『闇の魔術の興亡』をもう一方の山に投げた。

「マッド-アイのことを話してたところなんだけど」ロンがハリーに言った。「僕、生き延びたんじゃないかと思うんだ」

「だけど、『死の呪文』に撃たれたところを、ビルが見ている」ハリーが言った。

「ああ、だけど、ビルも襲われてたんだぞ」ロンが言った。「そんなときに、何を見たなんて、はっきり言えるか？」

「たとえ『死の呪文』がそれていたにしても、マッド-アイは地上三百メートルあたりから落ちたのよ」

『イギリスとアイルランドのクィディッチ・チーム』の本の重さを手で量りながら、ハーマイオニーが言った。

「『盾の呪文』を使ったかもしれないぜ――」

「杖が手から吹き飛ばされたって、フラーが言ったよ」ハリーが言った。

「そんならいいさ、君たち、どうしてもマッド-アイを死なせたいんなら」

ロンは、枕をたたいて楽な形にしながら、不機嫌に言った。

「もちろん死なせたくないわ！」ハーマイオニーが衝撃を受けたような顔で言った。「あの人が死ぬなんて、あんまりだわ！　でも現実的にならなくちゃ！」

ハリーは初めて、マッド-アイのなきがらを想像した。ダンブルドアと同じように折れ曲がっているのに、片方の目玉だけが眼窩に収まったまま、ぐるぐる回っている。ハリーは目をそむけたいような気持ちが湧いてくると同時に、笑いだしたいような奇妙な気持ちが混じるのを感じた。

「たぶん死喰い人のやつらが、自分たちの後始末をしたんだよ。だからマッド-アイは見つからないのさ」ロンがいみじくも言った。

「そうだな」ハリーが言った。「バーティ・クラウチみたいに、骨にしてハグリッドの小屋の前の庭に埋めたとか。『変身呪文』で姿を変えたムーディを、どこかに無理やり押し込んだかも――」

「やめて！」ハーマイオニーが金切り声を上げた。

ハリーが驚いて声のほうを見ると、ハーマイオニーが自分の教科書の『スペルマンのすっきり音節』の上にワッと泣き伏すところだった。

「ごめん」ハリーは、旧式のキャンプベッドから立ち上がろうとじたばたしながら謝った。「ハーマイオニー、いやな思いをさせるつもりは――」

しかしその時、さびついたベッドのバネがきしむ大きな音がして、ベッドから飛び起きたロンが先に駆け寄っていた。ロンは片腕をハーマイオニーに回しながら、ジーンズのポケットを探って、前にオーブンをふいたむかつくほど汚らしいハンカチを引っ張り出した。あわてて杖を取り出したロンは、ボロ布に杖を向けて唱えた。

「テルジオ、ぬぐえ」

杖が、油汚れを大部分吸い取った。さも得意気な顔で、ロンは少しくすぶっているハンカチをハーマイオニーに渡した。

「まあ……ありがとう、ロン……ごめんなさい……」ハーマイオニーは鼻をかみ、しゃくり上げた。「ひ、ひどいことだわ。ダンブルドアのす、すぐあとに……。私、ほ、ほんとうに――い、一度も――マッド-アイが死ぬなんて、考えなかったわ。なぜだか、あの人は不死身みたいだった！」

「うん、そうだね」ロンは、ハーマイオニーを片腕でギュッと抱きしめながら言った。「でも、マッドーアイがいまここにいたら、なんて言うかわかるだろ？」

「『ゆ——油断大敵』」ハーマイオニーが涙をぬぐいながら言った。

「そうだよ」ロンがうなずいた。「自分の身に起こったことを教訓にしろって、そう言うさ。そして、僕は学んだよ。あの腰抜けで役立たずのチビのマンダンガスを、信用するなってね」

ハーマイオニーは泣き笑いをし、前かがみになって本をまた二冊拾い上げた。次の瞬間、ロンはハーマイオニーの両肩に回していた腕を、急に引っ込めた。ハーマイオニーが『怪物的な怪物の本』をロンの足に落としたのだ。本を縛っていたベルトがはずれ、解き放たれた本が、ロンのかかとに荒々しくかみついた。

「ごめんなさい、ごめんなさい！」

ハーマイオニーが叫び声を上げ、ハリーはロンのかかとから本をもぎ取って元どおり縛り上げた。

「一体全体、そんなにたくさんの本をどうするつもりなんだ？」

ロンは片足を引きずりながらベッドに戻った。

「どの本を持っていくか、決めているだけよ」ハーマイオニーが答えた。「分霊箱を探すときにね」

「ああ、そうだった」ロンが額をピシャリとたたいて言った。「移動図書館の車に乗ってヴォルデモートを探し出すってことを、すっかり忘れてたよ」

「ハ、ハ、ハ、ね」ハーマイオニーが『スペルマンのすっきり音節』を見下ろしながら言った。「どうかなぁ……ルーン文字を訳さないといけないことがあるかしら？　ありうるわね……万が一のために、持っていったほうがいいわ」

ハーマイオニーは『**すっきり音節**』を二つの山の高いほうに置き、それから『**ホグワーツの歴史**』を取り上げた。

「聞いてくれ」ハリーが言った。ハリーはベッドに座りなおしていた。ロンとハーマイオニーは、二人そろってあきらめと挑戦の入りまじった目で、ハリーを見た。

「ダンブルドアの葬儀のあとで、君たちは僕と一緒に来たいと言ってくれたね。それはわかっているんだ」ハリーが話しはじめた。

「ほら来た」ロンが目をぎょろぎょろさせながら、ハーマイオニーに言った。

「そう来ると思ってたわよね」

ハーマイオニーがため息をついて、また本に取りかかった。

「あのね、『ホグワーツの歴史』は**持っていく**わ。もう学校には戻らないけど、やっぱり安心できないのよ、これを持っていないと――」

「聞いてくれよ！」ハリーがもう一度言った。

「いいえ、ハリー、**あなたのほうこそ**聞いて」ハーマイオニーが言った。「私たちはあなたと一緒に行くわ。もう何か月も前に決めたことよ――実は何年も前にね」

「でも――」

「だまれよ」ロンがハリーに意見した。

「――君たち、ほんとうに真剣に考え抜いたのか？」ハリーは食い下がった。

「そうね」

ハーマイオニーはかなり激しい表情で『トロールとのとろい旅』を不要本の山にたたきつけた。

「私はもう、ずいぶん前から荷造りしてきたわ。だから、私たち、いつでも出発できます。ご参考までに申し上げますけど、準備にはかなり難しい魔法も使ったわ。特に、ロンのママの目と鼻の先で、マッド-アイのポリジュース薬を全部ちょうだいするということまでやってのけました」

「それに、私の両親の記憶を変えて、ウェンデル・ウィルキンズとモニカ・ウィルキンズという名前だと信じ込ませ、オーストラリアに移住することが人生の夢だったと思わせたわ。二人はもう移住したの。ヴォルデモートが二人を追跡して、私のことで、または――残念ながら、あなたのことを両親にずいぶん話してしまったから――あなたのことで二人を尋問するのがいっそう難しくなるようにね」

「もし私が分霊箱探しから生きて戻ったら、パパとママを探して呪文を解くわ。もしそうでなかったら――そうね、私のかけた呪文が充分に効いていると思うから、安全に幸せに暮らせると思う。

ウェンデルとモニカ・ウィルキンズ夫妻はね、娘がいたことも知らないの」

ハーマイオニーの目が、再び涙でうるみはじめた。ロンはまたベッドから下り、もう一度ハーマイオニーに片腕を回して、繊細さに欠けると非難するように、ハリーにしかめっ面を向けた。

ハリーは言うべき言葉を思いつかなかった。ロンが誰かに繊細さを教えるというのが、非常にめずらしかったせいばかりではない。

「僕――ハーマイオニー、ごめん――僕、そんなことは――」

「気づかなかったの？　ロンも私も、あなたと一緒に行けばどういうことが起こるかって、はっきりわかっているわ。それに気づかなかったの？　ええ、私たちにはわかっているわ。ロン、ハリーにあなたのしたことを見せてあげて」

「うぇぇ、ハリーはいま、食事したばかりだぜ」ロンが言った。

「見せるのよ。ハリーは知っておく必要があるわ！」

「ああ、わかったよ。ハリー、こっちに来いよ」

ロンは、再びハーマイオニーに回していた腕を放し、ドアに向かってドスドス歩いた。

「来いよ」

「どうして？」ロンについて部屋の外の狭い踊り場に出ながら、ハリーが聞いた。

「ディセンド、降下」

ロンは杖を低い天井に向け、小声で唱えた。真上の天井の跳ね戸が開き、二人の足元にはしごがすべり降りてきた。四角い跳ね戸から、半分息を吸い込むような、半分うめくような恐ろしい音が聞こえ、同時に下水を開けたような悪臭が漂ってきた。

「君の家の、屋根裏お化けだろう？」ハリーが聞いた。ときどき夜の静けさを破る生き物だったが、ハリーはまだ実物にお目にかかったことはなかった。

「ああ、そうさ」ロンがはしごを上りながら言った。「さあ、こっちに来て、やつを見ろよ」

ロンのあとから短いはしごを数段上ると、狭い屋根裏部屋に出た。頭と肩をその部屋に突き出したところで、一メートルほど先に身を丸めている生き物の姿がハリーの目にとまった。薄暗い部屋で大口を開けてぐっすり寝ている。

「でも、これ……見たところ……屋根裏お化けって普通、パジャマを着てるの？」

「いいや」ロンが言った。「それに、普通は赤毛でもないし、こんなできものも噴き出しちゃいない」

ハリーは少し吐き気をもよおしながら、生き物をしげしげと眺めた。形も大きさも人間並みだし、暗闇に目が慣れてよく見ると、着ているのはロンのパジャマのお古だと明らかにわかる。普通の屋根裏お化けは、確かにはげてぬるぬるした生き物だったはずだ、とハリーは思った。こんなに髪の毛が多いはずはないし、体中に赤紫の疱疹の炎症があるはずもない。

「こいつが僕さ。わかるか？」ロンが言った。

「いや」ハリーが言った。「僕にはさっぱり」

「部屋に戻ってから説明するよ。このにおいには閉口だ」ロンが言った。二人は下に降り、ロンがはしごを天井に片づけて、まだ本を選り分けているハーマイオニーの所に戻った。

「僕たちが出発したら、屋根裏お化けがここに来て、僕の部屋に住む」ロンが言った。「あいつ、それを楽しみにしてると思うぜ――まあ、はっきりとはわからないけどね。何しろあいつは、うめくこととよだれをたらすことしかできないからな――だけど、そのことを言うと、あいつ何度もうなずくんだ。とにかく、あいつが僕になる。黒斑病にかかった僕だ。さえてるだろう、なっ？」

ハリーは混乱そのものの顔だった。

「さえてるさ！」

ロンは、ハリーがこの計画のすばらしさを理解していないことにじりじりしていた。

「いいか、僕たち三人がホグワーツに戻らないと、みんなはハーマイオニーと僕が、君と一緒だと考える。そうだろ？　つまり、死喰い人たちが、君の行方を知ろうとして、まっすぐ僕たちの家族の所へ来る」

「でも、うまくいけば、私は、パパやママと一緒に遠くへ行ってしまったように見えるわけ。マグル生まれの魔法使いたちは、いま、どこかに隠れる話をしている人が多いから」

ハーマイオニーが言った。

「僕の家族を全員隠すわけにはいかない。それじゃあんまり怪しすぎるし、全員が仕事をやめるわけにはいかない」ロンが言った。「そこで、僕が黒斑病で重体だ、だから学校にも戻れない、という話をでっち上げる。誰かが調査に来たら、パパとママが、できものだらけで僕のベッドに寝ている屋根裏お化けを見せる。黒斑病はすごくうつるんだ。だから連中はそばに寄りたがらない。やつが話せなくたって問題ないんだ。だって、菌がのどまで広がったら、当然話せないんだから」

「それで、君のママもパパも、この計画に乗ってるの？」ハリーが聞いた。

「パパのほうはね。フレッドとジョージが屋根裏お化けを変身させるのを、手伝ってくれた。ママは……まあね、ママがどんな人か、君もずっと見てきたはずだ。僕たちがほんとうに行ってしまうまでは、ママはそんなこと受け入れないよ」

部屋の中が静かになった。ときどき静けさを破るのは、ハーマイオニーがどちらかの山に本を投げるトン、トンという軽い音だけだった。ロンは座ってハーマイオニーを眺め、ハリーは何も言えずに二人を交互に見ていた。二人は、ほんとうにハリーと一緒に来るつもりなのだ。二人が家族を護るためにそこまで準備していたということが、何にも増してはっきりとハリーにそのことを気づかせてくれた。それに、それがどんなに危険なことか、二人にはよくわかっているのだ。ハリーは、二人の決意が自分にとってどんなに重みを持つことなのかを伝えたかった。しかし、その重みに見合う言葉が見つからない。

沈黙を破って、四階下からウィーズリーおばさんのくぐもったどなり声が聞こえてきた。

「ジニーが、ナプキン・リングなんてつまんないものに、ちょっぴりしみでも残してたんじゃないか」ロンが言った。「デラクール一家が、なんで式の二日も前に来るのか、わかんねえよ」

「フラーの妹が花嫁の付き添い役だから、リハーサルのために来なきゃいけないの。それで、まだ小さいから、一人では来られないのよ」ハーマイオニーが『泣き妖怪バンシーとのナウな休日』をどちらに分けるか決めかねて、じっと見ながら答えた。

「でもさ、お客が来ると、ママのテンションは上がる一方なんだよな」ロンが言った。

「絶対に決めなくちゃならないのは――」

ハーマイオニーは『防衛術の理論』をちらと見ただけでごみ箱に投げ入れ、『ヨーロッパにおける魔法教育の一考察』を取り上げながら言った。

「ここを出てから、どこへ行くのかってこと。ハリー、あなたが最初にゴドリックの谷に行きたいって言ったのは知ってるし、なぜなのかもわかっているわ。でも……ねえ……分霊箱を第一に考えるべきなんじゃないかしら？」

「分霊箱の在りかが一つでもわかっているなら、君に賛成するけど」ハリーが言った。

ハリーには、ゴドリックの谷に帰りたいという自分の願いを、ハーマイオニーがほんとうに理解しているとは思えなかった。両親の墓があるというのは、そこにひかれる理由の一つにすぎない。

ハリーには、あの場所が答えを出してくれるという、強い、しかし説明のつかない気持ちがあるのだ。もしかしたら、ヴォルデモートの死の呪いから生き残ったのがその場所だったという、単にそれだけの理由かもしれない。もう一度生き残れるかどうかの挑戦に立ち向かおうとしているいま、ハリーは最初にその出来事が起こった場所にひかれ、理解したいと考えているのかもしれない。

「ヴォルデモートが、ゴドリックの谷を見張っている可能性があるとは思わない？」ハーマイオニーが聞いた。「あなたがどこへでも自由に行けるようになったら、両親のお墓参りに、そこに戻ると読んでいるんじゃないかしら？」

ハリーはこれまで、そんなことを思いつきもしなかった。反論はないかとあれこれ考えているうちに、どうやら別のことを考えていたらしいロンが発言した。

「あのR・A・Bって人。ほら、本物のロケットを盗んだ人だけど？」

ハーマイオニーがうなずいた。

「メモに、自分が破壊するつもりだって書いてあった。そうだろ？」

ハリーはリュックサックを引き寄せて、にせの分霊箱を取り出した。中にR・A・Bのメモが、折りたたんで入ったままになっている。

「『**ほんとうの分霊箱は私が盗みました。できるだけ早く破壊するつもりです**』」ハリーが読み上げた。

「うん、それで、彼が**ほんとに**やっつけてたとしたら？」ロンが言った。

「彼女かもね」ハーマイオニーが口をはさんだ。

「どっちでもさ」ロンが言った。「そしたら、僕たちのやることが一つ少なくなる！」

「そうね。でも、いずれにしても本物のロケットの行方は追わなくちゃならないわ。そうでしょう？」ハーマイオニーが言った。「ちゃんと破壊されているかどうかを、確かめるのよ」

「それで、分霊箱を手に入れたら、**いったい**どうやって破壊するのかなぁ？」ロンが聞いた。

「あのね」ハーマイオニーが答えた。「私、そのことをずっと調べていたの」

「どうやるの？」ハリーが聞いた。「図書館には分霊箱に関する本なんてないと思ってたけど？」

「なかったわ」ハーマイオニーがほおを赤らめた。「ダンブルドアが全部取り除いたの――でも処分したわけじゃなかったわ」

ロンは、目を丸くして座りなおした。

「おっどろき、桃の木、山椒の木だ。どうやって分霊箱の本を手に入れたんだい？」

「別に――別に盗んだわけじゃないわ！」

ハーマイオニーはすがるような目でハリーを見て、それからロンを見た。

「ダンブルドアが本棚から全部取り除きはしたけれど、まだ図書館の本だったのよ。とにかく、ダンブルドアが**ほんとうに**誰の目にも触れさせないつもりだったら、きっととても困難な方法でしか――」

「結論を早く言えよ！」ロンが言った。

「あのね……簡単だったの」ハーマイオニーは小さな声で言った。「『呼び寄せ呪文』を使ったのよ。ほら――**アクシオ、来い**って。そしたら――ダンブルドアの書斎の窓から飛び出して、まっすぐ女子寮に来たの」

「だけど、いつの間にそんなことを？」

ハリーは半ば感心し、半ばあきれてハーマイオニーを見た。

「あのあとすぐ――ダンブルドアの――葬儀の」ハーマイオニーの声がますます小さくなった。「私たちが学校をやめて分霊箱を探しにいくって決めたすぐあとよ。荷造りをしに女子寮に上がったとき、ふと思いついたの。分霊箱のことをできるだけ知っておいたほうがいいんじゃないかって……それで、周りに誰もいなかったから……それで、やってみたの……そうしたらうまくいったわ。開いていた窓からまっすぐ飛び込んできて、それで私――本をみんなしまい込んだの」

ハーマイオニーはゴクリとつばを飲み込んで、哀願するように言った。

「ダンブルドアはきっと怒らなかったと思うの。私たちは、分霊箱を作るために情報を使おうとしているわけじゃないんだから。そうよね？」

「僕たちが文句を言ってるか？」ロンが言った。「どこだい、それでその本は？」

ハーマイオニーはしばらくゴソゴソ探していたが、やがて本の山から、すり切れた黒革綴じの分厚い本を一冊取り出した。ハーマイオニーは、ちょっと吐き気をもよおしたような顔をしながら、まだ生々しい死骸を渡すように、恐る恐る本を差し出した。

「この本に、分霊箱の作り方が具体的に書いてあるわ。『深い闇の秘術』――恐ろしい本、ほんとうにぞっとするわ。邪悪な魔法ばかり。ダンブルドアはいつ図書館から取り除いたのかしら……もし校長になってからだとすれば、ヴォルデモートは、必要なことをすべて、この本から学び取ったにちがいないわ」

「でもさ、もう読んでいたんなら、どうしてスラグホーンなんかに、分霊箱の作り方を聞く必要があったんだ？」ロンが聞いた。

「あいつは、魂を七分割したらどうなるかを知るために、スラグホーンに聞いただけだ」ハリーが言った。「リドルがスラグホーンに分霊箱のことを聞いたときには、もうとっくに作り方を知っていただろうって、ダンブルドアはそう確信していた。ハーマイオニー、君の言うとおりだよ。あいつはきっと、その本から情報を得ていたと思う」

「それに、分霊箱のことを読めば読むほど」ハーマイオニーが言った。「ますます恐ろしいものに思えるし、『あの人』がほんとうに六個も作ったとは信じられなくなってくるの。この本は、魂を裂くことで、残った魂がどんなに不安定なものになるかを警告しているわ。しかもたった一つの分霊箱を作った場合のことよ！」

ハリーはダンブルドアの言葉を思い出した。ヴォルデモートは、「通常の悪」を超えた領域にまで踏み出した、と言っていた。

「また元どおりに戻す方法はないのか？」ロンが尋ねた。

「あるわよ」ハーマイオニーがうつろにほほえみながら答えた。「でも地獄の苦しみでしょうね」

「なぜ？　どうやって戻すの？」ハリーが聞いた。

「良心の呵責」ハーマイオニーが言った。「自分のしたことを心から悔いないといけないの。注釈があるわ。あまりの痛みに、自らを滅ぼすことになるかもしれないって。ヴォルデモートがそんなことをするなんて、私には想像できないわ。できる？」

「できない」ハリーが答えるより先にロンが言った。「それで、その本には分霊箱をどうやって破壊するか、書いてあるのか？」

「あるわ」ハーマイオニーは、今度はくさった内臓を調べるような手つきで、もろくなったページをめくった。

「というのはね、この本に、この術を使う闇の魔法使いが、分霊箱に対していかに強力な呪文を施さなければならないかを、警告している箇所があるの。私の読んだことから考えると、分霊箱を確実に破壊する方法は少ないけど、ハリーがリドルの日記に対して取った方法が、その一つだわ」

「え？　バジリスクの牙で刺すってこと？」ハリーが聞いた。

「へー、じゃ、バジリスクの牙が大量にあってラッキーだな」ロンが混ぜっ返した。「あんまりありすぎて、どう始末していいのかわかんなかったぜ」

「バジリスクの牙でなくともいいのよ」ハーマイオニーが辛抱強く言った。「分霊箱が、ひとりでに回復できないほど強い破壊力を持ったものであればいいの。バジリスクの毒に対する解毒剤はたった一つで、しかも信じられないぐらい稀少なもの――」

「――不死鳥の涙だ」ハリーがうなずきながら言った。

「そう」ハーマイオニーが言った。「問題は、バジリスクの毒と同じ破壊力を持つ物質はとても少ないということ。しかも持ち歩くには危険なものばかりだわ。私たち、これからこの問題を解決しなければならないわね。だって、分霊箱を引き裂いたり、打ち砕いたり、押しつぶしたりするだけでは効果なしなんだから。魔法で回復することができない状態にまで破壊しないといけないわけなのよ」

「だけど、魂の入れ物になってるやつを壊したにしても」ロンが言った。「中の魂のかけらがほかのものに入り込んで、その中で生きることはできないのか？」

「分霊箱は、人間とは完全に逆ですもの」

ハリーもロンもまるでわけがわからない様子なのを見て、ハーマイオニーは急いで説明した。

「いいこと、私がいま、刀を手にして、ロン、あなたを突き刺したとするわね。でも私はあなたの魂を壊すことはできないわ」

「そりゃあ、僕としては、きっとホッとするだろうな」ロンが言った。

ハリーが笑った。

「ホッとすべきだわ、ほんとに！　でも私が言いたいのは、あなたの体がどうなろうと、魂は無傷で生き残るということなの」ハーマイオニーが言った。「ところが、その逆が分霊箱。中に入っている魂の断片が生き残るかどうかは、その入れ物、つまり魔法にかけられた体に依存しているの。体なしには存在できないのよ」

「あの日記帳は、僕が突き刺したときに、ある意味で死んだ」

ハリーは穴の開いたページからインクが血のようにあふれ出したこと、そしてヴォルデモートの魂の断片が消えていくときの悲鳴を思い出した。

「そして、日記帳が完全に破壊されたとき、その中に閉じ込められていた魂の一部は、もはや存在できなくなったの。ジニーはあなたより先に日記帳を処分しようとしてトイレに流したけど、当然、日記帳は新品同様で戻ってきたわ」

「ちょっと待った」ロンが顔をしかめた。「あの日記帳の魂のかけらは、ジニーに取り憑いていたんじゃなかったか？　どういう仕組みなんだ？」

「魔法の容器が無傷のうちは、中の魂の断片は、誰かが容器に近づきすぎると、その人間に出入りできるの。何もその容器を長く持っているという意味ではないのよ。容器に触れることとは関係がないの」ハーマイオニーはロンが口をはさむ前に説明を加えた。「感情的に近づくという意味なの。ジニーはあの日記帳に心を打ち明けた。それで極端に無防備になってしまったのね。分霊箱を気に入ってしまったり、それに依存するようになると問題だわ」

「ダンブルドアは、いったいどうやって指輪を破壊したんだろう？」ハリーが言った。「僕、どうしてダンブルドアに聞かなかったのかな？　僕、一度も……」

ハリーの声がだんだん弱くなった。ダンブルドアに聞くべきだったさまざまなことを、ハリーは思い浮かべていた。どんなに多くの機会を逃してしまったことか、校長先生が亡くなったいま、ハリーはしみじみそう思った。ダンブルドアが生きているうちに、もっといろいろ知る機会があったのに……あれもこれも知る機会があったのに……。

壁を震わせるほどの勢いで部屋の戸が開き、一瞬にして静けさが破られた。ハーマイオニーは悲鳴を上げ、『深い闇の秘術』を取り落とした。クルックシャンクスはすばやくベッドの下にもぐり込み、シャーッと威嚇した。ロンはベッドから飛び下り、落ちていた「蛙チョコ」の包み紙ですべって反対側の壁に頭をぶつけた。ハリーは本能的に杖に飛びついたが、気がつくと目の前にいるのはウィーズリーおばさんだった。髪は乱れ、怒りで顔がゆがんでいる。

「せっかくの楽しいお集まりを、お邪魔してすみませんね」おばさんの声はわなわなと震えていた。「みなさんにご休息が必要なのはよーくわかりますけどね……でも、私の部屋に山積みになっている結婚祝いの品は、選り分ける必要があるんです。私の記憶では、あなた方が手伝ってくださるはずでしたけど」

「はい、そうです」ハーマイオニーがおびえた顔で立ち上がった拍子に、本が四方八方に散乱した。「手伝います……ごめんなさい」

ハリーとロンに苦悶の表情を見せながら、ハーマイオニーはおばさんについて部屋を出ていった。

「まるで屋敷しもべ妖精だ」ハリーと一緒にそのあとに続いたロンが、頭をさすりながら低い声で言った。「仕事に満足してないとこがちがうけどな。結婚式が終わるのが早ければ早いだけ、僕、幸せだろうなあ」

「うん」ハリーがあいづちを打った。「そしたら僕たちは、分霊箱探しをすればいいだけだし……まるで休暇みたいなもんだよな?」

ロンが笑いはじめたが、ウィーズリーおばさんの部屋に山と積まれた結婚祝いを見るなり、突然笑いが止まった。

デラクール夫妻は、翌日の朝十一時に到着した。ハリー、ロン、ハーマイオニー、それにジニーは、それまでに、すでにフラー一家に対する怨みつらみがつのっていた。ロンは左右そろった靴下にはきかえるのに、足を踏み鳴らして上階に戻ったし、ハリーも髪をなでつけようとはしたが、二人とも仏頂面だった。全員がきちんとした身じまいだと認められてから、ぞろぞろと陽の降り注ぐ裏庭に出て、客を待った。

ハリーは、こんなにきちんとした庭を見るのは初めてだった。いつもなら勝手口の階段のそばに散らばっているさびた大鍋や古いゴム長が消え、大きな鉢に植えられた真新しい「ブルブル震える蝶々灌木」が一対、裏口の両側に立っている。風もないのにゆっくりと葉が震え、気持ちのよいさざなみのような効果を上げていた。鶏は鶏小屋に閉じ込められ、裏庭は掃き清められている。庭木は剪定され雑草も抜かれ、全体にきりっとしていた。しかし伸び放題の庭が好きだったハリーは、いつものようにふざけ回る庭小人の群れもいない庭が、なんだかわびしげに見えた。

騎士団と魔法省が、「隠れ穴」に安全対策の呪文を幾重にも施していた。あまりに多くて、ハリーは覚えきれなくなっていたが、もはや魔法でここに直接入り込むことはできないということだけはわかっていた。そのためウィーズリーおじさんが、移動キーで到着するはずのデラクール夫妻を、近くの丘の上まで迎えに出ていた。客が近づいたことは、まず異常にかん高い笑い声でわかった。その直後に門の外に現れた笑い声の主は、なんとウィーズリーおじさんだった。荷物をたくさん抱えたおじさんは、美しいブロンドの女性を案内していた。若葉色のすそ長のドレスを着た婦人は、フラーの母親にちがいない。

**「ママン！」**フラーが叫び声を上げて駆け寄り、母親を抱きしめた。**「パパ！」**

ムッシュー・デラクールは、魅力的な妻にはとてもおよばない容姿だ。妻より頭一つ背が低く、相当豊かな体型で、先端がピンととがった黒く短いあごひげを生やしている。しかし好人物らしい。ムッシュー・デラクールはかかとの高いブーツではずむようにウィーズリーおばさんに近づき、その両ほおに交互に二回ずつキスをしておばさんをあわてさせた。

「たいえーんなご苦労をおかけしまーして」深みのある声でムッシューが言った。「フラーが、あなたはとてもアードに準備していると、あなしてくれまーした」

「いいえ、なんでもありませんのよ、なんでも！」ウィーズリーおばさんが、声を上ずらせてコロコロと応えた。「ちっとも苦労なんかじゃありませんわ！」

ロンは、真新しい一対の鉢植えの一つの陰から顔をのぞかせた庭小人に蹴りを入れて、うっぷんを晴らした。

「奥さん！」ムッシュー・デラクールはまるまるとした両手でウィーズリーおばさんの手をはさんだまま、ニッコリ笑いかけた。「私たち、両家が結ばれるいが近づーいて、とても光栄でーすね。妻を紹介させてくーださい。アポリーヌです」

マダム・デラクールがスイーッと進み出て身をかがめ、またウィーズリーおばさんのほおにキスをした。

「**アンシャンテ**」マダムが挨拶した。「あなたのアズバンドが、とてもおもしろーいあなしを聞かせてくれましたのよ！」

ウィーズリーおじさんが普通とは思えない笑い声を上げたが、おばさんのひとにらみがそちらに向かって飛んだとたん、おじさんは静かになり、病気の友人の枕元を見舞うにふさわしい表情に変わった。

「それと、もちろんお会いになったことがありまーすね。私のおちーびちゃんのガブリエール！」ムッシューが紹介した。

ガブリエルはフラーのミニチュア版だった。腰まで伸びた、まじり気のないシルバーブロンドの十一歳は、ウィーズリーおばさんに輝くような笑顔を見せて抱きつき、ハリーにはまつげをパチパチさせて燃えるようなまなざしを送った。ジニーが大きな咳払いをした。

「さあ、どうぞ、お入りください！」

ウィーズリーおばさんがほがらかにデラクール一家を招じ入れた。「いえいえ、どうぞ！」「どうぞお先に！」「どうぞご遠慮なく！」がさんざん言い交わされた。

デラクール一家は、とても気持ちのよい、協力的な客だということがまもなくわかった。なんでも喜んでくれたし、結婚式の準備を手伝いたがった。ムッシューは席次表から花嫁付き添い人用の靴まで、あらゆるものに「**シャルマン**」を連発したし、マダムは家事に関する呪文に熟達していて、あっという間にオーブンをきれいさっぱりと掃除した。ガブリエルはなんでもいいから手伝おうと姉について回り、早口のフランス語でしゃべり続けていた。

マイナス面は、「隠れ穴」がこれほど大所帯用には作られていなかったことだ。ウィーズリー夫妻は、抗議するデラクール夫妻を寄り切り、自分たちの寝室を提供して居間で寝ることになった。ガブリエルは、パーシーが使っていた部屋でフラーと一緒に、ビルは、花婿付き添い人のチャーリーがルーマニアから到着すれば、同じ部屋になる予定だった。三人で計画を練るチャンスは、事実上なくなった。やりきれない思いから、ハリー、ロン、ハーマイオニーは、混雑した家から逃れるだけのためにでも、鶏に餌をやる仕事を買って出た。

「どっこい、ママったら、**まだ**僕たちのこと、ほっとかないつもりだぜ！」

ロンが歯がみした。三人が庭で話し合おうとしたのはこれで二度目だったが、両腕に大きな洗濯物のかごを抱えたおばさんの登場で、またしても挫折してしまった。

「あら、もう鶏に餌をやってくれたのね。よかった」おばさんは近づきながら声をかけた。「また鶏小屋に入れておいたほうがいいわ。明日、作業の人たちが到着する前に……結婚式用のテントを張りにくるのよ」

おばさんは鶏小屋に寄りかかって、ひと休みしながら説明した。つかれているようだった。

「ミラマンのマジック幕……とってもいいテントよ。ビルが作業の人手を連れてくるの……ハリー、その人たちがいる間は、家の中に入っていたほうがいいわね。家の周りにこれほど安全呪文が張りめぐらされていると、結婚式の準備がどうしても複雑になるわね」

「すみません」ハリーは申し訳なさそうに言った。

「あら、謝るなんて、そんな！」ウィーズリーおばさんが即座に言った。「そんなつもりで言ったんじゃないのよ――あのね、あなたの安全のほうがもっと大事なの！　実はね、ハリー、あなたに聞こう聞こうと思っていたんだけど、お誕生日はどんなふうにお祝いしてほしい？　十七歳は、なんと言っても、大切な日ですものね……」

「面倒なことはしないでください」この上みんなにストレスがかかることを恐れて、ハリーが急いで言った。「ウィーズリーおばさん、ほんとに、普通の夕食でいいんです……結婚式の前の日だし……」

「まあ、そう。あなたがそう言うならね。リーマスとトンクスを招待しようと思うけど、いい？　ハグリッドは？」

「そうしていただけたら、うれしいです」ハリーが言った。「でも、どうぞ、面倒なことはしないでください」

「大丈夫、大丈夫よ……面倒なんかじゃありませんよ……」

おばさんは探るような目でしばらくハリーをじっと見つめ、やがて少し悲しげにほほえむと、背筋を伸ばして歩いていった。おばさんが物干しロープのそばで杖を振ると、洗濯物がひとりでに宙に飛び上がってロープにぶら下がった。その様子を眺めながら、ハリーは突然、おばさんに迷惑をかけ、しかも苦しませていることに、深い自責の念が湧き起こるのを感じた。

# 第七章　アルバス・ダンブルドアの遺言

夜明けのひんやりとした青い光の中、彼は山道を歩いていた。ずっと下のほうに、霞に包まれた影絵のような小さな町が見える。求める男はあそこにいるのか？　どうしてもあの男が必要だ。ほかのことはほとんど何も考えられないくらい、彼はその男を強く求めていた。その男が答えを持っている。彼の抱える問題の答えを……。

「おい、起きろ」

ハリーは目を開けた。相変わらずむさくるしいロンの屋根裏部屋のキャンプベッドに横たわっていた。太陽が昇る前で、部屋はまだ薄暗かった。ピッグウィジョンが小さな翼に頭をうずめて眠っている。ハリーの額の傷痕がチクチク痛んだ。

「うわごと言ってたぞ」

「そうか？」

「ああ、『グレゴロビッチ』だったな。『グレゴロビッチ』ってくり返してた」

まだめがねをかけていないせいで、ロンの顔が少しぼやけて見えた。

「グレゴロビッチって誰だ？」

「僕が知るわけないだろ？　そう言ってたのは君だぜ」

ハリーは考えながら額をこすった。ぼんやりと、どこかでその名を聞いたことがあるような気がする。しかし、どこだったかは思い出せない。

「ヴォルデモートがその人を探していると思う」

「そりゃ気の毒なやつだな」ロンがひどく同情した。

ハリーは傷痕をさすり続けながら、はっきり目を覚ましてベッドに座りなおした。夢で見たものを正確に思い出そうとしたが、頭に残っているのは山の稜線と、深い谷に抱かれた小さな村だけだった。

「外国にいるらしい」

「誰が？　グレゴロビッチか？」

「ヴォルデモートだよ。あいつはどこか外国にいて、グレゴロビッチを探している。イギリスのどこかみたいじゃなかった」

「また、あいつの心をのぞいてたっていうのか？」

ロンは心配そうな口調だった。

「頼むから、ハーマイオニーには言うなよ」ハリーが言った。「もっとも、ハーマイオニーに夢で何か見るなって言われても、できない相談だけど……」

ハリーは、ピッグウィジョンの小さな鳥かごを見つめながら考えた……グレゴロビッチという名前に聞き覚えがあるのは、なぜだろう？

「たぶん」ハリーは考えながら言った。「その人はクィディッチに関係がある。何かつながりがあるんだ。でもどうしても――それがなんなのかわからない」

「クィディッチ？」ロンが聞き返した。「ゴルゴビッチのことを考えてるんじゃないのか？」

「誰？」

「ドラゴミル・ゴルゴビッチ。チェイサーだ。二年前に記録的な移籍金でチャドリー・キャノンズに来た。一シーズンでのクアッフル・ファンブルの最多記録保持者さ」

「ちがう」ハリーが言った。「僕が考えているのは、絶対にゴルゴビッチじゃない」

「僕もなるべく考えないようにしてるけどな」ロンが言った。「まあ、とにかく、誕生日おめでとう」

「うわぁ――そうだ。忘れてた！　僕、十七歳だ！」

ハリーはキャンプベッドの脇に置いてあった杖をつかみ、散らかった机に向けた。そこにめがねが置いてある。

「アクシオ！　めがねよ、来い！」

たった三十センチしか離れていなかったが、めがねがブーンと飛んでくるのを見ると、なんだかとても満足だった。もっとも、めがねが目をつつきそうになるまでのつかの間の満足だったが。

「お見事」ロンが鼻先で笑った。

「におい」が消えたことに有頂天になって、ハリーはロンの持ち物を部屋中に飛び回らせた。ピッグウィジョンが目を覚まし、興奮してかごの中をパタパタと飛び回った。ハリーはスニーカーの靴ひもも魔法で結んでみたし（あとで結び目を手でほどくのに数分かかった）、おもしろ半分に、ロンのチャドリー・キャノンズのポスターの、ユニフォームのオレンジ色を鮮やかなブルーに変えてみた。

「僕なら、社会の窓を手で閉めるけどな」

ロンの忠告で、ハリーはあわててチャックを確かめた。ロンがニヤニヤ笑った。

「ほら、プレゼント。ここで開けろよ。ママには見られたくないからな」

「本か？」長方形の包みを受け取ったハリーが言った。「伝統を破ってくれるじゃないか」

「普通の本ではないのだ」ロンが言った。「こいつはお宝ものだぜ。『確実に魔女をひきつける十二の法則』。女の子について知るべきことが、すべて説明してある。去年これを持ってたら、ラベンダーを振り切るやり方がばっちりわかったのになぁ。それに、どうやったらうまく……まあ、いい。フレッドとジョージに一冊もらったんだ。ずいぶんいろいろ学んだぜ。君も目からうろこだと思うけど、何も杖先の技だけってわけじゃないんだよ」

二人が台所に下りていくと、テーブルにはプレゼントの山が待っていた。ビルとムッシュー・デラクールが朝食をすませるところで、ウィーズリーおばさんはフライパンを片手に、立ったまま二人とおしゃべりしていた。

「ハリー、アーサーから伝言よ、十七歳の誕生日おめでとうって」

おばさんがハリーにニッコリ笑いかけた。

「朝早く仕事に出かけなければならなくてね。でもディナーまでには戻るわ。一番上にあるのが私たちからのプレゼント」

ハリーは腰かけて、おばさんの言った四角い包みを取った。開けると中から、ウィーズリー夫妻がロンの十七歳の誕生日に贈ったのとそっくりの腕時計が出てきた。金時計で、文字盤には針のかわりに星が回っている。

「魔法使いが成人すると、時計を贈るのが昔からの習わしなの」

ウィーズリーおばさんは料理用レンジの脇で、心配そうにハリーを見ていた。

「ロンのとちがって新品じゃないんだけど、実は弟のフェービアンのものだったのよ。持ち物を大切に扱う人じゃなかったものだから、裏がちょっとへこんでいるんだけど、でも――」

あとの言葉は消えてしまった。ハリーが立ち上がっておばさんを抱きしめたからだ。ハリーは抱きしめることで、言葉にならないいろいろな思いを伝えたかった。そして、おばさんにはそれがわかったようだった。ハリーが離れたとき、おばさんは不器用にハリーのほおを軽くたたき、それから杖を振ったが、振り方が少し乱れて、パッケージ半分もの量のベーコンが、フライパンから飛び出して床に落ちた。

「ハリー、お誕生日おめでとう！」

ハーマイオニーが台所に駆け込んできて、プレゼントの山に自分のをのせた。

「たいしたものじゃないけど、気に入ってくれるとうれしいわ。あなたは何をあげたの？」

ロンは、聞こえないふりをした。

「さあ、それじゃ、ハーマイオニーのを開けろよ！」ロンが言った。

ハーマイオニーの贈り物は、新しい「かくれん防止器」だった。ハリーはほかの包みも開けた。ビルとフラーからの魔法のひげそり（「ああ、そうそう、これは最高につるつーるにそりまーすよ」ムッシュー・デラクールが保証した。「でも、どうそりたーいか、あっきーり言わないといけませーん……さもないと、残したい毛が残らないかもしれませーんよ……」）、デラクール一家からはチョコレート、それにフレッドとジョージからの巨大な箱には、「ウィーズリー・ウィザード・

ウィーズ店」の新商品が入っていた。

マダム・デラクール、フラー、ガブリエルが入ってきて台所が狭苦しくなったので、ハリー、ロン、ハーマイオニーの三人はその場を離れた。

「全部荷造りしてあげる」階段を上りながら、ハーマイオニーがハリーの抱えているプレゼントを引き取って、明るく言った。「もうほとんど終わっているの。あとは、ロン、洗濯に出ているあなたのパンツが戻ってくるのを待つだけ――」

ロンはとたんに咳き込んだが、二階の踊り場のドアが開いて咳が止まった。

「ハリー、ちょっと来てくれる？」

ジニーだった。ロンは、はたとその場に立ち止まったが、ハーマイオニーがそのひじをつかんで上の階に引っ張っていった。ハリーは落ち着かない気持ちで、ジニーのあとから部屋に入った。

いままで、ジニーの部屋に入ったことはなかった。狭いが明るい部屋だった。魔法界のバンド、「妖女シスターズ」の大きなポスターが一方の壁に、魔女だけのクィディッチ・チーム「ホリヘッド・ハーピーズ」のキャプテン、グウェノグ・ジョーンズの写真がもう一方の壁に貼ってあった。開いた窓の前に机があり、窓からは果樹園が見えた。ジニーとハリーがロン、ハーマイオニーとそれぞれ組んで、この果樹園で二人制クィディッチをして遊んだことがあった。そこにはいま、乳白色の大きなテントが張られている。テントの上の金色の旗が、ジニーの窓と同じ高さだった。

ジニーはハリーの顔を見上げて、深く息を吸ってから言った。

「十七歳、おめでとう」

「うん……ありがとう」

ジニーは、ハリーをじっと見つめたままだった。しかしハリーは、見つめ返すのがつらかった。まぶしい光を見るようだった。

「いい眺めだね」窓のほうを指差して、ハリーはさえないセリフを言った。

ジニーは無視した。無視されて当然だとハリーは思った。

「あなたに何をあげたらいいか、考えつかなかったの」

「なんにもいらないよ」

ジニーは、これも無視した。

「何が役に立つのかわからないの。大きなものはだめだわ。だって持っていけないでしょうから」

ハリーはジニーを盗み見た。泣いていなかった。ジニーはすばらしいものをたくさん持っている。その一つが、めったにめそめそしないことだ。六人の兄たちにきたえられたにちがいないと、ハリーはときどきそう思ったものだ。

ジニーがハリーに一歩近づいた。

「それで、私、考えついたの。私を思い出す何かを、あなたに持っていてほしいって。あなたが何をしにいくにしても、出先で、ほら、ヴィーラなんかに出会ったときに」

「デートの機会は、正直言って、とても少ないと思う」

「私、そういう希望の光を求めていたわ」

ジニーがささやき、これまでのキスとはまるでちがうキスをした。ハリーもキスを返した。ファイア・ウィスキーよりよく効く、何もかも忘れさせてくれる幸せな瞬間だった。ジニー、彼女こそ、この世界で唯一の真実だった。片手をその背中に回し、片手で甘い香りのするその長い髪に触れ、ジニーを感じる――。

ドアがバーンと開いた。二人は飛び上がって離れた。

「おっと」ロンが当てつけがましく言った。「ごめんよ」

「ロン！」すぐ後ろに、ハーマイオニーが少し息を切らして立っていた。ピリピリした沈黙が過ぎ、ジニーが感情のこもらない小さい声で言った。

「えーと、ハリー、とにかくお誕生日おめでとう」

ロンの耳は真っ赤だった。ハーマイオニーは心配そうな顔だ。ハリーは二人の鼻先でドアをピシャリと閉めてやりたかった。しかし、ドアが開いたときに冷たい風が吹き込んできたかのように、輝かしい瞬間は泡のごとくはじけてしまっていた。ジニーとの関係を終わりにし、近づかないようにしなければならない。そのすべての理由が、ロンと一緒に部屋にそっと忍び込んできたような気がした。すべてを忘(わす)れる、幸せな時間は去ってしまった。

ハリーは何か言いたくてジニーを見たが、何が言いたいのかわからなかった。しかしジニーはハリーに背(せ)を向けた。ハリーは、ジニーがこの時だけは涙(なみだ)に負けてしまったのではないかと思った。しかし、ロンの前では、ジニーをなぐさめる何ものもしてやれなかった。

「またあとでね」ハリーはそう言うと、二人について部屋を出た。

ロンはどんどん先に下り、混(こ)み合(あ)った台所を通(とお)り抜(ぬ)けて裏庭(うらにわ)に出た。ハリーもずっと歩調を合わせてついていった。ハーマイオニーはおびえた顔で、小走りにそのあとに続いた。

刈(か)ったばかりの芝生(しばふ)の片隅(かたすみ)まで来ると、ロンが振(ふ)り向(む)いてハリーを見た。

「君はジニーを捨(す)てたんだ。もてあそぶなんて、いまになってどういうつもりだ？」

「僕(ぼく)、ジニーをもてあそんでなんか、いない」ハリーが言った。

ハーマイオニーがやっと二人に追いついた。

「ロン――」

しかしロンは片手(かたて)を上げて、ハーマイオニーをだまらせた。

「君のほうから終わりにしたとき、ジニーはずたずただったんだ――」

「僕(ぼく)だって。なぜ僕(ぼく)がそうしたか、君にはわかっているはずだ。そうしたかったわけじゃないんだ」

「ああ、だけど、いまあいつとキスしたりすれば、また希望を持ってしまうじゃないか――」

「ジニーはばかじゃない。そんなことが起こらないのはわかっている。ジニーは期待していないよ、僕たちが結局――結婚するとか、それとも――」

そう言ったとたん、ハリーの頭に鮮烈なイメージが浮かんだ。ジニーが白いドレスを着て、どこの誰とも知れない背の高い、顔のない不ゆかいな男と結婚する姿だ。思いが高まった瞬間、ハリーはハッと気づいた。ジニーの未来は自由でなんの束縛もない。一方、自分の前には……ヴォルデモートしか見えない。

「これからもなんだかんだとジニーに近づくっていうなら――」

「もう二度とあんなことは起こらないよ」ハリーは厳しい口調で言った。

雲一つない天気なのに、ハリーは突然太陽が消えてしまったような気がした。

「それでいいか？」

ロンは半ば憤慨しながらも半分弱気になったように、しばらくの間、その場で体を前後に揺すっていたが、やがて口を開いた。

「それならいい。まあ、それで……うん」

その日は一日中、ジニーはけっしてハリーと二人きりで会おうとはしなかった。そればかりか、自分の部屋で、二人が儀礼的な会話以上のものを交わしたことなど、そぶりも見せず、おくびにも出さなかった。そんな中、ハリーにはチャーリーの到着が救いになった。ウィーズリーおばさんがチャーリーを無理やり椅子に座らせ、脅すように杖を向けて、これから髪の毛をきちんとしてあげると宣言するのを見ていると、気が紛れた。

ハリーの誕生日のディナーには、台所は狭すぎた。チャーリー、ルーピン、トンクス、ハグリッドが来る前から、台所ははち切れそうになっていた。そこで庭にテーブルを一列に並べた。フレッドとジョージが、いくつもの紫色のランタンにすべて「17」の数字をデカデカと書き込み、魔法をかけて招待客の頭上に浮かべた。ウィーズリーおばさんの看護のおかげで、ジョージの傷はきれいになっていた。しかし、双子が耳のことでさんざん冗談を言っても、ハリーは、いまだにジョージの側頭部の黒い穴を平気で見ることはできなかった。

ハーマイオニーが杖の先から出した紫と金のリボンは、ひとりでに木や灌木の茂みを芸術的に飾った。

「すてきだ」ハーマイオニーが最後の派手なひと振りで、野生リンゴの木の葉を金色に染めたとき、ロンが言った。「こういうことにかけては、君はすごくいい感覚してるよなあ」

「ありがとう、ロン！」

ハーマイオニーはうれしそうだったが、ちょっと面食らったようでもあった。ハリーは横を向いてひとり笑いをした。『確実に魔女をひきつける十二の法則』を流し読みする時間があれば、「お世辞の言い方」という章が見つかりそうな、なんとなくそんな気がしたのだ。ジニーとふと目が合い、ハリーはニヤッと笑ったが、ロンとの約束を思い出し、あわててムッシュー・デラクールに話しかけてその場を取りつくろった。

「どいてちょうだい、どいてちょうだい！」

ウィーズリーおばさんが歌うように言いながら、ビーチボールほどの巨大なスニッチを前に浮かべて裏庭から門を通って出てきた。それがバースデーケーキだと、ハリーはすぐに気づいた。庭の地面がデコボコして危ないので、杖で宙に浮かせて運んできたのだ。ケーキがやっとテーブルの真ん中に収まるのを見届けて、ハリーが言った。

「すごい大傑作だ、ウィーズリーおばさん」

「あら、たいしたことじゃないのよ」おばさんはいとおしげに言った。

おばさんの肩越しに、ロンがハリーに向かって両手の親指を立て、唇の動きで「**いまのはいいぞ**」と言った。

七時には招待客全員が到着し、外の小道の突き当たりに立って出迎えていたフレッドとジョージの案内で、家の境界内に入ってきた。ハグリッドはこの日のために正装し、一張羅のむさくるしい毛むくじゃらの茶色のスーツを着込んでいた。ルーピンはハリーと握手しながらほほえんだが、なんだか浮かぬ顔だった。横で晴れ晴れとうれしそうにしているトンクスとは、奇妙な組み合わせだった。

「お誕生日おめでとう、ハリー」トンクスは、ハリーを強く抱きしめた。

「十七歳か、ええ！」ハグリッドは、フレッドからバケツ大のグラスに入ったワインを受け取りながら言った。「俺たちが出会った日から六年だ、ハリー、覚えちょるか？」

「ぼんやりとね」ハリーはニヤッと笑いかけた。「入口のドアをぶち破って、ダドリーに豚のしっぽを生やして、僕が魔法使いだって言わなかった？」

「細けえことは忘れたな」ハグリッドがうれしそうに笑った。「ロン、ハーマイオニー、元気か？」

「私たちは元気よ」ハーマイオニーが応えた。「ハグリッドは？」

「ああ、まあまあだ。忙しくしとった。ユニコーンの赤ん坊が何頭か生まれてな。おまえさんたちが戻ったら、見せてやるからな――」

ハリーは、ロンとハーマイオニーの視線をさけた。ハグリッドは、ポケットの中をガサゴソ探りはじめた。

「あったぞ、ハリー――おまえさんに何をやったらええか思いつかんかったが、これを思い出してな」

ハグリッドは、ちょっと毛の生えた小さな巾着袋を取り出した。長いひもがついていて、どうやら首からかけるらしい。

「モークトカゲの革だ。中に何か隠すとええ。持ち主以外は取り出せねえからな。こいつぁめずらしいもんだぞ」

「ハグリッド、ありがとう！」

「なんでもねえ」ハグリッドは、ごみバケツのふたほどもある手を振った。

「おっ、チャーリーがいるじゃねえか！　俺は昔っからあいつが気に入っとってな――ヘイ！チャーリー！」

チャーリーはやや無念そうに、無残にも短くされたばかりの髪を手でかきながらやってきた。ロンより背が低くがっちりしていて、筋肉質の両腕は火傷や引っかき傷だらけだった。

「やあ、ハグリッド、どうしてる？」

「手紙を書こう書こうと思っちょったんだが。ノーバートはどうしちょる？」

「ノーバート？」チャーリーが笑った。「ノルウェー・リッジバックの？　いまはノーベルタって呼んでる」

「なんだって――ノーバートは女の子か？」

「ああ、そうだ」チャーリーが言った。

「どうしてわかるの？」ハーマイオニーが聞いた。

「ずっと獰猛だ」チャーリーが答えた。そして後ろを見て声を落とした。「親父が早く戻ってくるといいが。おふくろがピリピリしてる」

みんながいっせいにウィーズリー夫人を見た。マダム・デラクールと話をしてはいたが、しょっちゅう門を気にして、ちらちら見ている。

「アーサーを待たずに始めたほうがいいでしょう」

それからしばらくして、おばさんが庭全体に呼びかけた。

「あの人はきっと何か手が離せないことが――あっ！」

みんなも同時にそれを見た。庭を横切って一条の光が走り、テーブルの上で輝く銀色のイタチになった。イタチは後脚で立ち上がり、ウィーズリーおじさんの声で話した。

「魔法大臣が一緒に行く」

守護霊はふっと消え、そのあとにはフラーの家族が、驚いて消えたあたりを凝視していた。

「私たちはここにいられない」間髪を容れず、ルーピンが言った。「ハリー――すまない――別の機会に説明するよ――」

ルーピンはトンクスの手首を握って引っ張り、垣根まで歩いてそこを乗り越え、姿を消した。

ウィーズリーおばさんは当惑した顔だった。

「大臣――でもなぜ――？　わからないわ――」

話し合う間はなかった。その直後に、門の所にウィーズリーおじさんが忽然と現れた。白髪まじりのたてがみのような髪で、すぐそれとわかるルーファス・スクリムジョールが同行している。

突然現れた二人は、裏庭を堂々と横切って、ランタンに照らされたテーブルにやってきた。テーブルには、その夜の会食者が、二人の近づくのをじっと見つめながらだまって座っていた。スクリムジョールがランタンの光の中に入ったとき、ハリーは、その姿が前回会ったときよりずっと老けて見えるのに気づいた。ほおはこけ、厳しい表情をしている。

「お邪魔してすまん」足を引きずりながらテーブルの前まで来て、スクリムジョールが言った。

「その上、どうやら宴席への招かれざる客になったようだ」

大臣の目が一瞬、巨大なスニッチ・ケーキに注がれた。

「誕生日おめでとう」

「ありがとうございます」ハリーが言った。

「君と二人だけで話したい」スクリムジョールが言葉を続けた。「さらに、ロナルド・ウィーズリー君、それとハーマイオニー・グレンジャーさんとも、個別に」

「僕たち？」ロンが驚いて聞き返した。「どうして僕たちが？」

「どこか、もっと個別に話せる場所に行ってから、説明する」スクリムジョールが言った。「そういう場所があるかな？」大臣がウィーズリー氏に尋ねた。

「はい、もちろんです」ウィーズリーおじさんは落ち着かない様子だ。「あー、居間です。そこを使ってはいかがですか？」

「案内してくれたまえ」スクリムジョールがロンに向かって言った。「アーサー、君が一緒に来る必要はない」

ハリー、ロン、ハーマイオニーの三人が立ち上がったとき、ウィーズリーおじさんが心配そうにおばさんと顔を見合わせるのを、ハリーは見た。三人とも無言で、先に立って家の中に入りながら、ハリーはあとの二人も自分と同じことを考えているだろうと思った。スクリムジョールは、三人がホグワーツ校を退学するという計画をどこからか聞きつけたにちがいない。

散らかった台所を通り、「隠れ穴」の居間に入るまで、スクリムジョールは終始無言だった。庭には夕暮れのやわらかな金色の光が満ちていたが、居間はもう暗かった。部屋に入りながら、ハリーは石油ランプに向けて杖を振った。ランプの灯りが、質素ながらも居心地のよい居間を照らした。スクリムジョールは、いつもウィーズリーおじさんが座っているクッションのへこんだひじかけ椅子に腰を落とし、ハリー、ロン、ハーマイオニーは、ソファに並んできゅうくつに座るしかなかった。全員が腰かけるのを待って、スクリムジョールが口を開いた。

「三人にいくつか質問があるが、それぞれ個別に聞くのが一番よいと思う。君と君は」

スクリムジョールは、ハリーとハーマイオニーを指差した。

「上の階で待っていてくれ。ロナルドから始める」

「僕たち、どこにも行きません」ハリーが言った。ハーマイオニーもしっかりうなずいた。「三人一緒に話すのでなければ、何も話さないでください」

スクリムジョールは、冷たく探るような目でハリーを見た。ハリーは、大臣が初手から対立する価値があるかどうか、判断に迷っている、という印象を受けた。

「いいだろう。では、一緒に」

大臣は肩をすくめ、それから咳払いして話しはじめた。

「私がここに来たのは、君たちも知っているとおり、アルバス・ダンブルドアの遺言のためだ」

ハリー、ロン、ハーマイオニーは、顔を見合わせた。

「どうやら寝耳に水らしい！ それでは、ダンブルドアが君たちに遺したものがあることを知らなかったのか？」

「ぼ――僕たち全員に？」ロンが言った。「僕とハーマイオニーにも？」

「そうだ、君たち全――」

ハリーがその言葉をさえぎった。

「ダンブルドアが亡くなったのは、一か月以上も前だ。僕たちへの遺品を渡すのに、どうしてこんなに長くかかったのですか？」

「見え透いたことだわ」

スクリムジョールが答えるより早く、ハーマイオニーが言った。

「私たちに遺してくれたものがなんであれ、この人たちは調べたかったのよ。あなたにはそんな権利がなかったのに！」

ハーマイオニーの声は、かすかに震えていた。

「私にはちゃんと権利がある」スクリムジョールがそっけなく言った。「『正当な押収に関する省令』により、魔法省には遺言書に記されたものを押収する権利がある――」

「それは、闇の物品が相続されるのを阻止するために作られた法律だわ」ハーマイオニーが言った。「差し押さえる前に、魔法省は、死者の持ち物が違法であるという確かな証拠を持っていなければならないはずです！　ダンブルドアが、呪いのかかったものを私たちに遺そうとしたとでもおっしゃりたいんですか？」

「魔法法関係の職に就こうと計画しているのかね、ミス・グレンジャー？」

スクリムジョールが聞いた。

「いいえ、ちがいます」ハーマイオニーが言い返した。「私は、世の中のために何かよいことをしたいと願っています！」

ロンが笑った。スクリムジョールの目がサッとロンに飛んだが、ハリーが口を開いたので、また視線を戻した。

「それじゃ、なぜ、いまになって僕たちに渡そうと決めたんですか？　保管しておく口実を考えつかないからですか？」

「ちがうわ。三十一日の期限が切れたからよ」ハーマイオニーが即座に言った。「危険だと証明できなければ、それ以上は物件を保持できないの。そうですね?」

「ロナルド、君はダンブルドアと親しかったと言えるかね?」スクリムジョールは、ハーマイオニーを無視して質問した。ロンはびっくりしたような顔をした。

「僕? いや――そんなには……それを言うなら、ハリーがいつでも……」

ロンは、ハリーとハーマイオニーの顔を見た。するとハーマイオニーが、「**いますぐだまれ!**」という目つきでロンを見ていた。しかし、遅かった。スクリムジョールは、思うつぼの答えを得たという顔をしていた。そして、獲物をねらう猛禽類のように、ロンの答えに襲いかかった。

「君が、ダンブルドアとそれほど親しくなかったのなら、遺言で君に遺品を残したという事実をどう説明するかね? 個人的な遺贈品は非常に少なく、例外的だった。ほとんどの持ち物は――個人の蔵書、魔法の計器類、そのほかの私物などだが――ホグワーツ校に遺された。なぜ、君が選ばれたと思うかね?」

「僕……わからない」ロンが言った。「僕……そんなには親しくなかったと僕が言ったのは……つまり、ダンブルドアは、僕のことを好きだったと思う……」

「ロン、奥ゆかしいのね」ハーマイオニーが言った。「ダンブルドアはあなたのことを、とてもかわいがっていたわ」

これは、真実と言えるぎりぎりの線だった。ハリーの知るかぎり、ロンとダンブルドアは、一度も二人きりになったことはないし、直接の接触もなきに等しかった。しかし、スクリムジョールは聞かなかったかのように振る舞った。マントの内側に手を入れ、ハリーがハグリッドからもらったものよりずっと大きい巾着袋を取り出した。その中から羊皮紙の巻物を取り出し、大臣は広げて読み上げた。

「『**アルバス・パーシバル・ウルフリック・ブライアン・ダンブルドアの遺言書**』……そう、ここだ……『**ロナルド・ビリウス・ウィーズリーに、〝灯消しライター〟を遺贈する。使うたびに、わしを思い出してほしい**』」

スクリムジョールは、巾着からハリーに見覚えのあるものを取り出した。銀のライターのように見えるが、カチッと押すたびに、周囲の灯りを全部吸い取り、また元に戻す力を持っている。スクリムジョールは、前かがみになって「灯消しライター」をロンに渡した。受け取ったロンは、あぜんとした顔でそれを手の中でひっくり返した。

「それは価値のある品だ」スクリムジョールがロンをじっと見ながら言った。「たった一つしかないものかもしれない。まちがいなくダンブルドア自身が設計したものだ。それほどめずらしいものを、なぜ彼は君に遺したのかな？」

ロンは困惑したように、頭を振った。

「ダンブルドアは、何千人という生徒を教えたはずだ」スクリムジョールはなおも食い下がった。「にもかかわらず、遺言書で遺贈されたのは、君たち三人だけだ。なぜだ？　ミスター・ウィーズリー、ダンブルドアは、この『灯消しライター』を君がどのように使用すると考えたのかね？」

「灯を消すため、だと思うけど」ロンがつぶやいた。「ほかに何に使えるっていうわけ？」

スクリムジョールは当然、何も意見はないようだった。しばらくの間、探るような目でロンを見ていたが、やがてまたダンブルドアの遺言書に視線を戻した。

「**『ミス・ハーマイオニー・ジーン・グレンジャーに、わしの蔵書から〝吟遊詩人ビードルの物語〟を遺贈する。読んでおもしろく、役に立つものであることを望む』**」

スクリムジョールは、巾着から小さな本を取り出した。上の階に置いてある『深い闇の秘術』と同じぐらい古い本のように見えた。表紙は汚れ、あちこち革がめくれている。ハーマイオニーはだまって本を受け取り、ひざにのせてじっと見つめた。ハリーは、本の題がルーン文字で書かれているのを見た。ハリーが勉強したことのない記号文字だ。ハリーが見つめていると、表紙に型押しされた記号に、涙がひと粒落ちるのが見えた。

「ミス・グレンジャー、ダンブルドアは、なぜ君にこの本を遺したと思うかね？」

「せ……先生は、私が本好きなことをご存じでした」

ハーマイオニーはそでで目をぬぐいながら、声を詰まらせた。

「しかし、なぜこの本を？」

「わかりません。私が読んで楽しいだろうと思われたのでしょう」

「ダンブルドアと、暗号について、または秘密の伝言を渡す方法について、話し合ったことがあるかね？」

「ありません」ハーマイオニーは、そでで目をぬぐい続けていた。「それに、魔法省が三十一日かけても、この本に隠された暗号が解けなかったのなら、私に解けるとは思いません」

ハーマイオニーは、すすり泣きを押し殺した。身動きできないほどぎゅうぎゅう詰めで座っていたので、ロンは、片腕を抜き出してハーマイオニーの両肩に腕を回すのに苦労した。スクリムジョールは、また遺言書に目を落とした。

「**『ハリー・ジェームズ・ポッターに』**」スクリムジョールが読み上げると、ハリーは急に興奮を感じ、腸がギュッと縮まるような気がした。「**『スニッチを遺贈する。忍耐と技は報いられるものである。ホグワーツでの最初のクィディッチ試合で、本人が捕まえたものである。そのことを思い出すためのよすがとして、これを贈る』**」

スクリムジョールは、クルミ大の小さな金色のボールを取り出した。銀の羽がかなり弱々しく羽ばたいている。ハリーは、高揚していた気持ちががっくり落ち込むのをどうしようもなかった。

「ダンブルドアは、なぜ君にスニッチを遺したのかね？」スクリムジョールが聞いた。

「さっぱりわかりません」ハリーが言った。「いま、あなたが読み上げたとおりの理由だと思います……僕に思い出させるために……忍耐となんとかが報いられることを」

「それでは、単に象徴的な記念品だと思うのかね？」

「そうだと思います」ハリーが答えた。「ほかに何かありますか？」

「質問しているのは、私だ」

スクリムジョールは、ひじかけ椅子を少しソファのほうに引きながら言った。外は本格的に暗くなってきた。窓から見えるテントが、垣根の上にゴーストのような白さでそびえ立っている。

「君のバースデーケーキも、スニッチの形だった」スクリムジョールがハリーに向かって言った。

「なぜかね？」

ハーマイオニーが、あざけるような笑い方をした。

「あら、ハリーが偉大なシーカーだからというのでは、あまりにもあたりまえすぎますから、そんなはずはないですね」ハーマイオニーが言った。「ケーキの砂糖衣に、ダンブルドアからの秘密の伝言が隠されているにちがいない！　とか」

「そこに、何かが隠されているとは考えていない」スクリムジョールが言った。「しかしスニッチは、小さなものを隠すには格好の場所だ。君は、もちろんそのわけを知っているだろうね？」

ハリーは肩をすくめたが、ハーマイオニーが答えた。身にしみついた習慣で、ハーマイオニーは、質問に正しく答えるという衝動を抑えることができないのだろう、とハリーは思った。

「スニッチは肉の記憶を持っているからです」ハーマイオニーが言った。

「えっ？」ハリーとロンが同時に声を上げた。二人とも、クィディッチに関するハーマイオニーの知識は、なきに等しいと思っていたのだ。

「正解だ」スクリムジョールが言った。「スニッチというものは、空に放たれるまで素手で触られることがない。作り手でさえも手袋をはめている。最初に触れる者が誰か、を認識できるように呪文がかけられている。判定争いになったときのためだ。このスニッチは――」

　スクリムジョールは、小さな金色のボールを掲げた。

「君の感触を記憶している。ポッター、ダンブルドアはいろいろ欠陥があったにせよ、並はずれた魔法力を持っていた。そこで思いついたのだが、ダンブルドアはこのスニッチに魔法をかけ、君だけのために開くようにしたのではないかな」

　ハリーの心臓が激しく打ちはじめた。スクリムジョールの言うとおりだと思った。大臣の前で、どうやったら素手でスニッチに触れずに受け取れるだろう？

「何も言わんようだな」スクリムジョールが言った。「たぶんもう、スニッチの中身を知っているのではないかな？」

「いいえ」

ハリーは、スニッチに触れずに触れたように見せるには、どうしたらいいかを考え続けていた。「開心術」ができたら、ほんとうにできたら、そしてハーマイオニーの考えが読めたらいいのに。隣で、ハーマイオニーの脳が激しく唸りを上げているのが聞こえるようだった。

「受け取れ」スクリムジョールが低い声で言った。

ハリーは大臣の黄色い目を見た。そして、従うしかないと思った。ハリーは手を出し、スクリムジョールは再び前かがみになって、ゆっくりと慎重に、スニッチをハリーの手のひらにのせた。

何事も起こらなかった。ハリーは指を折り曲げてスニッチを握ったが、スニッチはつかれた羽をひらひらさせてじっとしていた。スクリムジョールも、ロンとハーマイオニーも、スニッチがなんらかの方法で変身することをまだ期待しているのか、半分手に隠れてしまった球を食い入るように見つめ続けていた。

「劇的瞬間だった」ハリーが冷静に言った。ロンとハーマイオニーが笑った。

「これでおしまいですね？」

ハーマイオニーが、ソファのぎゅうぎゅう詰めから抜け出そうとしながら聞いた。

「いや、まだだ」いまや不機嫌な顔のスクリムジョールが言った。

「ポッター、ダンブルドアは、君にもう一つ形見を遺した」

「なんですか？」興奮にまた火がついた。

スクリムジョールは、もう遺言書を読もうともしなかった。

「ゴドリック・グリフィンドールの剣だ」

ハーマイオニーもロンも身を硬くした。ハリーは、ルビーをちりばめた柄の剣がどこかに見えはしないかと、あたりを見回した。しかし、スクリムジョールは革の巾着から剣を取り出しはしなかったし、巾着はいずれにしても剣を入れるには小さすぎた。

「それで、どこにあるんですか？」ハリーが疑わしげに聞いた。

「残念だが」スクリムジョールが言った。「あの剣は、ダンブルドアがゆずり渡せるものではない。ゴドリック・グリフィンドールの剣は、重要な歴史的財産であり、それ故その所属先は――」

「ハリーです！」ハーマイオニーが熱く叫んだ。「剣はハリーを選びました。ハリーが見つけ出した剣です。『組分け帽子』の中からハリーの前に現れたもので――」

「信頼できる歴史的文献によれば、剣は、それにふさわしいグリフィンドール生の前に現れると言う」スクリムジョールが言った。「とすれば、ダンブルドアがどう決めようと、ポッターだけの専有財産ではない」スクリムジョールは、そり残したひげがまばらに残るほおをかきながら、ハリーを詮索するように見た。「君はどう思うかね？　なぜ――？」

「なぜダンブルドアが、僕に剣を遺したかったかですか？」

ハリーは、やっとのことでかんしゃくを抑えつけながら言った。

「僕の部屋の壁にかけると、きれいだと思ったんじゃないですか？」

「冗談事ではないぞ、ポッター！」スクリムジョールがすごんだ。「ゴドリック・グリフィンドールの剣のみが、スリザリンの継承者を打ち負かすことができると、ダンブルドアが考えたからではないのか？　ポッター、君にあの剣を遺したかったのは、ダンブルドアが、そしてほかの多くの者もそうだが、君こそ『名前を言ってはいけないあの人』を滅ぼす運命にある者だと、信じたからではないのか？」

「おもしろい理論ですね」ハリーが言った。「誰か、ヴォルデモートに剣を刺してみたことがあるんですか？　魔法省で何人かを、その任務に就けるべきじゃないんですか？『灯消しライター』をひねくり回したり、アズカバンからの集団脱走を隠蔽したりするひまがあるのなら。それじゃ大臣、あなたは、部屋にこもって何をしていたのかと思えば、スニッチを開けようとしていたのですか？　たくさんの人が死んでいるというのに。僕もその一人になりかけた。ヴォルデモートが州を三つもまたいで僕を追跡してきたことにも、マッド-アイ・ムーディを殺したことにも、どれに関しても、魔法省からは一言もない。そうでしょう？　それなのにまだ、僕たちが協力すると思っているなんて！」

「言葉が過ぎるぞ！」

スクリムジョールが立ち上がって大声を出した。ハリーもサッと立ち上がった。スクリムジョールは足を引きずってハリーに近づき、杖の先で強くハリーの胸を突いた。火のついたたばこを押しつけられたように、ハリーのTシャツが焦げて、穴が開いた。

「おい！」ロンがパッと立ち上がって、杖を上げた。しかしハリーが制した。

「やめろ！　僕たちを逮捕する口実を与えたいのか？」

「ここは学校じゃない、ということを思い出したかね？」スクリムジョールは、ハリーの顔に荒い息を吹きかけた。「私が、君の傲慢さも不服従をも許してきたダンブルドアではないということを、思い出したかね？　ポッター。その傷痕を王冠のようにかぶっているのはいい。しかし、十七歳の青二才が、私の仕事に口出しするのはお門ちがいだ！　そろそろ敬意というものを学ぶべきだ！」

「そろそろあなたが、それを勝ち取るべきです」ハリーが言った。

床が振動した。誰かが走ってくる足音がして居間のドアが勢いよく開き、ウィーズリー夫妻が駆け込んできた。

「何か――何か聞こえたような気が――」ハリーと大臣がほとんど鼻突き合わせて立っているのを見て、すっかり仰天したウィーズリーおじさんが言った。

「――大声を上げているような」ウィーズリーおばさんが、息をはずませながら言った。

スクリムジョールは二、三歩ハリーから離れ、ハリーのTシャツに開けた穴をちらりと見た。かんしゃくを抑えきれなかったことを、悔いているようだった。

「別に――別になんでもない」スクリムジョールが唸るように言った。「私は……君の態度を残念に思う」もう一度ハリーの顔をまともに見ながら、スクリムジョールが言った。「どうやら君は、魔法省の望むところが、君とは――ダンブルドアとは――ちがうと思っているらしい。我々は、共に事に当たるべきなのだ」

「大臣、僕はあなたたちのやり方が気に入りません」ハリーが言った。「これを覚えていますか？」

ハリーは右手の拳を上げて、スクリムジョールに一度見せたことのある傷痕を突きつけた。手の甲にまだ白く残る傷痕は、「**僕はうそをついてはいけない**」と読めた。スクリムジョールは表情をこわばらせ、それ以上何も言わずにハリーに背を向けて足を引きずりながら部屋から出ていった。ウィーズリーおばさんが、急いでそのあとを追った。おばさんが勝手口で立ち止まる音がして、まもなくおばさんの知らせる声が聞こえてきた。

「行ってしまったわよ！」

「大臣は何しに来たのかね？」

おばさんが急いで戻ってくると、おじさんは、ハリー、ロン、ハーマイオニーを見回しながら聞いた。

「ダンブルドアが僕たちに遺したものを渡しに」ハリーが答えた。「遺言書にあった品物を、魔法省が解禁したばかりなんです」

庭のディナーのテーブルで、スクリムジョールがハリーたちに渡した三つの品が、手から手へと渡された。みんなが灯消しライターと『吟遊詩人ビードルの物語』とに驚き、スクリムジョールが剣の引き渡しをこばんだことを嘆いたが、ダンブルドアがハリーに古いスニッチを遺した理由については、誰も思いつかなかった。ウィーズリーおじさんが、灯消しライターを念入りに調べること三回か四回目に、おばさんが遠慮がちに言った。

「ねえ、ハリー、みんなとてもお腹がすいているの。あなたがいないときに始めたくなかったものだから……もう夕食を出してもいいかしら？」

全員がかなり急いで食事をすませ、あわただしい「ハッピー・バースデー」の合唱、それからほとんど丸飲みのケーキのあと、パーティは解散した。ハグリッドは翌日の結婚式に招待されていたが、すでに満杯の「隠れ穴」にはとても泊まれない図体だったので、近くで野宿をするためのテントを張りに出ていった。

「あとで僕たちの部屋に上がってきて」

ウィーズリーおばさんを手伝って、庭を元の状態に戻しながら、ハリーがハーマイオニーにささやいた。

「みんなが寝静まってから」

屋根裏部屋では、ロンが灯消しライターを入念に眺め、ハリーは、ハグリッドからのモークトカゲの巾着に、金貨ではなく、一見がらくたのようなものもふくめて、自分にとって一番大切なものを詰め込んでいた。忍びの地図、シリウスの両面鏡のかけら、R・A・Bのロケットなどだ。ハリーは巾着のひもを固くしめて首にかけ、それから古いスニッチを持って座り、弱々しい羽ばたきを見つめた。やがてハーマイオニーが、ドアをそっとたたいて忍び足で入ってきた。

「マフリアート、耳ふさぎ」ハーマイオニーは、階段に向けて杖を振りながら唱えた。

「君は、その呪文を許してないと思ったけど？」ロンが言った。

「時代が変わったの」ハーマイオニーが言った。「さあ、灯消しライター、使ってみせて」

ロンはすぐに要求を聞き入れ、ライターを高く掲げてカチッと鳴らした。一つしかないランプの灯がすぐに消えた。

「要するに」暗闇でハーマイオニーがささやいた。「同じことが『ペルー産インスタント煙幕』でも、できただろうってことね」

カチッと小さな音がして、ランプの光の球が飛んで天井へと戻り、再び三人を照らした。

「それでも、こいつはかっこいい」ロンは弁解がましく言った。「それに、さっきの話じゃ、ダンブルドア自身が発明したものだぜ！」

「わかってるわよ。でも、ダンブルドアが遺言であなたを選んだのは、単に灯りを消すのを手伝うためじゃないわ！」

「魔法省が遺言書を押収して、僕たちへの遺品を調べるだろうって、ダンブルドアは知っていたんだろうか？」ハリーが聞いた。

「まちがいないわ」ハーマイオニーが言った。「遺言書では、私たちにこういうものを遺す理由を教えることができなかったのよ。でも、まだ説明がつかないのは……」

「……生きているうちに、なぜヒントを教えてくれなかったのか、だな？」ロンが聞いた。

「ええ、そのとおり」

『吟遊詩人ビードルの物語』をぱらぱらめくりながら、ハーマイオニーが言った。

「魔法省の目が光っている、その鼻先で渡さなきゃならないほど重要なものなら、私たちにその理由を知らせておくはずだと思うでしょう？……ダンブルドアが、言う必要もないほど明らかだと考えたのなら別だけど」

「それなら、まちがった考えだな、だろ？」ロンが言った。「ダンブルドアはどこかズレてるって、僕がいつも言ったじゃないか。ものすごい秀才だけど、ちょっとおかしいんだ。ハリーに古いスニッチを遺すなんて――いったいどういうつもりだ？」

「わからないわ」ハーマイオニーが言った。「スクリムジョールがあなたにそれを渡したとき、ハリー、私、てっきり何かが起きると思ったわ！」

「うん、まあね」ハリーが言った。

スニッチを握って差し上げながら、ハリーの鼓動がまた速くなった。

「スクリムジョールの前じゃ、僕、あんまり真剣に試すつもりがなかったんだ。わかる？」

「どういうこと？」ハーマイオニーが聞いた。

「生まれて初めてのクィディッチ試合で、僕が捕まえたスニッチとは？」ハリーが言った。「覚えてないか？」

ハーマイオニーはまったく困惑した様子だったが、ロンはハッと息をのみ、声も出ないほど興奮してハリーとスニッチを交互に指差し、しばらく声も出なかった。

「それ、君が危うく飲み込みかけたやつだ！」

「正解」

心臓をドキドキさせながら、ハリーはスニッチを口に押し込んだ。

開かない。焦燥感と苦い失望感が込み上げてきた。ハリーは金色の球を取り出した。しかし、その時ハーマイオニーが叫んだ。

「文字よ！　何か書いてある。早く、見て！」

ハリーは驚きと興奮でスニッチを落とすところだった。ハーマイオニーの言うとおりだった。なめらかな金色の球面の、さっきまでは何もなかった所に、短い言葉が刻まれている。ハリーにはそれとわかる、ダンブルドアの細い斜めの文字だ。

私は　終わる　とき　に　開く

ハリーが読むか読まないうちに、文字は再び消えてなくなった。

「**『私は終わるときに開く』**……どういう意味だ？」

ハーマイオニーもロンも、ポカンとして頭を振った。

「私は終わるときに開く……**終わるとき**に……私は終わるときに開く……」

三人で何度その言葉をくり返しても、どんなにいろいろな抑揚をつけてみても、その言葉からなんの意味もひねり出すことはできなかった。

「それに、剣だ」

三人とも、スニッチの文字の意味を言い当てるのをあきらめてしまったあとで、ロンが言った。

「ダンブルドアは、どうしてハリーに剣を持たせたかったんだろう？」

「それに、どうして僕に、ちょっと話してくれなかったんだろう？」ハリーがつぶやくように言った。「剣は**あそこ**にあったんだ。一年間、僕とダンブルドアが話している間、剣はあの校長室の壁にずっとかかっていたんだ！　剣を僕にくれるつもりだったのなら、どうしてその時にくれなかったんだろう？」

ハリーは、試験を受けているような気がした。答えられるはずの問題を前にしているのに、脳みそはにぶく、反応しない。ダンブルドアとの一年間、何度も長い話をした中で、何か聞き落としたことがあったのだろうか？　この謎のすべての意味を、ハリーはわかっているべきなのだろうか？　ダンブルドアは、ハリーが理解することを期待していたのだろうか？

「それに、この本だけど」ハーマイオニーが言った。「『吟遊詩人ビードルの物語』……こんな本、私、聞いたことがないわ！」

「聞いたことがないって？　『吟遊詩人ビードルの物語』を？」ロンが信じられないという調子で言った。「冗談のつもりか？」

「ちがうわ！」ハーマイオニーが驚いた。「それじゃ、ロン、あなたは知ってるの？」

「ああ、もちろんさ！」

ハリーは、急に興味を引かれて顔を上げた。ロンがハーマイオニーの読んでいない本を読んでいるなんて、前例がない。一方ロンは、二人が驚いていることに当惑した様子だった。

「なに驚いてるんだよ！　子供の昔話はみんなビードル物語のはずだろ？　『豊かな幸運の泉』……『魔法使いとポンポン跳ぶポット』……『バビティうさちゃんとペチャクチャ切り株』……」

「なんですって？」ハーマイオニーがクスクス笑った。「最後のはなんですって？」

「いいかげんにしろよ！」ロンは信じられないという顔で、ハリーとハーマイオニーを見た。「聞いたことあるはずだぞ、バビティうさちゃんのこと――」

「ロン、ハリーも私もマグルに育てられたってこと、よく知ってるじゃない！」ハーマイオニーが言った。「私たちが小さいときは、そういうお話は聞かなかったわ。聞かされたのは『白雪姫と七人のこびと』だとか『シンデレラ』とか――」

「なんだ、そりゃ？　病気の名前か？」ロンが聞いた。

「それじゃ、これは童話なのね？」ハーマイオニーがもう一度本をのぞき込み、ルーン文字を見ながら聞いた。

「ああ」ロンは自信なさそうに答えた。「つまり、そう聞かされてきたのさ。そういう昔話は、全部ビードルから来てるって。元々の話がどんなものだったのかは、僕、知らない」

「でも、ダンブルドアは、どうして私にそういう話を読ませたかったのかしら？」

下の階で何かがきしむ音がした。

「たぶんチャーリーだ。ママが寝ちゃったから、髪の毛を伸ばしにこっそり出ていくとこだろ」

ロンがピリピリしながら言った。

「いずれにしても、私たちも寝なくちゃ」ハーマイオニーがささやいた。「あしたは寝坊したら困るでしょ」

「まったくだ」ロンがあいづちを打った。「『花婿の母親による、残忍な三人連続殺人』じゃあ、結婚式にちょいとケチがつくかもしれないしな。僕が灯りを消すよ」

ハーマイオニーが部屋を出ていくのを待って、ロンは灯消しライターをもう一度カチッと鳴らした。

# 第八章　結婚式

翌日の午後三時、ハリー、ロン、フレッド、ジョージの四人は、果樹園の巨大な白いテントの外に立ち、結婚式に出席する客の到着を待っていた。ハリーはポリジュース薬をたっぷり飲んで、近くのオッタリー・セント・キャッチポール村に住む赤毛のマグルになりすましていた。フレッドが「呼び寄せ呪文」で、その少年の髪の毛を盗んでおいたのだ。ハリーを変装させて親せきの多いウィーズリー一族に紛れ込ませ、「いとこのバーニー」として紹介するという計画になっていた。

客の案内にまちがいがないよう、四人とも席次表を握りしめていた。一時間前に、白いローブを着たウェイターが大勢到着し、金色の上着を着たバンドマンたちも同時に着いていた。その魔法使いたち全員が、四人から少し離れた木の下に座っている。そこからパイプの青い煙が立ち昇っているのが、ハリーのいる場所から見えた。

ハリーの背後にあるテントの入口からは紫のじゅうたんが伸び、その両側には、金色の華奢な椅子が何列も何列も並んでいた。テントの支柱には、白と金色の花が巻きつけられている。ビルとフラーがまもなく夫婦の誓いをする場所の真上には、フレッドとジョージがくくりつけた金色の風船の巨大な束が浮かび、テントの外の草むらや生け垣の上を、蝶や蜂がのんびりと飛び回っている。姿を借りたマグルの少年がハリーより少し太っていたので、照りつける真夏の陽射しの下ではドレスローブがきゅうくつで暑苦しく、ハリーはかなり難儀していた。

「俺が結婚するときは」フレッドが、着ているローブの襟を引っ張りながら言った。「こんなばかげたことは、いっさいやらないぞ。みんな好きなものを着てくれ。俺は、式が終わるまでおふくろに『全身金縛り術』をかけてやる」

「だけど、おふくろにしちゃ、今朝はなかなか上出来だったぜ」ジョージが言った。「パーシーが来ていないことでちょっと泣いたけど、あんなやつ、来てどうなる？　おっとどっこい、緊張しろ――見ろよ、おいでなすったぞ」

華やかな彩りの姿が、庭のかなたの境界線に、どこからともなく一つまた一つと現れた。まもなく行列ができ、庭を通ってテントのほうにくねくねとやってきた。魔女淑女の帽子はめずらしい花々で飾られ、魔法にかけられた鳥が羽ばたいている。魔法使い紳士のネクタイには、宝石が輝いているものが多い。客たちがテントに近づくにつれて、興奮したざわめきがしだいに大きくなり、飛び回る蜂の羽音を消してしまった。

「いいぞ、ヴィーラのいとこが何人かいるな」ジョージがよく見ようと首を伸ばしながら言った。

「あいつら、イギリスの習慣を理解するのに助けがいるな。俺に任せろ……」

「焦るな、耳無し」言うが早いか、フレッドは、行列の先頭でガーガーしゃべっている中年の魔女たちをすばやく飛ばして、かわいいフランスの女性二人に、いいかげんなフランス語で話しかけた。「さあ――**ペルメテ・モア**、あなたたちを**アシステ**します」

二人はクスクス笑いながら、フレッドにエスコートさせて中に入った。ジョージには中年魔女たちが残された。ロンは魔法省の父親の同僚、年老いたパーキンズの係になり、ハリーの担当は、かなり耳の遠い年寄り夫婦だった。

「よっ」

ハリーがテントの入口に戻ってくると、聞き覚えのある声がして、列の一番前にトンクスとルーピンがいた。トンクスの髪は、この日のためにブロンドになっていた。

「アーサーが、髪がくるくるの男の子が君だって教えてくれたんだよ。昨夜はごめん」二人を案内するハリーに、トンクスが小声で謝った。「魔法省はいま、相当、反人狼的になっているから、私たちがいると君のためによくないと思ったの」

「気にしないで。わかっているから」ハリーはトンクスよりも、むしろルーピンに対して話しかけた。ルーピンはハリーにサッと笑顔を見せたが、互いに視線をはずしたときにルーピンの顔がまたかげり、顔のしわにみじめさが刻まれるのに、ハリーは気づいた。ハリーにはそのわけが理解できなかったが、しかしそのことを考えているひまはなかった。ハグリッドがちょっとした騒ぎを引き起こしていたからだ。フレッドの案内を誤解したハグリッドは、後方に魔法で用意されていた特別の強化拡大椅子に座らずに、普通の椅子を五席まとめて腰かけたため、いまやそのあたりは金色のマッチ棒が積み重なったようなありさまになっていた。

ウィーズリーおじさんが被害を修復し、ハグリッドが誰かれなく片っ端から謝っている間、ハリーは急いで入口に戻った。そこにはロンが、とびきり珍妙な姿の魔法使いと向き合って立っていた。片目がやや斜視で、綿菓子のような白髪を肩まで伸ばし、帽子の房は鼻の前にたれ下がっている。着ているローブは、卵の黄身のような目がチカチカする黄色だ。首にかけた金鎖のペンダントには、三角の目玉のような奇妙な印が光っている。

「ゼノフィリウス・ラブグッドです」男はハリーに手を差し出した。

「娘と二人であの丘のむこうに住んでいます。ウィーズリーご夫妻が、ご親切にも私たちを招いてくださいました。君は、娘のルーナを知っていますね？」ゼノフィリウスがロンに聞いた。

「ええ」ロンが答えた。「ご一緒じゃないんですか？」

「あの子はしばらく、お宅のチャーミングな庭で遊んでいますよ。庭小人に挨拶をしてましてね。すばらしい蔓延ぶりです！　あの賢い庭小人たちからどんなにいろいろ学べるかを、認識している魔法使いがいかに少ないことか！——学名で呼ぶなら**ゲルヌンブリ・ガーデンシ**ですがね」

「家の庭小人は、確かにすばらしい悪態のつき方をたくさん知ってます」ロンが言った。「だけど、フレッドとジョージがあいつらに教えたんだと思うけど」

ロンは、魔法戦士の一団を案内してテントに入った。そこへルーナが走ってきた。

「こんにちは、ハリー！」ルーナが言った。

「あ——僕の名前はバーニーだけど」ハリーは度肝を抜かれた。

「あら、名前も変えたの？」ルーナが明るく聞いた。

「どうしてわかったの——？」

「うん、あんたの表情」ルーナが言った。

ルーナは父親と同じ、真っ黄色のローブを着ていた。髪には大きなひまわりをつけて、アクセサリーにしている。まぶしい色彩に目が慣れてくれば、全体的にはなかなか好感が持てた。少なくとも、耳たぶから赤カブはぶら下がっていない。

知人との会話に夢中になっていたゼノフィリウスは、ルーナとハリーのやり取りを聞き逃していた。話し相手の魔法使いに「失礼」と挨拶をして、ゼノフィリウスは娘のほうを見た。娘は指を上げて見せながら言った。

「パパ、見て——庭小人がほんとにかんだよ！」

「すばらしい！　庭小人のだ液はとても有益なんだ！」

ラブグッド氏はルーナが差し出した指をつかんで、血の出ているかみ傷を調べながら言った。

「ルーナや、もし今日突然新しい才能が芽生えるのを感じたら——たとえば急にオペラを歌いたくなったり、マーミッシュ語で大演説したくなったら——抑えつけるんじゃないよ！　**ゲルヌンブリ**の才能を授かったかもしれない！」

ちょうどすれちがったロンが、プーッと噴き出した。

「ロンは笑ってるけど」ハリーがルーナとゼノフィリウスを席まで案内したとき、ルーナがのんびりと言った。「でもパパは、**ゲルヌンブリ**の魔法について、たくさん研究したんだもン」

「そう？」ハリーはもうとっくに、ルーナやその父親の独特な見方には逆らうまいと決めていた。

「でもその傷、ほんとに何かつけなくてもいいの？」

「あら、大丈夫だもン」ルーナは夢見るように指をなめながら、ハリーを上から下まで眺めて言った。「あんたすてきだよ。あたしパパに、たいていの人はドレスローブとか着てくるだろうって言ったんだ。だけどパパは、結婚式には太陽の色を着るべきだって信じてるの。ほら、縁起がいいもン」

ルーナが父親のあとについてどこかに行ってしまったあとに、年老いた魔女に腕をがっちりつかまれたロンが再び現れた。鼻はくちばしの形で目の周りが赤く、羽根のついたピンクの帽子をかぶった魔女の姿は、機嫌の悪いフラミンゴのようだ。

「……それにおまえの髪は長すぎるぇ、ロナルド。わたしゃ、一瞬おまえを妹のジネブラと見まちがえたぇ。なんとまあ、ゼノフィリウス・ラブグッドの着てるものはなんだぇ？　まるでオムレツみたいじゃないか。それで、あんたは誰かぇ？」魔女がハリーに吠えたてた。

「ああ、そうだ、ミュリエルおばさん、いとこのバーニーだよ」

「またウィーズリーかね？　おまえたちゃ庭小人算で増えるじゃないか。ハリー・ポッターはここにいるのかぇ？　会えるかと思ったに。おまえの友達かと思ったが、ロナルド、自慢してただけかぇ？」

「ちがうよ――あいつは来られなかったんだ――」

「ふむむ。口実を作ったというわけかぇ？　それなら新聞の写真で見るほど愚かしい子でもなさそうだ。わたしゃね、花嫁にわたしのティアラの最高のかぶり方を教えてきたところだよ」魔女は、ハリーに向かって大声で言った。「小鬼製だよ、なんせ。そしてわが家に何百年も伝わってきたんだぇ。花嫁はきれいな子だ。しかしどうひねくっても――**フランス人**だぞぇ。やれやれ、ロナルド、よい席を見つけておくれ。わたしゃ百七歳だぇ。あんまり長いこと立っとるわけにはいかないぞぇ」

ロンは、ハリーに意味ありげな目配せをして通り過ぎ、しばらくの間、出てこなかった。次に入口でロンを見つけたときは、ハリーは十二人もの客を案内して出てきたところだった。テントはいまやほとんど満席になっていて、入口にはもう誰も並んでいなかった。

「悪夢だぜ、ミュリエルは」ロンが額の汗をそでぬぐいながら言った。「以前は毎年クリスマスに来てたんだけど、ありがたいことに、フレッドとジョージが祝宴のときにおばさんの椅子の下でクソ爆弾を破裂させたのに腹を立ててさ。親父は、おばさんの遺言書から二人の名前が消されてしまうだろうって言うけど——あいつら気にするもんか。最後はあの二人が、親せきの誰よりも金持ちになるぜ。そうなると思う……うわおぉっ」

ハーマイオニーが急いで二人のほうにやってくるのを見て、ロンは目をパチパチさせながら言った。

「すっごくきれいだ！」

「意外で悪かったわね」そう言いながらも、ハーマイオニーはニッコリした。

ハーマイオニーはライラック色のふわっとした薄布のドレスに、同じ色のハイヒールをはいていた。髪はまっすぐでつややかだ。

「あなたのミュリエル大おばさんは、そう思っていらっしゃらないみたい。ついさっき二階で、フラーにティアラを渡していらっしゃるところをお目にかかったわ。そしたら、『おや、まあ、これがマグル生まれの子かぇ？』ですって。それからね、『姿勢が悪い。足首がガリガリだぞぇ』」

「君への個人攻撃だと思うなよ。おばさんは誰にでも無礼なんだから」ロンが言った。

「ミュリエルのことか？」フレッドと一緒にテントから現れたジョージが聞いた。「まったくだ。たったいま、俺の耳が一方に片寄ってるって言いやがった。あの老いぼれコウモリめ。だけど、ビリウスおじさんがまだ生きてたらよかったのになぁ。結婚式にはうってつけのおもしろい人だったのに」

「その人、死神犬のグリムを見て、二十四時間後に死んだ人じゃなかった？」

ハーマイオニーが聞いた。

「ああ、うん。最後は少しおかしくなってたな」ジョージが認めた。

「だけど、いかれっちまう前は、パーティを盛り上げる花形だった」フレッドが言った。「ファイア・ウィスキーを一本まるまる飲んで、それからダンスフロアに駆け上がり、ローブをまくり上げて花束をいくつも取り出すんだ。どっからって、ほら――」

「ええ、ええ、さぞかしパーティの花だったでしょうよ」

ハリーは大笑いしたが、ハーマイオニーはツンと言い放った。

「一度も結婚しなかったな。なぜだか」ロンが言った。

「それは不思議ね」ハーマイオニーが言った。

あまり笑いすぎて、遅れて到着した客がロンに招待状を差し出すまで、誰も気がつかなかった。黒い髪に大きな曲がった鼻、眉の濃い青年だ。青年はハーマイオニーを見ながら言った。

「君はすヴぁらしい」

「ビクトール！」

ハーマイオニーが金切り声を上げて、小さなビーズのバッグを落とした。バッグは、小さいくせに不釣り合いに大きな音を立てた。ハーマイオニーはほおを染め、あわててバッグを拾いながら言った。

「私、知らなかったわ。あなたが――まあ――またお会いできて――お元気？」

ロンの耳が、また真っ赤になった。招待状の中身など信じるものかと言わんばかりに、ロンはクラムの招待状をひと目見るなり、不必要に大きな声で聞いた。

「どうしてここに来たんだい？」

「フラーに招待された」クラムは眉を吊り上げた。

クラムになんの恨みもないハリーは、握手したあと、ロンのそばから引き離すほうが賢明だと感じて、クラムを席に案内した。

「君の友達は、ヴぉくに会ってうれしくない」いまや満員のテントに入りながら、クラムが言った。「友達でなく親せきか？」クラムは、ハリーのくるくる巻いた赤毛をちらりと見ながら聞いた。

「いとこだ」ハリーはボソボソと答えたが、クラムは別に答えを聞こうとしてはいなかった。クラムが現れたことで、客がざわめいた。特にヴィーラのいとこたちがそうだった。何しろ有名なクィディッチ選手が来たのだ。姿をよく見ようとみんなが首を伸ばしているところに、ロン、ハーマイオニー、フレッド、ジョージの四人が花道を急ぎ足でやってきた。

「着席する時間だ」フレッドがハリーに言った。「座らないと花嫁に轢かれるぞ」

ハリー、ロン、ハーマイオニーは二列目の、フレッドとジョージの後ろの席に座った。ハーマイオニーはかなり上気しているようだったし、ロンの耳はまだ真っ赤だった。しばらくして、ロンがハリーにブツブツ言った。「あいつ、まぬけなちょびあごひげ生やしてやがったの、見たか？」

ハリーは、どっちつかずに唸った。

ピリピリした期待感が暑いテントを満たし、ガヤガヤという話し声にときどき興奮した笑い声が混じった。ウィーズリー夫妻が親せきに向かって笑顔で手を振りながら、花道を歩いてきた。ウィーズリー夫人は真新しいアメジスト色のローブに、おそろいの帽子をかぶっている。

その直後に、ビルとチャーリーがテントの正面に、招待客に向き合って立った。二人ともドレスローブを着て、襟には大輪の白バラを挿している。フレッドがピーッと冷やかしの口笛を吹き、ヴィーラのいとこたちがクスクス笑った。金色の風船から聞こえてくるらしい音楽が高らかに響き、会場が静かになった。

「わぁぁあっ！」ハーマイオニーが、腰かけたまま入口を振り返り、歓声を上げた。

ムッシュー・デラクールとフラーがバージンロードを歩きはじめると、会場の客がいっせいにため息をついた。フラーはすべるように、ムッシューは満面の笑みではずむように歩いてきた。すっきりした白いドレスを着たフラーは、銀色の強い光を放っているように見えた。いつもはその輝きで、ほかの者すべてが色あせてしまうのだが、今日はその光に当たった者すべてが美しく見えた。金色のドレスを着たジニーとガブリエルは、いつにも増してかわいらしく見え、ビルはフラーが隣に立ったとたん、フェンリール・グレイバックに遭遇したことさえうそのように見えた。

「お集まりのみなさん」少し抑揚のある声が聞こえてきた。髪の毛のふさふさした小さな魔法使いが、ビルとフラーの前に立っていた。ダンブルドアの葬儀を取り仕切ったと同じ魔法使いなのに気づいて、ハリーは少しドキリとした。「本日ここにお集まりいただきましたのは、二つの誠実なる魂が結ばれんがためであります……」

「やっぱり、わたしのティアラのおかげで場が引き立つぞぇ」ミュリエルおばさんが、かなりよく聞こえるささやき声で言った。「しかし、どう見てもジネブラの胸開きは広すぎるぞぇ」

ジニーがちらりと振り向き、いたずらっぽく笑ってハリーにウィンクしたが、すぐにまた正面を向いた。ハリーの心はテントをはるか離れて、ジニーと二人きりで過ごした午後の、誰もいない校庭の片隅での思い出へと飛んでいった。あの日々が遠い昔のことのようだ。すばらしすぎて、現実とは思えなかったあの時間。ハリーにとっては、普通の人の人生から輝かしい時を盗み取ったかのような時間だった。額に稲妻形の傷のない誰か普通の人から……。

「汝、ウィリアム・アーサーは、フラー・イザベルを……？」

一番前の列で、ウィーズリー夫人とマダム・デラクールが二人とも小さなレースの布切れを顔に押し当てて、そっとすすり泣いていた。テントの後ろから鼻をかむトランペットのような音が聞こえ、ハグリッドがテーブルクロス大のハンカチを取り出したことを全員に知らせていた。ハーマイオニーはハリーを見てニッコリしたが、その目も涙でいっぱいだった。

「……されば、ここに二人を夫婦となす」

ふさふさした髪の魔法使いは、ビルとフラーの頭上に杖を高く掲げた。すると二人の上に銀の星が降り注ぎ、抱き合っている二人を、螺旋を描きながら取り巻いた。フレッドとジョージの音頭でみんながいっせいに拍手すると、頭上の金色の風船が割れ、中から極楽鳥や小さな金の鈴が飛び出して宙に浮かび、鳥の歌声や鈴の音が祝福のにぎわいをいっそう華やかにした。

「お集まりの紳士、淑女のみなさま！」ふさふさ髪の魔法使いが呼びかけた。「ではご起立願います！」

全員が起立した。ミュリエルおばさんは、聞こえよがしに不平を言いながら立った。ふさふさ髪の魔法使いが杖を振ると、いままで座っていた椅子が優雅に宙に舞い上がり、テントの壁の部分が消えて、一同は金色の支柱に支えられた天蓋の下にいた。太陽を浴びた果樹園と、その周囲のすばらしい田園が見えた。次にテントの中心から溶けた金が流れ出し、輝くダンスフロアができた。浮かんでいた椅子が、白いテーブルクロスをかけたいくつもの小さなテーブルを囲んで何脚かずつ集まり、みんな一緒に優雅に地上に戻ってきてダンスフロアの周りに収まった。すると金色の上着を着たバンドマンが、ぞろぞろと舞台に上がった。

「うまいもんだ」ロンが感心したように言った。ウェイターが銀の盆を掲げて四方八方から現れた。かぼちゃジュースやバタービール、ファイア・ウィスキーなどがのった盆もあれば、山盛りのタルトやサンドイッチがぐらぐら揺れているのもあった。

「お祝いを言いに行かなきゃ！」ビルとフラーが祝い客に取り囲まれて姿が見えなくなったあたりをつま先立ちして見ながら、ハーマイオニーが言った。

「あとで時間があるだろ」ロンは肩をすくめ、通り過ぎる盆からすばやくバタービールを三本かすめて、一本をハリーに渡しながら言った。「ハーマイオニー、取れよ。テーブルを確保しようぜ……そこじゃない！　ミュリエルに近づくな――」

ロンは先に立って、左右をちらちら見ながら誰もいないダンスフロアを横切った。ハリーは、クラムに目を光らせているにちがいないと思った。テントの反対側まで来てしまったが、大部分のテーブルは埋まっていた。ルーナが一人で座っているテーブルが、一番すいていた。

「ここ、座ってもいいか？」ロンが聞いた。

「うん、いいよ」ルーナがうれしそうに言った。「パパは、ビルとフラーにプレゼントを渡しに行ったんだもン」

「なんだい？　一生分のガーディルートか？」ロンが聞いた。

ハーマイオニーは、テーブルの下でロンを蹴ろうとして、ハリーを蹴ってしまった。痛くて涙がにじみ、ハリーはしばらく話の流れを忘れてしまった。

バンド演奏が始まった。ビルとフラーが、拍手に迎えられて最初にフロアに出た。しばらくしてウィーズリーおじさんがマダム・デラクールをリードし、次にウィーズリーおばさんとフラーの父親が踊った。

「この歌、好きだもン」

ルーナは、ワルツのような調べに合わせて体を揺らしていたが、やがて立ち上がってすうっとダンスフロアに出ていき、目をつむって両腕を振りながら、たった一人で回転しはじめた。

「あいつ、すごいやつだぜ」ロンが感心したように言った。「いつでも希少価値だ」

しかし、ロンの笑顔はたちまち消えた。ビクトール・クラムがルーナの空いた席にやってきたのだ。ハーマイオニーはうれしそうにあわてふためいた。しかしクラムは、今度はハーマイオニーをほめにきたのではなかった。

「あの黄色い服の男は誰だ？」としかめっ面で言った。

「ゼノフィリウス・ラブグッド。僕らの友達の父さんだ」ロンが言った。ゼノフィリウスは明らかに笑いを誘う姿ではあったが、ロンのけんか腰の口調は、そうはさせないぞと意思表示していた。

「来いよ。踊ろう」ロンが、唐突にハーマイオニーに言った。

ハーマイオニーは驚いたような顔をしたが、同時にうれしそうに立ち上がった。二人は、だんだん混み合ってきたダンスフロアの渦の中に消えた。

「ああ、あの二人は、いまつき合っているのか？」クラムは、一瞬気が散ったように聞いた。

「んー──そんなような」ハリーが言った。

「君は誰だ？」クラムが聞いた。

「バーニー・ウィーズリー」

二人は握手した。

「君、バーニー──あのラヴグッドって男を、よく知っているか？」

「いや、今日会ったばかり。なぜ？」

クラムは、ダンスフロアの反対側で数人の魔法戦士としゃべっているゼノフィリウスを、飲み物のグラスの上から怖い顔でにらみつけた。

「なぜならヴぁ」クラムが言った。「あいつがフラーの客でなかったら、ヴぉくはたったいまここで、あいつに決闘を申し込む。胸にあの汚らわしい印をヴら下げているからだ」

「印？」ハリーもゼノフィリウスのほうを見た。不思議な三角の目玉が、胸で光っている。

「なぜ？　あれがどうかしたの？」

「グリンデルヴァルド。あれはグリンデルヴァルドの印だ」

「グリンデルバルド……ダンブルドアが打ち負かした、闇の魔法使ぃ？」

「そうだ」

　あごの筋肉を、何かをかんでいるように動かしたあと、クラムはこう言った。

「グリンデルヴァルドはたくさんの人を殺した。ヴぉくの祖父もだ。もちろん、あいつはこの国では一度も力を振るわなかった。ダンブルドアを恐れているからだと言われてきた――そのとおりだ。あいつがどんなふうに滅びたかを見ればヴぁわかる。しかし、あれは――」クラムはゼノフィリウスを指差した。「あれは、グリンデルヴァルドの印だ。ヴぉくはすぐわかった。グリンデルヴァルドは生徒だったときに、ダームストラング校のかヴぇにあの印を彫った。ヴぁかなやつらが、驚かすためとか、自分をえらく見せたくて、本や服にあの印をコピーした。ヴぉくらのように、グリンデルヴァルドのせいで家族を失った者たちが、そういう連中をこらしめるまでは、それが続いた」

　クラムは脅すように拳の関節をポキポキ鳴らし、ゼノフィリウスをにらみつけた。ハリーはこんがらがった気持ちだった。ルーナの父親が闇の魔術の支持者など、どう考えてもありえないことのように思えた。その上、テント会場にいるほかの誰も、ルーン文字のような三角形を見とがめているようには見えない。

「君は——えーと——絶対にグリンデルバルドの印だと思うのか——？」

「まちがいない」クラムは冷たく言った。「ヴぉくは、何年もあの印のそヴぁを通り過ぎてきたんだ。ヴぉくにはわかる」

「でも、もしかしたら」ハリーが言った。「ゼノフィリウスは、印の意味を実は知らないかもしれない。ラブグッド家の人はかなり……変わってるし。充分ありうることだと思うけど、どこかでたまたまあれを見つけて、しわしわ角スノーカックの頭の断面図か何かだと思ったかもしれない」

「なんの断面図だって？」

「いや、僕もそれがどういうものか知らないけど、どうやらあの父娘は休暇中にそれを探しにいくらしい……」

ハリーは、ルーナとその父親のことを、どうもうまく説明できていないような気がした。

「あれが娘だよ」ハリーは、まだ一人で踊っているルーナを指差した。ルーナはユスリカを追い払うような手つきで、両腕を頭の周りで振り回していた。

「なぜ、あんなことをしている？」クラムが聞いた。

「ラックスパートを、追い払おうとしているんじゃないかな」

ラックスパートの症状がどういうものかを知っているハリーは、そう言った。

クラムはハリーにからかわれているのかどうか、判断しかねている顔だった。ローブから取り出した杖で、クラムは脅すように自分の太ももをトントンとたたいた。杖先から火花が飛び散った。

「グレゴロビッチ！」ハリーは大声を上げた。

　クラムがビクッとしたが、興奮したハリーは気にしなかった。クラムの杖を見たとたん記憶が戻ってきた。三校対抗試合の前に、その杖を手に取って丹念に調べたオリバンダーの記憶だ。

「グレゴロヴィッチがどうかしたか？」クラムがいぶかしげに聞いた。

「杖作りだ！」

「そんなことは知っている」クラムが言った。

「グレゴロビッチが、君の杖を作った！　だから僕は連想したんだ――クィディッチって……」

　クラムは、ますますいぶかしげな顔をした。

「グレゴロヴィッチがヴぉくの杖を作ったと、どうして知っている？」

「僕……僕、どこかで読んだ、と思う」ハリーが言った。「ファン――ファンの雑誌で」ハリーはとっさにでっち上げたが、クラムは納得したようだった。

「ファンと、杖のことを話したことがあるとは、ヴぉくは気がつかなかった」

「それで……あの……グレゴロビッチは、最近、どこにいるの？」

　クラムはけげんな顔をした。

「何年か前に引退した。ヴぉくは、グレゴロヴィッチの最後の杖を買った一人だ。最高の杖だ――

もちろんヴぉくは、君たちイギリス人がオリヴァンダーを信頼していることを知っている」

ハリーは何も言わずに、クラムと同様、ダンスをする人たちを見ているふりをしながら、必死で考えていた。するとヴォルデモートは、有名な杖作りを探しているのか。それほど深く考えなくとも、ハリーにはその理由がわかった。あの晩、ヴォルデモートがハリーを空中で追跡したときに、ハリーの杖がしたことに原因があるにちがいない。柊と不死鳥の尾羽根の杖が、借り物の杖を打ち負かしたのだ。そんなことは、オリバンダーには予測もできず、理解もできなかったことだ。グレゴロビッチならわかったのだろうか？　オリバンダーよりほんとうにすぐれているのだろうか？　オリバンダーの知らない杖の秘密を、グレゴロビッチは知っているのだろうか？

「あの娘はとてもきれいだ」

クラムの声で、ハリーは自分がどこにいるのかを思い出した。クラムが指差しているのは、たったいま、ルーナと踊りだしたジニーだった。

「あの娘も君の親せきか？」

「ああ、そうだ」ハリーは急にいらいらした。「それにもうつき合ってる人がいる。嫉妬深いタイプだ。でかいやつだ。対抗しないほうがいいよ」

クラムが唸った。

「ヴぉくは――」クラムはゴブレットをあおり、立ち上がりながら言った。「国際的なクィディッチ選手だ。しかし、かわいい娘がみんなもう誰かのものなら、そんなことになんの意味がある?」

そしてクラムは、鼻息も荒く立ち去った。残されたハリーは、通りがかったウェイターからサンドイッチを取り、混み合ったダンスフロアの縁を回って移動した。ロンを見つけてグレゴロビッチのことを話したかったのだが、ロンはフロアの真ん中で、ハーマイオニーと踊っていた。ハリーは金色の柱の一本に寄りかかって、ジニーを眺めた。いまはフレッドやジョージの親友のリー・ジョーダンと踊っている。ハリーは、ロンと約束を交わしたことを恨みに思うまいと努力した。

ハリーはこれまで結婚式に出席したことがなかったので、魔法界の祝い事がマグルの場合とどうちがうか判断できなかったが、ケーキのてっぺんに止まった二羽の作り物の不死鳥がケーキカットのときに飛び立つとか、シャンパンボトルが客の中をふわふわ浮いているとか、そういうことはマグルの祝いには絶対にないだろうと思った。夜になって、金色のランタンが浮かべられたテントの中に、蛾が飛び込んできはじめるころ、宴はますます盛り上がり、歯止めがきかなくなっていた。フレッドとジョージはフラーのいとこ二人と、とっくに闇の中に消えていたし、チャーリーとハグリッドは、紫の丸い中折れ帽をかぶったずんぐりした魔法使いと、隅のほうで「英雄オド」の歌を歌っていた。

自分のことを息子だと勘ちがいするほど酔っ払ったロンの親せきの一人から逃げようと、混雑の中をあちこち動き回っていたハリーは、ひとりぽつんと座っている老魔法使いに目をとめた。その魔法使いは、ふわふわと顔を縁取る白髪のせいで、年老いたタンポポの綿毛のような顔に見えた。その上に虫の食ったトルコ帽がのっている。なんだか見たことのある顔だ。さんざん頭をしぼったあげく、ハリーは突然思い出した。エルファイアス・ドージという騎士団のメンバーで、ダンブルドアの追悼文を書いた魔法使いだ。

ハリーはドージに近づいた。

「座ってもいいですか？」

「どうぞ、どうぞ」ドージは、かなり高いゼイゼイ声で言った。

ハリーは、顔を近づけて言った。

「ドージさん、僕はハリー・ポッターです」

ドージは息をのんだ。

「なんと！　アーサーが、君は変装して参加していると教えてくれたが……やれうれしや。光栄じゃ！」

喜びに胸を躍らせ、そわそわしながら、ドージはハリーにシャンパンを注いだ。

「君に手紙を書こうと思っておった」ドージがささやいた。「ダンブルドアのことのあとでな……あの衝撃……君にとっても、きっとそうだったじゃろう……」

ドージの小さな目に、突然涙があふれそうになった。

「あなたが『日刊予言者』にお書きになった追悼文を、読みました」ハリーが言った。「あなたが、ダンブルドア教授をあんなによくご存じだとは知りませんでした」

「誰よりもよく知っておった」ドージはナプキンで目をぬぐいながら言った。「もちろん、誰よりも長いつき合いじゃった。アバーフォースを除けばじゃがな――ただ、なぜかアバーフォースは、**一度として**勘定に入れられたことがないのじゃよ」

「『日刊予言者』と言えば……ドージさん、あなたはもしや――」

「ああ、どうかエルファイアスと呼んでおくれ」

「エルファイアス、あなたはもしや、ダンブルドアに関するリータ・スキーターのインタビュー記事をお読みになりましたか？」

ドージの顔に怒りで血が上った。

「ああ、読んだとも、ハリー。あの女は、あのハゲタカと呼ぶほうが正確かもしれんが、わしから話を聞き出そうと、それはもうしつこくわしにつきまといおった。わしは恥ずかしいことに、かなり無作法になって、あの女を出しゃばりばばぁ呼ばわりした。『鱒ばばぁ』とな。その結果は、君も読んだとおりで、わしが正気ではないと中傷しおった」

「ええ、そのインタビューで――」ハリーは言葉を続けた。「リータ・スキーターは、ダンブルドア校長が若いとき、闇の魔術に関わったとほのめかしました」

「一言も信じるではない！」ドージが即座に言った。「ハリー、一言もじゃ！　君のアルバス・ダンブルドアの思い出を、何ものにも汚させるでないぞ！」

ドージの、真剣で苦痛に満ちた顔を見て、ハリーは確信が持てないばかりか、かえってやりきれない思いにかられた。単にリータを信じないという**選択だけで**すむほど簡単なことだと、ドージは本気でそう思っているのだろうか？　確信を持ちたい、**何もかも**知りたいというハリーの気持ちが、ドージにはわからないのだろうか？

ドージはハリーの気持ちを察したのかもしれない。心配そうな顔で、急いで言葉を続けた。

「ハリー、リータ・スキーターは、なんとも恐ろしい――」

ところがかん高い笑い声が割り込んだ。

「リータ・スキーター？　ああ、わたしゃ好きだぇ。いつも記事を読んどるぇ！」

ハリーとドージが見上げると、シャンパンを手に、帽子の羽飾りをゆらゆらさせて、ミュリエルおばさんが立っていた。

「それ、ダンブルドアに関する本を書いたんだぞぇ！」

「こんばんは、ミュリエル」ドージが挨拶した。「そう、その話をしていたところじゃ――」

「そこのおまえ！　椅子をよこさんかぇ。わたしゃ、百七歳だぞぇ！」

別の赤毛のウィーズリーのいとこが、ぎくりとして椅子から飛び上がった。ミュリエルおばさんは驚くほどの力でくるりと椅子の向きを変え、ドージとハリーの間にストンと座り込んだ。

「おや、また会ったね、バリー、とかなんとかいう名だったかぇ」ミュリエルがハリーに言った。「さーて、エルファイアス。リータ・スキーターについて何を言っていたのかぇ？　リータはダンブルドアの伝記を書いたぞぇ。わたしゃ早く読みたいね。フローリシュ・アンド・ブロッツ書店に注文せにゃ！」

ドージは硬い厳しい表情をしたが、ミュリエルおばさんはゴブレットをぐいっと飲み干し、通りかかったウェイターを骨ばった指を鳴らして呼び止め、おかわりを要求した。シャンパンをもう一杯ガブリと飲み、ゲップをしてから、ミュリエルが話しだした。

「二人ともなんだぇ、ぬいぐるみのカエルみたいな顔をして！　あんなに尊敬され、ご立派とかへったくれとか言われるようになる前は、アルバスに関するどーんとおもしろいうわさがいろいろあったんだぞぇ！」

「まちがった情報にもとづく中傷じゃ」ドージは、またしても赤カブのような色になった。

「エルファイアス、あんたならそう言うだろうよ」ミュリエルおばさんは高笑いした。「あんたがあの追悼文で、都合の悪い所をすっ飛ばしているのに、あたしゃ気づいたぇ！」

「あなたがそんなふうに思うのは、残念じゃ」ドージは、めげずにますます冷たく言った。「わしは、心からあの一文を書いたのじゃ」

「ああ、あんたがダンブルドアを崇拝しとったのは、周知のことだぇ。アルバスがスクイブの妹を始末したのかもしれないとわかってても、きっとあんたはまだ、あの人が聖人君子だと考えることだろうぇ！」

「**ミュリエル！**」ドージが叫んだ。

冷えたシャンパンとは無関係の冷たいものが、ハリーの胸に忍び込んだ。

「どういう意味ですか？」ハリーはミュリエルに聞いた。「妹がスクイブだなんて、誰が言ったんです？　病気だったと思ったけど？」

「それなら見当ちがいだぞぇ、バリー！」ミュリエルおばさんは、自分の言葉の反響に大喜びの様子だった。「いずれにせよ、それについちゃ、おまえが知るわけはなかろう？　おまえが生まれることさえ誰も考えていなかった大昔に起きたことだぇ。その時に生きておったわたしらにしても、実は何が起こったのか、知らんかったというのがほんとうのところだぇ。だからわたしゃ、スキーターの掘り出しもんを早く読みたいというわけぞぇ！　ダンブルドアはあの妹のことについちゃ、長く沈黙してきたのだぇ！」

「虚偽じゃ！」ドージがゼイゼイ声を上げた。「まったくの虚偽じゃ！」

「先生は妹がスクイブだなんて、一度も僕に言わなかった」

ハリーは胸に冷たいものを抱えたまま、無意識に言った。

「そりゃまた、なんでおまえなんぞに言う必要があるのかぇ？」ミュリエルがかん高い声を上げ、ハリーに目の焦点を合わせようとして、椅子に座ったまま体を少し揺らした。

「アルバスがけっしてアリアナのことを語らなかった理由は」エルファイアスは感情がたかぶって声をこわばらせた。「わしの考えでは極めて明白じゃ。妹の死でアルバスはあまりにもひどく打ちのめされた――」

「誰も妹を見たことがないというのは、エルファイアス、なぜかぇ？」ミュリエルがかん高くわめきたてた。「棺が家から運び出されて葬式が行われるまで、わたしらの半数近くが、妹の存在さえ知らなかったというのは、なぜかぇ？　アリアナが地下室に閉じ込められていた間、気高いアルバスはどこにいたのかぇ？　ホグワーツの秀才殿だぇ。自分の家で何が起こっていようと、どうでもよかったのよ！」

「どういう意味？『地下室に閉じ込める』って？」ハリーが聞いた。「どういうこと？」

ドージはみじめな表情だった。ミュリエルおばさんがまた高笑いしてハリーに答えた。

「ダンブルドアの母親はひどい女だった。まったくもって恐ろしい。マグル生まれだぇ。もっとも、そうではないふりをしておったと聞いたがぇ――」

「そんなふりは、一度もしておらん！　ケンドラはきちんとした女性じゃった」

ドージが悲しそうに小声で言った。しかしミュリエルおばさんは無視した。

「――気位が高くて傲慢で、スクイブを生んだことを屈辱に感じておったろうと思われるような魔女だぇ――」

「アリアナはスクイブではなかった！」ドージがゼイゼイ声で言った。

「あんたはそう言いなさるが、エルファイアス、それなら説明してくれるかぇ。どうして一度もホグワーツに入学しなかったのかぇ！」ミュリエルおばさんは、ハリーとの話に戻った。

「わたしらの時代には、スクイブはよく隠されていたものぇ。もっとも、小さな女の子を実際に家の中に軟禁して、存在しないかのように装うのは極端だがぇ――」

「はっきり言うが、そんなことは起こってはおらん！」ドージが言ったが、ミュリエルおばさんはがむしゃらに押し切り、相変わらずハリーに向かってまくしたてた。

「スクイブは通常マグルの学校に送られて、マグルの社会に溶け込むようにすすめられたものだぇ……魔法界になんとかして場所を見つけてやるよりは、そのほうが親切というものだぇ。魔法界では常に二流市民じゃからぇ。しかし、ケンドラ・ダンブルドアは娘をマグルの学校にやるなど、当然、夢にも考えもせなんだのぇ――」

「アリアナは繊細だったのじゃ！」ドージは必死で言った。「あの子の健康状態では、どうしたって――」

「家を離れることさえできんほどかぇ？」ミュリエルがかん高く言った。「それなのに、一度も聖マンゴには連れていかれなんだぇ。癒者が往診に呼ばれたこともなかったぞぇ！」

「まったく、ミュリエル、そんなことはわかるはずもないのに——」

「知らぬなら教えてしんぜようかぇ。エルファイアス、わたしのいとこのランスロットは、あの当時、聖マンゴの癒者だったのぇ。そのランスロットが、うちの家族にだけ極秘で話したがぇ。アリアナは一度も病院で診てもらっておらん。ランスロットはどうも怪しいとにらんでおったぇ！」

ドージは、いまにも泣きだしそうな顔だった。ミュリエルおばさんは大いに楽しんでいる様子で、指を鳴らしてまたシャンパンを要求した。ぼうっとした頭で、ハリーはダーズリー一家のハリーに対する仕打ちを思った。かつてダーズリーは、魔法使いであるという罪でハリーを閉じ込め、鍵をかけ、人目に触れないようにした。ダンブルドアの妹は、逆の理由で、ハリーと同じ運命に苦しんだのだろうか？　魔法が使えないために閉じ込められたのか？　そして、ダンブルドアはほんとうに、そんな妹を見殺しにして、自分の才能と優秀さを証明するためにホグワーツに行ったのだろうか？

「ところで、ケンドラのほうが先に死んだのでなけりゃ」ミュリエルがまた話しだした。「あたしゃ、アリアナを殺したのは母親だと言っただろうがぇ——」

「ミュリエル、なんということを！」ドージがうめいた。「母親が実の娘を殺す？　自分の言っていることを、よく考えなされ！」

「自分の娘を何年も牢に入れておける母親なら、できないことはなかろうがぇ？」ミュリエルおばさんは肩をすくめた。「しかし、いまも言ったように、それではつじつまが合わぬ。なんせ、ケンドラがアリアナより先に死んだのぇ――死因がなんじゃやら、誰も定かには――」

「ああ、アリアナが母親を殺したにちがいない」ドージは、勇敢にも笑い飛ばそうとした。「そうじゃろう？」

「そうだぇ。アリアナは自由を求めて自暴自棄になり、争っているうちにケンドラを殺したかもしれんぇ」ミュリエルおばさんが、考え深げに言った。

「エルファイアス、否定したけりゃ、いくらでも好きなだけ首を振りゃあええがぇ！　あんたはアリアナの葬式に列席しとったろうがぇ？」

「ああ、したとも」ドージが唇を震わせながら言った。「そしてわしの知るかぎり、あれほどに悲しい出来事はほかにない。アルバスは胸が張り裂けるほど――」

「張り裂けたのは胸だけではないぇ。アバーフォースが葬式の最中にアルバスの鼻をへし折ったろうがぇ？」

　ドージがおびえきった顔をした。それまでもおびえた顔をしてはいたが、今度とは比べ物にならない。ミュリエルが、ドージを刺したのではないかと思われるほどの顔だった。ミュリエルは高笑いしてまたシャンパンをぐい飲みし、あごからダラダラとこぼした。

「どうしてそれを――？」ドージの声がかすれた。

「母が、バチルダ・バグショットばあさんと親しかったのぇ」ミュリエルおばさんが、得々として言った。「バチルダが母に一部始終を物語っとるのを、わたしゃドアの陰で聞いてたぇ。棺の脇でのけんかよ！　バチルダが言うには、アバーフォースは、アリアナが死んだのはアルバスのせいだと叫んで、顔にパンチを食らわした。アルバスは防ごうともせんかったということだぇ。それだけで充分おかしいがぇ。アルバスなら両手を後ろ手に縛られとっても、決闘でアバーフォースを打ち負かすことができたろうに」

ミュリエルは、またシャンパンをぐいと飲んだ。古い醜聞を語ることがミュリエルを高揚させ、それと同じぐらいドージをおびえさせているようだった。ハリーは何をどう考えてよいやら、何を信じてよいやらわからなくなった。真実が欲しかった。なのにドージは、そこに座ったまま、アリアナが病気だったと弱々しく泣き言を言うばかりだった。自分の家でそんな残酷なことが行われていたのなら、ダンブルドアが干渉しなかったはずはない、とハリーは思った。にもかかわらず、この話には確かに何か奇妙なところがある。

「それに、まだ話すことがあるがぇ」ミュリエルはゴブレットを下に置き、しゃっくりまじりに言った。「わたしゃ、バチルダがリータ・スキーターに秘密をもらしたと思うがぇ。スキーターのインタビューでほのめかしていた、ダンブルドア一家に近い重要な情報源――バチルダがアリアナの一件をずっと見てきたことはまちがいないぇ。それでつじつまが合うが！」

「バチルダは、リータ・スキーターなんかに話しはせん！」ドージがささやくように言った。

「バチルダ・バグショット？」ハリーが言った。「『魔法史』の著者の？」

その名は、ハリーの教科書の表に印刷されていた。もっとも、ハリーが一番熱心に読んだ教科書とは言えない。

「そうじゃ」ドージはハリーの質問に、おぼれる者が藁にもすがるようにしがみついた。「魔法史家として最もすぐれた一人で、アルバスの古くからの友人じゃ」

「このごろじゃ、相当おとろえとると聞いたぇ」ミュリエルおばさんが楽しそうに言った。

「もしそうなら、スキーターがそれを利用したのは、恥の上塗りというものじゃ」ドージが言った。「そしてバチルダが語ったであろうことは、何一つ信頼できん！」

「ああ、記憶を呼び覚ます方法はあるし、リータ・スキーターはきっと、そういう方法をすべて心得ておると思うぇ」ミュリエルおばさんが言った。「しかし、たとえバチルダが完全に老いぼれとるとしても、まちがいなくまだ古い写真は持っとるぇ。おそらく手紙も。バチルダはダンブルドアたちと長年つき合いがあったのだぇ……まあ、ゴドリックの谷まで足を運ぶ価値があった、と、あたしゃそう思うぇ」

バタービールをちびちび飲んでいたハリーは、むせ返った。涙目でミュリエルおばさんを見ながら呟き込むハリーの背中を、ドージがバンバンたたいた。なんとか声が出るようになったところで、ハリーはすぐさま聞いた。

「バチルダ・バグショットは、ゴドリックの谷に住んでるの？」

「ああ、そうさね。バチルダは永久にあそこに住んでいるがぇ！　ダンブルドア一家は、パーシバルが投獄されてから引っ越してきて、バチルダはその近所に住んでおったがぇ」

「ダンブルドアの家族は、ゴドリックの谷に住んでいたんですか？」

「そうさ、バリー、わたしゃ、たったいまそう言ったがぇ」

ミュリエルおばさんがじれったそうに言った。

ハリーはすっかり力が抜け、頭の中がからっぽになった。この六年間、ダンブルドアはただの一度も、ハリーにそのことを話さなかった。自分たちが二人ともゴドリックの谷に住んだことがあり、二人とも愛する人をそこで失ったことを。なぜだ？　リリーとジェームズは、ダンブルドアの母親と妹の近くに眠っているのだろうか？　ダンブルドアは身内の墓を訪ねたことがあるのだろうか？　その時に、リリーとジェームズの墓のそばを歩いたのではないだろうか？　それなのに、一度もハリーに話さなかった……話そうともしなかった……。

しかし、それがどうして大切なことなのか、ハリーは自分自身にも説明がつかなかった。にもかかわらず、ゴドリックの谷という同じ場所を、そしてそのような経験を共有していたということをハリーに話さなかったのは、ダンブルドアがうそをついていたにも等しいような気がした。ハリーは、いまどういう場所にいるのかもほとんど忘れて、前を見つめたきりだった。ハーマイオニーが混雑から抜け出してきたことも、ハリーの横に椅子を持ってきて座るまで気づかなかった。

「もうこれ以上は踊れないわ」靴を片方脱ぎ、足の裏をさすりながら、ハーマイオニーが息を切らして言った。「ロンはバタービールを探しにいったわ。ちょっと変なんだけど、私、ビクトールがすごい剣幕でルーナのお父さんから離れていくところを見たの。なんだか議論していたみたいだったけど――」ハーマイオニーはハリーを見つめて声を落とした。「ハリー、あなた、大丈夫？」

ハリーは、どこから話を始めていいのかわからなかった。しかし、そんなことはどうでもよくなってしまった。その瞬間、何か大きくて銀色のものがダンスフロアの天蓋を突き破って落ちてきたのだ。優雅に光りながら、驚くダンス客の真ん中に、オオヤマネコがひらりと着地した。何人かがオオヤマネコに振り向いた。すぐ近くの客は、ダンスの格好のまま、滑稽な姿でその場に凍りついた。すると守護霊の口がくわっと開き、大きな深い声がゆっくりと話しだした。キングズリー・シャックルボルトの声だ。

「**魔法省は陥落した。スクリムジョールは死んだ。連中が、そっちに向かっている**」

# 第九章　隠れ家

何もかもがぼやけて、ゆっくりと動くように見えた。ハリーとハーマイオニーは、サッと立ち上がって杖を抜いた。ほとんどの客は事情をのみ込めずに、何かおかしなことが起きたと気づきはじめたばかりで、銀色のオオヤマネコが消えたあたりに顔を振り向けつつあるところだった。守護霊が着地した場所から周囲へと、沈黙が冷たい波になって広がっていった。やがて、誰かが悲鳴を上げた。

ハリーとハーマイオニーは、恐怖にあわてふためく客の中に飛び込んだ。客はクモの子を散らすように走りだし、大勢が「姿くらまし」した。「隠れ穴」の周囲に施されていた保護の呪文は破れていた。

「ロン！」ハーマイオニーが叫んだ。「ロン、どこなの？」

二人がダンスフロアを横切って突き進む間にも、ハリーは、仮面をかぶったマント姿が、混乱した客の中に現れるのを見た。ルーピンとトンクスが杖を上げて「プロテゴ！ 護れ！」と叫ぶのが聞こえた。あちこちから同じ声が上がっている――。

「ロン！ ロン！」ハリーと二人でおびえる客の流れにもまれながら、ハーマイオニーは半泣きになってロンを呼んだ。ハリーはハーマイオニーと離れまいと、しっかり手を握っていた。その時、頭上に一条の閃光が飛んだ。盾の呪文なのか、それとも邪悪な呪文なのか、ハリーには見分けがつかなかった――。

ロンがそこにいた。ロンがハーマイオニーの空いている腕をつかんだとたん、ハリーは、ハーマイオニーがその場で回転するのを感じた。周囲に暗闇が迫り、ハリーは何も見えず、何も聞こえなくなった。時間と空間の狭間に押し込まれながら、ハリーはハーマイオニーの手だけを感じていた。「隠れ穴」から離れ、降ってきた「死喰い人」からも、そしてたぶん、ヴォルデモートからも離れ……。

「ここはどこだ？」ロンの声がした。

ハリーは目を開けた。一瞬、ハリーは、結局、まだ結婚式場から離れていないのではないかと思った。依然として、大勢の人に周りを囲まれているように見える。

「トテナム・コート通りよ」ハーマイオニーが息を切らせながら言った。「歩いて、とにかく歩いて。どこか着替える場所を探さなくちゃ」

ハリーは、言われたとおりにした。暗い広い通りを、三人は半分走りながら歩いた。通りには深夜の酔客があふれ、両側には閉店した店が並び、頭上には星が輝いている。二階建てバスがゴロゴロとそばを走り、パブで浮かれていたグループが、通りかかった三人をじろじろ見た。ハリーとロンは、まだドレスローブ姿だった。

「ハーマイオニー、着替える服がないぜ」ロンが言った。若い女性がロンを見て、さもおかしそうに噴き出し、耳ざわりなクスクス笑いをしたときだった。

『透明マント』を肌身離さず持っているべきだったのに、どうしてそうしなかったんだろう？」

ハリーはまぬけな自分を内心呪った。「一年間ずっと持ち歩いていたのに……」

「大丈夫、マントは持ってきたし、二人の服もあるわ」ハーマイオニーが言った。「ごく自然に振る舞って。場所を見つけるまで――ここがいいわ」

ハーマイオニーは先に立って脇道に入り、そこから人目のない薄暗い横丁へ二人をいざなった。

「マントと服があるって言ったけど……」ハリーがハーマイオニーを見て顔をしかめた。ハーマイオニーはたった一つ手に持った、小さなビーズのバッグを引っかき回していた。

「ええ、ここにあるわ」その言葉とともにハーマイオニーは、あっけに取られているハリーとロンの目の前に、ジーンズ一着とTシャツ一枚、栗色のソックス、そして最後に銀色の透明マントを引っ張り出した。

「一体全体どうやって――？」

「『検知不可能拡大呪文』」ハーマイオニーが言った。「ちょっと難しいんだけど。でも私、うまくやったと思うわ。とにかく、必要なものはなんとか全部詰め込んだから」

ハーマイオニーは華奢に見えるバッグをちょっと振った。すると中で重いものがたくさん転がる音がして、まるで貨物室の中のような音が響き渡った。

「ああ、しまった。きっと本だわ」ハーマイオニーはバッグをのぞき込みながら言った。「せっかく項目別に積んでおいたのに……しょうがないわね……ハリー、透明マントをかぶったほうがいいわ。ロン、急いで着替えて……」

「いつの間にこんなことをしたの？」ロンがローブを脱いでいる間、ハリーが聞いた。

「『隠れ穴』で言ったでしょう？　もうずいぶん前から、重要なものは荷造りをすませてあるって。急に逃げ出さなきゃいけないときのためにね。ハリー、あなたのリュックサックは今朝、あなたが着替えをすませたあとで荷造りして、この中に入れたの……なんだか予感がして……」

「君ってすごいよ、ほんと」ロンが、丸めたローブを渡しながら言った。

「ありがと」ハーマイオニーはローブをバッグに押し込みながら、ちょっぴり笑顔になった。「ハリー、さあ、透明マントを着てちょうだい！」

ハリーは肩にかけたマントを引っ張り上げて、頭からかぶって姿を消した。いまになってやっと、ハリーはさっきの出来事の意味を意識しはじめていた。

「ほかの人たちは――結婚式に来ていたみんなは――」

「いまはそれどころじゃないわ」ハーマイオニーが小声で言った。「ハリー、ねらわれているのはあなたなのよ。あそこに戻ったりしたら、みんなをもっと危険な目にあわせることになるわ」

「そのとおりだ」ロンが言った。ハリーの顔は見えないはずなのに、ハリーが反論しかけたのを見て取ったような言い方だった。「騎士団の大多数はあそこにいた。みんなのことは、騎士団が面倒見るよ」

ハリーはうなずいたが、二人には見えないことに気づいたので、声を出した。「うん」

しかし、ジニーのことを考えると、胃にすっぱいものが込み上げるように、不安が湧き上がってきた。

「さあ、行きましょう。移動し続けなくちゃ」ハーマイオニーが言った。

三人は脇道に戻り、再び広い通りに出た。道の反対側の歩道を、塊になって歌いながら、千鳥足で歩いている男たちがいる。

「後学のために聞くけど、どうしてトテナム・コート通りなの?」

ロンがハーマイオニーに聞いた。

「わからないわ。ふと思いついただけ。でも、マグルの世界にいたほうが安全だと思うの。死喰い人は、私たちがこんな所にいるとは思わないでしょうから」

「そうだな」ロンはあたりを見回しながら言った。「だけど、ちょっと――むき出しすぎないか？」

「ほかにどこがあるって言うの？」道の反対側で自分に向かって冷やかしの口笛を吹きはじめた男たちに眉をひそめながら、ハーマイオニーが言った。「『漏れ鍋』の部屋の予約なんか、とてもできないでしょう？　それにグリモールド・プレイスは、スネイプが入れるからアウトだし……。私の家という手もありうるけど、連中がそこを調べにくる可能性もあると思うわ……ああ、あの人たちいやだわ、だまってくれないかしら！」

「よう、ねえちゃん？」道の反対側で、一番泥酔した男が大声で言った。「一杯飲まねえか？　赤毛なんか振っちまって、こっちで一緒に飲もうぜ！」

「どこかに座りましょう」ロンがどなり返そうと口を開いたので、ハーマイオニーがあわてて言った。「ほら、ここがいいわ。さあ！」

小さなみすぼらしい二十四時間営業のカフェだった。プラスチックのテーブルはどれも、うっすらと油汚れがついていたが、客がいないのがよかった。ボックス型のベンチ席に、ハリーが最初に入り込み、ロンがその隣に座った。向かいの席のハーマイオニーは、入口に背を向けて座るのが気になるらしく、しょっちゅう背後を振り返って、まるでけいれんを起こしているかのようだった。

ハリーはじっとしていたくなかった。歩いている間は、錯覚でもゴールに向かっているような気がしていたのだ。透明マントの下で、ハリーは、ポリジュース薬の効き目が切れてきたのを感じた。両手が元の長さと形を取り戻しつつあった。ハリーは、ポケットからめがねを取り出してかけた。

「あのさ、ここから『漏れ鍋』まで、そう遠くはないぜ。あれはチャリング・クロスにあるから――」まもなくしてロンが言った。

「ロン、できないわ！」ハーマイオニーが即座にはねつけた。

「泊まるんじゃなくて、何が起こっているかを知るためだよ！」

「どうなっているかはわかっているわ！　ヴォルデモートが魔法省を乗っ取ったのよ。ほかに何を知る必要があるの？」

「オッケー、オッケー。ちょっとそう思っただけさ！」

三人ともピリピリしながらだまり込んだ。ガムをかみながら面倒くさそうにやってきたウェイトレスに、ハーマイオニーはカプチーノを二つだけ頼んだ。ハリーの姿が見えないのに、もう一つ注文するのは変だからだ。がっちりした労働者風の男が二人、カフェに入ってきて、隣のボックス席にきゅうくつそうに座った。ハーマイオニーは声を落としてささやいた。

「どこか静かな場所を見つけて『姿くらまし』しましょう。そして地方のほうに行くの。そこに着いたら、騎士団に伝言を送れるわ」

「じゃ、君、あのしゃべる守護霊とか、できるの？」ロンが聞いた。

「ずっと練習してきたわ。できると思う」ハーマイオニーが言った。

「まあね、騎士団のメンバーが困ったことにならないなら、それでいいけど。だけど、もう捕まっちまってるかもな。ウエッ、むかつくぜ」

ロンが、泡だった灰色のコーヒーをひと口すすり、吐き捨てるように言った。のろのろと隣の客の注文を取りにいくところだったウェイトレスが、聞きとがめてロンにしかめっ面を向けた。労働者風の二人のうち、ブロンドでかなり大柄なほうの男が、あっちへ行けとウェイトレスを手で追い払うのを、ハリーは見ていた。ウェイトレスはむっとした顔で男をにらんだ。

「それじゃ、もう行こうぜ。僕、こんな泥、飲みたくない」ロンが言った。「ハーマイオニー、支払いするのに、マグルのお金持ってるのか？」

「ええ、『隠れ穴』に行く前に、住宅金融組合の貯金を全部下ろしてきたから。でも小銭はきっと、バッグの一番底に沈んでるに決まってるわ」

ハーマイオニーはため息をついて、ビーズのバッグに手を伸ばした。

二人の労働者が同時に動いた。ハリーも無意識に同じ動きをし、三人が杖を抜いていた。ロンは一瞬遅れて事態に気づき、テーブルの反対側から飛びついて、ハーマイオニーをベンチ席に横倒しにした。死喰い人たちの強力な呪文が、それまでロンの頭があった所の背後のタイル壁を粉々に砕いた。同時に、姿を隠したままのハリーが叫んだ。

「ステューピファイ！　まひせよ！」

大柄のブロンドの死喰い人は、赤い閃光をまともに顔に受けて気を失い、ドサリと横向きに倒れた。もう一人は誰が呪文をかけたのかわからず、またロンをねらって呪文を発射した。黒く光る縄が杖先から飛び出し、ロンの頭から足までを縛り上げた――ウェイトレスが悲鳴を上げて出口に向かって逃げた――ロンを縛ったひん曲がり顔の死喰い人に、ハリーはもう一発「失神の呪文」を撃ったがそれて、窓で跳ね返った呪文がウェイトレスに当たった。ウェイトレスは出口の前に倒れた。

「エクスパルソ！　爆破！」死喰い人が大声で唱えると、ハリーの前のテーブルが爆発し、その衝撃でハリーは壁に打ちつけられた。杖が手を離れ、「マント」がすべり落ちるのを感じた。

「ペトリフィカス　トタルス！　石になれ！」見えない所からハーマイオニーが叫んだ。

死喰い人は石像のように固まり、割れたカップやコーヒー、テーブルの破片などの上にバリバリと音を立てて前のめりに倒れた。ベンチの下から這い出したハーマイオニーは、ブルブル震えながら、髪の毛についた灰皿の破片を振り落とした。

「ディ――ディフィンド、裂けよ」ハーマイオニーは杖をロンに向けて唱えた。とたんにロンは、痛そうな叫び声を上げげた。呪文はロンのジーンズのひざを切り裂き、深い切り傷を残していた。

「ああぁっ、ロン、ごめんなさい。手が震えちゃって！　ディフィンド！」

縄が切れて落ちた。ロンは、感覚を取り戻そうと両腕を振りながら立ち上がった。ハリーは杖を拾い、破片を乗り越えてベンチに大の字になって倒れている大柄なブロンドの死喰い人に近づいた。

「こっちのやつは見破れたはずなのに。ダンブルドアが死んだ夜、その場にいたやつだ」そう言いながら、ハリーは床に倒れている色黒の死喰い人を、足でひっくり返した。男の目がすばやくハリー、ロン、ハーマイオニーを順に見た。

「そいつはドロホフだ」ロンが言った。「昔、お尋ね者のポスターにあったのを覚えてる。大きいほうは、確かソーフィン・ロウルだ」

「名前なんかどうでもいいわ！」ハーマイオニーが、ややヒステリー気味に言った。「どうして私たちを見つけたのかしら？　私たち、どうしたらいいの？」

ハーマイオニーがあわてふためいていることで、ハリーはかえって頭がはっきりした。

「入口に鍵をかけて」ハリーはハーマイオニーに言った。「それから、ロン、灯りを消してくれ」

カチリと鍵がかかり、ロンが「灯消しライター」でカフェを暗くした。その間にハリーは、金縛りになっているドロホフを見下ろしながら、すばやく考えをめぐらした。ついさっきハーマイオニーを冷やかした男たちの、別の女性に呼びかける声が、どこか遠くから聞こえてきた。

「こいつら、どうする？」暗がりでロンがハリーにささやいた。それから一段と低い声で言った。

「殺すか？　こいつら、僕たちを殺すぜ。たったいま、殺られるとこだったしな」

ハーマイオニーは身震いして、一歩下がった。ハリーは首を振った。

「こいつらの記憶を消すだけでいい」ハリーが言った。「そのほうがいいんだ。連中は、それで僕たちをかぎつけられなくなる。殺したら、僕たちがここにいたことがはっきりしてしまう」

「君がボスだ」ロンは、心からホッとしたように言った。「だけど、ぼく『忘却呪文』を使ったことがない」

「私もないわ」ハーマイオニーが言った。「でも、理論は知ってる」

ハーマイオニーは深呼吸して気を落ち着け、杖をドロホフの額に向けて唱えた。

「オブリビエイト、忘れよ」

たちまちドロホフの目がとろんとし、夢を見ているような感じになった。

「いいぞ！」ハリーは、ハーマイオニーの背中をたたきながら言った。「もう一人とウェイトレスもやってくれ。その間に僕とロンはここを片づけるから」

「片づける？」ロンが半壊したカフェを見回しながら言った。「どうして？」

「こいつらが正気づいて、自分たちのいる場所が爆破されたばかりの状態だったら、何があったのかと疑うだろう？」

「ああ、そうか、そうだな……」

ロンは、尻ポケットから杖を引っ張り出すのに一瞬苦労していた。

「なんで杖が抜けないのかと思ったら、わかったよ、ハーマイオニー、君、僕の古いジーンズを持ってきたんだ。これ、きついよ」

「あら、悪かったわね」ハーマイオニーがかんにさわったように小声で言い、ウェイトレスを窓から見えない位置まで引きずりながら、それならあそこにさせばいいのにと別な場所をブツブツ言うのが、ハリーの耳に聞こえてきた。

カフェが元どおりになると、三人は、死喰い人たちが座っていたボックスに二人を戻し、向かい合わせにして寄りかからせた。

「だけどどこの人たち、どうして私たちを見つけたのかしら？」ハーマイオニーが、放心状態の死喰い人たちの顔を交互に見ながら疑問をくり返した。「どうして私たちの居場所がわかったのかしら？」

ハーマイオニーはハリーの顔を見た。

「あなた――まだ『におい』をつけたままなんじゃないでしょうね、ハリー？」

「そんなはずないよ」ロンが言った。「『におい』の呪文は十七歳で破れる。魔法界の法律だ。大人には『におい』をつけることができない」

「あなたの知るかぎりではね」ハーマイオニーが言った。「でも、もし死喰い人が、十七歳に『におい』をつける方法を見つけ出していたら？」

「だけどハリーは、この二十四時間、死喰い人に近寄っちゃいない。誰がハリーに『におい』をつけなおせたって言うんだ？」

ハーマイオニーは答えなかった。ハリーは自分が汚れてしみがついているような気になった。ほんとうに死喰い人は、そのせいで自分たちを見つけたのだろうか？

「もし僕に魔法が使えず、君たちも僕の近くでは魔法が使えないということなら、使うと僕たちの居場所がばれてしまうのなら……」ハリーが話しはじめた。

「別れないわ！」ハーマイオニーがきっぱりと言った。

「どこか安全な隠れ場所が必要だ」ロンが言った。「そうすれば、よく考える時間ができる」

「グリモールド・プレイス」ハリーが言った。

二人があんぐり口を開けた。

「ハリー、ばかなこと言わないで。あそこにはスネイプが入れるのよ！」

「ロンのパパが、あそこにはスネイプよけの呪詛をかけてあるって言ってた――それに、その呪文が効かないとしても」ハーマイオニーが反論しかけるのを、ハリーは押し切って話し続けた。「それがどうしたって言うんだ？　いいかい、僕はスネイプに会えたら、むしろそれが百年目さ！」

「でも――」

「ハーマイオニー、ほかにどこがある？　残されたチャンスはあそこだよ。スネイプは死喰い人だとしてもたった一人だ。もし僕にまだ『におい』があるのなら、僕らがどこへ行こうと、死喰い人が群れをなして追ってくる」

ハーマイオニーは、できることなら反論したそうな顔をした。しかし、できなかった。ハーマイオニーがカフェの鍵をはずす間、ロンは灯消しライターをカチッと鳴らして灯りを戻した。それからハリーの三つ数える合図で呪文を解き、ウェイトレスも二人の死喰い人もまだ眠そうにもぞもぞ動いている間に、ハリー、ロン、ハーマイオニーはその場で回転して、再びきゅうくつな暗闇の中へと姿を消した。

数秒後、ハリーの肺は心地よく広がり、目を開けると、三人は見覚えのある小さなさびれた広場の真ん中に立っていた。四方から、老朽化した丈の高い建物がハリーたちを見下ろしていた。「秘密の守人」だったダンブルドアから教えられていたので、ハリー、ロン、ハーマイオニーはグリモールド・プレイス十二番地の建物を見ることができた。あとをつけられていないか、見張られていないかを数歩ごとに確かめながら、三人は建物に向かって急いだ。入口の石段を大急ぎで駆け上がり、ハリーが杖で玄関の扉を一回だけたたいた。カチッカチッと金属音が何度か続き、カチャカチャと鎖の音が聞こえて、扉がギーッと開いた。三人は急いで敷居をまたいだ。

ハリーが扉を閉めると、旧式のガスランプがポッとともり、玄関ホール全体にチフチラと明かりを投げかけた。ハリーの記憶にあるとおりの場所だった。不気味で、クモの巣だらけで、壁にずらりと並んだしもべ妖精の首が、階段に奇妙な影を落としている。黒く長いカーテンは、その裏にシリウスの母親の肖像画を隠している。あるべき場所にないのは、トロールの足の傘立てだけだった。トンクスがまたしてもひっくり返したように、横倒しになっている。

「誰かがここに来たみたい」ハーマイオニーが、それを指差してささやいた。

「騎士団が出ていくときに、ひっくり返った可能性もあるぜ」ロンがささやき返した。

「それで、スネイプよけの呪詛って、どこにあるんだ?」ハリーが問いかけた。

「あいつが現れたときだけ、作動するんじゃないのか?」ロンが意見を言った。

それでも三人は、それ以上中に入るのを恐れて、扉に背をくっつけて身を寄せ合ったまま、玄関マットの上に立っていた。

「さあ、いつまでもここに立っているわけにはいかない」

そう言うと、ハリーは一歩踏み出した。

「**セブルス・スネイプか?**」

暗闇からマッド-アイ・ムーディの声がささやきかけた。三人はギョッとして飛びすさった。

「僕たちはスネイプじゃない!」ハリーがかすれ声で言った。その直後、冷たい風のように何かがシュッとハリーの頭上を飛び、ひとりでに舌が丸まって、ハリーはしゃべれなくなった。しかし、手を口の中に入れて調べる前に、舌がほどけて元どおりになった。

あとの二人も同じ不快な感覚を味わったらしい。ロンはゲェゲェ言い、ハーマイオニーは言葉がもつれた。

「こ、こ、これは――きっと――し、し――『舌もつれの呪い』で――マッドーアイがスネイプに仕掛けたのよ！」

ハリーは、そっともう一歩踏み出した。ホールの奥の薄暗い所で何かが動き、三人が一言も言う間も与えず、じゅうたんからほこりっぽい色の恐ろしい姿がぬうっと立ち上がった。ハーマイオニーは悲鳴を上げたが、同時にカーテンがパッと開き、ブラック夫人も叫んだ。灰色の姿はするすると三人に近づいた。腰までの長い髪とあごひげを後ろになびかせ、だんだん速度を上げて近づいてくる。げっそりと肉の落ちた顔、目玉のない落ちくぼんだ目。見知った顔がぞっとするほど変わりはてている。その姿は、やせおとろえた腕を上げ、ハリーを指差した。

「ちがう！」ハリーが叫んだ。杖を上げたものの、ハリーにはなんの呪文も思いつかなかった。

「ちがう！　僕たちじゃない！　僕たちがあなたを殺したんじゃない――」

「殺す」という言葉とともに、その姿は破裂し、もうもうとほこりが立った。むせ込んで涙目になりながら、ハリーはあたりを見回した。ハーマイオニーは両腕で頭を抱えて扉の脇の床にしゃがみ込み、ロンは頭のてっぺんからつま先まで震えながら、ハーマイオニーの肩をぎこちなくたたいていた。「もう、だ――大丈夫だ……もう、い――いなくなった……」

ほこりはガスランプの青い光を映して、ハリーの周りで霧のように渦巻いていた。ブラック夫人の叫びは、まだ続いている。

「穢れた血、クズども、**不名誉な汚点、わが先祖の館を汚す輩――**」

「**だまれ！**」ハリーは大声を出し、肖像画に杖を向けた。バーンという音、噴き出した赤い火花とともにカーテンが再び閉じて、夫人をだまらせた。

「あれ……あれは……」ロンに助け起こされながら、ハーマイオニーは弱々しい泣き声を出した。

「そうだ」ハリーが言った。「だけど、あれは本物のあの人じゃない。そうだろう？　単にスネイプを脅すための姿だよ」

そんなことでうまくいったのだろうか、とハリーは疑った。それともスネイプは、本物のダンブルドアを殺したと同じ気軽さで、あのぞっとするような姿を吹き飛ばしてしまったのだろうか？　神経を張りつめたまま、ほかにも恐ろしいものが姿を現すかもしれないと半ば身がまえながら、ハリーは先頭に立ってホールを歩いた。しかし、壁のすそに沿ってちょろちょろ走るネズミ一匹以外に、動くものは何もない。

「先に進む前に、調べたほうがいいと思うわ」ハーマイオニーは小声でそう言うと、杖を上げて唱えた。

「ホメナム　レベリオ」

何事も起こらない。

「まあ、君は、たったいま、すごいショックを受けたばかりだしな」ロンは思いやりのある言い方をした。「いまのはなんの呪文のつもりだったの？」

「呪文はちゃんと効いたわ！」ハーマイオニーはかなり気を悪くしたようだった。「人がいれば姿を現す呪文よ。だけどここには、私たち以外に人はいないの！」

「それと『ほこりじいさん』だけだな」

ロンは、死人の姿が立ち上がったじゅうたんのあたりをちらりと見た。

「行きましょう」ハーマイオニーも同じ場所をおびえたように見たあと、先に立ってきしむ階段を上り、二階の客間に入った。

ハーマイオニーは杖を振って古ぼけたガスランプをともし、すきま風の入る部屋で少し震えながら両腕で自分の体をしっかり抱くようにして、ソファに腰かけた。ロンは窓際まで行って、分厚いビロードのカーテンをちょっと開けた。

「外にはなんにも見えない」ロンが報告した。「もしハリーがまだ『におい』をつけているなら、やつらがここまで追ってきているはずだと思う。この家に連中が入れないことはわかってるけど――ハリー、どうした？」

ハリーは痛さで叫び声を上げていた。水に反射するまばゆい光のように、ハリーの心に何かがひらめき、傷痕がまた焼けるように痛んだ。大きな影が見え、自分のものではない激しい怒りが、電気ショックのように鋭く体を貫いた。

「何を見たんだ？」ロンがハリーに近寄って聞いた。「あいつが僕の家にいたのか？」

「ちがう。怒りを感じただけだ――あいつは心から怒っている――」

「だけど、その場所、『隠れ穴』じゃなかったか」ロンの声が大きくなった。「ほかには？　何か見なかったのか？　あいつが誰かに呪いをかけていなかったか？」

「ちがう。怒りを感じただけだ――あとはわからないんだ――」

ハリーはしつこいと感じ、頭が混乱した。その上ハーマイオニーのぎょっとした声にも追い討ちをかけられた。

「また傷痕なの？　いったいどうしたって言うの？　その結びつきはもう閉じられたと思ったのに！」

「そうだよ。しばらくはね」ハリーがつぶやいた。傷痕の痛みがまだ続いていて、意識が集中できなかった。「ぼ――僕の考えでは、あいつが自制できなくなるとまた開くようになったんだ。以前もそうだったし――」

「だけど、それならあなた、心を閉じなければ！」ハーマイオニーが金切り声になった。「ハリー、ダンブルドアは、あなたがその結びつきを使うことを望まなかったわ。あなたに、それを閉じてほしかったのよ。『閉心術』を使うのはそのためだったの！　でないと、ヴォルデモートは、あなたにうそのイメージを植えつけることができるのよ。覚えて――」

「ああ、覚えてるよ。わざわざどうも」ハリーは歯を食いしばった。ハーマイオニーに言われるまでもない。ヴォルデモートが、まさにこのとおりの二人の間の結びつきを利用して、かつてハリーを罠にかけたことも、その結果シリウスが死んだことも覚えている。ハリーは、自分が見たことや感じたことを、二人に言わなければよかったと思った。話題にすることで、まるでヴォルデモートがこの部屋の窓に張りついているかのように、その脅威がより身近なものに感じられた。しかし傷痕の痛みはますます激しくなり、ハリーは、吐きたい衝動をこらえるような思いで痛みと戦った。

ハリーは、壁にかかったブラック家の家系図の古いタペストリーを見るふりをして、ロンとハーマイオニーに背を向けた。その時、ハーマイオニーが鋭い悲鳴を上げた。ハリーは再び杖を抜いて振り返った。すると、ちょうど客間の窓を通り抜けて、銀色の守護霊が飛び込んでくるのが目に入った。三人の前で着地し、イタチの姿になった守護霊は、ロンの父親の声で話しだした。

「**家族は無事。返事をよこすな。我々は見張られている**」

守護霊は雲散霧消した。ロンは、悲鳴ともうめきともつかない音を出し、ソファに座り込んだ。ハーマイオニーも座ってロンの腕をしっかりつかんだ。

「みんな無事なのよ。みんな無事なのよ！」ハーマイオニーがささやくと、ロンは半分笑いながらハーマイオニーを抱きしめた。

「ハリー」ロンが、ハーマイオニーの肩越しに言った。「僕――」

「いいんだよ」ハリーは頭痛で吐きそうになりながら言った。「君の家族じゃないか。心配して当然だ。僕だってきっと君と同じ気持ちになると思う」ハリーはジニーを思った。「僕だって、**ほんとに**君と同じ気持ちだよ」

傷痕の痛みは最高に達し、「隠れ穴」の庭で感じたと同じ、焼けるような痛みだった。かすかにハーマイオニーの声が聞こえた。

「私、一人になりたくないわ。持ってきた寝袋で、今夜はここで一緒に寝てもいいかしら？」

ロンの承諾する声が聞こえた。ハリーはこれ以上痛みに耐えられなくなり、ついに降参した。

「トイレに行く」小声でそう言うなり、ハリーは走りたいのをこらえて足早に部屋を出た。

やっと間に合った。震える手でバスルームの内側からかんぬきをかけ、割れるように痛む頭を抱えて、ハリーは床に倒れた。すると、苦痛が爆発し、ハリーは、自分のものではない怒りが心に入り込むのを感じた。暖炉の明かりだけの、細長い部屋だ。大柄なブロンドの死喰い人が床で身もだえし、叫び声を上げている。それを見下ろして、杖を突き出したか細い姿が立っている。ハリーはかん高い、冷たく情け容赦のない声でしゃべった。

「まだまだだ、ロウル。それともこれでしまいにして、おまえをナギニの餌にしてくれようか？

ヴォルデモート卿は、今回は許さぬかもしれぬぞ……ハリー・ポッターにまたしても逃げられたと言うために、俺様を呼び戻したのか？　ドラコ、ロウルに我々の不興をもう一度思い知らせてやれ……さあ、やるのだ。さもなければ俺様の怒りを、おまえに思い知らせてくれるわ！」

暖炉の薪が一本崩れ、炎が燃え上がった。その明かりが、あごのとがった、おびえて蒼白な顔をサッと横切った――深い水の底から浮かび上がるときのように、ハリーは大きく息を吸い、目を開けた。

ハリーは、冷たい黒い大理石の床に大の字に倒れていた。鼻先に、大きなバスタブを支える銀の脚の一本が見えた。蛇の尾の形をしている。ハリーは上体を起こした。やつれて硬直したマルフォイの顔が、目の中に焼きついていた。ドラコがヴォルデモートにどう使われているかを示す、いましがた見た光景に、ハリーは吐き気をもよおした。

扉を鋭くたたく音で、ハリーは飛び上がった。ハーマイオニーの声が響いた。

「ハリー、歯ブラシはいる？　ここにあるんだけど」

「ああ、助かるよ。ありがとう」なにげない声を出そうと奮闘しながら、ハーマイオニーを中に入れるために、ハリーは立ち上がった。

# 第十章　クリーチャー語る

翌朝早く、ハリーは、客間の床で寝袋にくるまって目を覚ました。分厚いカーテンのすきまから見える、夜と夜明けの間の光は、水に溶かしたインクのようなすっきりと澄んだブルーだった。ロンとハーマイオニーのゆっくりした深い寝息のほかに、聞こえるものはない。ハリーは横で寝ている二人の影をちらりと見た。昨晩、ロンが、突然騎士道精神の発作を起こして、ソファのクッションを床に敷き、ハーマイオニーにその上で寝るべきだと言い張ったため、ハーマイオニーのシルエットはロンより高い所にあった。ハーマイオニーの片腕が床まで曲線を描いて垂れ下がり、その指先がロンの指のすぐ近くにあった。ハリーは、二人が手を握ったまま眠り込んだのではないかと思った。そう思うと、不思議に孤独を感じた。

ハリーは暗い天井を見上げ、クモの巣の張ったシャンデリアを見た。陽の照りつけるテントの入口に立ち、結婚式の招待客の案内のために待機していたときから、まだ二十四時間とたっていない。それがもう別の人生だったように遠く感じる。これから何が起きるのだろう？　床に横になったまま、ハリーは分霊箱のことを考え、ダンブルドアが自分に残した任務の、気が遠くなるような重さと複雑さを思った……ダンブルドア……。

ダンブルドアの死後、ずっとハリーの心を占めていた深い悲しみが、いまはちがったものに感じられた。結婚式でミュリエルから聞かされた非難、告発が頭に巣食い、その病巣が崇拝してきた魔法使いの記憶をむしばんでいくようだった。ダンブルドアは、そんなことを黙認できたのだろうか？　ダドリーと同じように、誰が遺棄されようと虐待されようと、自分の身に降りかからないかぎりは、平気で眺めていられたのだろうか。監禁され隠されていた妹に、背を向けることができたのだろうか？

ハリーはゴドリックの谷を思い、ダンブルドアが一度も口にしなかった墓のことを思った。なんの説明もなしに遺された謎の品々を思った。すると、薄暗がりの中で激しい恨みが突き上げてきた。ダンブルドアはなぜ話してくれなかったんだ？　なぜ説明してくれなかったんだ？　僕のことをほんとうに気にかけていてくれたのだろうか？　それとも僕は、磨いたり研ぎ上げたりするべき道具にすぎず、信用したり打ち明けたりする対象ではなかったのだろうか？

苦い思いだけをかみしめて横たわっているのは、耐えがたかった。何かしなければ居ても立ってもいられなくなり、気を紛らわせるためにハリーは寝袋を抜け出し、杖を持ってそっと部屋を出た。踊り場で「ルーモス、光よ」と小声で唱え、ハリーは杖灯りを頼りに階段を上りはじめた。

三階には、前回ロンと一緒だった寝室がある。踊り場から、ハリーはその部屋をのぞき込んだ。洋だんすの戸は開けっ放しで、ベッドの上掛けやシーツははがされている。ハリーは、階下のトロールの足が横倒しになっていたことを思い出した。騎士団が引き払ったあと、誰かがここを家探しした。スネイプか？　それとも、シリウスの生前も死後もこの家から多くのものをくすねたマンダンガスか？　ハリーの視線は、フィニアス・ナイジェラス・ブラックの肖像がときどき現れた額に移った。シリウスの高祖父だが、絵には泥色にべた塗りされた背景が見えるだけで、からっぽだった。フィニアス・ナイジェラスは、ホグワーツの校長室で夜を過ごしているにちがいない。

ハリーはさらに階段を上り、最上階の踊り場に出た。ドアは二つだけだ。ハリーが向き合っているドアの名札には「**シリウス**」と書いてある。ハリーは、名付け親の部屋に入ったことがなかった。ドアを押し開け、なるべく遠くまで灯りが届くように、ハリーは杖を高く掲げた。

部屋は広かった。かつてはしゃれた部屋だったにちがいない。木彫りのヘッドボードがついた大きなベッド、長いビロードのカーテンでほとんど覆われている縦長の大きな窓、分厚いほこりの積もったシャンデリア、そこにまだ残っているろうそくの燃えさしには、垂れて固まったろうが霜のようについている。壁にかかった絵やヘッドボードはうっすらとほこりで覆われ、シャンデリアと大きな木製の洋だんすとの間には、クモの巣が張っている。部屋の奥まで入っていくと、ネズミがあわてて走り回る音が聞こえた。

十代のシリウスがびっしりと貼りつけたポスターやら写真やらで、銀ねず色の絹の壁紙はほとんど見えない。おそらくシリウスの両親は、壁に貼りつけるのに使われた「永久粘着呪文」を解くことができなかったのだろう。そうとしか考えられない。なぜなら、両親は、長男の装飾の趣味が気に入らなかったにちがいないと思えるからだ。どうやらシリウスは、ひたすら両親をいらいらさせることに努力したようだ。全員がスリザリン出身である家族と自分とはちがう、ということを強調するためだけに貼られたグリフィンドールの大バナーが何枚か、紅も金色も色あせて残っている。マグルのオートバイの写真がたくさんあるし、その上(ハリーはシリウスの度胸に感心したが)ビキニ姿の若いマグルの女性のポスターも数枚ある。色あせた笑顔も生気のない目も紙に固定され、写真の中でじっと動かないことから、マグルの女性であることは明らかだ。それと対照的なのが、壁に貼られた唯一の魔法界の写真だ。ホグワーツの四人の学生が肩を組み、カメラに向かって笑っている。

ハリーは父親を見つけて胸が躍った。くしゃくしゃな黒い髪は、ハリーと同じに後ろがピンピン立っているし、ハリーと同じにめがねをかけている。隣はシリウスで、無頓着なのにハンサムだ。少し高慢ちきな顔は、シリウスが生前ハリーに見せたどの顔よりも若く、幸福そうだった。シリウスの右に立っているのはペティグリューで、頭一つ以上背が低く小太りで、色の薄い目をしている。みんなの憧れの反逆児であるジェームズとシリウスのいる、最高にかっこいいグループの仲間に入れてもらえたうれしさで、顔を輝かせている。ジェームズの左側にルーピンがいる。そのころにして、すでにややみすぼらしい。しかし、ペティグリューと同様、自分が好かれていることや仲間にしてもらえたことに驚き、喜んでいる……いや、そんなふうに見えるのは、ハリーがそのころの事情を知っているからにすぎないのだろうか？　ハリーは写真を壁からはがそうとした。これは結局、ハリーのものだ――シリウスはハリーにすべてを遺したのだから――しかし写真はびくともしない。シリウスは、両親が自分の部屋の内装を変えるのを、あくまで阻止するつもりだったのだ。

ハリーは床を見回した。空が徐々に明るくなってきて、一条の光が、じゅうたんに散らばっている羊皮紙や本や小物を照らした。シリウスの部屋もあさられているのがひと目でわかる。もっとも部屋の中にあるものは、全部とは言わないまでも、大部分は価値がないと判断されたらしい。何冊かの本は、乱暴に振られたらしく表紙がはずれて、ページがバラバラになって散乱していた。

ハリーはしゃがんで紙を何枚か拾い、内容を確かめた。一枚はバチルダ・バグショットの旧版の『魔法史』だったし、もう一枚はオートバイの修理マニュアルの一部だとわかった。三枚目の手書きの紙は丸めてあったので、開いて伸ばした。

ハリーの誕生祝いをほんとに、ほんとにありがとう！　もうハリーの一番のお気に入りになったのよ。一歳なのに、もうおもちゃの箒に乗って飛び回っていて、自分でもとても得意そうなの。写真を同封しましたから見てください。地上からたった六十センチぐらいしか浮かばないのに、ハリーったら危うく猫を殺してしまうところだったし、ペチュニアからクリスマスにもらった趣味の悪い花瓶を割ってしまったわ（これは文句じゃないんだけど）。ジェームズがとってもおもしろがって、こいつは偉大なクィディッチ選手になるなんて言ってるわ。でも飾り物は全部片づけてしまわないといけなくなったし、ハリーが飛んでいるときは目が離せないの。

誕生祝いは、バチルダおばあさんと一緒に、静かな夕食をしたの。バチルダはいつもやさしくしてくれるし、ハリーをとってもかわいがっているの。あなたが来られなくてとても残念だったけど、騎士団のことが第一だし、ハリーはまだ小さいから、どうせ自分の誕生日だなんてわからないわ！　ジェームズはここにじっとしていることで少し焦っているの。表には出さないようにしているけど、私にはわかるわ――それに、ダンブルドアがまだジェームズの透明マントを持っていったままだから、ちょっとお出かけというわけにはいかないの。あなたが来てくだされば、ジェームズはどんなに元気が出るか。ワーミーが先週末、ここに来たわ。落ち込んでいるように見えたけれど、マッキノンたちの訃報のせいかもしれないわね。それを聞いたときは、私、ひと晩中泣きました。
バチルダはほとんど毎日寄ってくれます。ダンブルドアについての驚くような話を知っている、おもしろいおばあさんです。
ダンブルドアがそのことを知ったら、喜ぶかどうか！　実はどこまで信じていいか、私にはわからないの。だって信じられないのよ、ダンブルドアが

---

ハリーは手足がしびれたような気がした。神経のまひした指に奇跡のような羊皮紙を持って、ハリーはじっと動かずに立っていた。体の中では、静かな噴火が起こり、喜びと悲しみが同じぐらいの強さで血管を駆けめぐっていた。ハリーはよろよろとベッドに近づき、座った。

ハリーはもう一度手紙を読んだ。しかし最初に読んだとき以上の意味は読み取れず、筆跡をじっと見るだけだった。母親の「が」の書き方は、ハリーと同じだ。手紙の中で、ハリーは全部の「が」を一つ一つ拾った。そのたびに、その字がベールの陰からのぞいて、小さくやさしく手を振ってくれているような気がした。この手紙は信じがたいほどの宝だ。リリー・ポッターが生きていたことの、ほんとうに生きていたことの証だ。母親の温かな手が、一度はこの羊皮紙の上を動いて、インクでこういう文字を、こういう言葉をしたためたのだ。自分の息子、ハリーに関するこういう言葉を。

ぬれた目をぬぐうのももどかしく、今度は内容に集中して、ハリーはもう一度手紙を読んだ。か

すかにしか覚えていない声を聞くような思いがする。

猫を飼っていたのだ……両親と同じように、ゴドリックの谷でたぶん非業の死をとげたのだろう……そうでなければ、誰も餌をやる人がいなくなったときに逃げたのかもしれない……。シリウスが、ハリーの最初の箒を買ってくれた人なんだ……。両親はバチルダ・バグショットと知り合いだった。ダンブルドアが紹介したのだろうか？　**ダンブルドアがジェームズの透明マントを持っていったまま**……なんだか変だ……。

ハリーは読むのを中断し、母親の言葉の意味を考えた。ダンブルドアはなぜジェームズの透明マントを持っていったのだろう？　ハリーは、校長先生が何年も前にハリーに言ったことを、はっきり覚えている――**わしはマントがなくても透明になれるのでな**――。誰か騎士団のメンバーで、それほどの能力がない魔法使いが、マントの助けを必要としたのかもしれない。それでダンブルドアが運び役になったのか？　ハリーはその先を読んだ……。

**ワーミーがここに来たわ**――あの裏切り者のペティグリューが、「落ち込んでいる」ように見えたって？　それが生きたジェームズとリリーに会う最後になると、やつにはわかっていたのだろうか？

最後はまたバチルダだ。ダンブルドアに関して、信じられないような話をしたという。**信じられないのよ、ダンブルドアが**――。

ダンブルドアがどうしたって？　だけど、ダンブルドアに関しては、信じられないと言えそうなことはいくらでもあった。たとえば、「変身術」の試験で最低の成績を取ったことがあるとか、アバーフォースと同じに「山羊使い」の術を学んだとか……。

ハリーは歩き回って、床全体をざっと見渡した。もしかしたら手紙の続きがどこかにあるかもしれない。ハリーは羊皮紙を探した。見つけたい一心で、最初にこの部屋を探し回った者と同じぐらい乱暴に部屋を引っかき回した。引き出しを開け、本を逆さに振り、椅子に乗って洋だんすの上に手を這わせたり、ベッドやひじかけ椅子の下を這い回ったりした。

最後に床に這いつくばって、整理だんすの下に羊皮紙の切れ端のようなものを見つけた。引っ張り出してみると、それは一部が欠けてはいたが、リリーの手紙に書いてあった写真だった。黒い髪の男の子が、小さな箒に乗って大声で笑いながら写真から出たり入ったりしている。追いかけている二本の足は、ジェームズのものにちがいない。ハリーは写真をリリーの手紙と一緒にポケットに入れ、また手紙の二枚目を探しにかかった。

しかし十五分も探すと、母親の手紙の続きはなくなってしまったと考えざるをえなくなった。書かれてから十六年もたっているので、その間になくなったのか、それともこの部屋を家探しした誰かに持ち去られてしまったのか？　ハリーは一枚目をもう一度読んだ。今度は、二枚目に重要なことが書かれていたのならそれは何か、そのヒントを探しながら読んだ。おもちゃの箒が死喰い人にとって関心があるとは、とうてい考えられない……唯一役に立つかもしれないと思われるのは、ダンブルドアに関する情報の可能性だ。――**信じられないのよ、ダンブルドアが**――なんだろう？

「ハリー？　ハリー！　**ハリー！**」

「ここだよ！」ハリーが声を張り上げた。「どうかしたの？」

ドアの外でバタバタと足音がして、ハーマイオニーが飛び込んできた。

「目が覚めたら、あなたがいなくなってたんですもの！」ハーマイオニーは息を切らしながら言った。「ロン！　見つけたわ！」ハーマイオニーが振り返って叫んだ。

ロンのいらだった声が、数階下のどこか遠くから響いてきた。

「よかった！　バカヤロって言っといてくれ！」

「ハリー、だまって消えたりしないで、お願いよ。私たちどんなに心配したか！　でも、どうしてこんな所に来たの？」

さんざん引っかき回された部屋をぐるりと眺めて、ハーマイオニーが言った。

「ここで何してたの？」

「これ、見つけたんだ」

ハリーは、母親の手紙を差し出した。ハーマイオニーが手に取って読む間、ハリーはそれを見つめていた。読み終えると、ハーマイオニーはハリーを見上げた。

「ああ、ハリー……」

「それから、これもあった」

ハリーは破れた写真を渡した。ハーマイオニーは、おもちゃの箒に乗った赤ん坊が、写真から出たり入ったりしているのを見てほほえんだ。

「僕、手紙の続きを探してたんだ」ハリーが言った。「でも、ここにはない」

ハーマイオニーは、ざっと見回した。

「あなたがこんなに散らかしたの？　それともあなたがここに来たときはもう、ある程度こうなっていたの？」

「誰かが、僕より前に家探しした」ハリーが言った。

「そうだと思ったわ。ここに上がってくるまでにのぞいた部屋は、全部荒らされていたの。いったい何を探していたのかしら？」

「騎士団の情報。スネイプならね」

「でも、あの人ならもう、必要なものは全部持ってるんじゃないかしら。だって、ほら、騎士団の中にいたんですもの」

「それじゃあ」ハリーは自分の考えを検討してみたくて、うずうずしていた。「ダンブルドアに関する情報っていうのは？　たとえば、この手紙の二枚目とか。母さんの手紙に書いてあるこのバチルダのことだけど、誰だか知ってる？」

「誰なの？」

「バチルダ・バグショット。教科書の——」

「『魔法史』の著者ね」ハーマイオニーは、興味をそそられたようだった。「それじゃ、あなたのご両親は、バチルダを知っていたのね？　魔法史家としてすごい人だったわ」

「それに、彼女はまだ生きている」ハリーが言った。「その上、ゴドリックの谷に住んでる。ロンの大おばさんのミュリエルが、結婚式でバチルダのことを話したんだ。バチルダはダンブルドアの家族のこともよく知っていたんだよ。話をしたら、かなりおもしろい人じゃないかな？」

ハーマイオニーは、ハリーに向かって、すべてお見透しというほほえみ方をした。ハリーは気に入らなかった。ハリーは手紙と写真を取り戻し、本心を見透かされまいと、ハーマイオニーの目をさけて、うつむいたまま首にかけた袋に入れた。

「あなたがなぜバチルダと話したいか、わかるわよ。ご両親のことや、ダンブルドアについてもね」ハーマイオニーが言った。「でも、それは私たちの分霊箱探しには、あまり役に立たないんじゃないかしら？」

ハリーは答えなかった。ハーマイオニーはたたみかけるように話し続けた。

「ハリー、あなたがゴドリックの谷に行きたがる気持ちはわかるわ。でも、私、怖いの……きのう、死喰い人たちにあんなに簡単に見つかったことが怖いの。それで私、あなたのご両親が眠っていらっしゃる所はさけるべきだっていう気持ちが、前よりも強くなっているの。あなたがお墓を訪ねるだろうと、連中は絶対にそう読んでいるわ」

「それだけじゃないんだ」

ハリーは、相変わらずハーマイオニーの目をさけながら言った。

「結婚式で、ミュリエルがダンブルドアについてあれこれ言った。僕はほんとうのことが知りたい……」

ハリーはミュリエルに聞いたことをすべて、ハーマイオニーに話した。ハリーが話し終えると、ハーマイオニーが言った。

「もちろん、なぜあなたがそんなに気にするかはわかるわ、ハリー――」

「――別に気にしちゃいない」ハリーはうそをついた。「ただ知りたいだけだ。ほんとうのことなのかどうか――」

「ハリー、意地悪な年寄りのミュリエルとかリータ・スキーターなんかから、ほんとうのことが聞けるなんて、本気でそう思っているの？　どうして、あんな人たちが信用できる？　あなたはダンブルドアを知っているでしょう！」

「知ってると思っていた」ハリーがつぶやいた。

「でも、リータがあなたについていろいろ書いた中に、どのくらいほんとうのことがあったか、あなたにはわかっているでしょう！　ドージの言うとおりよ。そんな連中に、ダンブルドアの思い出を汚されていいはずがないでしょう？」

ハリーは顔をそむけ、腹立たしい気持ちを悟られまいとした。またか。どちらを信じるか決めろ、ときた。ハリーは真実が欲しかった。どうして誰もかれもがかたくなに、ハリーは真実を知るべきではないと言うのだろう？

「厨房に下りましょうか？」しばらくだまったあとで、ハーマイオニーが言った。「何か朝食を探さない？」

ハリーは同意したが、しぶしぶだった。ハーマイオニーについて踊り場に出て、階段を下りる手前にある、もう一つの部屋の前を通り過ぎた。暗い中では気づかなかったが、ドアに小さな字で何か書いてあり、その下に、ペンキを深く引っかいたような跡がある。ハリーは、階段の上で立ち止まって文字を読んだ。パーシー・ウィーズリーが自分の部屋のドアに貼りつけそうな感じの、気取った手書き文字できちんと書かれた小さな掲示だった。

**許可なき者の入室禁止**

**レギュラス・アークタルス・ブラック**

ハリーの体にゆっくりと興奮が広がった。しかしなぜなのか、すぐにはわからなかった。ハリーはもう一度掲示を読んだ。ハーマイオニーはすでに一つ下の階にいた。

「ハーマイオニー」ハリーは自分の声が落ち着いているのに驚いた。「ここまで戻ってきて」

「どうしたの？」

「R・A・Bだ。僕、見つけたと思う」

驚いて息をのむ音が聞こえ、ハーマイオニーが階段を駆け戻ってきた。

「お母さまの手紙に？　でも私は見なかったけど――」

ハリーは首を振ってレギュラスの掲示を指差した。ハーマイオニーはそれを読むと、ハリーの腕をギュッと握った。あまりの強さに、ハリーはたじろいだ。

「シリウスの弟ね？」ハーマイオニーがささやくように言った。

「死喰い人だった」ハリーが言った。「シリウスが教えてくれた。弟はまだとても若いときに参加して、それから怖気づいて抜けようとした――それで連中に殺されたんだ」

「それでぴったり合うわ！」ハーマイオニーがもう一度息をのんだ。「この人が死喰い人だったのなら、ヴォルデモートに近づけたし、失望したのなら、ヴォルデモートを倒したいと思ったでしょう！」

ハーマイオニーはハリーの腕を放し、階段の手すりから身を乗り出して叫んだ。

「ロン！　**ロン！**　こっちに来て。早く！」

ロンはすぐさま息せき切って現れた。杖をかまえている。

「どうした？　またおっきなクモだって言うなら、その前に朝食を食べさせてもらうぞ。それから――」

ロンは、ハーマイオニーがだまって指差したレギュラスのドアの掲示を、しかめっ面で見た。

「何？　シリウスの弟だろ？　レギュラス・アークタルス……レギュラス……**R・A・B！**　ロケットだ――もしかしたら――？」

「探してみよう」ハリーが言った。

ドアを押したが、鍵がかかっている。ハーマイオニーが、杖をドアの取っ手に向けて唱えた。

「アロホモラ」

カチリと音がして、ドアがパッと開いた。

三人は一緒に敷居をまたぎ、目を凝らして中を見回した。レギュラスの部屋はシリウスのよりやや小さかったが、同じようにかつての豪華さを思わせた。シリウスはほかの家族とはちがうことを誇示しようとしたが、レギュラスはその逆を強調しようとしていた。スリザリンのエメラルドと銀色が、ベッドカバー、壁、窓と、いたる所に見られた。ベッドの上には、ブラック家の家紋が、

**「純血よ、永遠なれ」**の家訓とともに念入りに描かれている。その下にはセピア色になった一連の新聞の切り抜きが、コラージュ風にギザギザに貼りつけてあった。ハーマイオニーは、そばまで行ってよく見た。

「全部ヴォルデモートに関するものだわ」ハーマイオニーが言った。「レギュラスは、死喰い人になる前の数年間、ファンだったみたいね……」

ハーマイオニーが切り抜きを読むのにベッドに腰かけると、ベッドカバーからほこりが小さく舞い上がった。一方ハリーは、別の写真に気がついた。ホグワーツのクィディッチ・チームが額の中から笑いかけ、手を振っている。近くに寄って見ると、胸に蛇の紋章が描かれている。スリザリンだ。レギュラスはすぐに見分けがついた。前列の真ん中に腰を下ろしている少年だ。シリウスと同じく黒い髪で少し高慢ちきな顔だが、背は兄より少し低くやや華奢で、往時のシリウスほどハンサムではない。

「シーカーだったんだ」ハリーが言った。

「なあに？」ヴォルデモートの切り抜きをずっと読みふけっていたハーマイオニーは、あいまいな返事をした。

「前列の真ん中に座っている。ここはシーカーの場所だ……別にいいけど」

誰も聞いていないのに気づいて、ハリーが言った。ロンは這いつくばって、洋だんすの下を探していた。ハリーは部屋を見回して隠し場所になりそうな所を探し、机に近づいた。ここもまた、誰かがすでに探し回っていた。引き出しの中も、つい最近誰かに引っかき回され、ほこりさえもかき乱されていたが、目ぼしいものは何もなかった。古い羽根ペン、手荒に扱われた跡が見える古い教科書、最近割られたばかりのインクつぼなどで、引き出しの中身は、こぼれたインクでまだべとべとしている。

「簡単な方法があるわ」

ハリーがインクのついた指をジーンズにこすりつけていると、ハーマイオニーが言った。そして杖を上げて唱えた。

「アクシオ！　ロケットよ、来い！」

何事も起こらない。色あせたカーテンのひだを探っていたロンは、がっかりした顔をした。

「それじゃ、これでおしまいか？　ここにはないのか？」

「いいえ、まだここにあるかもしれないわ。でも、呪文よけをかけられて――」ハーマイオニーが言った。「ほら、魔法で呼び寄せられないようにする呪文よ」

「ヴォルデモートが、洞窟の石の水盆にかけた呪文のようなものだね」

ハリーは、偽のロケットに「呼び寄せ呪文」が効かなかったことを思い出した。

「それじゃ、どうやって探せばいいんだ？」ロンが聞いた。

「手作業で探すの」ハーマイオニーが言った。

「名案だ」ロンはあきれたように目をぐるぐるさせて、カーテン調べに戻った。

三人は一時間以上、隈なく部屋を探したが、結局、ロケットはここにはないと結論せざるをえなかった。

すでに太陽が昇り、すすけた踊り場の窓を通してでさえ、光がまぶしかった。

「でも、この家のどこかにあるかもしれないわ」

階段を下りながらハーマイオニーが、二人を奮い立たせるような調子で言った。ハリーとロンが気落ちすればするほど、ハーマイオニーは決意を固くするようだった。

「レギュラスが破壊できたかどうかは別にして、ヴォルデモートからは隠しておきたかったはずでしょう？　私たちが前にここにいたとき、いろいろ恐ろしいものを捨てなければならなかったこと、覚えてる？　誰にでもボルトを発射するかけ時計とか、ロンをしめ殺そうとした古いローブとか。レギュラスは、ロケットの隠し場所を守るために、そういうものを置いといたのかもしれないわ。ただ、私たち、そうとは気づかなかっただけで……あ……あ」

ハリーとロンはハーマイオニーを見た。ハーマイオニーは片足を上げたまま、「忘却術」にかかったような、ぼうっとした顔で立っていた。目の焦点が合っていない。

「……あの時は」ハーマイオニーはささやくように言い終えた。

「どうかしたのか?」ロンが聞いた。

「ロケットが、あったわ」

「えぇっ?」ハリーとロンの声が重なった。

「客間の飾り棚に。誰も開けられなかったロケット。それで私たち……私たち……」

ハリーは、れんがが一個、胸から胃にすべり落ちたような気がした。思い出した。みんなが順番にそれをこじ開けようとして手から手へ渡していたとき、ハリーも実際、それをいじっている。それは、ごみ袋に投げ入れられた。「かさぶた粉」の入ったかぎたばこ入れや、みんなを眠りにいざなったオルゴールなどと一緒に……。

「クリーチャーが、僕たちからずいぶんいろんなものをかすめ取った」ハリーが言った。最後の望みだ。残された唯一のかすかな望みだ。どうしてもあきらめざるをえなくなるまで、ハリーはその望みにしがみつこうとした。

「あいつは厨房脇の納戸に、ごっそり隠していた。行こう」

ハリーは二段跳びで階段を走り下りた。そのあとを、二人が足音をとどろかせて走った。あまりの騒音に、三人が玄関ホールを通り過ぎるとき、シリウスの母親の肖像画が目を覚ました。

「クズども! 穢れた血! 塵芥の輩!」地下の厨房に疾走する三人の後ろから、肖像画が叫んだ。三人は厨房の扉をバタンと閉めた。

ハリーは厨房を一気に横切り、クリーチャーの納戸の前で急停止し、ドアをぐいと開けた。そこには、しもべ妖精がかつてねぐらにしていた、汚らしい古い毛布の巣があった。しかしクリーチャーがあさってきたキラキラ光るがらくたはもう見当たらない。『生粋の貴族――魔法界家系図』の古本があるだけだった。そんなはずはないと、ハリーははぎ取った毛布を振った。死んだネズミが一匹落ちてきて、みじめに床に転がった。ロンはうめき声を上げて厨房の椅子に座り込み、ハーマイオニーは目をつむった。

「まだ終わっちゃいない」そう言うなり、ハリーは声高に呼んだ。「**クリーチャー！**」

**バチン**と大きな音がして、ハリーがシリウスからしぶしぶ相続したしもべ妖精が、火の気のない寒々とした暖炉の前にこつぜんと現れた。人間の半分ほどの小さな体に、青白い皮膚が折り重なって垂れ下がり、コウモリのような大耳から白い毛がぼうぼうと生えている。最初に見たときと同じ、汚らしいボロを着たままの姿だ。ハリーを見る軽蔑した目が、持ち主がハリーに変わっても、ハリーに対する態度は着ているものと同様、変わっていないことを示していた。

「ご主人様」

クリーチャーは食用ガエルのような声を出し、深々とおじぎをして、自分のひざに向かってブツブツ言った。

「奥様の古いお屋敷に戻ってきた。血を裏切るウィーズリーと穢れた血も一緒に――」

「誰に対しても『血を裏切る者』とか『穢れた血』と呼ぶことを禁じる」

ハリーが叱りつけた。豚のような鼻、血走った目――シリウスを裏切ってヴォルデモートの手に渡したことを別にしたとしても、どのみちハリーは、クリーチャーを好きになれなかっただろう。

「おまえに質問がある」

心臓が激しく鼓動するのを感じながら、ハリーはしもべ妖精を見下ろした。

「それから、正直に答えることを命じる。わかったか？」

「はい、ご主人様」クリーチャーはまた深々と頭を下げた。ハリーはその唇が動くのを見た。禁じられてしまった侮辱の言葉を、声を出さずに言っているにちがいない。

「二年前に」ハリーの心臓は、いまや激しく肋骨をたたいていた。「二階の客間に大きな金のロケットがあった。僕たちはそれを捨てた。おまえはそれをこっそり取り戻したか？」

一瞬の沈黙の間に、クリーチャーは背筋を伸ばしてハリーをまともに見た。そして「はい」と答えた。

「それは、いまどこにある？」

ハリーは小躍りして聞いた。ロンとハーマイオニーは大喜びだ。

クリーチャーは、次の言葉に三人がどう反応するか見るにたえないというように、目をつむった。

「なくなりました」

「なくなった?」

ハリーがくり返した。高揚した気持ちが一気にしぼんだ。

「なくなったって、どういう意味だ?」

しもべ妖精は身震いし、体を揺らしはじめた。

「クリーチャー」ハリーは厳しい声で言った。「命令だ――」

「マンダンガス・フレッチャー」クリーチャーは固く目を閉じたまま、しわがれ声で言った。「マンダンガス・フレッチャーが全部盗みました。ミス・ベラやミス・シシーの写真も、奥様の手袋も、勲一等マーリン勲章も家紋入りのゴブレットも、それに、それに――」

クリーチャーは息を吸おうとあえいでいた。へこんだ胸が激しく上下している。やがて両眼をカッと開き、クリーチャーは血も凍るような叫び声を上げた。

「**――それにロケットも。レギュラス様のロケットも。クリーチャーめは過ちを犯しました。クリーチャーはご主人様の命令をはたせませんでした!**」

ハリーは本能的に動いた。火格子のそばの火かき棒に飛びつこうとするクリーチャーに飛びかかり、床に押さえつけた。ハーマイオニーとクリーチャーの悲鳴とが混じり合った。しかしハリーのどなり声のほうが大きかった。

「クリーチャー、命令だ。動くな!」

しもべ妖精をじっとさせてから、ハリーは手を離した。クリーチャーは冷たい石の床にべたっと倒れたまま、たるんだ両眼からぼろぼろ涙をこぼしていた。

「ハリー、立たせてあげて！」ハーマイオニーが小声で言った。

「こいつが火かき棒で、自分をなぐれるようにするのか？」ハリーは、フンと鼻を鳴らしてクリーチャーのそばにひざをついた。「そうはさせない。さあ、クリーチャー、ほんとうのことを言うんだ。どうしておまえは、マンダンガス・フレッチャーがロケットを盗んだと思うんだ？」

「クリーチャーは見ました！」しもべ妖精はあえぎながら言った。

涙があふれ、豚のような鼻から汚らしい歯の生えた口へと流れた。

「あいつが、クリーチャーの宝物を腕いっぱいに抱えて、クリーチャーの納戸から出てくるところを見ました。クリーチャーはあのこそ泥に、やめろと言いました。マンダンガス・フレッチャーは笑って、そして逃――逃げました……」

「おまえはあれを、『レギュラス様のロケット』と呼んだ」ハリーが言った。「どうしてだ？ロケットはどこから手に入れた？レギュラスは、それとどういう関係があるんだ？クリーチャー、起きて座れ。そして、あのロケットについて知っていることを全部僕に話すんだ。レギュラスが、どう関わっているのかを全部！」

しもべ妖精は体を起こして座り、ぬれた顔をひざの間に突っ込んで丸くなり、前後に体を揺すりはじめた。話しだすと、くぐもった声にもかかわらず、しんとした厨房にはっきりと響いた。

「シリウス様は、家出しました。やっかい払いができました。悪い子でしたし、無法者で奥様の心を破った人です。でもレギュラス坊ちゃまは、きちんとしたプライドをお持ちでした。ブラック家の家名と純血の尊厳のために、なすべきことをご存じでした。坊ちゃまは何年も闇の帝王の話をなさっていました。隠れた存在だった魔法使いを、陽の当たる所に出し、マグルやマグル生まれを支配する方だと……。そして十六歳におなりのとき、レギュラス坊ちゃまは闇の帝王のお仲間になりました。とてもご自慢でした。とても。あの方にお仕えすることをとても喜んで……」

「そして一年がたったある日、レギュラス坊ちゃまは、クリーチャーに会いに厨房に下りていらっしゃいました。坊ちゃまは、ずっとクリーチャーをかわいがってくださいました。そして坊ちゃまがおっしゃいました……おっしゃいました……」

　年老いたしもべ妖精は、ますます激しく体を揺すった。

「……闇の帝王が、しもべ妖精を必要としていると」

「ヴォルデモートが、**しもべ妖精を**必要としている？」

　ハリーはロンとハーマイオニーを振り返りながら、くり返した。二人ともハリーと同じく、けげんな顔をしていた。

「さようでございます」クリーチャーがうめいた。「そしてレギュラス様は、クリーチャーを差し出したのです。坊ちゃまはおっしゃいました。これは名誉なことだ。自分にとっても、クリーチャーにとっても名誉なことだから、クリーチャーは闇の帝王のお言いつけになることはなんでもしなければならないと……そのあとで帰——帰ってこいと」

クリーチャーの揺れがますます速くなり、すすり泣きながら切れ切れに息をしていた。

「そこでクリーチャーは、闇の帝王の所へ行きました。闇の帝王は、クリーチャーに何をするのかを教えてくれませんでしたが、一緒に海辺の洞穴に連れていきました。洞穴の奥に洞窟があって、洞窟には大きな黒い湖が……」

ハリーは首筋がゾクッとして、毛が逆立った。クリーチャーの声が、あの暗い湖を渡って聞こえてくるようだった。その時何が起こったのか、まるで自分がそこにいるかのようによくわかった。

「……小舟がありました……」

そのとおりだ、小舟があった。ハリーはその小舟を知っている。緑色の幽光を発する小さな舟には魔法がかけられ、一人の魔法使いと一人の犠牲者を乗せて中央の島へと運ぶようになっていた。そういうやり方で、ヴォルデモートは分霊箱の護りをテストしたのだ。使い捨ての生き物である屋敷しもべ妖精を借りて……。

「島に、す——水盆があって、薬で満たされていました。や——闇の帝王は、クリーチャーに飲めと言いました……」

しもべ妖精は全身を震わせていた。

「クリーチャーは飲みました。飲むと、クリーチャーは恐ろしいものを見ました……内臓が焼けました……クリーチャーは、レギュラス坊ちゃまに助けを求めて叫びました。ブラック奥様に、助けてと叫びました。でも、闇の帝王は笑うだけでした……クリーチャーに薬を全部飲み干させました……そしてからの水盆にロケットを落として……薬をまた満たしました」

「それから闇の帝王は、クリーチャーを島に残して舟で行ってしまいました……」

ハリーにはその場面が見えるようだった。まもなく死ぬであろうしもべ妖精が身もだえしているのを、非情な赤い目で見つめながら、ヴォルデモートの青白い蛇のような顔が暗闇に消えていく。まもなく薬の犠牲者は、焼けるようなのどのかわきに耐えかねて……しかし、ハリーの想像はそこまでだった。クリーチャーがどのようにして脱出したのかが、わからなかった。

「クリーチャーは水が欲しかった。クリーチャーは島の端まで這っていき、黒い湖の水を飲みました……すると手が、何本もの死人の手が水の中から現れて、クリーチャーを水の中に引っ張り込みました……」

「どうやって逃げたの？」ハリーは、知らず知らず自分がささやき声になっているのに気づいた。

クリーチャーは醜い顔を上げ、大きな血走った目でハリーを見た。

「レギュラス様が、クリーチャーに帰ってこいとおっしゃいました」

「わかってる──だけど、どうやって亡者から逃れたの？」

クリーチャーは、何を聞かれたのかわからない様子だった。

「レギュラス様が、クリーチャーに帰ってこいとおっしゃいました」

クリーチャーは、くり返した。

「わかってるよ、だけど──」

「そりゃ、ハリー、わかりきったことじゃないか？」ロンが言った。「『姿くらまし』したんだ！」

「でも……あの洞窟からは『姿くらまし』で出入りできない」ハリーが言った。「できるんだったらダンブルドアだって──」

「しもべ妖精の魔法は、魔法使いのとはちがう。だろ？」ロンが言った。「だって、僕たちにはできないのに、しもべ妖精はホグワーツに『姿あらわし』も『姿くらまし』もできるじゃないか」

しばらく誰もしゃべらなかった。ハリーは、すぐには事実をのみ込めずに考え込んだ。ヴォルデモートは、どうしてそんなミスを犯したのだろう？　しかし、考えがまとまらないうちに、ハーマイオニーが先に口を開いた。冷たい声だった。

「もちろんだわ。ヴォルデモートは、屋敷しもべ妖精がどんなものかなんて、気にとめる価値もないと思ったのよ。純血たちが、しもべ妖精を動物扱いするのと同じようにね……あの人は、しもべ妖精が自分の知らない魔力を持っているかもしれないなんて、思いつきもしなかったでしょうよ」

「屋敷しもべ妖精の最高法規は、ご主人様のご命令です」クリーチャーが唱えるように言った。

「クリーチャーは家に帰るようにと言われました。ですから、クリーチャーは家に帰りました……」

「じゃあ、あなたは、言われたとおりのことをしたんじゃない？」ハーマイオニーがやさしく言った。「命令にそむいたりしていないわ！」

クリーチャーは首を振って、ますます激しく体を揺らした。

「それで、帰ってきてからどうなったんだ？」ハリーが聞いた。「おまえから話を聞いたあとで、レギュラスはなんと言ったんだい？」

「レギュラス坊ちゃまは、とてもとても心配なさいました」クリーチャーがしわがれ声で答えた。

「坊ちゃまは、クリーチャーに隠れているように、家から出ないようにとおっしゃいました。それから……しばらく日がたってからでした……レギュラス坊ちゃまが、ある晩、クリーチャーの納戸にいらっしゃいました。坊ちゃまは変でした。いつもの坊ちゃまではありませんでした。正気を失っていらっしゃると、クリーチャーにはわかりました……そして坊ちゃまは、その洞穴に自分を連れていけとクリーチャーに頼みました。クリーチャーが、闇の帝王と一緒に行った洞穴です……」

二人はそうして出発したのか。ハリーには、二人の姿が目に見えるようだった。年を取っておびえたしもべ妖精と、シリウスによく似た、やせて黒い髪のシーカー……クリーチャーは、地の底の洞窟への隠された入口の開け方を知っていたし、小舟の引き揚げ方も知っていた。今度は愛しいレギュラス坊ちゃまが、一緒の小舟で毒の入った水盆のある島に行く……。

「それで、レギュラスは、おまえに薬を飲ませたのか?」ハリーはむかつく思いで言った。

しかしクリーチャーは首を振り、さめざめと泣いた。ハーマイオニーの手がパッと口を覆った。何かを理解した様子だ。

「ご——ご主人様は、ポケットから闇の帝王の持っていたロケットと似たものを取り出しました」クリーチャーの豚鼻の両脇から、涙がぼろぼろこぼれ落ちた。「そしてクリーチャーに、こうおっしゃいました。それを持っていろ、水盆がからになったら、ロケットを取り替えろ……」

クリーチャーのすすり泣きは、ガラガラと耳ざわりな音になっていた。ハリーは聞き取るのに、神経を集中しなければならなかった。

「それから坊ちゃまはクリーチャーに——命令なさいました——一人で去れと。そしてクリーチャーに——家に帰れと。——奥様にはけっして——自分のしたことを言うな。——そして最初のロケットを——破壊せよと。そして坊ちゃまは、お飲みになりました——全部です。——そしてクリーチャーは、ロケットを取り替えました。——そして見ていました……レギュラス坊ちゃまが……水の中に引き込まれて……そして……」

「ああ、クリーチャー!」

泣き続けていたハーマイオニーが、悲しげな声を上げた。そしてしもべ妖精のそばにひざをつき、クリーチャーを抱きしめようとした。クリーチャーはすぐさま立ち上がり、あからさまにいやそうな様子で身を引いた。

「穢れた血がクリーチャーにさわった。クリーチャーはそんなことをさせない。奥様がなんとおっしゃるか？」

「ハーマイオニーを『穢れた血』って呼ぶなと言ったはずだ！」

ハリーが唸るようにどなった。しかし、しもべ妖精は早くも床に倒れて額を床に打ちつけ、自分を罰していた。

「やめさせて——やめさせてちょうだい！」ハーマイオニーが泣き叫んだ。「ああ、ねえ、わからないの？　しもべ妖精を隷従させるのがどんなにひどいことかって」

「クリーチャー——やめろ、やめるんだ！」ハリーが叫んだ。

しもべ妖精は震え、あえぎながら床に倒れていた。豚鼻の周りには緑色のはなみずが光り、青ざめた額には、いま打ちつけた所にもうあざが広がっていた。そして、腫れ上がって血走った目には、涙があふれている。ハリーはこんなに哀れなものを、これまで見たことがなかった。

「それでおまえは、ロケットを家に持ち帰った」話の全貌を知ろうと固く心に決めていたハリーは、容赦なく聞いた。「そして破壊しようとしたわけか？」

「クリーチャーが何をしても、傷一つつけられませんでした」しもべ妖精がうめいた。

「クリーチャーは全部やってみました。知っていることは全部。でもどれも、どれもうまくいきませんでした……外側のケースには強力な呪文があまりにもたくさんかかっていて、クリーチャーは、破壊する方法は中に入ることにちがいないと思いましたが、どうしても開きません……クリーチャーは自分を罰しました。そして開けようとしてはまた罰し、罰してはまた開けようとしました。クリーチャーは、命令に従うことができませんでした。クリーチャーは、ロケットを破壊できませんでした！　そして、奥様はレギュラス坊ちゃまが消えてしまったので、狂わんばかりのお悲しみでした。それなのにクリーチャーは、何があったかを奥様にお話しできませんでした。レギュラス様に、き――禁じられたからです。か――家族の誰にも、ど――洞窟でのことは話すなと……」

すすり泣きが激しくなり、言葉が言葉としてつながらなくなっていた。クリーチャーを見ているハーマイオニーのほおにも、涙が流れ落ちていた。しかし、あえてまたクリーチャーに触れようとはしなかった。クリーチャーが好きでもないロンでさえ、いたたまれなさそうだった。ハリーは、しゃがみ込んだまま顔を上げ、頭を振ってすっきりさせようとした。

「クリーチャー、僕にはおまえがわからない」しばらくしてハリーが言った。「ヴォルデモートはおまえを殺そうとしたし、レギュラスはヴォルデモートを倒そうとして死んだ。それなのに、まだおまえは、シリウスをヴォルデモートに売るのがうれしかったのか？　おまえはナルシッサやベラトリックスの所へ行き、二人を通じてヴォルデモートに情報を渡すのがうれしかった……」

「ハリー、クリーチャーはそんなふうには考えないわ」

ハーマイオニーは手の甲で涙をぬぐいながら言った。

「クリーチャーは奴隷なのよ。屋敷しもべ妖精は、不当な扱いにも残酷な扱いにさえも慣れているの。ヴォルデモートがクリーチャーにしたことは、普通の扱いとたいしたちがいはないわ。魔法使いの争いなんて、クリーチャーのようなしもべ妖精にとって、なんの意味があると言うの？　クリーチャーは、親切にしてくれた人に忠実なのよ。ブラック夫人がそうだったのでしょうし、レギュラスはまちがいなくそうだった。だからクリーチャーは、そういう人たちには喜んで仕えたし、その人たちの信条を、そのまま、まねたんだわ。あなたがいま言おうとしていることはわかるわよ」

ハリーが抗議しかけるのを、ハーマイオニーがさえぎった。

「レギュラスは考えが変わった……でもね、それをクリーチャーに説明したとは思えない。そうでしょう？　私にはなぜだかわかるような気がする。クリーチャーもレギュラスの家族も、全員、昔からの純血のやり方を守っていたほうが安全だったのよ。レギュラスは全員を護ろうとしたんだわ」

「シリウスは——」

「シリウスはね、ハリー、クリーチャーに対してむごかったのよ。そんな顔をしてもだめよ、あなたにもそれがわかっているはずだわ。クリーチャーは、シリウスがここに来て住みはじめるまで、長いことひとりぼっちだった。おそらく、ちょっとした愛情にも飢えていたんでしょうね。『ミス・シシー』も『ミス・ベラ』も、クリーチャーが現れたときには完璧にやさしくしたにちがいないわ。だからクリーチャーは、二人のために役に立ちたいと思って、二人が知りたかったことをすべて話したんだわ。しもべ妖精にひどい扱いをすれば、魔法使いはその報いを受けるだろうって、私がずっと言い続けてきたことだけど。まあ、ヴォルデモートは報いを受けたわ……そしてシリウスも」

　ハリーには言い返すことができなかった。クリーチャーが床ですすり泣く姿を見ていると、ダンブルドアが、シリウスの死後何時間とたたないうちに、ハリーに言った言葉が思い出された。

**――シリウスは、クリーチャーが人間と同じように鋭い感情を持つ生き物だとみなしたことがなかったのじゃろう……。**

「クリーチャー」しばらくして、ハリーが呼びかけた。「気がすんだら、えーと……座ってくれないかな」

　数分たってやっと、クリーチャーはしゃっくりしながら泣きやんだ。そして起き上がって再び床に座り、小さな子供のように拳で目をこすった。

「クリーチャー、君に頼みたいことがあるんだ」

ハリーはハーマイオニーをちらりと見て助けを求めた。親切に命令したかったが、同時に、それが命令ではないような言い方はできなかった。しかし、口調が変わったことで、ハーマイオニーにも受け入れてもらえたらしく、ハーマイオニーはその調子よ、とほほえんだ。

「クリーチャー、お願いだから、マンダンガス・フレッチャーを探してきてくれないか。僕たち、ロケットがどこにあるか、見つけないといけない――レギュラス様のロケットのある場所だよ。とても大切なことなんだ――レギュラス様のやりかけた仕事を、僕たちがやり終えたいんだ。僕たちは――えーと――レギュラス様の死が無駄にならないようにしたいんだ」

クリーチャーは拳をパタッと下ろし、ハリーを見上げた。

「マンダンガス・フレッチャーを見つける?」しわがれ声が言った。

「そしてあいつをここへ、グリモールド・プレイスへ連れてきてくれ」ハリーが言った。「僕たちのために、やってくれるかい?」

クリーチャーは、うなずいて立ち上がった。ハリーは突然ひらめいた。ハグリッドにもらった巾着を引っ張り出し、偽の分霊箱を取り出した。レギュラスがヴォルデモートへのメモを入れた、すり替え用のロケットだ。

「クリーチャー、僕、あの、君にこれを受け取ってほしいんだ」ハリーはロケットをしもべ妖精の手に押しつけた。「これはレギュラスのものだった。あの人はきっと、これを君にあげたいと思うだろう。君がしたことへの感謝の証に――」

「おい、ちょっとやりすぎだぜ」ロンが言った。しもべ妖精はロケットをひと目見るなり、衝撃と悲しみで大声を上げ、またもや床に突っ伏した。

クリーチャーをなだめるのに、ゆうに三十分はかかった。ブラック家の家宝を自分のものとして贈られ、感激に打ちのめされたクリーチャーは、きちんと立ち上がれないほどひざが抜けてしまっていた。やっとのことで、二、三歩ふらふらと歩けるようになったとき、三人とも納戸まで付き添い、クリーチャーが汚らしい毛布にロケットを後生大事に包み込むのを見守った。それから、クリーチャーの留守中は、ロケットを守ることを三人の最優先事項にすると固く約束した。そしてクリーチャーは、ハリーとロンにそれぞれ深々とおじぎし、なんとハーマイオニーに向かっても小さくおかしなけいれんをした。うやうやしく敬礼しようとしたのかもしれない。そのあとでクリーチャーは、いつものように**バチン**と大きな音を立てて「姿くらまし」した。

# 第十一章　賄賂

亡者がうようよしている湖から逃げられたくらいだから、マンダンガスを捕まえることなど、クリーチャーには数時間もあれば充分だろうと確信していたハリーは、期待感をつのらせて、午前中いっぱい、家の中をうろうろしていた。しかしクリーチャーは、その日の午前中にも、午後になってからも戻らなかった。日も暮れるころになると、ハリーはがっかりするとともに、心配になってきた。夕食も、ほとんどかび臭いパンばかりで、ハーマイオニーがさまざまな変身術をかけてはみたものの、どれもうまくいかず、ハリーは落ち込むばかりだった。

クリーチャーは次の日も、その次の日も帰らなかった。その一方、マント姿の二人の男が十二番地の外の広場に現れ、見えないはずの屋敷の方向をじっと見たまま、夜になっても動かなかった。

「死喰い人だな、まちがいない」

ハリーやハーマイオニーと一緒に、客間の窓からのぞいていたロンが言った。

「僕たちがここにいるって、知ってるんじゃないか？」

「そうじゃないと思うわ」

ハーマイオニーは、そう言いながらもおびえた顔だった。

「もしそうなら、スネイプを差し向けて私たちを追わせたはずよ。そうでしょう？」

「あのさ、スネイプはここに来て、マッド-アイの呪いで舌縛りになったと思うか？」

ロンが聞いた。

「ええ」

ハーマイオニーが言った。

「そうじゃなかったら、スネイプはここへの入り方を、連中に教えることができたはずでしょう？でもたぶん、あの人たちは、私たちが現れやしないかと見張っているんだわ。だって、ハリーがこの屋敷の所有者だと知っているんですもの」

「どうしてそんなことを——？」ハリーが聞きかけた。

「魔法使いの遺言書は、魔法省が調べるということ。覚えてるでしょう？　シリウスがあなたにこの場所を遺したことは、わかるはずよ」

死喰い人が外にいるという事実が、十二番地の中の雰囲気をますます陰気にしていた。ウィーズリーおじさんの守護霊のほかは、グリモールド・プレイスの外からなんの連絡も入ってきていないことも加わって、ストレスがだんだん表に顔を出してきた。落ち着かないいらいら感から、ロンはポケットの中で「灯消しライター」をもてあそぶという、困ったくせがついてしまった。これには、特にハーマイオニーが腹を立てた。クリーチャーを待つ間、ハーマイオニーは『吟遊詩人ビードルの物語』を調べていたので、明かりがついたり消えたりするのが気に入らなかったのだ。

「やめてちょうだい！」

クリーチャーがいなくなって三日目の夜、またしても客間の灯りが吸い取られてしまったときに、ハーマイオニーが叫んだ。

「ごめん、ごめん！」

ロンは灯消しライターをカチッといわせて灯りを戻した。

「自分でも知らないうちにやっちゃうんだ！」

「ねえ、何か役に立つことをして過ごせないの？」

「どんなことさ。おとぎ話を読んだりすることか？」

「ダンブルドアが私にこの本を遺したのよ、ロン――」

「――そして僕には『灯消しライター』を遺した。たぶん、僕は使うべきなんだ！」

口げんかに耐えられず、ハリーは二人に気づかれないようにそっと部屋を出て、厨房に向かった。クリーチャーが現れる可能性が一番高いと思われる厨房に、ハリーは何度も足を運んでいた。しかし、玄関ホールに続く階段を中ほどまで下りたところで、玄関のドアをそっとたたく音が聞こえ、カチカチという金属音やガラガラという鎖の音がした。

神経の一本一本がぴんと張りつめた。ハリーは杖を取り出し、しもべ妖精の首が並んでいる階段脇の暗がりに移動して、じっと待った。ドアが開き、すきまから、街灯に照らされた小さな広場がちらりと見えた。マントを着た人影が、わずかに開いたドアから半身になって玄関ホールに入り、ドアを閉めた。侵入者が一歩進むと、マッド-アイの声がした。

「**セブルス・スネイプか？**」

やがてホールの奥でほこりの姿が立ち上がり、だらりとした死人の手を上げて、するすると向かっていった。

「アルバス、あなたを殺したのは私ではない」静かな声が言った。

呪いは破れ、ほこりの姿はまたしても爆発した。そのあとに残った、もうもうたる灰色のほこりを通して、侵入者を見分けるのは不可能だった。

ハリーは、そのほこりの真ん中に杖を向けて叫んだ。

「動くな！」

ハリーは、ブラック夫人の肖像画のことを忘れていた。ハリーの大声で、肖像画を隠していたカーテンがパッと開き、叫び声が始まった。

「穢れた血、わが屋敷の名誉を汚すクズども――」

ロンとハーマイオニーが、ハリーと同じように正体不明の男に杖を向けて、背後の階段をバタバタと駆け下りてきた。男はいまや両手を挙げて、下の玄関ホールに立っていた。

「撃つな、私だ。リーマスだ！」

「ああ、よかった」

ハーマイオニーは弱々しくそう言うなり、杖のねらいをブラック夫人の肖像画に変えた。バーンという音とともに、カーテンがまたシュッと閉まって静けさが戻った。ロンも杖を下ろしたが、ハリーは下ろさなかった。

「姿を見せろ！」ハリーは大声で言い返した。

ルーピンが降伏の証に両手を高く上げたまま、明るみに進み出た。

「私はリーマス・ジョン・ルーピン、狼人間で、時にはムーニーと呼ばれる。『忍びの地図』を製作した四人の一人だ。通常トンクスと呼ばれる、ニンファドーラと結婚した。君に『守護霊』の術を教えたが、ハリー、それは牡鹿の形を取る」

「ああ、それでいいです」

ハリーが杖を下ろしながら言った。

「でも、確かめるべきだったでしょう？」

「『闇の魔術に対する防衛術』の元教師としては、確かめるべきだという君の意見に賛成だ。ロン、ハーマイオニー、君たちは、あんなに早く警戒を解いてはいけないよ」

三人は階段を駆け下りた。厚い黒の旅行用マントを着たルーピンは、つかれた様子だったが、三人を見てうれしそうな顔をした。

「それじゃ、セブルスの来る気配はないのかい？」ルーピンが聞いた。

「ないです」ハリーが答えた。「どうなっているの？　みんな大丈夫なの？」

「ああ」ルーピンが言った。「しかし、我々は全員見張られている。外の広場に、死喰い人が二人いるし――」

「――知ってます――」

「――私は連中に見られないように、玄関の外階段の一番上に正確に『姿あらわし』しなければならなかった。連中は、君たちがここにいるとは気づいていない。知っていたら、外にもっと人を置くはずだ。ハリー、やつらは、君と関係のあった所はすべて見張っている。さあ、下に行こう。君たちに話したいことがたくさんあるし、それに君たちが『隠れ穴』からいなくなったあとで何があったのかを知りたい」

四人は厨房に下り、ハーマイオニーが杖を火格子に向けた。たちまち燃え上がった火が、そっけない石の壁をいかにも心地よさそうに見せ、木製の長いテーブルを輝かせた。ルーピンが旅行用マントからバタービールを取り出し、みんなでテーブルを囲んだ。

「ここには三日前に来られるはずだったのだが、死喰い人の追跡を振り切らなければならなくてね」

ルーピンが言った。

「それで、君たちは結婚式のあと、まっすぐにここに来たのかね？」

「いいえ」ハリーが言った。「トテナム・コート通りのカフェで、二人の死喰い人と出くわして、そのあとです」

ルーピンは、バタービールをほとんどこぼしてしまった。

「**なんだって？**」

三人から事のしだいを聞き終えたルーピンは、一大事だという顔をした。

「しかし、どうやってそんなに早く見つけたのだろう？　姿を消す瞬間に捕まえていなければ、『姿くらまし』した者を追跡するのは不可能だ！」

「それに、その時二人が偶然トテナム・コート通りを散歩していたなんて、ありえないでしょう？」

ハリーが言った。

「私たち、疑ったの」ハーマイオニーが遠慮がちに言った。「ハリーがまだ『におい』をつけているんじゃないかって」

「それはないな」ルーピンが言った。

ロンはそれ見ろという顔をし、ハリーは大いに安心した。

「ほかのことはさておき、もしハリーにまだ『におい』がついているなら、あいつらはここにハリーがいることを必ずかぎつけるはずだろう？　しかし、どうやってトテナム・コート通りまで追ってこられたのかが、私にはわからない。気がかりだ。実に気になる」

ルーピンは動揺していた。しかし、ハリーにとってはその問題は後回しでよかった。

「僕たちがいなくなったあと、どうなったか話して。ロンのパパが、みんな無事だって教えてくれたけど、そのあとなんにも聞いていないんだ」

「そう、キングズリーのおかげで助かった」ルーピンが言った。「あの警告のおかげで、ほとんどの客は、あいつらが来る前に『姿くらまし』できた」

「死喰い人だったの？　それとも魔法省の人たち？」ハーマイオニーが口をはさんだ。

「両方だ。というより、いまや実質的に両者にはほとんどちがいがないと言える」

ルーピンが言った。

「十二人ほどいたが、ハリー、連中は君があそこにいたことを知らなかった。アーサーが聞いたうわさでは、あいつらは君の居場所を聞き出そうとして、スクリムジョールを拷問した上、殺したらしい。もしそれがほんとうなら、あの男は君を売らなかったわけだ」

ハリーはロンとハーマイオニーを見た。二人ともハリーと同じく、驚きと感謝が入りまじった顔をしていた。ハリーはスクリムジョールがあまり好きではなかったが、ルーピンの言うことが事実なら、スクリムジョールは最後にハリーを護ろうとしたのだ。

「死喰い人たちは、『隠れ穴』を上から下まで探した」

ルーピンが話を続けた。

「屋根裏お化けを発見したが、あまりそばまでは近づきたがらなかった――そして、残っていた者たちを、何時間もかけて尋問した。君に関する情報を得ようとしたんだよ、ハリー。しかし、もちろん、騎士団の者以外は、君が『隠れ穴』にいたことを知らなかったんだ」

「結婚式をめちゃめちゃにすると同時に、ほかの死喰い人たちは、国中の騎士団に関係する家すべてに侵入した。いや、誰も死んではいないよ」

質問される前にルーピンが急いで最後の言葉をつけ加えた。

「ただし連中は、手荒なまねをした。ディーダラス・ディグルの家を焼き払った。だが知ってのとおり、本人は家にいなかったがね。トンクスの家族は『磔の呪文』をかけられた。そこでもまた、君があそこに着いたあと、どこに行ったかを聞き出そうとしたわけだ。二人とも無事だ――もちろんショックを受けてはいるが、それ以外は大丈夫だ」

「死喰い人は、保護呪文を全部突破したの？」

トンクスの両親の家の庭に墜落した夜、呪文がどんなに効果的だったかを思い出して、ハリーが聞いた。

「ハリー、いまでは魔法省のすべての権力が、死喰い人の側にあることを認識すべきだね」

ルーピンが言った。

「あの連中は、どんな残酷な呪文を行使しても、身元を問われたり逮捕されたりする恐れがない。そういう力を持ったのだ。我々がかけたあらゆる死喰い人よけの呪文を、連中は破り去った。そして、いったんその内側に入ると、連中は侵入の目的をむき出しにしたんだ」

「拷問してまでハリーの居場所を聞き出そうとするのに、理由をこじつけようともしなかったわけ？」ハーマイオニーは痛烈な言い方をした。

「それが」

ルーピンは、ちょっと躊躇してから、折りたたんだ「日刊予言者新聞」を取り出した。

「ほら」

ルーピンは、テーブルのむかい側から、ハリーにそれを押しやった。

「いずれ君にもわかることだ。君を追う口実は、それだよ」

ハリーは新聞を広げた。自分の顔の写真が、大きく一面を占めている。ハリーは大見出しを読んだ。

**アルバス・ダンブルドアの死にまつわる疑惑**
**尋問のため指名手配中**

ロンとハーマイオニーが唸り声を上げて怒ったが、ハリーは何も言わずに新聞を押しやった。それ以上読みたくもなかった。読まなくともわかる。ダンブルドアが死んだときに塔の屋上にいた者以外は、誰がほんとうにダンブルドアを殺したかを知らない。そして、リータ・スキーターがすでに魔法界に語ったように、ダンブルドアが墜落した直後に、ハリーはそこから走り去るのを目撃されている。

「ハリー、同情する」ルーピンが言った。

「それじゃ、死喰い人は『日刊予言者』も乗っ取ったの？」

ハーマイオニーはかんかんになった。

ルーピンがうなずいた。

「だけど、何事が起こっているか、みんなにわからないはずはないわよね？」

「クーデターは円滑に、事実上沈黙のうちに行われた」

ルーピンが言った。

「スクリムジョールの殺害は、公式には辞任とされている。後任はパイアス・シックネスで、『服従の呪文』にかけられている」

「ヴォルデモートはどうして、自分が魔法大臣だと宣言しなかったの？」ロンが聞いた。

ルーピンが笑った。

「ロン、宣言する必要はない。**事実上**やつが大臣なんだ。しかし、何も魔法省で執務する必要はないだろう？　傀儡のシックネスが日常の仕事をこなしていれば、ヴォルデモートは身軽に、魔法省を超えたところで勢力を拡大できる」

「もちろん、多くの者が、何が起きたのかを推測した。この数日の間に、魔法省の政策が百八十度転換したのだから、ヴォルデモートが糸を引いているにちがいないとささやく者は多い。しかし、ささやいている、という所が肝心なのだ。誰を信じてよいかわからないのに、互いに本心を語り合う勇気はない。もし自分の疑念が当たっていたら、自分の家族がねらわれるかもしれないと恐れて、おおっぴらには発言しない。そうなんだ。ヴォルデモートは非常にうまい手を使っている。大臣宣言をすれば、あからさまな反乱を誘発していたかもしれない。黒幕にとどまることで、混乱や不安や恐怖を引き起こしたのだ」

「それで、魔法省の政策の大転換というのは」ハリーが口をはさんだ。「魔法界に対して、ヴォルデモートではなく、僕を警戒するようにということなんですか？」

「もちろんそれもある」

ルーピンが言った。

「それに、それが政策の見事なところだ。ダンブルドアが死んだいま、君が――生き残った男の子が――ヴォルデモートへの抵抗勢力の象徴的存在となり、扇動の中心になることはまちがいない。しかし、君が昔の英雄の死に関わったと示唆することで、君の首に懸賞金をかけたばかりでなく、君を擁護する可能性のあったたくさんの魔法使いの間に、疑いと恐れの種をまいたことになる」

「一方、魔法省は、反『マグル生まれ』の動きを始めた」

ルーピンは「日刊予言者」を指差した。

ハーマイオニーは『深い闇の秘術』に触れたときと同じ表情で、おぞましそうに新聞をめくった。

「二面を見てごらん」

**「『マグル生まれ登録』」**

ハーマイオニーは、声を出して読んだ。

**「『魔法省は、いわゆる「マグル生まれ」の調査を始めた。彼らがなぜ魔法の秘術を所有するようになったかの理解を深めるためだ』」**

**「『神秘部による最近の調査によれば、魔法は、魔法使いの子孫が生まれることによってのみ、人から人へと受け継がれる。それ故、いわゆるマグル生まれの者が魔法力を持つ場合、魔法使いの祖先を持つことが証明されないならば、窃盗または暴力によって得た可能性がある』」**

「**『魔法省は、かかる魔法力の不当な強奪者を根絶やしにすることを決意し、その目的のために、すべてのいわゆるマグル生まれの者に対して、新設の「マグル生まれ登録委員会」による面接に出頭するよう招請した』**」

「そんなこと、みんなが許すもんか」ロンが言った。

「ロン、もう**始まっている**んだ」

ルーピンが言った。

「こうしている間にも、マグル生まれ狩が進んでいる」

「だけど、どうやって魔法を『盗んだ』って言うんだ？」

ロンが言った。

「まともじゃないよ。魔法が盗めるなら、スクイブはいなくなるはずだろ？」

「そのとおりだ」

ルーピンが言った。

「にもかかわらず、近親者に少なくとも一人魔法使いがいることを証明できなければ、不法に魔法力を取得したとみなされ、罰を受けなければならない」

ロンは、ハーマイオニーをちらりと見て言った。

「純血や半純血の誰かがマグル生まれの者を、家族の一員だと宣言したらどうかな？　僕、ハーマイオニーがいとこだって、みんなに言うよ――」

ハーマイオニーは、ロンの手に自分の手を重ねて、ギュッと握った。

「ロン、ありがとう。でも、あなたにそんなことさせられないわ――」

「君には選択の余地がないんだ」

ロンがハーマイオニーの手を握り返して、強い口調で言った。

「僕の家系図を教えるよ。君が質問に答えられるように」

ハーマイオニーは弱々しく笑った。

「ロン、私たちは、最重要指名手配中のハリー・ポッターと一緒に逃亡しているのよ。だから、そんなことは問題にならないわ。私が学校に戻るなら、事情はちがうでしょうけれど。ヴォルデモートは、ホグワーツにどんな計画を持っているの？」

ハーマイオニーがルーピンに聞いた。

「学齢児童は、魔女も魔法使いも学校に行かなければならなくなった」

ルーピンが答えた。

「告知されたのはきのうだ。これまでは義務ではなかったから、これは一つの変化だ。もちろん、イギリスの魔女、魔法使いはほとんどホグワーツで教育を受けているが、両親が望めば、家庭で教育することも、外国に留学させることもできる権利があった。入学の義務化で、ヴォルデモートは、この国の魔法界の全人口を学齢時から監視下に置くことになる。またそれが、マグル生まれを取りのぞく一つの方法にもなる。なぜなら、入学を許可されるには『血統書』――つまり、魔法省から、自分が魔法使いの子孫であることを証明するという証をもらわなければならないからだ」

ハリーは、怒りで吐き気をもよおした。いまこの時にも、十一歳の子供たちが胸を躍らせて、新しく買った何冊もの呪文集に見入っていることだろう。ホグワーツを見ずじまいになることも、おそらく家族にも二度と会えなくなるだろうことも知らずに。

「それは……それって……」

ハリーは言葉に詰まった。頭に浮かんだ恐ろしい考えを、充分に言い表す言葉を探してもがいた。しかし、ルーピンが静かに言った。

「わかっているよ」

それからルーピンは躊躇しながら言った。

「ハリー、これから言うことを、君にそうだと認められなくともかまわないが、騎士団は、ダンブルドアが君に、ある使命を遺したのではないかと考えている」

「そうです」ハリーが答えた。「それに、ロンとハーマイオニーも同じ使命を帯びて、僕と一緒に行きます」

「それがどういう使命か、私に打ち明けてはくれないか？」

ハリーは、ルーピンの顔をじっと見た。豊かな髪は白髪が増え、年より老けてしわの多い顔を縁取っている。ハリーは、別な答えができたらよいのにと思った。

「リーマス、ごめんなさい。僕にはできない。ダンブルドアがあなたに話していないのなら、僕らは話せないと思う」

「そう言うと思った」

ルーピンは失望したようだった。

「しかし、それでも私は君の役に立つかもしれない。私が何者で、何ができるか、知っているね。君に同行して、護ってあげられるかもしれない。君が何をしようとしているかを、はっきり話してくれる必要はない」

ハリーは迷った。受け入れたくなる申し出だった。しかし、ルーピンがいつも一緒にいるとなると、どうやったら三人の任務を秘密にしておけるのか、考えが浮かばなかった。

ところが、ハーマイオニーはけげんそうな顔をした。

「でも、トンクスはどうなるの？」

「トンクスがどうなるって？」ルーピンが聞き返した。

「だって」ハーマイオニーが顔をしかめた。「あなたたちは結婚しているわ！　あなたが私たちと一緒に行ってしまうことを、トンクスはどう思うかしら？」

「トンクスは、完全に安全だ」ルーピンが言った。「実家に帰ることになるだろう」

ルーピンの言い方に、何か引っかかるものがあった。ほとんど冷たい言い方と言ってもよかった。トンクスが両親の家に隠れて過ごすという考えも、何か変だった。トンクスは、なんと言っても騎士団のメンバーだし、ハリーが知るかぎり、戦いの最中にいたがる性分だ。

「リーマス」

ハーマイオニーが遠慮がちに聞いた。

「うまくいっているのかしら……あの……あなたと――」

「すべてうまくいっている。どうも」

ルーピンは、余計な心配だと言わんばかりだった。

ハーマイオニーは赤くなった。しばらく間が空いた。気詰まりでばつの悪い沈黙だったが、やがてルーピンが、意を決して不快なことを認めるという雰囲気で口を開いた。

「トンクスは妊娠している」

「まあ、すてき！」ハーマイオニーが歓声を上げた。

「いいぞ！」ロンが心から言った。

「おめでとう」ハリーが言った。

ルーピンは作り笑いをしたが、むしろしかめっ面に見えた。

「それで……私の申し出を受けてくれるのか？　三人が四人になるか？　ダンブルドアが承知しないとは考えられない。なんと言っても、あの人が私を『闇の魔術に対する防衛術』の教師に任命したんだからね。それに、言っておくが、我々は、ほとんど誰も出会ったことがなく、想像したこともないような魔法と対決することになるにちがいない」

　ロンとハーマイオニーが、同時にハリーを見た。

「ちょっと――ちょっと確かめたいんだけど」ハリーが言った。「トンクスを実家に置いて、僕たちと一緒に来たいんですか？」

「あそこにいれば、トンクスは完璧に安全だ。両親が面倒を見てくれるだろう」

　ルーピンが言った。ルーピンの言い方は、ほとんど冷淡と言ってよいほどきっぱりしていた。

「ハリー、ジェームズならまちがいなく、私に君と一緒にいてほしいと思ったにちがいない」

「さあ」

　ハリーは、考えながらゆっくりと言った。

「僕はそうは思わない。はっきり言って、僕の父はきっと、あなたがなぜ自分自身の子供と一緒にいないのかと、わけを知りたがっただろうと思う」

　ルーピンの顔から血の気が失せた。厨房の温度が十度も下がってしまったかのようだった。ロンは、まるで厨房を記憶せよと命令されたかのようにじっと見回したし、ハーマイオニーの目は、ハリーとルーピンの間を目まぐるしく往ったり来たりした。

「君にはわかっていない」しばらくして、やっとルーピンが口を開いた。

「それじゃ、わからせてください」ハリーが言った。

ルーピンは、ゴクリと生つばを飲んだ。

「私は――私はトンクスと結婚するという、重大な過ちを犯した。自分の良識に逆らう結婚だった。それ以来、ずっと後悔してきた」

「そうですか」ハリーが言った。「それじゃ、トンクスも子供も捨てて、僕たちと一緒に逃亡するというわけですね？」

ルーピンはパッと立ち上がり、椅子が後ろにひっくり返った。ハリーをにらみつける目のあまりの激しさに、ハリーはルーピンの顔に初めて狼の影を見た。

「わからないのか？　妻にも、まだ生まれていない子供にも、私が何をしてしまったか。トンクスと結婚すべきではなかった。私はあれを、世間ののけ者にしてしまった！」

ルーピンは、倒した椅子を蹴りつけた。

「君は、私が騎士団の中にいるか、ホグワーツでダンブルドアの庇護の下にあった姿しか見てはいない！　魔法界の大多数の者が、私のような生き物をどんな目で見るか、君は知らないんだ！　私が背負っている病がわかると、連中はほとんど口もきいてくれない！　私が何をしてしまったのか、わからないのか？　トンクスの家族でさえ、私たちの結婚には嫌悪感を持ったんだ。一人娘を狼人間に嫁がせたい親がどこにいる？　それに子供は――子供は――」

ルーピンは自分の髪を両手でわしづかみにし、発狂せんばかりだった。

「私の仲間は、普通は子供を作らない！　私と同じになる。そうにちがいない――それを知りながら、罪もない子供にこんな私の状態を受け継がせる危険をおかした自分が許せない！　もしも奇跡が起こって、子供が私のようにならないとしたら、その子には父親がいないほうがいい。自分が恥に思うような父親は、いないほうが百倍もいい！」

「リーマス！」

ハーマイオニーが目に涙を浮かべて、小声で言った。

「そんなことを言わないで――あなたのことを恥に思う子供なんて、いるはずがないでしょう？」

「へえ、ハーマイオニー、そうかな」ハリーが言った。

「僕なら、とても恥ずかしいと思うだろうな」

ハリーは、自分の怒りがどこから来ているかわからなかったが、その怒りがハリーを立ち上がらせた。ルーピンは、ハリーになぐられたような顔をしていた。

「新しい体制が、マグル生まれを悪だと考えるなら」ハリーは話し続けた。「あの連中は、騎士団員の父親を持つ半狼人間をどうするでしょう？　僕の父は母と僕を護ろうとして死んだ。それなのに、その父があなたに、子供を捨てて僕たちと一緒に冒険に出かけろと、そう言うとでも思うんですか？」

「よくもそんなことが――そんなことが言えるな」

ルーピンが言い返した。

「何かを望んでのことじゃない――冒険とか個人的な栄光とか――どこをつついたらそんなものが出て――」

「あなたは、少し向こう見ずな気持ちになっている」ハリーが言った。「シリウスと同じことをしたいと思っている――」

「ハリー、やめて！」

ハーマイオニーがすがるように言ったが、ハリーは、青筋を立てたルーピンの顔をにらみつけたままだった。

「僕には信じられない」ハリーが言葉を続けた。「僕に吸魂鬼との戦い方を教えた人が――腰ぬけだったなんて」

ルーピンは杖を抜いた。あまりの速さに、ハリーは自分の杖に触れる間もなかった。バーンと大きな音とともに、ハリーは、なぐり倒されたように仰向けに吹っ飛ぶのを感じた。厨房の壁にぶつかり、ずるずると床にすべり落ちたとき、ハリーは、ルーピンのマントの端がドアのむこうに消えるのをちらりと目にした。

「リーマス、リーマス、戻ってきて！」

ハーマイオニーが叫んだが、ルーピンは応えなかった。まもなく玄関の扉がバタンと閉まる音が聞こえた。

「ハリー！」ハーマイオニーは泣き声だった。「あんまりだわ！」

「いくらでも言ってやる」

そう言うと、ハリーは立ち上がった。壁にぶつかった後頭部にこぶがふくれ上がるのを感じた。怒りが収まらず、ハリーはまだ体を震わせていた。

「そんな目で僕を見るな！」

ハリーはハーマイオニーにかみついた。

「ハーマイオニーに八つ当たりするな！」

ロンが唸るように言った。

「だめ――だめよ――けんかしちゃだめ！」

ハーマイオニーが二人の間に割って入った。

「あんなこと、ルーピンに言うべきじゃなかったぜ」ロンがハリーに言った。

「身から出たさびだ」

ハリーの心には、バラバラなイメージが目まぐるしく出入りしていた。ベールのむこうに倒れるシリウス、宙に浮くダンブルドアの折れ曲がった体、緑の閃光と母親の叫び声、哀れみを請う声……。

「親は」ハリーが言った。「子供から離れるべきじゃない。でも――でも、どうしてもというときだけは」

「ハリー――」

ハーマイオニーが、なぐさめるように手を伸ばした。しかしハリーはその手を振り払って、ハーマイオニーの作り出した火を見つめながら、暖炉のほうに歩いた。一度この暖炉の中からルーピンと話をしたことがある。父親のことで確信が持てなくなったときだ。ルーピンは、ハリーをなぐさめてくれた。いまは、ルーピンが苦しんでいる。蒼白な顔が、ハリーの目の前をぐるぐると回っているような気がした。後悔がどっと押し寄せてきて、ハリーは気分が悪くなった。ロンもハーマイオニーもだまっている。しかし、二人が背後で見つめ合い、無言の話し合いをしているにちがいないと感じた。

振り向くと、二人はあわてて顔をそむけ合った。

「わかってるよ。ルーピンを腰ぬけ呼ばわりすべきじゃなかった」

「ああ、そうだとも」ロンが即座に言った。

「だけどルーピンは、そういう行動を取った」

「それでもよ……」ハーマイオニーが言った。「でも、それでルーピンがトンクスの所に戻るなら、言ったかいがあった。そうだろう？」

ハリーの声には、そうであってほしいという切実さがにじんでいた。ハーマイオニーはわかってくれたようだったが、ロンはあいまいな表情だ。ハリーは足元を見つめて父親のことを考えた。ジェームズは、ハリーがルーピンに言ったことを肯定してくれるだろうか、それとも息子が旧友にあのような仕打ちをしたことを怒るだろうか？

静かな厨房が、ついさっきの場面の衝撃と、ロンとハーマイオニーの無言の非難でジンジン鳴っているような気がした。ルーピンが持ってきた「日刊予言者新聞」がテーブルに広げられたままで、一面のハリーの写真が天井をにらんでいた。ハリーは新聞に近づいて腰をかけ、脈絡もなく紙面をめくって読んでいるふりをした。まだルーピンとのやり取りのことで頭がいっぱいで、文字は頭に入らなかった。「予言者新聞」のむこう側では、ロンとハーマイオニーが、また無言の話し合いを始めたにちがいない。ハリーは大きな音を立ててページをめくった。すると、ダンブルドアの名前が目に飛び込んできた。家族の写真がある。その意味が飲み込めるまで、ひと呼吸かふた呼吸かかった。写真の下に説明がある。

ダンブルドア一家。左からアルバス、生まれたばかりのアリアナを抱くパーシバル、ケンドラ、アバーフォース

目が吸い寄せられ、ハリーは写真をじっくり見た。ダンブルドアの父親のパーシバルは美男子で、セピア色の古い写真にもかかわらず、目がいたずらっぽく輝いている。赤ん坊のアリアナは、パン一本より少し長いくらいで、顔形もパンと同じようによくわからない。母親のケンドラは、漆黒の髪を髷にして頭の高い所でとめている。彫刻のような雰囲気の顔だ。ハイネックの絹のガウンを着ていたが、その黒い瞳、ほお骨の張った顔、まっすぐな鼻を見ていると、ハリーはアメリカ先住民の顔を思い起こした。アルバスとアバーフォースは、おそろいのレースの襟のついた上着を着て、肩で切りそろえたまったく同じ髪型をしていた。アルバスがいくつか年上には見えたが、それ以外は二人はとてもよく似ていた。これは、アルバスの鼻が折れる前で、めがねをかける前のことだからだ。

ごく普通の幸せな家族に見えた。写真は新聞から平和に笑いかけている。赤ん坊のアリアナが、おくるみから出した腕をかすかに振っている。ハリーは写真の上の見出しを読んだ。

**リータ・スキーター著**
**アルバス・ダンブルドアの伝記〈近日発売〉より抜粋《独占掲載》**

落ち込んだ気持ちがこれ以上悪くなることはないだろうと、ハリーは読みはじめた。

　夫のパーシバルが逮捕され、アズカバンに収監されたことが広く報じられたあと、誇り高く気位の高いケンドラ・ダンブルドアは、モールドー－オン－ザ－ウォルドに住むことが耐えられなくなった。そこで、そこを引き払い、家族全員でゴドリックの谷に移ることを決めた。この村は、後日、ハリー・ポッターが「例のあの人」から不思議にも逃れた事件で有名になった。
　モールドー－オン－ザ－ウォルド同様、ゴドリックの谷にも多くの魔法使いが住んでいたが、ケンドラの顔見知りは一人もおらず、それまで住んでいた村のように、夫の犯罪のことで好奇の目を向けられることはないだろうと、ケンドラは考えた。新しい村では、近所の魔法使いたちの親切な申し出をくり返し断ることで、ケンドラはまもなく、ひっそりとした家族だけの暮らしを確保した。

「私が手作りの大鍋ケーキを持って、引っ越し祝いにいったときなんぞ、鼻先でドアを閉められたよ」バチルダ・バグショットはそう語った。「ここに越してきた最初の年は、二人の息子をときどき見かけるだけだった。その年の冬に、私が月明かりで鐘鳴り草をつんでいなかったら、娘がいることは知らずじまいだったろうね。その時に、ケンドラがアリアナを裏庭に連れ出しているのを見たんだよ。娘の手をしっかり握って芝生を一周させ、また家の中に連れ戻した。いったいどう考えていいやら、わからなかったよ」

ケンドラはゴドリックの谷への引っ越しが、アリアナを永久に隠してしまうには持ってこいの機会だと考えたようだ。彼女はたぶん何年も前から、そのことを計画していたのだろう。タイミングに重要な意味がある。アリアナが人前から消えたときは、やっと七つになるかならないかの年だった。七歳というのは、魔法力がある場合には、それがあらわれる年だということで多くの専門家の意見が一致する。現在生きている魔法使いの中で、ほんのわずかにでも魔法力を示したアリアナを記憶している者はいない。つまり、ケンドラが、スクイブを生んだ恥に耐えるより、娘の存在を隠してしまおうと決めたのは明らかだ。アリアナを知る友人や近所の人たちから遠ざかることで、アリアナを閉じ込めやすくなったのはもちろんのことだ。それまでアリアナの存在を知っていたごくわずかの者は、秘密を守ると信用できる人たちばかりで、たとえば二人の兄は、母親に教え込まれた答えで都合の悪い質問をかわした。「妹は体が弱くて学校には行けない」

次回掲載は来週「ホグワーツでのアルバス・ダンブルドア——語り草か騙り者か」

ハリーの考えは甘かった。読んだあと、ますます気持ちが落ち込んだ。ハリーは、一見幸せそうな家族の写真をもう一度見た。ほんとうだろうか？　どうやったら確認できるのだろう？　ハリーはゴドリックの谷に行きたかった。たとえバチルダがハリーに話せるような状態ではなくとも、行きたかった。ダンブルドアも自分も、ともに愛する人たちを失った場所に行ってみたい。ロンとハーマイオニーの意見を聞こうと、ハリーが新聞を下ろしかけたその時、**バチン**と厨房中に響く大きな音がした。

この三日間で初めて、ハリーはクリーチャーのことをすっかり忘れていた。とっさにハリーは、ルーピンがすさまじい勢いで厨房に戻ってきたのではないかと思ったので、自分の座っている椅子のすぐ脇に突如現れて手足をばたつかせている塊がなんなのか、一瞬わけがわからなかった。ハリーが急いで立ち上がると、塊から身をほどいたクリーチャーが深々とおじぎし、しわがれ声で言った。

「ご主人様、クリーチャーは盗っ人のマンダンガス・フレッチャーを連れて戻りました」

あたふたと立ち上がったマンダンガスが杖を抜いたが、ハーマイオニーの速さにはかなわなかった。

「エクスペリアームス！　武器よ去れ！」

マンダンガスの杖が宙に飛び、ハーマイオニーがそれをとらえた。マンダンガスは、狂ったように目をぎょろつかせて階段へとダッシュしていったが、ロンにタックルをかけられ、グシャッと鈍い音を立てて石の床に倒れた。

「なんだよぅ？」

がっちりつかんでいるロンの手から逃れようと、身をよじりながらマンダンガスが叫んだ。

「俺が何したって言うんだ？　屋敷しもべ野郎をけしかけやがってよぅ。いったい何ふざけてやがんだ。俺が何したって言うんだ。放せ、放しやがれ、さもねえと——」

「脅しをかけられるような立場じゃないだろう」

ハリーは新聞を投げ捨て、ほんの数歩で厨房を横切りマンダンガスのかたわらにひざをついた。マンダンガスはじたばたするのをやめ、おびえた顔になっていた。ロンは息をはずませながら立ち上がり、ハリーが慎重にマンダンガスの鼻に杖を突きつけるのを見ていた。マンダンガスは、すえた汗とタバコのにおいをプンプンさせて、髪はもつれ、ローブは薄汚れていた。

「ご主人様、クリーチャーは盗っ人を連れてくるのが遅れたことをおわびいたします」

しもべ妖精がしわがれ声で言った。

「フレッチャーは捕まらないようにする方法を知っていて、隠れ家や仲間をたくさん持っています。それでもクリーチャーは、とうとう盗っ人を追いつめました」

「クリーチャー、君はほんとによくやってくれたよ」

ハリーがそう言うと、しもべ妖精は深々と頭を下げた。

「さあ、おまえに少し聞きたいことがあるんだ」

ハリーが言うと、マンダンガスはすぐさまわめきだした。

「うろたえっちまったのよぅ、いいか？　俺はよぅ、一緒に行きてぇなんて、いっぺんも言ってねえ。へん、悪く思うなよ。けどなぁ、おめえさんのためにすすんで死ぬなんて、一度も言ってねえ。そんで、あの『例のあの人』野郎が、俺めがけて飛んできやがってよぅ。誰だって逃げらぁね。俺はよぅ、はじめっからやりたくねえって――」

「言っておきますけど、ほかには誰も『姿くらまし』した人はいないわ」

ハーマイオニーが言った。

「へん、おめえさんたちは、そりゃご立派な英雄さんたちでござんしょうよ。だけどよぅ、俺はいっぺんだって、てめえが死んでもいいなんて、かっこつけたこたぁねえぜ――」

「おまえがなぜマッドーアイを見捨てて逃げたかなんて、僕たちには興味はない」

ハリーはマンダンガスの血走って垂れ下がった目に、さらに杖を近づけた。

「おまえが信頼できないクズだってことは、僕たちにはとっくにわかっていた」

「ふん、そんなら、なんで俺はしもべ妖精に狩り出されなきゃなんねえ？　それとも、また例のゴブレットのことか？　もう一っつも残ってねえよ。そんでなきゃ、おまえさんにやるけどよぅ――」

「ゴブレットのことでもない。もっとも、なかなかいい線いってるけどね」ハリーが言った。「だまって聞け」

何かすることがあるのはいい気分だった。ほんの少しでも、誰かに真実を話せと言えるのはいい気分だった。鼻柱にくっつくほど近くに突きつけられたハリーの杖から、目を離すまいとしてマンダンガスは寄り目になっていた。

「おまえがこの屋敷から貴重品をさらっていったとき」

ハリーは話しはじめたが、またしてもマンダンガスにさえぎられた。

「シリウスはよぅ、気にしてなかったぜ、がらくたのことなんぞ――」

パタパタという足音がして、銅製の何かがピカリと光ったかと思うと、グワーンと響く音と痛そうな悲鳴が聞こえた。クリーチャーがマンダンガスに駆け寄って、ソース鍋で頭をなぐったのだ。

「こいつをなんとかしろ、やめさせろ。檻に入れとけ！」

クリーチャーがもう一度分厚い鍋を振り上げたので、マンダンガスは頭を抱えて悲鳴を上げた。

「クリーチャー、よせ！」ハリーが叫んだ。

クリーチャーの細腕が、高々と持ち上げた鍋の重さでわなわな震えていた。

「ご主人様、もう一度だけよろしいでしょうか？　ついでですから」

ロンが声を上げて笑った。

「クリーチャー、気を失うとまずいんだよ。だけど、こいつを説得する必要が出てきたら、君にその仕切り役をはたしてもらうよ」

「ありがとうございます、ご主人様」

クリーチャーはおじぎをして、少し後ろに下がったが、大きな薄い色の目で、憎々しげにマンダンガスをにらみつけたままだった。

「おまえがこの屋敷から、手当たりしだいに貴重品を持ち出したとき」ハリーはもう一度話しはじめた。「厨房の納戸からもひと抱え持ち去った。その中にロケットがあった」

ハリーは、突然口の中がからからになった。ロンとハーマイオニーも緊張し、興奮しているのがわかった。

「それをどうした？」

「なんでだ？」

マンダンガスが聞いた。

「値打ちもんか?」

「まだ持っているんだわ!」ハーマイオニーが叫んだ。

「いや、持ってないね」ロンが鋭く見抜いた。「もっと高く要求したほうがよかったんじゃないかって、そう思ってるんだ」

「もっと高く?」

マンダンガスが言った。

「そいつぁどえらく簡単にできただろうぜ……いまいましいが、ただでくれてやったんでよぅ。どうしようもねえ」

「どういうことだ?」

「俺はダイアゴン横丁で売ってたのよ。そしたらあの女が来てよぅ、魔法製品を売買する許可を持ってるか、ときやがった。まったくよけいなお世話だぜ。罰金を取るとぬかしやがった。けどロケットに目をとめてよぅ、それをよこせば、今度だけは見逃してやるから幸運と思え、とおいでなすった」

「その魔女、誰だい?」ハリーが聞いた。

「知らねえよ。魔法省のばばぁだ」

マンダンガスは、眉間にしわを寄せて一瞬考えた。

「小せえ女だ。頭のてっぺんにリボンだ」

マンダンガスは、顔をしかめてもう一言言った。

「ガマガエルみてえな顔だったな」

ハリーは杖を取り落とした。それがマンダンガスの鼻に当たって赤い火花が眉に飛び、眉毛に火がついた。

「アグアメンティ！　水よ！」

ハーマイオニーの叫びとともに杖から水が噴き出し、アワアワ言いながらむせ込んでいるマンダンガスを包み込んだ。

顔を上げたハリーは、自分が受けたと同じ衝撃が、ロンとハーマイオニーの顔にも表れているのを見た。右手の甲の傷痕が、再びうずくような気がした。

# 第十二章　魔法は力なり

八月も残り少なくなり、伸び放題だったグリモールド・プレイス広場の中央にある草は、暑さでしなび、こげ茶色に干からびていた。十二番地の住人は、周囲の家の誰とも顔を合わせず、十二番地そのものも誰にも見られていなかった。グリモールド・プレイスのマグルの住人は、十一番地と十三番地が隣り合わせになっているというまぬけなまちがいに、ずいぶん前から慣れっこになっていた。

にもかかわらず、不ぞろいの番地に興味を持ったらしい訪問者が、ぽつりぽつりとこの広場を訪れていた。ほとんど毎日のように、一人二人とグリモールド・プレイスにやってきては、それ以外にはなんの目的もないのに――少なくともはた目にはそう見えたが――十一番地と十三番地に面した柵に寄りかかり、二軒の家の境目を眺めていた。同じ人間が二日続けて来ることはなかった。ただし、あたりまえの服装を嫌うという点では、全員が共通しているように見えた。突拍子もない服

装を見慣れている通りすがりのロンドンっ子たちは、たいがい、ほとんど気にもとめない様子だったが、たまに振り返る人は、この暑いのにどうして長いマントを着ているのだろうと、いぶかるような目で見ていた。

見張っている訪問者たちは、ほとんど満足な成果が得られない様子だった。ときどき、とうとう何かおもしろいものが見えたとでもいうように、興奮した様子で前に進み出ることがあったが、結局失望してまた元の位置に戻るのだった。

九月の最初の日には、これまでより多くの人数が広場を徘徊していた。長いマントを着た男が六人、押しだまって目を光らせ、いつものように十一番地と十三番地の家を見つめていた。しかし、待っているものがなんであれ、それをまだつかみきれてはいないようだった。夕方近くになって、にわかにここ何週間かなかったような冷たい雨が降りだした。その時、見張りたちは、何がそうさせるのかは不明だったが、またしても何かおもしろいものを見たようなそぶりを見せた。ひん曲がった顔の男が指差し、その一番近くにいた青白いずんぐりした男が前に進んだ。しかし次の瞬間、男たちはまた元のように動かない状態に戻り、いらいらしたり落胆したりしているようだった。

その時、十二番地では、ハリーがちょうど玄関ホールに入ってきたばかりだった。扉の外の石段の一番上に「姿あらわし」したときにバランスを崩しかけ、一瞬「マント」から突き出たひじを死喰い人に見られたかもしれないと思った。玄関の扉をしっかり閉め、ハリーは透明マントを脱いで腕にかけ、薄暗いホールを地下への入口へと急いだ。その手には、失敬してきた「日刊予言者新聞」がしっかり握られていた。

いつものように「**セブルス・スネイプか？**」と問う低いささやきがハリーを迎え、冷たい風がサッと吹き抜けたかと思うと、ハリーの舌が一瞬丸まった。

「あなたを殺したのは僕じゃない」

舌縛りが解けると同時にハリーはそう言い、人の姿をとる呪いのかかったほこりが爆発するのに備えて息を止めた。厨房への階段の途中まで下り、ブラック夫人には聞こえない、しかも舞い上がるほこりがもう届かない所まで来て初めて、ハリーは声を張り上げた。

「ニュースがあるよ。気に入らないやつだろうけど」

厨房は見ちがえるようになっていた。何もかもが磨き上げられ、鍋やフライパンは赤銅色に輝き、木のテーブルはピカピカだ。ゴブレットや皿はもう夕食用に並べられて、楽しげな暖炉の炎をチラチラと映していたし、暖炉にかけられた鍋はぐつぐつ煮えていた。しかし厨房のそんな変化も、しもべ妖精の変わりように比べればなんでもない。ハリーのほうにいそいそと駆け寄ったしもべ妖精は、真っ白なタオルを着て、耳の毛は清潔で綿のようにふわふわしている。レギュラスのロケットが、そのやせた胸でポンポン跳びはねていた。

「ハリー様、お靴をお脱ぎください。それから夕食の前に手を洗ってください」

クリーチャーはしわがれ声でそう言うと、透明マントを預かって前かがみに壁の洋服かけまで歩き、そこにかけた。壁には流行遅れのローブが何着か、きれいに洗ってかけてある。

「何が起こったんだ？」

ロンが心配そうに聞いた。ロンはハーマイオニーと二人で、走り書きのメモや手書きの地図の束を長テーブルの一角に散らかして、調べ物の最中だったが、二人とも、気をたかぶらせて近づいてくるハリーに目を向けた。ハリーは散らばった羊皮紙の上に、新聞をパッと広げた。見知った鉤鼻と黒い髪の男が大写しになって三人を見上げ、にらんでいる。その上に大見出しがあった。


**セブルス・スネイプ、ホグワーツ校長に確定**

「まさか！」ロンもハーマイオニーも大声を出した。

ハーマイオニーの手が一番早かった。新聞をサッと取り上げ、その記事を読み上げはじめた。

**「『歴史あるホグワーツ魔法魔術学校における一連の人事異動で、最重要職の一つである校長が本日任命された。新校長セブルス・スネイプ氏は、長年「魔法薬学」の教師として勤めた人物である。前任者の辞任に伴い「マグル学」は、アレクト・カロー女史がその後任となり、空席となって**

**いた「闇の魔術に対する防衛術」には、カロー女史の兄であるアミカス・カロー氏が就任する』」**

**「『わが校における最善の魔法の伝統と価値を維持していく機会を、我輩は歓迎する――』」**ええ、そうでしょうよ。殺人とか人の耳を切り落とすとかね！　スネイプが、校長！　スネイプがダンブルドアの書斎に入るなんて――マーリンの猿股！」

ハーマイオニーのかん高い声に、ハリーもロンも飛び上がった。ハーマイオニーはパッと立ち上がり、「すぐ戻るわ！」と叫びながら矢のように部屋から飛び出した。

「『マーリンの猿股』？」

ロンは、さもおもしろそうにニヤッとした。

「きっと頭にきたんだな」

ロンは新聞を引き寄せて、スネイプの記事を流し読みした。

「ほかの先生たちはこんなの、がまんできないぜ。マクゴナガル、フリットウィック、スプラウトなんか、ほんとのことを知ってるしな。ダンブルドアがどんなふうに死んだかって。スネイプ校長なんて、受け入れないぜ。それに、カロー兄妹って、誰だ？」

「死喰い人だよ」ハリーが言った。「中のほうに写真が出てる。スネイプがダンブルドアを殺したとき、塔の上にいた連中だ。つまり、全部お友達さ。それに――」

ハリーは椅子を引き寄せながら苦々しく言った。

「ほかの先生は学校に残るしかないと思う。スネイプの後ろに魔法省とヴォルデモートがいるとなれば、とどまって教えるか、アズカバンで数年ゆっくり過ごすかの選択だろうし――それさえも、運がよけりゃの話だ。きっととどまって生徒たちを護ろうとすると思うよ」

大きなスープ鍋を持ったクリーチャーが、まめまめしくテーブルにやってきて、口笛を吹きながら、清潔なスープ皿にお玉でスープを分け入れた。

「ありがとう、クリーチャー」

ハリーは礼を言いながら、スネイプの顔を見なくてすむように「予言者新聞」をひっくり返した。

「まあ、少なくとも、これでスネイプの正確な居場所がわかったわけだ」

ハリーはスープをすくって飲みはじめた。クリーチャーは、レギュラスのロケットを授与されて以来、驚異的に料理の腕が上がった。今日のフレンチオニオンスープなど、ハリーがいままでに味わった中でも最高だった。

「死喰い人がまだたくさん、ここを見張っている」食事をしながらハリーがロンに言った。「いつもより多いんだ。まるで、僕たちが学校のトランクを引っ張ってここから堂々と出かけ、ホグワーツ特急に向かうと思ってるみたいだ」

ロンは、ちらりと腕時計を見た。

「僕もそのことを一日中考えていたんだ。列車はもう六時間も前に出発した。乗ってないなんて、なんだか妙ちくりんな気持ちがしないか？」

かつてロンと一緒に空から追いかけた紅の蒸気機関車が、ハリーの目に浮かんだ。野原や丘陵地の間をかすかに光りながら、紅の蛇のようにくねくねと走っていた。いまごろきっとジニーやネビル、ルーナが一緒に座って、たぶんハリーやロン、ハーマイオニーはどこにいるのだろうと心配したり、そうでなければ、どうやったらスネイプ新体制を弱体化できるかを議論していることだろう。

「たったいま、ここに戻ってきたのを、連中に見られるところだった」ハリーが言った。「階段の一番上にうまく着地できなくて、それに透明マントがすべり落ちたんだ」

「僕なんかしょっちゅうさ。あ、戻ってきた」

ロンは椅子にかけたまま首を伸ばして、ハーマイオニーが厨房に戻ってくるのを見た。

「それにしても、マーリンの特大猿股！　そりゃなんだい？」

「これを思い出したの」ハーマイオニーは息を切らしながら言った。

ハーマイオニーは持ってきた大きな額入りの絵を床に下ろして、厨房の食器棚から小さなビーズのバッグを取り、バッグの口から額を中に押し込みはじめた。どう見てもそんな小さなバッグに納まるはずがないのに、ほかのいろいろなものと同様、額はあっという間にバッグの広大な懐へと消えていった。

「フィニアス・ナイジェラスよ」

ハーマイオニーは、いつものようにガランゴロンという音を響かせながらバッグをテーブルに投げ出して、説明した。

「えっ？」

ロンは聞き返したが、ハリーにはわかった。フィニアス・ナイジェラス・ブラックは、グリモールド・プレイスと校長室とにかかっている二つの肖像画の間を往き来できる。いまごろスネイプは、あの塔の上階の円形の部屋に勝ち誇って座っているにちがいない。ダンブルドアの集めた繊細な銀の計器類や石の「憂いの篩」、「組分け帽子」、それに、どこかに移されていなければ「グリフィンドールの剣」などをわが物顔に所有して。

「スネイプは、フィニアス・ナイジェラスをこの屋敷に送り込んで、偵察させることができるわ」

ハーマイオニーは自分の椅子に戻りながらロンに解説した。

「でも、いまそんなことさせてごらんなさい。フィニアス・ナイジェラスには私のハンドバッグの中しか見えないわ」

「あったまいい！」ロンは感心した顔をした。

「ありがとう」

ハーマイオニーはスープ皿を引き寄せながらニッコリした。

「それで、ハリー、今日はほかにどんなことがあったの？」

「なんにも」ハリーが言った。「七時間も魔法省の入口を見張った。あの女は現れない。でも、ロン、君のパパを見たよ。元気そうだった」

ロンは、この報せがうれしいというようにうなずいた。三人とも、魔法省に出入りするウィーズリー氏に話しかけるのは危険すぎる、という意見で一致していた。必ず、魔法省のほかの職員に囲まれているからだ。しかし、ときどきこうして姿を見かけると、たとえウィーズリー氏が心配そうな、緊張した顔をしていても、やはりホッとさせられた。

「パパがいつも言ってたけど、魔法省の役人は、たいてい『煙突飛行ネットワーク』で出勤するらしい」

ロンが言った。

「だからきっと、アンブリッジを見かけないんだ。絶対歩いたりしないさ。自分が重要人物だと思ってるもんな」

「それじゃ、あのおかしな年寄りの魔女と、濃紺のローブを着た小さい魔法使いはどうだったの？」ハーマイオニーが聞いた。

「ああ、うん、あの魔法ビル管理部のやつか」ロンが言った。

「魔法ビル管理部で働いているってことが、どうしてわかるの？」ハーマイオニーのスープスプーンが空中で停止した。

「パパが言ってた。魔法ビル管理部では、みんな濃紺のローブを着てるって」

「そんなこと、一度も教えてくれなかったじゃない！」

ハーマイオニーはスプーンを取り落とし、ハリーが帰ってきたときにロンと二人で調べていたメモや地図の束を引き寄せた。

「この中には濃紺のローブのことなんか、なんにもないわ。何一つも！」

ハーマイオニーは、大あわてであちこちのページをめくりながら言った。

「うーん、そんなこと重要か？」

「ロン、**どんなことだって**重要よ！　魔法省が**まちがいなく**目を光らせているっていうときに潜入して、しかもバレないようにするには、どんな細かいことでも重要なの！　もう何遍もくり返して確認し合ったはずよ。あなたが面倒くさがって話さないんだったら、何度も偵察に出かける意味がないじゃない――」

「あのさあ、ハーマイオニー、僕、小さなことを一つ忘れただけで――」

「でも、ロン、わかっているんでしょうね。現在私たちにとって、世界中で一番危険な場所はどこかといえば、それは魔法――」

「あした、決行すべきだと思うな」ハリーが言った。

ハーマイオニーは口をあんぐり開けたまま突然動かなくなり、ロンはスープでむせた。

「あした？」

ハーマイオニーがくり返した。

「本気じゃないでしょうね、ハリー？」

「本気だ」

ハリーが言った。

「あと一か月、魔法省の入口あたりをうろうろしたところで、いま以上に準備が整うとは思えない。先延ばしにすればするだけ、ロケットは遠ざかるかもしれない。アンブリッジがもう捨ててしまった可能性だってある。何しろ開かないからね」

「ただし」ロンが言った。「開け方を見つけていたら別だ。それならあいつはいま、取っ憑かれている」

「あの女にとっては大した変化じゃないさ。はじめっから邪悪なんだから」

ハリーは肩をすくめた。

ハーマイオニーは、唇をかんでじっと考え込んでいた。

「大事なことはもう全部わかった」

ハリーはハーマイオニーに向かって話し続けた。

「魔法省への出入りに、『姿あらわし』が使われていないことはわかっている。いまではトップの高官だけが自宅と『煙突飛行ネットワーク』を結ぶのを許されていることもわかっている。『無言者』の二人がそのことで不平を言い合っているのを、ロンが聞いてるから。それに、アンブリッジの執務室が、だいたいどのへんにあるかもわかっている。ひげの魔法使いが仲間に話しているのを君が聞いているからね――」

「**『ドローレスに呼ばれているから、私は一階に行くよ』**」ハーマイオニーは即座に引用した。

「そのとおりだ」ハリーが言った。「それに、中に入るには変なコインだかチップだかを使うということもわかっている。あの魔女が友達から一つ借りるのを、僕が見てるからだ」

「だけど、私たちは一つも持ってないわ！」

「計画どおりに行けば、手に入るよ」ハリーは落ち着いて話を続けた。

「わからないわ、ハリー、私にはわからない……一つまちがえば失敗しそうなことがありすぎるし、あんまりにも運に頼っているし……」

「あと三か月準備したって、それは変わらないよ」

ハリーが言った。

「行動を起こす時が来た」

ロンとハーマイオニーの表情から、ハリーは二人の恐れる気持ちを読み取った。ハリーにしても自信があるわけではない。しかし、計画を実行に移す時が来たという確信があった。

三人はこの四週間、かわるがわる透明マントを着て、魔法省の公式な入口を偵察してきた。ウィーズリー氏のおかげで、ロンはその入口のことを子供のころから知っていた。三人は、魔法省に向かう職員をつけたり、会話を盗み聞きしたり、またはじっくり観察したりして、まちがいなく毎日同じ時間に一人で現れるのは誰かを突き止めた。時には誰かのブリーフケースから「日刊予言者新聞」を失敬する機会もあった。徐々にざっとした地図やメモがたまり、いまそれが、ハーマイオニーの前に積み上げられていた。

「よーし」ロンがゆっくりと言った。「たとえばあした決行するとして……僕とハリーだけが行くべきだと思う」

「まあ、またそんなことを！」ハーマイオニーが、ため息をついた。「そのことは、もう話がついていると思ったのに」

「ハーマイオニー、透明マントに隠れて入口の周りをうろうろすることと、今回のこれとはちがうんだ」

ロンは十日前の古新聞に指を突きつけた。

「君は、尋問に出頭しなかったマグル生まれのリストに入っている！」

「だけどあなたは、黒斑病のせいで『隠れ穴』で死にかけているはずよ！　誰か行かないほうがいい人がいるとすれば、それはハリーだわ。一万ガリオンの懸賞金がハリーの首にかかっているのよ――」

「いいよ。僕はここに残る」ハリーが言った。「万が一、君たちがヴォルデモートをやっつけたら、知らせてくれる?」

ロンとハーマイオニーが笑いだしたとき、ハリーの額の傷痕に痛みが走った。ハリーの手がパッとそこに飛んだが、ハーマイオニーの目が疑わしげに細められるのに気づき、目にかかる髪の毛を払うしぐさをしてごまかそうとした。

「さてと、三人とも行くんだったら、別々に『姿くらまし』しないといけないだろうな」ロンが話していた。「もう三人一緒に透明マントに入るのは無理だ」

傷痕はますます痛くなってきた。ハリーは立ち上がった。クリーチャーがすぐさま走ってきた。

「ご主人様はスープを残されましたね。お食事においしいシチューなどはいかがでしょうか。それともデザートに、ご主人様の大好物の糖蜜タルトをお出しいたしましょうか?」

「ありがとう、クリーチャー、でも、すぐ戻るから――あの――トイレに」

ハーマイオニーが疑わしげに見ているのを感じながら、ハリーは急いで階段を上がり、玄関ホールから二階の踊り場を通って、前回と同じバスルームに駆け込んで中からかんぬきをかけた。痛みにうめきながら、ハリーは、洗面台をのぞき込むようにもたれかかった。黒い洗面台には、口を開けた蛇の形をした蛇口が二つついている。ハリーは目を閉じた……。

夕暮れの街を、彼はするすると進んでいた。両側の建物は、壁に木組みが入った高い切妻屋根で、ショウガクッキーで作った家のようだ。

その中の一軒に近づくと、青白く長い自分の指がドアに触れるのが見えた。彼はノックした。興奮が高まるのを感じる……。

ドアが開き、女性が声を上げて笑いながらそこに立っていた。ハリーを見て、女性の表情がサッと変わった。楽しげな顔が恐怖にこわばった……。

「グレゴロビッチは？」かん高い冷たい声が言った。

女性は首を振ってドアを閉めようとした。それを青白い手が押さえ、しめ出されるのを防いだ……。

「グレゴロビッチに会いたい」

「**エア　ヴォーント　ヒア　ニヒト　メア！**」女性は首を振って叫んだ。「その人、住まない、ここに！　その人、住まない、ここに！　わたし、知らない、その人！」

ドアを閉めるのをあきらめ、女性は暗い玄関ホールをあとずさりしはじめた。ハリーはそれを追って、するすると女性に近づいた。長い指が杖を引き抜いた。

「どこにいる？」

「**ダス　ヴァイス　イッヒ　ニヒト！**　その人、引っ越し！　わたし、知らない、わたし、知らない！」

彼は杖を上げた。女性が悲鳴を上げた。小さな子供が二人、玄関ホールに走ってきた。女性は両手を広げて二人をかばおうとする。緑の閃光が走った――。

「ハリー！　**ハリー！**」

ハリーは目を開けた。床に座り込んでいた。ハーマイオニーが、またドアを激しくたたいている。

「ハリー、開けて！」

ハリーにはわかっていた。叫んだにちがいない。立ち上がってかんぬきをはずしたとたん、ハーマイオニーがつんのめるように入ってきた。危うく踏みとどまったハーマイオニーは、探るように周りを見回した。ロンはそのすぐ後ろで、ピリピリしながら冷たいバスルームのあちこちに杖を向けていた。

「何をしていたの？」ハーマイオニーが厳しい声で聞いた。

「何をしていたと思う？」ハリーは虚勢を張ったが、見え透いていた。

「すっさまじい声でわめいてたんだぜ！」ロンが言った。

「ああ、そう……きっとうたた寝したかなんか――」

「ハリー、私たちはばかじゃないわ。ごまかさないで」

ハーマイオニーが深く息を吸い込んでから言った。

「厨房であなたの傷痕が痛んだことぐらい、わかってるわよ。それにあなた、真っ青よ」

ハリーは、バスタブの端に腰かけた。

「わかったよ。たったいま、ヴォルデモートが女性を殺した。いまごろはもう、家族全員を殺してしまっただろう。そんな必要はなかったのに。またしてもセドリックのくり返しだ。あの人たちはただ**その場にいた**だけなのに……」

「ハリー、もうこんなことが起こってはならないはずよ！」

ハーマイオニーの叫ぶ声がバスルームに響き渡った。

「ダンブルドアは、あなたに『閉心術』を使わせたかったのよ！　こういう絆は危険だって考えたから――ハリー、ヴォルデモートはそのつながりを**利用する**ことができるわ！　あの人が殺したり苦しめたりするのを見て、何かいいことでもあるの？　いったいなんの役に立つと言うの？」

「それは、やつが何をしているかが、僕にはわかるということだ」ハリーが言った。

「それじゃ、あの人をしめ出す努力をする**つもりも**ないのね？」

「ハーマイオニー、できないんだ。僕は『閉心術』が下手なんだよ。どうしてもコツがつかめないんだ」

「真剣にやったことがないのよ！」ハーマイオニーが熱くなった。「ハリー、私には理解できない――あなたは何を**好きこのんで**、こんな特殊なつながりというか関係というか、なんというか――なんでもいいけど――」

ハリーは立ち上がってハーマイオニーを見た。そのまなざしに、ハーマイオニーは気圧された。

「好きこのんでだって？」ハリーは静かに言った。「**君なら**、こんなことが好きだっていうのか？」

「私――いいえ――ハリー、ごめんなさい。そんなつもりじゃ――」

「僕はいやだよ。あいつが僕の中に入り込めるなんて、あいつが一番恐ろしい状態のときに、その姿を見なきゃならないなんて、まっぴらだ。だけど僕は、それを利用してやる」

「ダンブルドアは――」

「ダンブルドアのことは言うな。これは僕の選んだことだ。ほかの誰でもない。僕は、あいつがどうしてグレゴロビッチを追っているのか、知りたいんだ」

「その人、誰？」

「外国の杖作りだ」ハリーが言った。「クラムの杖を作ったし、クラムが最高だと認めている」

「でもさ、君が言ってたけど」ロンが言った。「ヴォルデモートは、オリバンダーをどこかに閉じ込めている。杖作りを一人捕まえているのに、なんのためにもう一人いるんだ？」

「クラムと同じ意見なのかもしれないな。グレゴロビッチのほうが、優秀だと思っているのかもしれない……それとも、あいつが僕を追跡したときに僕の杖がしたことを、グレゴロビッチなら説明できると思っているのかもしれない。オリバンダーにはわからなかったから」

ほこりっぽいひびの入った鏡をちらりと見たハリーは、ロンとハーマイオニーが、背後で意味ありげな目つきで顔を見合わせる姿を見た。

「ハリー、杖が何かしたって、あなたは何度もそう言うけど」ハーマイオニーが言った。「でもそうさせたのは**あなた**よ！　自分の力に責任を持つことを、なぜそう頑固に拒むの？」

「なぜかって言うなら、僕がやったんじゃないことが、わかっているからだ！　ヴォルデモートにもそれがわかっているんだよ、ハーマイオニー！　やつも僕も、ほんとうは何が起こったのかを知っているんだ！」

二人はにらみ合った。ハーマイオニーを説得しきれなかったことも、ハーマイオニーがいま、反論をまとめている最中だということも、ハリーにはわかっていた。自分の杖に関するハリーの考え方と、ヴォルデモートの心をのぞくことをハリーが容認しているという事実、この一つに対する反論だ。しかし、ロンが口をはさんでくれて、ハリーはホッとした。

「やめろよ」ロンがハーマイオニーに言った。「ハリーが決めることだ。それに、あした魔法省に乗り込むなら、計画を検討するべきだと思わないか？」

ハーマイオニーはしぶしぶ――と、あとの二人にはそれが読み取れた――議論するのをやめたが、折あらばすぐにまた攻撃を仕掛けてくるにちがいないと、ハリーは思った。地下の厨房に戻ると、クリーチャーは三人にシチューと糖蜜タルトを給仕してくれた。

その晩は、三人とも遅くまで起きていた。何時間もかけて計画を何度も復習し、互いに一言一句たがえずに空で言えるまでになった。シリウスの部屋で寝起きするようになっていたハリーは、ベッドに横になり、父親、シリウス、ルーピン、ペティグリューの写っている古い写真に杖灯りを向けながら、さらに十分間、一人で計画をブツブツくり返した。しかし、杖灯りを消したあとに頭に浮かんだのは、ポリジュース薬でも、ゲーゲー・トローチでも魔法ビル管理部の濃紺のローブでもなく、グレゴロビッチのことだった。ヴォルデモートのこれほど執念深い追跡を受けて、この杖作りはあとどのくらい隠れおおせるのだろうか。

夜明けが、理不尽な速さで真夜中に追いついた。

「なんてひどい顔してるんだ」

ハリーを起こしに部屋に入ってきたロンの、朝の挨拶だった。

「もうすぐ変わるさ」ハリーは、あくびまじりに言った。

ハーマイオニーはもう地下の厨房に来ていて、クリーチャーが給仕したコーヒーとほやほやのロールパンを前に、憑かれたような顔つきをしていた。ハリーは、試験勉強のときのハーマイオニーの顔を連想した。

「ローブ」

ハーマイオニーは声をひそめてそう言いながら、ビーズバッグの中をつつき回す手を止めず神経質にうなずいて、二人に気づいていることを示した。

「ポリジュース薬……透明マント……おとり爆弾……万一のために一人が二個ずつ持つこと……ゲーゲー・トローチ、鼻血ヌルヌル・ヌガー、伸び耳……」

朝食を一気に飲み込んだ三人は、一階への階段を上りはじめた。クリーチャーはおじぎをして三人を厨房から送り出し、お帰りまでにはステーキ・キドニー・パイを用意しておきますと約束した。

「いいやつだな」ロンが愛情を込めて言った。「それなのに僕は、あいつの首をちょん切って、壁の飾りにしてやりたいなんて思ったことがあるんだからなぁ」

三人は慎重が上にも慎重に、玄関前の階段に出た。腫れぼったい目の死喰い人が二人、朝靄のかかった広場のむこうから、屋敷を見張っていた。はじめにハーマイオニーがロンと一緒に「姿くらまし」して、それからハリーを迎えに戻ってきた。

いつものようにほんの一瞬、息が詰まりそうになりながら真っ暗闇を通り抜け、ハリーは小さな路地に現れた。計画の第一段階は、その場所で起こる予定だった。路地にはまだ人影はなく、大きなごみ容器が二つあるだけだ。魔法省に一番乗りで出勤する職員たちも、通常八時前にそこに現れることはない。

「さあ、それでは」ハーマイオニーが時計を見ながら言った。「予定の魔女は、あと五分ほどでここに来るはずだわ。私が『失神呪文』をかけたら――」

「ハーマイオニー、わかってるったら」ロンが厳しい声で言った。「それに、その魔女がここに来る前に、扉を開けておく手はずじゃなかったか？」

ハーマイオニーが金切り声を上げた。

「忘れるところだった！　下がって――」

ハーマイオニーは、すぐ脇にある、南京錠のかかった落書きだらけの防火扉に杖を向けた。扉は大きな音を立ててパッと開いた。その裏に現れた暗い廊下は、これまでの慎重な偵察から、空き家になった劇場に続いていることがわかっていた。ハーマイオニーは扉を手前に引き、元どおり閉まっているように見せかけた。

「さて、今度は」ハーマイオニーは、路地にいる二人に向きなおった。「再び透明マントをかぶって――」

「――そして待つ」

ロンは言葉を引き取り、セキセイインコに目隠し覆いをかけるように、ハーマイオニーの頭からマントをかぶせながら、あきれたように目をぐるぐるさせてハリーを見た。

それから一分ほどして、**ポン**という小さな音とともに、小柄な魔女職員がすぐ近くに「姿あらわし」した。太陽が雲間から顔を出したばかりで、ふわふわした白髪の魔女は突然の明るさに目をしばたたいたが、予期せぬ暖かさを満喫する間もなく、ハーマイオニーの無言「失神呪文」が胸に当たってひっくり返った。

「うまいぞ、ハーマイオニー」

ロンが、劇場の扉の横にあるごみ容器の陰から現れて言った。ハリーは透明マントを脱いだ。三人は小柄な魔女を、舞台裏に続く暗い廊下に運び込んだ。ハーマイオニーが魔女の髪の毛を数本引き抜き、ビーズバッグから取り出した泥状のポリジュース薬のフラスコに加えた。ロンは小柄な魔女のハンドバッグを引っかき回していた。

「マファルダ・ホップカークだよ」ロンが小さな身分証明書を読み上げた。犠牲者は、魔法不適正使用取締局の局次長と判明した。

「ハーマイオニー、この証明書を持っていたほうがいい。それと、これが例のコインだ」

ロンは、魔女のバッグから取り出した小さな金色のコインを数枚、ハーマイオニーに渡した。全部に「M・O・M」と魔法省の刻印が打ってある。

ハーマイオニーが薄紫のきれいな色になったポリジュース薬を飲むと、数秒後にはマファルダ・ホップカークと瓜二つの姿が、二人の前に現れた。ハーマイオニーがマファルダからはずしためがねをかけているときに、ハリーが時計を見ながら言った。

「僕たち、予定より遅れているよ。魔法ビル管理部さんがもう到着する」

三人は本物のマファルダを閉じ込めて、急いで扉を閉めた。ハリーとロンは透明マントをかぶったが、ハーマイオニーはそのままの姿で待った。まもなく、また**ポン**と音がして、ケナガイタチのような顔の、背の低い魔法使いが現れた。

「おや、おはよう、マファルダ」

「おはよう！」ハーマイオニーは年寄りの震え声で挨拶した。「お元気？」

「いや、実はあんまり」小さい魔法使いがしょげきって応えた。

ハーマイオニーとその魔法使いとが表通りに向かって歩きだし、ハリーとロンはその後ろをこっそりついていった。

「気分がすぐれないのは、よくないわ」

ハーマイオニーは、その魔法使いが問題を説明しようとするのをさえぎって、きっぱりと言った。表通りに出るのを阻止することが大事なのだ。

「さあ、甘い物でもなめて」

「え？　ああ、遠慮するよ――」

「いいからなめなさい！」

ハーマイオニーは、その魔法使いの目の前でトローチの袋を振りながら、有無を言わさぬ口調で言った。小さい魔法使いは度肝を抜かれたような顔で、一つ口に入れた。

効果てきめん。トローチが舌に触れた瞬間、小さい魔法使いは激しくゲーゲーやりだし、ハーマイオニーが頭のてっぺんから髪の毛をひとつかみ引き抜いたのにも、気がつかないほどだった。

「あらまぁ！」

魔法使いが路地に吐くのを見ながら、ハーマイオニーが言った。

「今日はお休みしたほうがいいわ！」

「いや――いや！」

息も絶え絶えに吐きながら、まっすぐ歩くこともできないのに、その魔法使いはなおも先に進もうとした。

「どうしても――今日は――行かなくては――」

「バカなことを！」ハーマイオニーは驚いて言った。「そんな状態では仕事にならないでしょう――聖マンゴに行って、治してもらうべきよ！」

その魔法使いは、ひざを折り両手を地面について吐きながらも、なお表通りに行こうとした。

「そんな様子では、とても仕事にはいけないわ！」ハーマイオニーが叫んだ。

管理部の魔法使いも、とうとうハーマイオニーの言うことが正しいと受け止めたようだった。さわりたくないという感じのハーマイオニーにすがりついて、ようやく立ち上がった魔法使いは、その場で回転して姿を消した。あとに残ったのは、姿を消すときにその手からロンがすばやく奪った鞄と、宙を飛ぶ反吐だけだった。

「ウェー」ハーマイオニーは道にたまった反吐をよけて、ローブのすそを持ち上げた。「この人にも『失神呪文』をかけたほうが、汚くなかったでしょうに」

「そうだな」

ロンは、管理部の魔法使いの鞄を持って、透明マントから姿を現した。

「だけどさ、気絶したやつらが山積みになってたりしたら、もっと人目を引いたと思うぜ。それにしても、あいつ、仕事熱心なやつだったな。それじゃ、やつの髪の毛とポリ薬をくれよ」

二分もすると、ロンはあの反吐魔法使いと同じ背の低いイタチ顔になって、二人の前に現れた。鞄に折りたたまれて入っていた、濃紺のローブを着ている。

「あんなに仕事に行きたかったやつが、このローブを着てなかったのは変じゃないか？　まあいいか。裏のラベルを見ると、僕はレッジ・カターモールだ」

「じゃ、ここで待ってて」

ハーマイオニーが、透明マントに隠れたままのハリーに言った。

「あなた用の髪の毛を持って戻るから」

待たされたのは十分だったが、「失神」したマファルダを隠してある扉の脇で、反吐の飛び散った路地に一人でコソコソ隠れているハリーには、もっと長く感じられた。ロンとハーマイオニーが、やっと戻ってきた。

「誰だかわからないの」

黒いカールした髪を数本ハリーに渡しながら、ハーマイオニーが言った。

「とにかくこの人は、ひどい鼻血で家に帰ったわ！　かなり背が高かったから、もっと大きなローブがいるわね……」

ハーマイオニーは、クリーチャーが洗ってくれた古いローブを一式取り出した。ハリーは薬を持って、着替えるために物陰に隠れた。

痛い変身が終わると、ハリーは一メートル八十センチ以上の背丈になっていた。筋骨隆々の両腕から判断すると、相当強そうな体つきだ。さらにひげ面だった。着替えたローブに透明マントとめがねを入れて、ハリーは二人の所に戻った。

「おったまげー、怖いぜ」ロンが言った。

ハリーはいまや、ずっと上からロンを見下ろしていた。

「マファルダのコインを一つ取ってちょうだい」ハーマイオニーがハリーに言った。「さあ、行きましょう。もう九時になるわ」

三人は一緒に路地を出た。混み合った歩道を五十メートルほど歩くと、先端が矢尻の形をした杭の建ち並ぶ、黒い手すりのついた階段が二つ並んでいて、片方の階段には男、もう片方には女と表示してあった。

「それじゃ、またあとで」

ハーマイオニーはピリピリしながらそう言うと、危なっかしい足取りで「女」のほうの階段を下りていった。ハリーとロンは、自分たちと同じく変な服装の男たちにまじって階段を下りた。下は薄汚れた白黒タイルの、ごく一般的な地下公衆トイレのようだった。

「やあ、レッジ！」

やはり濃紺のローブを着た魔法使いが呼びかけた。トイレの小部屋のドアのスロットに、金色のコインを差し込んで入ろうとしている。

「まったく、つき合いきれないね、え？　仕事に行くのにこんな方法を強制されるなんて！　お偉い連中は、いったい誰が現れるのを待ってるんだ？　ハリー・ポッターか？」

魔法使いは、自分のジョークで大笑いした。

「ああ、ばかばかしいな」ロンは、無理につき合い笑いをした。

それからロンとハリーは、隣り合わせの小部屋に入った。ハリーの小部屋の右からも左からもトイレを流す音が聞こえた。かがんで下のすきまから右隣の小部屋を見ると、ちょうどブーツをはいた両足が、トイレの便器に入り込むところだった。左をのぞくと、ロンの目がこっちを見てパチクリしていた。

「自分をトイレに流すのか?」ロンがささやいた。

「そうらしいな」

ささやき返したハリーの声は、低音の重々しい声になっていた。

二人は立ち上がり、ハリーはひどく滑稽に感じながら便器の中に入った。

それが正しいやり方だと、すぐにわかった。一見水の中に立っているようだが、靴も足もローブも、まったくぬれていない。ハリーは手を伸ばして、上からぶら下がっているチェーンをぐいと引いた。次の瞬間、ハリーは短いトンネルをすべり下りて、魔法省の暖炉の中に出た。

ハリーは、もたもたと立ち上がった。扱い慣れた自分の体よりも、ずっと嵩が大きいせいだ。広大なアトリウムは、ハリーの記憶にあるものより暗かった。以前は、ホールの中央を占める金色の噴水が、磨き上げられた木の床や壁にチラチラと光を投げかけていたが、いまは、黒い石造りの巨大な像がその場を圧している。かなり威嚇的だ。見事な装飾を施した玉座に、魔法使いと魔女の像が座り、足元の暖炉に転がり出てくる魔法省の職員たちを見下ろしている。像の台座には、高さ三十センチほどの文字がいくつか刻み込まれていた。

かったのだ。

　ハリーは、両足に後ろから強烈な一撃を食らった。次の魔法使いが暖炉から飛び出してきてぶつかったのだ。

「どけよ、ぐずぐず――あ、すまん、ランコーン！」

　はげた魔法使いは、明らかに恐れをなした様子であたふたと行ってしまった。ハリーが成りすましている魔法使いランコーンは、どうやら怖がられているらしい。

「シーッ！」

　声のする方向を振り向くと、か細い魔女と魔法ビル管理部のイタチ顔の魔法使いが、像の横に立って合図しているのが見えた。ハリーは急いで二人のそばに行った。

「ハリー、うまく入れたのね？」ハーマイオニーが、小声でハリーに話しかけた。

「いーや、ハリーはまだ雪隠詰めだ」ロンが言った。

「冗談言ってる場合じゃないわ……これ、ひどいと思わない？」

　ハーマイオニーが、像をにらんでいるハリーに言った。

「何に腰かけているか、見た？」

　よくよく見ると、装飾的な彫刻を施した玉座と見えたのは、折り重なった人間の姿だった。何百何千という裸の男女や子供が、どれもこれもかなりまのぬけた醜い顔で、ねじ曲げられ押しつぶされながら、見事なローブを着た魔法使いと魔女の重みを支えていた。

「マグルたちよ」ハーマイオニーがささやいた。「身分相応の場所にいるというわけね。さあ、始めましょう」

三人は、ホールの奥にある黄金の門に向かう魔法使いたちの流れに加わり、できるだけ気づかれないように、あたりを見回した。しかし、ドローレス・アンブリッジのあの目立つ姿は、どこにも見当たらなかった。三人は門をくぐり、少し小さめのホールに入った。そこには二十基のエレベーターが並び、それぞれの金の格子の前に行列ができていた。一番近い列に並んだとたん、声をかける者がいた。

「カターモール！」

三人とも振り向いた。ハリーの胃袋がひっくり返った。ダンブルドアの死を目撃した死喰い人の一人が、大股で近づいてくる。脇にいた魔法省の職員たちは、みな目を伏せてだまり込んだ。恐怖が波のように伝わるのを、ハリーは感じた。獣がかった険悪な顔は、豪華な金糸の縫い取りのある、流れるようなローブといかにも不釣り合いだった。エレベーターの周りに並んでいる誰かが、「おはよう、ヤックスリー！」とへつらうような挨拶をしたが、ヤックスリーは無視した。

「魔法ビル管理部に、俺の部屋をなんとかしろと言ったのだが、カターモール、まだ雨が降ってるぞ」

ロンは、誰かが何か言ってくれないかとばかりにあたりを見回したが、誰もしゃべらない。

「雨が……あなたの部屋で？　それは――それはいけませんね」

ロンは、不安を隠すように笑い声を上げた。ヤックスリーは目をむいた。

「おかしいのか？　カターモール、え？」

並んでいた魔女が二人、列を離れてあたふたとどこかに行った。

「いいえ」ロンが言った。「もちろん、そんなことは――」

「俺はおまえの女房の尋問に、下の階まで行くところだ。わかっているのか、カターモール？　まったく。下にいて、尋問を待つ女房の手を握っているかと思えば、ここにいるとは驚いた。失敗だったと、もう女房を見捨てることにしたわけか？　そのほうが賢明だろう。次は純血と結婚することだな」

ハーマイオニーが小さく叫んだが、ヤックスリーにじろりと見られ、弱々しく咳をして顔をそむけた。

「私は――私は――」ロンが口ごもった。

「しかし、万が一、**俺の**女房が『穢れた血』だと告発されるようなことがあれば」ヤックスリーが言った。「――俺が結婚した女は、誰であれ、そういう汚物とまちがえられることがあるはずはないが――そういうときに魔法法執行部の部長に仕事を言いつけられたら、カターモール、俺ならその仕事を優先する。わかったか？」

「はい」ロンが小声で言った。

「それなら対処しろ、カターモール。一時間以内に俺の部屋が完全に乾いていなかったら、おまえの女房の『血統書』は、いまよりもっと深刻な疑いをかけられることになるぞ」

ハリーたちの前の格子が開いた。ヤックスリーはハリーに向かって軽くうなずき、ニタリといやな笑いを見せて、サッと別なエレベーターのほうに行ってしまった。ハリーが成りすましているランコーンという魔法使いは、カターモールがこういう仕打ちを受けるのを喜ぶべき立場にあることが明らかだった。ハリー、ロン、ハーマイオニーは目の前のエレベーターに乗り込んだが、誰も一緒に乗ろうとはしない。何かに感染するとでも思っているかのようだった。格子がガチャンと閉まり、エレベーターが昇りはじめた。

「僕、どうしよう？」

ロンがすぐさま二人に聞いた。衝撃を受けた顔だ。

「僕が行かなかったら、僕の妻は――つまりカターモールの妻は――」

「僕たちも一緒に行くよ。三人は一緒にいるべきだし――」

ハリーの言葉を、ロンが激しく首を振ってさえぎった。

「とんでもないよ。あんまり時間がないんだから、二人はアンブリッジを探してくれ。僕はヤックスリーの部屋に行って処理する――だけど、どうやって雨降りを止めりゃいいんだ？」

「『**フィニート　インカンターテム、呪文よ終われ**』を試してみて」ハーマイオニーが即座に答えた。「呪いとか呪詛で降っているのだったら、それで雨はやむはずよ。やまなかったら、『大気呪文』がおかしくなっているわね。その場合は直すのがもっと難しいから、とりあえずの処置として、あの人の所有物を保護するために『**防水呪文**』を試して――」

「もう一回ゆっくり言って――」

ロンは、羽根ペンを取ろうと必死にポケットを探ったが、その時エレベーターがガタンと停止して、声だけの案内嬢が告げた。

「四階。魔法生物規制管理部でございます。動物課、存在課、霊魂課、小鬼連絡室、害虫相談室はこちらでお降りください」

格子が開き、魔法使いが二人と、薄紫の紙飛行機が数機一緒に入ってきて、エレベーターの天井のランプの周りをパタパタと飛びまわった。

「おはよう、アルバート」

ほおひげのもじゃもじゃした男が、ハリーに笑いかけた。エレベーターがきしみながらまた昇りはじめたとき、その男はロンとハーマイオニーをちらりと見た。ハーマイオニーは、今度は小声で、必死になってロンに教え込んでいた。ひげもじゃ男はハリーのほうに上体を傾け、ニヤリと笑ってこっそり言った。

「ダーク・クレスウェルか、え？　小鬼連絡室の？　やるじゃないか、アルバート。今度は、私がその地位に就くことまちがいなし！」

男はウィンクし、ハリーは、それだけで充分でありますようにと願いながら、笑顔を返した。エレベーターが止まり、格子がまた開いた。

「二階。魔法法執行部でございます。魔法不適正使用取締局、闇祓い本部、ウィゼンガモット最高裁事務局はこちらでお降りください」声だけの案内嬢が告げた。

ハーマイオニーが、ロンをちょっと押すのがハリーの目に入った。ロンは急いでエレベーターを降り、二人の魔法使いもそのあとから降りたので、中にはハリーとハーマイオニーだけになった。格子が閉まるや否や、ハーマイオニーが早口で言った。

「ねえ、ハリー、私やっぱり、ロンのあとを追ったほうがいいと思うわ。あの人、どうすればいいのかわかってないと思うし、もしロンが捕まったらすべて――」

「一階でございます。魔法大臣ならびに次官室がございます」

金の格子が開いたとたん、ハーマイオニーが息をのんだ。格子のむこうに、立っている四人の姿があった。そのうちの二人は、何やら話し込んでいる。一人は黒と金色の豪華なローブを着た髪の長い魔法使い、もう一人は、クリップボードを胸元にしっかり抱え、短い髪にビロードのリボンをつけた、ガマガエルのような顔のずんぐりした魔女だった。

# 第十三章　マグル生まれ登録委員会

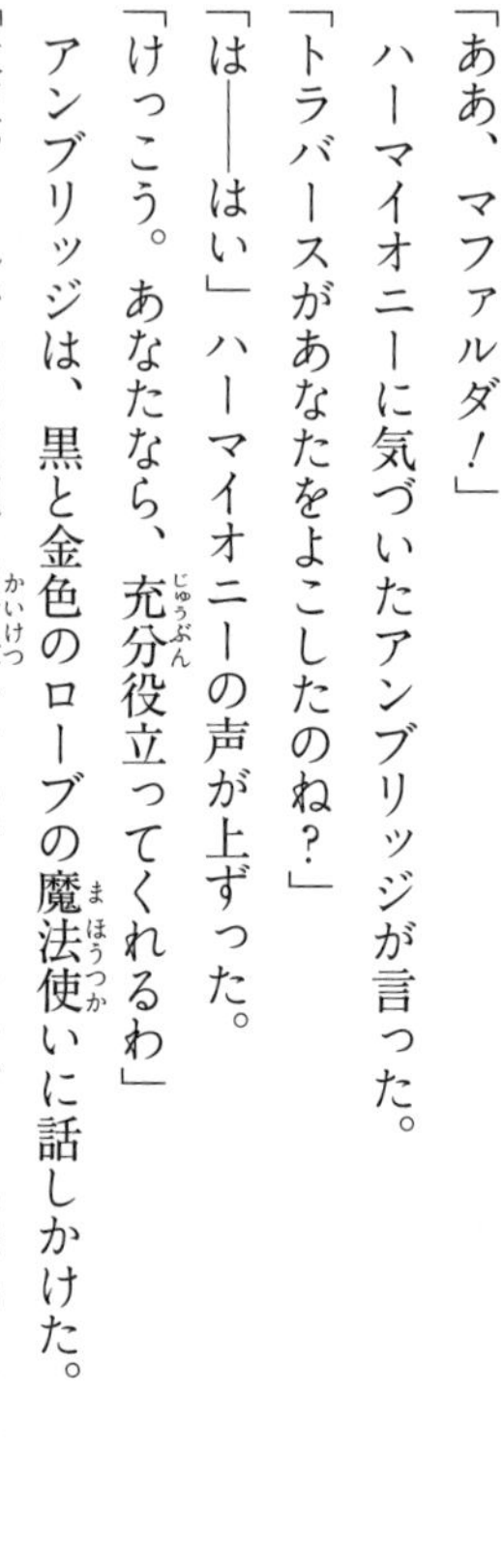

「ああ、マファルダ！」

ハーマイオニーに気づいたアンブリッジが言った。

「トラバースがあなたをよこしたのね？」

「は――はい」ハーマイオニーの声が上ずった。

「けっこう。あなたなら、充分役立ってくれるわ」

アンブリッジは、黒と金色のローブの魔法使いに話しかけた。

「大臣、これであの問題は解決ですわ。マファルダに記録係をやってもらえるなら、すぐにでも始められますわよ」

アンブリッジはクリップボードに目を通した。

「今日は十人ですわ。その中に魔法省の職員の妻が一人！　チッチッチッ……ここまでとは。魔法省のおひざ元で！」

アンブリッジはエレベーターに乗り込み、ハーマイオニーの隣に立った。アンブリッジと大臣の会話を聞いていた二人の魔法使いも同じ行動を取った。

「マファルダ、私たちはまっすぐ下に行きます。必要なものは法廷に全部ありますよ。おはよう、アルバート、降りるんじゃないの？」

「ああ、もちろんだ」ハリーは、ランコーンの低音で答えた。

ハリーが降りると、金の格子がガチャンと閉まった。ちらりと振り返ると、背の高い魔法使いにはさまれたハーマイオニーの不安そうな顔が、ハーマイオニーの肩の高さにあるアンブリッジの髪のビロードのリボンと一緒に沈んでいき、見えなくなるところだった。

「ランコーン、なんの用でここに来たんだ？」

新魔法大臣が尋ねた。黒い長髪とひげには白いものがまじり、ひさしのように突き出た額が小さく光る目に影を落としている。ハリーは、岩の下から外をのぞくカニを思い浮かべた。

「ちょっと話したい人がいるんでね」ハリーはほんの一瞬迷った。「アーサー・ウィーズリーだ。一階にいると聞いたんだが」

「ああ」パイアス・シックネスが言った。「『問題分子』と接触しているところを捕まったか？」

「いや」ハリーはのどがからからになった。「いいや、そういうことではない」

「そうか。まあ時間の問題だがな」シックネスが言った。「私に言わせれば、『血を裏切る者』は、『穢れた血』と同罪だ。それじゃあ、ランコーン」

「ではまた、大臣」

ハリーは、ふかふかのじゅうたんを敷いた廊下を堂々と歩き去るシックネスを、じっと見ていた。その姿が見えなくなるのを待って、着ている重い黒マントから透明マントを引っ張り出し、それをかぶって反対方向に歩きだした。ランコーンの背丈では、大きな足を隠すために腰をかがめなければならない。

得体の知れない恐怖で、ハリーはみずおちがずきずき痛んだ。廊下には磨き上げられた木製の扉が並び、それぞれに名前と肩書きが書いてある。魔法省の権力、その複雑さ、守りの堅固さがひしひしと感じられ、この四週間、ロンやハーマイオニーと一緒に慎重に練り上げた計画は、笑止千万の子供だましのように思えた。気づかれずに中に入り込むことだけに集中して、もし三人バラバラになったらどうするかなど、まったく考えていなかった。いまやハーマイオニーは、何時間続くかわからない裁判に関わってしまい、ロンは、ハリーの見るところロンには手に負えない魔法を使おうとあがいている。しかも、一人の魔女が解放されるかどうかが、ロンの仕事の結果にかかっている。そしてハリーは、獲物がいましがたエレベーターで下りていったことを知りながらも、一階をうろうろしている。

ハリーは歩くのをやめ、壁に寄りかかってどうするべきかを決めようとした。静けさが重かった。忙しく動き回る音も、話し声も、急ぐ足音も聞こえない。紫のじゅうたんを敷き詰めた廊下は、まるで「耳ふさぎ」の呪文がかかったように、ひっそりとしている。

**あいつの部屋は、この階にちがいない**、とハリーは思った。

アンブリッジが、宝石類を事務所に置いているとは思えなかったが、探しもせず、確認もしないのは愚かしい。ハリーは、また廊下を歩きはじめた。途中で、目の前に浮かべた羽根ペンに、顔をしかめてブツブツ指示を与え、長い羊皮紙に書き取らせている魔法使いと行きちがっただけで、ほかには誰にも出会わなかった。

今度は扉の名前に注意しながら歩き、ハリーは角を曲がった。その廊下の中ほどには広々とした場所があり、十数人の魔法使いや魔女が、何列か横に並んだ机に座っていた。学校の机とあまり変わらない小さな机だが、ピカピカに磨かれ、落書きもない。ハリーは立ち止まって、催眠術にかかったようにその場の動きに見入った。みんながいっせいに杖を振ったり回したりすると、四角い色紙が小さなピンク色の凧のように、あらゆる方向に飛んでいく。まもなくハリーは、この作業にリズムがあり、紙が一定のパターンで動いていることに気がついた。ここはパンフレットを製作している所だとすぐにわかった。四角い紙は一枚一枚のページで、それが集められて折りたたまれ、魔とめられてから、作業者の脇にきちんと積み上げられていた。

ハリーはこっそり近づいた。もっとも作業員は仕事に没頭していたので、じゅうたんに吸い込まれる足音に気づくとは思えなかった。ハリーは若い魔女の脇にある、完成したパンフレットの束から一部、すっと抜き取り、透明マントの下で読んだ。ピンクの表紙に、金文字で表題が鮮やかに書かれている。

**穢れた血――平和な純血社会にもたらされる危険について**

表題の下には、まぬけな笑顔の赤いバラが一輪、牙をむき出してにらみつける緑の雑草にしめ殺されようとしている絵があった。著者の名は書かれていない。しかし、パンフレットをじっと見ていると、ハリーの右手の甲の傷痕がチクチク痛むような気がした。その推測が当たっていることは、かたわらの若い魔女の言葉で確認された。杖を振ったり回したりしながら、その魔女が言った。

「あの鬼ばばぁ、一日中『穢れた血』を尋問しているのかしら？　誰か知ってる？」

「気をつけろよ」

隣の魔法使いが、こわごわあたりを見回しながら言った。紙が一枚、すべって床に落ちた。

「どうして？　魔法の目ばかりじゃなく、魔法の耳まで持ってるとでも言うの？」

若い魔女は、パンフレット作業員の並ぶ仕事場の正面にある、ピカピカのマホガニーの扉をちらりと見た。ハリーも見た。とたんに、蛇が鎌首をもたげるように、怒りが湧き上がってきた。木の扉の、マグルの家ならのぞき穴がある場所に、明るいブルーの、大きな丸い目玉が埋め込まれてあったのだ。アラスター・ムーディを知る者にとっては、ドキリとするほど見慣れた目玉だ。

一瞬ハリーは、自分がどこにいて何をしているのかも、自分の姿が見えないことさえも忘れていた。ハリーはまっすぐに扉に近づき、目玉をよく見た。動いていない。上をにらんだまま凍りついていた。その下の名札にはこう書いてある。

**ドローレス・アンブリッジ**
**魔法大臣付上級次官**

その横に、より光沢のある新しい札がもう一つあった。

**マグル生まれ登録委員会委員長**

ハリーは、十数人のパンフレット作業員を振り返った。仕事に集中しているとはいえ、目の前の、誰もいないオフィスの扉が開けば気づかないわけはないだろう。そこでハリーは、内ポケットから、小さな肢をごにょごにょ動かしている変なものを取り出した。胴体はゴム製の球がついたラッパだ。透明マントをかぶったまま、ハリーはかがんでその「おとり爆弾」を床に置いた。「おとり」はたちまち、目の前の作業員たちの足の間を、シャカシャカ走り抜けていった。ハリーが扉のノブに手をかけて待っていると、やがて大きな爆発音がして、隅のほうから刺激臭のある真っ黒な煙がもうもうと立ち上った。前列にいた、あの若い魔女が悲鳴を上げた。仲間の作業員も飛び上がって騒ぎの元はどこだとあたりを見回し、ピンクの紙があちこちに飛び散った。ハリーはノブを回してアンブリッジの部屋に入り、扉を閉めた。

ハリーは、タイムスリップしたかと思った。その部屋は、ホグワーツのアンブリッジの部屋と寸分のちがいもない。ひだのあるレースのカーテン、花瓶敷、ドライフラワーなどが、ありとあらゆる表面を覆っている。壁にも同じ飾り皿で、首にリボンを結んだ色鮮やかな子猫の絵が、吐き気をもよおすようなかわいさで、ふざけたりじゃれたりしている。机には、ひだ飾りで縁どった花柄の布がかけられている。マッド-アイの目玉の裏には、望遠鏡の筒のようなものが取りつけられていて、アンブリッジが外の作業員を監視できるようになっていた。ハリーがのぞいてみると、作業員たちは、まだ「おとり爆弾」の周りに集まっていた。ハリーは筒を引っこ抜いて扉に穴が開いたままにし、魔法の目玉を筒からはずしてポケットに入れた。それからもう一度部屋の中に向きなおり、杖を上げて小声で唱えた。

「アクシオ、ロケットよ来い」

何事も起こらない。もっとも起こるとも思っていなかった。アンブリッジだって当然、保護呪文や呪いを熟知している。そこでハリーは、急いで机のむこう側に回り、引き出しを開けはじめた。羽根ペンやノート、スペロテープなどが見える。呪文のかかったクリップが引き出しからとぐろを巻いて立ち上がり、ハリーはそれをたたき返さなければならなかった。ごてごて飾り立てた小さなレースの箱は、髪飾りのリボンや髪どめでいっぱいだ。しかし、ロケットはどこにも見当たらない。

机の後ろにファイル・キャビネットがある。次はそれを調べにかかった。ホグワーツにあるフィルチの書類棚と同じで、名前のラベルを貼ったホルダーがぎっしりと入っていた。一番下の引き出しまで調べたとき、気になるものが目にとまり、ハリーは捜索の手を止めた。ウィーズリー氏のファイルだ。

ハリーはそれを引っ張り出して、開いた。

**アーサー・ウィーズリー**

血統　純血。しかしマグルびいきであるという許しがたい傾向がある。「不死鳥の騎士団」のメンバーであることが知られている。

家族　妻（純血）子供七人。下の二人はホグワーツ在学中。

警備（注）末息子は重病で現在在宅。魔法省の検察官が確認済み。
**監視中**。すべての行動が見張られている。「問題分子ナンバーワン」が接触する可能性大（以前にウィーズリー家に滞在していた）。

「『問題分子ナンバーワン』、か」

ウィーズリーおじさんのホルダーを元に戻して、引き出しを閉めながら、ハリーは息をひそめてつぶやいた。それが誰のことなのかわかる、と思った。ほかにロケットの隠し場所はないかと、体を起こして部屋を眺め回していると、思ったとおり、壁に自分のポスターが貼ってあるのが見えた。胸のところに鮮やかな文字で、「**問題分子ナンバーワン**」と書かれている。隅に、子猫のイラストが入った小さなピンクのメモがとめてある。近寄って読むと、アンブリッジの字で「処罰すべし」と書いてあった。

ますます腹が立って、ハリーは花瓶やドライフラワーのかごの下を探った。しかしロケットはない。当然、そんな所にあるはずがない。最後にもう一度部屋の中をざっと見回したその時、心臓の鼓動が一拍すっ飛んだ。机の脇の本棚に立てかけられている小さな長方形の鏡から、ダンブルドアがハリーを見つめていたのだ。

ハリーは走って部屋を横切り、それを取り上げたが、触れたとたんに鏡ではないことがわかった。ダンブルドアは、光沢のある本の表紙から、切なげに笑いかけていた。とっさには気づかなかったが、その帽子を横切って緑色の曲がりくねった飾り文字が書いてあった。

　アルバス・ダンブルドアの真っ白な人生と真っ赤な嘘

胸の上にも、それより少し小さな字でこう書かれていた。

　ベストセラー『アーマンド・ディペット　偉人か愚人か』の著者、リータ・スキーター著

ハリーは適当にページをめくった。すると、肩を組み合った十代の少年が、二人で不謹慎なほど大笑いしている全ページ写真が目に入った。ダンブルドアは、ひじのあたりまで髪を伸ばし、クラムを思い出させるような短いあごひげをうっすらと生やしている。ロンを、あれほどいらいらさせたひげだ。ダンブルドアと並んで、声を出さずに大笑いしている少年は、陽気で奔放な雰囲気を漂わせ、金髪の巻き毛を肩まで垂らしている。ハリーは若き日のドージかもしれないと思ったが、説明文を確かめる前に部屋の扉が開いた。

シックネスだ。後ろを振り返りながら部屋に入ってこなければ、ハリーは透明マントをかぶるひまがなかっただろう。シックネスがハリーの動きをちらりと目にしたのではないかという気がした。事実、シックネスは腑に落ちないという顔で、ハリーの姿がたったいま消えたあたりをしばら

く見つめたまま、じっと動かなかった。やがて、ハリーがあわてて棚に戻した本の表紙のダンブルドアが、鼻の頭をかくしぐさが見えたのだろうと自分を納得させたらしく、シックネスは結局部屋に入って机に近づき、インクつぼに差してある羽根ペンに杖を向けた。羽根ペンは飛び上がって、アンブリッジへの伝言を書きはじめた。ハリーはゆっくりと、ほとんど息も止めて、部屋の外へと抜け出した。

パンフレットの作業者たちは、まだ弱々しくポッポッと煙を吐き続けている「おとり爆弾」の周りに集まっていた。ハリーは、あの若い魔女の声をあとに、急いで廊下を歩きだした。

「『実験呪文委員会』から、ここまで逃げてきたにちがいないわ。あそこは、ほんとにだらしないんだから。ほら、あの毒アヒルのことを覚えてる？」

エレベーターまで急いで戻りながら、ハリーはどういう選択肢がありうるかを考えた。もともとロケットが魔法省に置いてある可能性は少なかったし、人目の多い法廷にアンブリッジが座っている間は、魔法をかけてロケットのありかを聞き出すことなど望むべくもない。いまは、見つかる前に魔法省から抜け出すことが第一だ。また出なおせばいい。まずはロンを探す。それから二人で、ハーマイオニーを法廷から引っ張り出す算段をする。

昇ってきたエレベーターはからだった。ハリーは飛び乗って、エレベーターが下りはじめると同時に透明マントを脱いだ。ガチャガチャと音を立てて二階で停止したエレベーターに、なんと魔のいいことに、ぐしょぬれのロンがお手上げだという目つきで乗り込んできた。

「お——おはよう」エレベーターが再び動きだすと、ロンがしどろもどろに言った。

「ロン、僕だよ、ハリーだ！」

「ハリー！　おっどろき、君の姿を忘れてた——ハーマイオニーは、どうして一緒じゃないんだ？」

「アンブリッジと一緒に法廷に行かなきゃならなくなって、断れなくて、それで——」

しかし、ハリーが言い終える前にエレベーターがまた停止し、ドアが開いて、ウィーズリー氏が、年配の魔女に話しかけながら入ってきた。金髪の魔女は、これでもかというほど逆毛を立てたアリ塚のような頭だった。

「……ワカンダ、君の言うことはよくわかるが、私は残念ながら加わるわけには——」

ウィーズリー氏はハリーに気づいて、突然口を閉じた。ウィーズリーおじさんに、これほど憎しみを込めた目で見つめられるのは、変な気持ちだった。ドアが閉まり、四人を乗せたエレベーターは、再び下りはじめた。

「おや、おはよう、レッジ」

ロンのローブから、絶え間なくしずくの垂れる音がしているのに気づき、ウィーズリー氏が振り返った。

「奥さんが、今日尋問されるはずじゃなかったかね？　あー――いったいどうした？　どうしてそんなに、びしょぬれで？」

「ヤックスリーの部屋に、雨が降っている」

ロンはウィーズリー氏の肩に向かって話しかけていた。まっすぐ目を合わせれば、父親に見抜かれることを恐れたにちがいないと、ハリーは思った。

「止められなくて。それでバーニー――ピルズワース、とか言ったと思うけど、その人を呼んでこいと言われて――」

「そう、最近は雨降りになる部屋が多い」ウィーズリー氏が言った。「**『メテオロジンクス　レカント、気象呪い崩し』**を試したかね？　ブレッチリーには効いたが」

「**メテオロジンクス　レカント？**」ロンが小声で言った。「いや、試していない。ありがとう、パ――じゃない、ありがとう、アーサー」

エレベーターが開き、年配のアリ塚頭の魔女が降り、ロンはそのあとから矢のように魔女を追い越して姿が見えなくなった。ハリーもあとを追うつもりで降りかけたが、乗り込んできた人物に行く手をはばまれた。パーシー・ウィーズリーが、顔も上げずに書類を読みながら、ずんずん乗り込んできたのだ。

ドアがガチャンと閉まるまで、パーシーは、父親と同じエレベーターに乗り合わせたことに気づかなかった。目を上げてウィーズリー氏に気づいたとたん、パーシーの顔は赤カブ色になり、ドアが次の階で開くと同時に降りていった。ハリーは再び降りようとしたが、今度はウィーズリーおじさんの腕にはばまれた。

「ちょっと待て、ランコーン」

エレベーターのドアが閉まり、二人はガチャガチャともう一階下に下りていった。ウィーズリー氏が言った。

「君が、ダーク・クレスウェルの情報を提供したと聞いた」

ハリーには、ウィーズリーおじさんの怒りが、パーシーの態度でよけいにあおられたように思えた。ここは、知らんふりをするのが一番無難だと判断した。

「え？」ハリーが言った。

「知らぬふりはやめろ、ランコーン」ウィーズリー氏が、激しい口調で言った。「君は、家系図を捏造した魔法使いとして彼を追いつめたのだろう。ちがうかね？」

「私は――もしそうだとしたら？」ハリーが言った。

「そうだとしたら、ダーク・クレスウェルは、君より十倍も魔法使いらしい人物だ」

エレベーターがどんどん下りていく中、ウィーズリー氏が静かに言った。

「もし、クレスウェルがアズカバンから生きて戻ってきたら、君は彼に申し開きをしなければならないぞ。もちろん、奥さんや息子たちや友達にも――」

「アーサー」ハリーが口をはさんだ。「君は監視されている。知っているのか？」

「脅迫のつもりか、ランコーン？」ウィーズリー氏が声を荒らげた。

「いや」ハリーが言った。「事実だ！　君の動きはすべて見張られているんだ――」

エレベーターのドアが開いた。アトリウムに到着していた。ウィーズリー氏は痛烈な目でハリーをにらみ、サッと降りていった。ハリーは、衝撃を受けてその場に立ちすくんだ。ランコーンでなく、ほかの人間に変身していればよかったのに……ドアが再びガチャンと閉まった。

ハリーは透明マントを取り出して、またかぶった。ロンが雨降り部屋を処理している間に、独力でハーマイオニーを救出するつもりだった。ドアが開くと、板壁にじゅうたん敷きの一階とはまったくちがう、松明に照らされた石の廊下に出た。エレベーターだけが再びガチャガチャと昇っていき、ハリーは廊下の奥にある「神秘部」の真っ黒な扉のほうを見て、少し身震いした。

ハリーは歩きはじめた。目標は黒い扉ではなく、確か左手にあったはずの入口だ。その開口部から法廷に下りる階段がある。忍び足で階段を下りながら、ハリーは、どういう可能性があるかと、あれこれ考えをめぐらした。「おとり爆弾」はあと一個残っている。しかし、法廷の扉をノックしてランコーンとして入室し、マファルダとちょっと話したいと願い出るほうがよいのではないか？　もちろん、ランコーンがそんな頼みを通せるほど重要人物かどうかを、ハリーは知らない。しかも、もしそれができたとしても、ハーマイオニーが法廷に戻らなければ、三人が魔法省を脱出する前に、捜索が始まってしまうかもしれない……。

考えるのに夢中で、ハリーは不自然な冷気にじわじわと包まれていることに、すぐには気づかなかった。階段を下りて、冷たい霧の中に入っていくような感じだ。一段下りるごとに冷気が増し、それはのどからまっすぐに入り込んで、肺を引き裂くようだった。それからあの忍び寄る絶望感、無気力感が体中を侵し、広がっていった……。

**吸魂鬼だ**、とハリーは思った。

階段を下りきって右に曲がると、恐ろしい光景が目に入った。法廷の外の暗い廊下は、黒いフードをかぶった背の高い姿でいっぱいだ。吸魂鬼の顔は完全に隠れ、ガラガラという息だけが聞こえる。尋問に連れてこられたマグル生まれたちは、石のように身をこわばらせ、堅い木のベンチに体を寄せ合って震えている。ほとんどの者が顔を両手で覆っているが、たぶん、吸魂鬼の意地汚い口から、本能的に自らを護っているのだ。家族に付き添われている者も、ひとりで座っている者もいる。吸魂鬼は、その前をすべるように往ったり来たりしている。その場の冷たい絶望感、無気力感が、呪いのようにハリーにのしかかってきた……。

**戦え**、ハリーは自分に言い聞かせた。しかしここで守護霊を出せば、たちまち自分の存在を知られてしまう。そこでハリーは、できるだけ静かに進んだ。一歩進むごとに、頭がしびれていくようだ。ハリーは、自分を必要としているハーマイオニーとロンのことを思い浮かべて、力を振りしぼった。

　そびえ立つような黒い姿の中を歩くのは、恐ろしかった。フードに隠された目のない顔が、ハリーの動きを追った。ハリーの存在を感じ取ったにちがいない。おそらく、まだ望みを捨てず、反発力を残した者の存在を感じ取っているのだ……。

　その時突然、凍りつくような沈黙に衝撃が走り、左側に並ぶ地下室の扉の一つが開いて、中から叫び声が響いてきた。

「ちがう、ちがう、私は半純血だ。半純血なんだ。聞いてくれ！　父は魔法使いだった。**ほんとうだ。**調べてくれ。アーキー・アルダートンだ。有名な箒設計士だった。調べてくれ。お願いだ――手を放せ、手を放せ――」

「これが最後の警告よ」

　魔法で拡大されたアンブリッジの猫なで声が、男の絶望の叫びをかき消して響いた。

「抵抗すると、吸魂鬼に接吻させますよ」

　男の叫びは静かになったが、乾いたすすり泣きが廊下に響いてきた。

「連れていきなさい」アンブリッジが言った。

　法廷の入口に、二人の吸魂鬼が現れた。くさりかけたかさぶただらけの手が、気絶した様子の魔法使いの両腕をつかんでいる。吸魂鬼は男を連れてするすると廊下を去っていき、そのあとに残された暗闇が、男の姿を飲み込んだ。

「次――メアリー・カターモール」アンブリッジが呼んだ。

小柄な女性が立ち上がった。頭のてっぺんから足の先まで震えている。黒い髪をとかしつけて髷に結い、長いシンプルなローブを着ている。顔からは、すっかり血の気が失せていた。吸魂鬼のそばを通り過ぎるとき、女性が身震いするのが見えた。

ハリーは本能的に動いた。何も計画していたわけではない。女性が一人で地下牢に入っていくのを、見るにたえなかったからだ。扉が閉まりかけたとき、ハリーは女性の後ろについて法廷にすべり込んでいた。

そこは、かつてハリーが魔法不正使用の廉で尋問された法廷とは、ちがう部屋だった。天井は同じぐらいの高さだったが、もっと小さな部屋だ。深井戸の底に閉じ込められたようで、閉所恐怖症に襲われそうだった。

ここには、さらに多くの吸魂鬼がいた。その場に、凍りつくような霊気を発している。顔のない歩哨のように、高くなった裁判官席からは一番遠い法廷の隅に立っていた。高欄の囲いのむこうにアンブリッジが座り、片側にはヤックスリー、もう片側には、カターモール夫人と同じぐらい青白い顔をしたハーマイオニーが座っていた。裁判官席の下には、毛足の長い銀色の猫が往ったり来たりしている。吸魂鬼の発する絶望感から検察側を護っているのはそれだ、とハリーは気づいた。絶望を感じるべきなのは被告であり、原告ではないのだ。

「座りなさい」アンブリッジの甘い、なめらかな声が言った。

カターモール夫人は、高い席から見下ろす床の真ん中に、一つだけ置かれた椅子によろよろと近寄った。座ったとたんに、椅子のひじかけ部分からガチャガチャと鎖が出てきて、夫人を椅子に縛りつけた。

「メアリー・エリザベス・カターモールですね？」アンブリッジが聞いた。

カターモール夫人は弱々しくこくりとうなずいた。

「魔法ビル管理部の、レジナルド・カターモールの妻ですね？」

カターモール夫人はワッと泣きだした。

「夫がどこにいるのかわからないわ。ここで会うはずでしたのに！」

アンブリッジは無視した。

「メイジー、エリー、アルフレッド・カターモールの母親ですね？」

カターモール夫人は、いっそう激しくしゃくり上げた。

「子供たちはおびえています。私が家に戻らないのじゃないかと思って――」

「いいかげんにしろ」ヤックスリーが吐き出すように言った。「『穢れた血』のガキなど、我々の同情を誘うものではない」

　カターモール夫人のすすり泣きが、壇に上る階段にそっと近づこうとしていたハリーの足音を隠してくれた。猫の守護霊がパトロールしている場所を過ぎたとたん、ハリーは温度が変わるのを感じた。ここは暖かく快適だ。この守護霊は、アンブリッジのものにちがいないとハリーは思った。自分が作成に関与したいびつな法律を振りかざし、本領を発揮できるこの上ない幸せを反映して、アンブリッジの分身は光り輝いていた。ハリーはゆっくりと慎重に、アンブリッジ、ヤックスリー、ハーマイオニーの座っている裁判官席の後ろの列に回り込んでじりじりと進み、ハーマイオニーの後ろに座った。ハーマイオニーが驚いて、飛び上がりはしないかと心配だった。アンブリッジとヤックスリーに「**耳ふさぎ**」の呪文をかけようとも思ったが、呪文を小声でつぶやいてもハーマイオニーを驚かせてしまうかもしれない。その時、アンブリッジが声を張り上げてカターモール夫人に呼びかけたので、ハリーはその機会をとらえた。

「僕、君の後ろにいるよ」ハリーは、ハーマイオニーの耳にささやいた。

　思ったとおり、ハーマイオニーは飛び上がり、そのはずみで尋問の記録に使うはずのインクつぼをひっくり返すところだった。しかしアンブリッジもヤックスリーも、カターモール夫人に気を取られていて、それに気づかなかった。

「カターモールさん、あなたが今日魔法省に到着した際に、あなたから杖を取り上げました」アンブリッジが話していた。「二十二センチ、桜材、芯は一角獣のたてがみ。この説明がなんのことかわかりますか?」

カターモール夫人は、そでで目をぬぐってうなずいた。

「この杖を、魔女または魔法使いの、誰から奪ったのか、教えてくれますか?」

「私が——奪った?」カターモール夫人はしゃくり上げた。「いいえ、だ——誰からも奪ったりしませんわ。私は、か——買ったのです。十一歳のときに。そ——その——その杖が——私を**選んだ**のです」

夫人の泣き声が、いっそう激しくなった。

女の子のように小さな笑い声を上げたアンブリッジを、ハリーはなぐりつけてやりたくなった。アンブリッジが自分の餌食をよく見ようと高欄から身を乗り出すと同時に、何か金色のものがぶらりと前に揺れて、宙にぶら下がった。ロケットだ。

それを見たハーマイオニーが小さな叫び声を上げたが、アンブリッジもヤックスリーも相変わらず獲物に夢中で、いっさい耳に入っていなかった。

「いいえ」アンブリッジが言った。「いいえ、そうは思わないことよ、カターモールさん。杖は、魔女とか魔法使いしか選びません。あなたは魔女ではないのよ。あなたに送った調査票へのお答えがここにあります——マファルダ、よこしてちょうだい」

アンブリッジが小さい手を差し出した。その瞬間、あまりにもガマガエルそっくりだったので、ずんぐりした指の間に水かきが見えないことに、ハリーは相当驚いた。ハーマイオニーは衝撃で手が震えていた。脇の椅子に崩れんばかりに積まれている文書の山を、もたつく手で探り、ハーマイオニーはやっとのことで、カターモール夫人の名前が書いてある羊皮紙の束を引っ張り出した。

「それ――それ、きれいだわ、ドローレス」

ハーマイオニーは、アンブリッジのブラウスのひだ飾りの中で光っているペンダントを指差した。

「何？」

アンブリッジは、ぶっきらぼうに言いながら下を見た。

「ああ、これ――家に先祖代々伝わる古い品よ」

アンブリッジは、でっぷりした胸にのっているロケットをポンポンとたたいた。

「『S』の字はセルウィンのS……私はセルウィンの血筋なの……実のところ、純血の家系で私の親せき筋でない家族は、ほとんどないわ。……残念ながら」アンブリッジは、カターモール夫人の調査票にざっと目を通しながら、声を大にして言葉を続けた。「あなたの場合はそうはいかないようね。両親の職業、青物商」

ヤックスリーはあざ笑った。下のほうではふわふわした銀色の猫が往ったり来たりの見張りを続け、吸魂鬼は部屋の隅で待ちかまえていた。

アンブリッジのうそでハリーは頭に血が上り、警戒心を忘れてしまった。こそ泥から賄賂として奪ったロケットが、自分の純血の証明を補強するのに使われている。ハリーは透明マントの下に隠すことさえせず、杖を上げて唱えた。

「ステューピファイ！　まひせよ！」

赤い閃光が走った。アンブリッジはクシャッと倒れて額が高欄の端にぶつかり、カターモール夫人の調査票はひざから床にすべり落ちた。同時に、壇の下では、歩き回っていた銀色の猫が消えた。氷のような冷たさが、下から上へ風のように襲ってきた。混乱したヤックスリーは、原因を突き止めようとあたりを見回し、ハリーの体のない手と杖だけが自分をねらっているのを見つけて杖を抜こうとした。しかし、遅すぎた。

「ステューピファイ！　まひせよ！」

ヤックスリーはズルッと床に倒れ、身を丸めて横たわった。

「ハリー！」

「ハーマイオニー、だまって座ってなんかいられるか？　あいつがうそをついて――」

「ハリー、カターモールさんが！」

ハリーは透明マントをかなぐり捨てて、すばやく振り向いた。下では、吸魂鬼が部屋の隅から動きだし、椅子に鎖で縛られている女性にするするすると近づいていた。守護霊が消えたからなのか、それとも飼い主の牽制が効かない状態になったのを感じ取ったからなのか、抑制をかなぐり捨てたようだ。ぬるぬるしたかさぶただらけの手であごを押し上げられ、上を向かされたカターモール夫人は、すさまじい恐怖の悲鳴を上げた。

「エクスペクト　パトローナム！　守護霊よ来たれ！」

銀色の牡鹿がハリーの杖先から飛び出し、吸魂鬼に向かって突進した。吸魂鬼は退却し、再び暗い影となって消えた。牡鹿は地下牢を何度もゆっくりと駆け回って、猫の護りよりずっと力強く暖かい光で部屋全体を満たした。

「分霊箱を取るんだ」ハリーがハーマイオニーに言った。

ハリーは階段を駆け下りながら、透明マントをローブにしまい、カターモール夫人に近づいた。

「あなたが？」夫人はハリーの顔を見つめて、小声で言った。「でも――でも、レッジが言ってたわ。私の名前を提出して尋問させたのは、あなただって！」

「そうなの？」ハリーは、夫人の腕を縛っている鎖を引っ張りながらもぞもぞと言った。「そう、気が変わったんだ。ディフィンド！　裂けよ！」何事も起こらない。「ハーマイオニー、どうやって鎖をはずせばいい？」

「ちょっと待って。こっちでもやっていることがあるの――」

「ハーマイオニー、吸魂鬼に囲まれてるんだぞ！」

「わかってるわよ、ハリー。でもアンブリッジが目を覚ましたときロケットがなくなっていたら——コピーを作らなくちゃ……ジェミニオ！　そっくり！　ほーら……これでだませるわ……」

ハーマイオニーも階段を駆け下りてきた。

「そうね……レラシオ！　放せ！」

鎖はガチャガチャと音を立てて、椅子のひじかけに戻った。カターモール夫人は、なおもおびえているようだった。

「わけがわからないわ」夫人が小声で言った。

「ここから一緒に出るんだ」

ハリーは夫人を引っ張って立たせた。

「家に帰って、急いで子供たちを連れて逃げろ。いざとなったら国外に脱出するんだ。変装して逃げろ。事情はその目で見たとおり、ここでは公正に聞いてもらうことなんてできない」

「ハリー」ハーマイオニーが言った。「扉のむこうは、吸魂鬼がいっぱいよ。どうやってここから出るつもり？」

「守護霊たちを——」

ハリーは杖を自分の守護霊に向けながら言った。牡鹿は速度をゆるめ、まばゆい光を放ったまま並足で扉のほうに移動した。

「できるだけたくさん呼び出すんだ。ハーマイオニー、君のも」

「**エクスペク**――エクスペクト　パトローナム」ハーマイオニーが唱えたが、何事も起こらない。

「この人は、この呪文だけが苦手なんだ」

ハリーは、ぼうぜんとしているカターモール夫人に話しかけた。

「ちょっと残念だよ、ほんとに……がんばれ、ハーマイオニー……」

「エクスペクト　パトローナム！　守護霊よ来たれ！」

銀色のカワウソがハーマイオニーの杖先から飛び出し、空中を優雅に泳いで牡鹿のそばに行った。

「行こう」ハリーは、ハーマイオニーとカターモール夫人を連れて扉に向かった。

二体の守護霊が地下牢からスーッと飛び出すと、外で待っていた人々が驚いて叫び声を上げた。

ハリーは周囲を見回した。吸魂鬼はハリーたちの両側で退却して闇に溶け、銀色の霊たちの前に散り散りになって消えた。

「みんな家に戻り、家族とともに隠れるようにと決定された」

ハリーは、外で待っていた「マグル生まれ」たちに告げた。守護霊の光をまぶしげに見ながら、みんなまだ縮こまっている。

「できればこの国から出るんだ。とにかく魔法省からできるだけ離れること。それが――えーと――省の新しい立場だ。さあ、守護霊たちについて行けば、アトリウムから外に出られる」

石段を上がるまでは、なんとか邪魔されることもなく移動したが、エレベーターに近づくと、ハリーは心配になりはじめた。銀の牡鹿とカワウソを脇に従え、二十人もの人を連れていて、そのうちの半数は「マグル生まれ」として訴えられているとなれば、いやでも人目につくと考えないわけにはいかない。ハリーがそういうありがたくない結論に達したとき、エレベーターが目の前にガチャガチャと停止した。

「レッジ！」

カターモール夫人が叫び声を上げて、ロンの腕の中に飛び込んだ。

「ランコーンが逃がしてくれたの。アンブリッジとヤックスリーを襲って。そして、私たち全員が国外に出るべきだって、そう言うの。レッジ、そうしたほうがいいわ。ほんとにそう思うの。急いで家に帰りましょう。そして子供たちを連れて、そして――あなた、どうしてこんなにぬれているの？」

「水」

ロンは抱きついている夫人を離しながら、つぶやいた。

「ハリー、連中は、魔法省に侵入者がいるって気づいたぜ。アンブリッジの部屋の扉の穴がどうとか。たぶん、あと五分しかない。それもないかも――」

カワウソの守護霊が**ポン**と消え、ハーマイオニーは恐怖に引きつった顔をハリーに向けた。

「ハリー、ここに閉じ込められてしまったら――！」

「すばやく行動すれば、そうはならない」ハリーが言った。

ハリーは、黙々と後ろについてきていた人々に話しかけた。みんなぼうぜんとハリーを見つめていた。

「杖を持っている者は？」

約半数が手を挙げた。

「よし。杖を持っていない者は、誰か持っている者についていること。迅速に行動するんだ――連中に止められる前に。さあ、行こう」

全員がなんとか二台に分乗できた。エレベーターの金の格子が閉まり、昇りはじめるまで、ハリーの守護霊がその前で歩哨に立った。

「八階」落ち着いた魔女の声が流れた。「アトリウムでございます」

困ったことになったと、ハリーはすぐに気づいた。アトリウムでは大勢の人が、暖炉を次々と閉鎖する作業に動き回っていた。

「ハリー！」ハーマイオニーが金切り声を上げた。「どうしましょう――？」

「**やめろ！**」

ハリーはランコーンの太い声をとどろかせた。声はアトリウム中に響き、暖炉閉鎖をしていた魔法使いたちはその場に凍りついた。

「ついてくるんだ」

ハリーはおびえきったマグル生まれの集団に向かってささやいた。ロンとハーマイオニーに導かれ、みんなが固まって移動した。

「どうしたんだ、アルバート?」

ハリーが暖炉からアトリウムに出てきたときに、すぐあとから出てきた、あの頭のはげかかった魔法使いだった。神経をとがらせているようだ。

「この連中は、出口が閉鎖される前に出ていかねばならんのだ」

ハリーはできるかぎり重々しく言った。ハリーの目の前にいる魔法使いたちは、顔を見合わせた。

「命令では、すべての出口を閉鎖して、誰も出さないようにと――」

「**俺の言うことがきけんのか?**」ハリーはこけおどしにどなりつけた。「おまえの家系図を調べさせてやろうか? 俺がダーク・クレスウェルにしてやったように」

「すまん!」

はげかけの魔法使いは息をのんであとずさりした。

「そんなつもりじゃない、アルバート、ただ、私はこの連中が……この連中が尋問のために来たと思ったんで、それで……」

「この者たちは純血だ」

ハリーの低音はホール中に重々しく響いた。

「あえて言うが、おまえたちの多くより純血だぞ。さあ、行け」ハリーは大声で言った。

マグル生まれたちはあわてて暖炉の前に進み、二人ずつ組んで姿を消した。魔法省の職員たちは、困惑した顔やらおびえた顔、恨めしげな顔をして、遠巻きに見ていた。その時——。

「メアリー！」

カターモール夫人が振り返った。本物のレッジ・カターモールが、もう吐いてはいなかったがげっそりした青い顔で、エレベーターから降りて走ってくるところだった。

「レ——レッジ？」

夫人は、夫とロンを交互に見た。ロンは大声で事態をののしった。はげかけの魔法使いは口をあんぐり開け、夫人は二人のレッジ・カターモールの間で、滑稽な首振り人形になっていた。

「おいおい——どうしたっていうんだ？　こりゃなんだ？」

「出口を閉鎖しろ！　**閉鎖しろ！**」

ヤックスリーがもう一台のエレベーターから飛び出し、暖炉の脇にいる職員たちに向かって走ってくるところだった。マグル生まれは、カターモール夫人をのぞいて全員、すでに暖炉に消えていた。はげかけの魔法使いが杖を上げたが、ハリーが巨大な拳を振り上げてパンチを食らわせ、その魔法使いをぶっ飛ばした。

「ヤックスリー、こいつはマグル生まれの逃亡に手を貸していたんだ！」ハリーが叫んだ。

はげかけの魔法使いの同僚たちが騒ぎだした。そのどさくさに紛れて、ロンがカターモール夫人をつかみ、まだ開いている暖炉の中へと姿を消した。ヤックスリーは混乱した顔でハリーとパンチを食らった魔法使いを交互に見ていたが、その時、本物のレッジ・カターモールが叫んだ。

「私の妻だ！　私の妻と一緒に行ったのは誰だ？　いったい、どうしたというんだ？」

ハリーは、ヤックスリーが声のしたほうを振り向き、その野蛮な顔に、真相がわかったぞ、というかすかなしるしが表れるのを見た。

「来るんだ！」

ハリーはハーマイオニーに向かって叫び、手をつかんで一緒に暖炉に飛び込んだ。ヤックスリーの呪いが、その時ハリーの頭上をかすめて飛んだ。二人は数秒間くるくる回転し、トイレの小部屋に吐き出された。ハリーがパッと戸を開けると、ロンは洗面台の脇に立って、まだカターモール夫人ともみ合っていた。

「レッジ、私にはわからないわ――」

「いいからもうやめて。僕は君の夫じゃない。君は家に帰らないといけないんだ！」

ハリーたちの後ろの小部屋で音がした。ハリーが振り返ると、ヤックスリーが現れたところだった。

「**行こう！**」叫ぶや否や、ハリーはハーマイオニーの手を握り、ロンの腕をつかんでその場で回転した。

暗闇が三人をのみ込み、ハリーはゴムバンドでしめつけられるような感覚を覚えた。しかし何かがおかしい……握っているハーマイオニーの手が徐々に離れていく……。

ハリーは窒息するのではないかと思った。息をすることもできず、何も見えない。ただロンの腕とハーマイオニーの指だけが実体のあるものだった。しかもその指がゆっくりと離れていく……。

その時ハリーの目に、グリモールド・プレイス十二番地の扉と蛇の形のドア・ノッカーが見えた。しかしハリーが息を吸い込む前に、悲鳴が聞こえ、紫の閃光が走った。ハーマイオニーの手が、突然万力でしめつけるようにハリーの手を握り、すべてがまた暗闇に戻った。

# 第十四章 盗っ人

目を開けると、金色と緑が目にまぶしかった。ハリーは何が起こったのかさっぱりわからず、ただ、木の葉や小枝らしいものの上に横たわっていることだけはわかった。ぺちゃんこにつぶれたような感じのする肺に、息を吸い込もうともがきながら、ハリーは目をしばたたいた。すると、まぶしい輝きは、ずっと高い所にある木の葉の天蓋から射し込む太陽の光だと気がついた。何やら、顔の近くでピクピク動いているものがある。ハリーは、何か小さくて獰猛な生き物と顔を合わせることを覚悟しながら、両手両ひざで身を起こした。しかし、それはロンの片足だった。見回すと、ロンもハーマイオニーも森の中に横たわっている。どうやら、ほかには誰もいないようだ。

ハリーは、最初に「禁じられた森」を思い浮かべた。そして、ホグワーツの構内に三人が姿を現すのは愚かで危険だとわかってはいても、森をこっそり抜けてハグリッドの小屋に行くことを考えると、ほんの一瞬心が躍った。しかしその直後、低いうめき声を上げたロンのほうに這っていく間

に、ハリーはそこが禁じられた森ではないことに気づいた。樹木はずっと若く、木の間隔も広がっていて、地面の下草が少ない。

　ロンの頭の所で、やはり這ってきたハーマイオニーと顔を合わせた。ロンを見たとたん、ハリーの頭から、ほかのいっさいの心配事が吹っ飛んでしまった。ロンの左半身は血まみれで、その顔は、落ち葉の散り敷かれた地面の上で際立って白く見えた。ポリジュース薬の効き目が切れかかっていて、ロンはカターモールとロンがまじった姿をしていた。ますます血の気が失せていく顔とは反対に、髪はだんだん赤くなってきた。

「どうしたんだろう？」

「『ばらけ』たんだわ」

　ハーマイオニーの指は、すでに血の色が一番濃く、一番ぬれているその所を、てきぱきと探っていた。

　ハーマイオニーがロンのシャツを破るのを、ハリーは恐ろしい思いで見つめた。「ばらけ」を、何か滑稽なものだとずっとそう思っていたが、しかしこれは……ハーマイオニーがむき出しにしたロンの二の腕を見て、ハリーは腸がザワッとした。肉がごっそりそがれている。ナイフでそっくりえぐり取ったかのようだ。

「ハリー、急いで、私のバッグ。『**ハナハッカのエキス**』というラベルが貼ってある小瓶よ――」

「バッグ——わかった——」

ハリーは急いでハーマイオニーが着地した所に行き、小さなビーズのバッグをつかんで手を突っ込んだ。たちまち、次々といろいろなものが手に触れた。革製本の背表紙、毛糸のセーターのそで、靴のかかと——。

「**早く！**」

ハリーは地面に落ちていた自分の杖をつかんで、杖先を魔法のバッグに入れ、深い奥底をねらった。

「アクシオ！　ハナハッカよ、来い！」

小さい茶色の瓶が、バッグから飛び出してきた。ハリーはそれをつかまえて、ハーマイオニーとロンの所に急いで戻った。ロンの目は、もはやほとんど閉じられ、白目の一部が細く見えるだけだった。

「気絶してるわ」

ハーマイオニーも青ざめていた。もうマファルダの顔には見えなかったが、髪にはまだところどころ白髪が見える。

「ハリー、栓を開けて。私、手が震えて」

ハリーは小さな瓶の栓をひねり、ハーマイオニーがそれを受け取って血の出ている傷口に三滴垂らした。緑がかった煙が上がり、それが消えたときには、ハリーの目に血が止まっているのが見えた。傷口は数日前の傷のようになり、肉がむき出しになっていた部分に新しい皮が張っている。

「わあ」ハリーは感心した。

「安全なやり方は、これだけなの」

ハーマイオニーはまだ震えていた。

「完全に元どおりにする呪文もあるけれど、試す勇気がなかったわ。やり方をまちがえば、もっとひどくなるのが怖くて……ロンは、もうずいぶん出血してしまったんですもの……」

「ロンはどうしてけがしたんだろう？　つまり――」

頭をすっきりさせ、たったいま起こったことに筋道をつけようと、ハリーは頭を振った。

「僕たち、どうしてここにいるんだろう？　グリモールド・プレイスに戻るところだと思ったのに？」

ハーマイオニーは深く息を吸った。泣きだしそうな顔だ。

「ハリー、私たち、もうあそこへは戻れないと思うわ」

「どうしてそんな――？」

「『姿くらまし』したとき、ヤックスリーが私をつかんだの。あんまり強いものだから、私、振りきれなくて、グリモールド・プレイスに着いたとき、あの人はまだくっついていた。だけどその時――そうね、ヤックスリーは扉を見たにちがいないわ。それで、私たちがそこで停止すると思って、手をゆるめたのよ。だからやっと振りきって、それで、私があなたたちをここに連れてきたの！」

「だけど、そしたら、あいつはどこに？　待てよ……まさか、グリモールド・プレイスにいるんじゃないだろうな？　あそこには、入れないだろう？」

ハーマイオニーは、涙がこぼれそうな目でうなずいた。

「ハリー、入れると思うわ。私――私は『引き離しの呪い』でヤックスリーを振り離したの。でもその時にはすでに、私があの人を『忠誠の術』の保護圏内に入れてしまっていたのよ。ダンブルドアが亡くなってから、私たちも『秘密の守人』だったわ。だから私が、その秘密をヤックスリーに渡してしまったことになるでしょう？」

ハリーは、ハーマイオニーの言うとおりだと思った。事実をあざむいてもしかたがない。大きな痛手だった。ヤックスリーがあの屋敷に入れるなら、三人はもう戻ることはできない。いまのいまでさえ、ヤックスリーはほかの死喰い人たちを「姿あらわし」させて、あそこに連れてきているかもしれない。あの屋敷は、確かに暗くて圧迫感はあったが、三人にとっては唯一の安全な避難場所になっていた。それに、クリーチャーがあれほど幸せそうで親しくなったいまは、我が家のようなものだった。いまごろあの屋敷しもべ妖精が、ハリーやロンやハーマイオニーに食べてはもらえないステーキ・キドニー・パイを、いそいそと作っているだろうと思うと、ハリーは胸が痛んだ。それは食べられない無念さとは、まったく別の痛みだった。

「ハリー、ごめんなさい。ほんとうにごめんなさい！」

「バカ言うなよ。君のせいじゃない！　誰かのせいだとしたら、僕のせいだ……」

ハリーはポケットに手を入れて、マッド-アイの目玉を取り出した。ハーマイオニーは、おびえたようにあとずさりした。

「アンブリッジのやつが、これを自分の部屋の扉にはめ込んで、職員を監視していた。僕、そのままにしておけなかったんだ……でも、やつらが侵入者に気づいたのは、これのせいだ」

ハーマイオニーが応える前に、ロンがうめいて目を開けた。顔色はまだ青く、顔は脂汗で光っていた。

「気分はどう？」ハーマイオニーがささやいた。

「めちゃワル」

ロンがかすれ声で応え、けがをした腕の痛みで顔をしかめた。

「ここはどこ？」

「クィディッチ・ワールドカップがあった森よ」

ハーマイオニーが言った。

「どこか囲まれた所で、保護されている所が欲しかったの。それでここが――」

「――最初に思いついた所だった」

ハリーが、あたりを見回しながら言葉を引き取った。林の中の空き地には、見たところ人の気配はない。しかし、ハリーは、ハーマイオニーが最初に思いついた場所に「姿あらわし」した前回の出来事を、思い出さずにはいられなかった。あの時、死喰い人は、たった数分で三人を見つけた。あれは「開心術」だったのだろうか？　ヴォルデモートか腹心の部下が、いまこの瞬間にも、ハーマイオニーが二人を連れてきたこの場所を読み取っているだろうか？

「移動したほうがいいと思うか？」

ロンがハリーに問いかけた。ロンの表情から、ハリーはロンが自分と同じことを考えていると思った。

「わからないけど――」

ロンはまだ青ざめて、じっとりと汗ばんでいた。上半身を起こそうともせず、それだけの力がないように見えた。ロンを動かすとなると、相当やっかいだ。

「しばらく、ここにいよう」ハリーが言った。

ハーマイオニーはホッとしたような顔で、すぐに立ち上がった。

「どこに行くの？」ロンが聞いた。

「ここにいるなら、周りに保護呪文をかけないといけないわ」

ハーマイオニーは杖を上げて、ブツブツ呪文を唱えながら、ハリーとロンの周りに大きく円を描くように歩きはじめた。ハリーの目には、周囲の空気に小さな乱れが生じたように見えた。ハーマイオニーが、この空き地を陽炎で覆ったような感じだった。

「サルビオヘクシア……プロテゴトタラム……レペロマグルタム……マフリアート……ハリー、テントを出してちょうだい……」

「テントって？」

「バッグの中よ！」

「バッ……あ、そうか」

今度はわざわざ中を手探りしたりせず、最初から「呼び寄せ呪文」を使った。テント布や張り綱、ポールなどがひと包みとなった大きな塊が出てきた。猫のにおいがすることから、ハリーはこのテントが、クィディッチ・ワールドカップの夜に使ったものだと思った。

「これ、魔法省の、あのパーキンズって人のものじゃないのかな？」

テントのペグのからまりを解きほぐしながら、ハリーが聞いた。

「返してほしいと、思わなかったみたい。腰痛があんまりひどくて」

ハーマイオニーは、次には杖で8の字を描く複雑な動きをしながら言った。

「だから、ロンのお父さまが、私に使ってもいいっておっしゃったの。エレクト！　立て！」

最後にハーマイオニーは、ぐしゃぐしゃのテント布に杖を向けて唱えた。すると、流れるような動きでテントが宙に昇り、ハリーの前に降りて、完全なテントが一気に建ち上がった。そして、ハリーの持っているテントのペグが一本、あっという間に手を離れて、張り綱の先端にドスンと落ちた。

「カーベ　イニミカム、敵を警戒せよ」

ハーマイオニーは、仕上げに天に向かって華やかに杖を打ち振った。

「私にできるのはここまでよ。少なくとも連中がやってきたらわかるけど、保証できないのは、はたしてヴォル――」

「その名前を言うなよ！」ロンが厳しい声でさえぎった。

ハリーとハーマイオニーは顔を見合わせた。

「ごめん」

ロンは、小さくうめきながら体を起こし、二人を見て謝った。

「でも、その名前はなんだか、えーと――縁起が悪いと言うか、そんな感じがするんだ。頼むから『例のあの人』って呼べないかな――だめ？」

「ダンブルドアは、名前を恐れれば――」ハリーが言いかけた。

「でもさ、いいか、念のため言うけど、『例のあの人』を名前で呼んだって、最終的にはダンブルドアの役には立たなかったぜ」ロンがかみつき返した。「とにかく――とにかく『例のあの人』に

「尊敬のかけらぐらい示してくれないか？」

「**尊敬？**」

ハリーが言い返そうとした。しかし、ハーマイオニーがだめよという目つきでハリーを見た。ロンが弱っているときに、議論すべきではないと言っているらしい。

ハリーとハーマイオニーで、ロンをテントの入口から中へと半分引きずるようにして運んだ。中は、ハリーの記憶とぴったり一致した。狭いアパートで、バスルームと小さいキッチンがついている。ハリーは古いひじかけ椅子を押しのけて、ロンを二段ベッドの下段にそっと下ろした。ロンは、こんな短い距離の移動でも、ますます血の気を失った。ベッドにいったん落ち着くと、ロンは再び目を閉じて、しばらくは口もきけなかった。

「お茶をいれるわ」

ハーマイオニーが息を切らしながらそう言い、バッグの底のほうからやかんと、マグを取り出して、キッチンに向かった。

マッド-アイが死んだ夜にはファイア・ウィスキーが効いたが、いまのハリーには、温かい飲み物がそれと同じくらいありがたかった。胸の中でうごめいている恐怖を、熱い紅茶が少しは溶かしてくれるような気がした。やがて、ロンが沈黙を破った。

「カターモール一家は、どうなったかなぁ？」

「運がよければ、逃げおおせたと思うわ」

ハーマイオニーが、なぐさめを求めるように熱いマグを握りしめた。

「カターモールが機転を利かせれば、奥さんを『付き添い姿くらまし』で運んで、いまごろは子供たちと一緒に国外へ脱出しているはずよ。ハリーが奥さんにそうするように言ったわ」

「まったくさぁ、僕、あの家族に逃げてほしいよ」

上半身を起こしていたロンが、枕に寄りかかりながら言った。紅茶が効いたのか、ロンの顔に少し赤みがさしてきた。

「だけど、あのレッジ・カターモールってやつ、あんまり機転がきくとは思えなかったな。カターモールだった僕に、みんながどんなふうに話しかけてきたかを考えるとさ。あぁ、あいつらうまくいくといいのに……僕たちのせいで、あの二人がアズカバン行きなんかになったら……」

ハリーはハーマイオニーに質問しようとした――カターモール夫人に杖がなかったことが、夫に「付き添い姿くらまし」してもらう障害になったかどうか――しかし、のどまで出かかったその質問は、ハーマイオニーを見て引っ込んでしまった。カターモール一家の運命をさかんに心配するロンを見つめるその表情が、まさにやさしさそのものという感じで、ハリーは、まるでハーマイオニーがロンにキスしているところを見てしまったみたいに、どぎまぎしてしまったからだ。

「それで、手に入れたの？」

ハリーは、自分もその場にいるのだということを思い出させる意味も込めて、尋ねた。

「手に入れる――何を？」

ハーマイオニーは、ちょっとドキッとしたように言った。

「なんのためにこれだけのことをしたと思う？　ロケットだよ！　ロケットはどこ？」

**「手に入れたのか？」**

ロンは、枕にもたせかけていた体を少し浮かせて叫んだ。

「誰も教えてくれなかったじゃないか！　なんだよ、ちょっと言ってくれたってよかったのに！」

「あのね、私たち、死喰い人から逃れるのに必死だったんじゃなかったかしら？」

ハーマイオニーが言った。

「はい、これ」

ハーマイオニーは、ローブのポケットからロケットを引っ張り出して、ロンに渡した。鶏の卵ほどの大きさだ。キャンバス地の天井を通して入り込む散光の下で、小さな緑の石をたくさんはめ込んだ「S」の装飾文字が、鈍い光を放った。

「クリーチャーの手を離れてからあと、誰かが破壊したって可能性はないか？」

ロンが期待顔で言った。

「つまりさ、これはまだ、確かに分霊箱か？」

「そう思うわ」

ハーマイオニーが、ロンから引き取ったロケットをよく見ながら言った。

「もし魔法で破壊されていたら、なんらかのしるしが残っているはずよ」

ハーマイオニーから渡されたロケットを、ハリーは手の中で裏返した。どこもそこなわれていない、まったく手つかずの状態に見えた。ハリーは、日記帳がどんなにずたずたの残骸になったか、ダンブルドアに破壊された分霊箱の指輪の石が、どんなにパックリ割れていたかを思い出した。

「クリーチャーが言ったとおりだと思う」ハリーが言った。「破壊する前に、まずこれを開ける方法を考えないといけないんだ」

そう言いながらハリーは、自分がいま、手にしているものがなんなのか、この小さい金のふたの後ろに何が息づいているのかを、突然強く意識した。探し出すのにこれほど苦労したのに、ハリーはロケットを投げ捨てたいという激しい衝動にかられた。気を取りなおして、ハリーは指でふたをこじ開けようとした。それから、ハーマイオニーがレギュラスの部屋を開けるときに使った呪文も試してみた。どちらもだめだった。ハリーはロケットを、ロンとハーマイオニーに戻した。二人ともそれぞれ試してみたが、ハリーと変わりのない結果で、開けられなかった。

「だけど、感じないか？」

ロンがロケットを握りしめ、声をひそめて言った。

「何を?」

ロンは分霊箱をハリーに渡した。しばらくして、ハリーはロンの言っていることがわかるような気がした。自分の血が、血管を通って脈打つのを感じているのか、それともロケットの中の、何か小さい金属の心臓のようなものの脈打ちを感じているのか?

「これ、どうしましょう?」

ハーマイオニーが問いかけた。

「破壊する方法がわかるまで、安全にしまっておこう」

ハリーはそう応え、気が進まなかったが鎖を自分の首にかけ、ロケットをローブの中に入れて外から見えないようにした。ロケットは、ハグリッドがくれた巾着と並んで、ハリーの胸の上に収まった。

「テントの外で、交互に見張りをしたほうがいいと思うよ」

ハリーは、ハーマイオニーにそう言いながら立ち上がって、伸びをした。

「それに、食べ物のことも考える必要があるな。君はじっとしているんだ」

起き上がろうとしてまた真っ青になったロンを、ハリーは厳しく制した。

ハーマイオニーがハリーの誕生日プレゼントにくれた「かくれん防止器」を慎重にテント内のテーブルに置き、ハリーとハーマイオニーはその日一日中交代で見張りに立った。しかし、「かくれん防止器」は置かれたまま日がな一日音も立てず、動きもしなかった。ハーマイオニーが周囲にかけた保護呪文やマグルよけ呪文が効いているせいか、それともこのあたりにわざわざ来る人がめったにいないせいか、時折やってくる小鳥やリス以外には、三人のいる空き地を訪れる者はなかった。夕方になっても変わりはなかった。

十時にハーマイオニーと交代するとき、ハリーは杖灯りをつけて、閑散としたあたりの光景に目を凝らした。保護された空き地の上に切り取ったように見える星空を、コウモリたちが高々と横切って飛ぶのが見えた。

ハリーは空腹を感じ、頭が少しぼうっとした。夜にはグリモールド・プレイスに戻っているはずだったので、ハーマイオニーは魔法のバッグに何も食べ物を入れてこなかった。今夜の食事は、ハーマイオニーが近くの木々の間から集めてきたキノコを、キャンプ用のブリキ鍋で煮込んだものだけだった。ロンはふた口食べて、吐きそうな顔で皿を押しやった。ハリーは、ハーマイオニーの気持ちを傷つけないように、という思いだけでこらえた。

時として周囲の静けさを破るのは、ガサガサという得体の知れない音や小枝の折れるような音だけだ。ハリーは人間ではなくむしろ動物の立てる音だろうと思った。しかし杖は、いつでも使えるようにしっかり握り続けていた。すきっ腹にゴムのようなキノコを少しばかり食べたあとの気持ちの悪さも手伝って、ハリーの胃は不安でチクチク痛んだ。

分霊箱をなんとか奪い返せば、きっと意気揚々とした気持ちになるだろうと思っていたが、なぜかそんな気分ではなかった。杖灯りは暗闇のほんの一部しか照らさず、じっと座って闇を見つめながら、ハリーには、これからどうなるのだろう、という不安しか感じられなかった。ここまで来るのに、何週間も、何か月も、いやもしかしたら何年も走り続けてきたような気がした。ところがいま、急に道がとぎれて、立ち往生してしまったようだった。

どこかに残りの分霊箱がある。しかしいったいどこにあるのか、ハリーには皆目見当がつかない。残りの分霊箱がなんなのか、その全部を把握しているわけでもない。一方、たった一つ見つけ出した分霊箱、そしていまハリーの裸の胸に直接触れている分霊箱は、どうやったら破壊できるのか、ハリーはとほうに暮れるばかりだ。

奇妙なことに、ロケットはハリーの体温で温まることもなく、まるで氷水から出たばかりのような冷たさで肌に触れていた。気のせいかもしれないが、ときどきハリー自身の鼓動と並んで、別の小さく不規則な脈が感じられた。

暗闇にじっとしていると、言い知れぬ不吉な予感が忍び寄ってきた。ハリーは不安と戦い、押しのけようとしたが、暗い想いはなお容赦なくハリーをさいなんだ。**一方が生きるかぎり、他方は生きられぬ**。いまハリーの背後のテントで低い声で話しているロンとハーマイオニーは、そうしたければ去ることができる。ハリーにはできない。その場にじっと座って、自分自身の恐れや疲労を克服しようと戦っているハリーには、胸に触れる分霊箱が、ハリーに残された時を刻んでいるかのように思われた。……**ばかばかしい考えだ、**とハリーは自分に言い聞かせた。**そんなふうに考えるな……。**

傷痕がまた痛みだした。そんなふうに考えることが、この痛みを自ら招く結果になっているのではないかと不安になり、ハリーは別なことを考えようとした。哀れなクリーチャー。三人の帰りを待っていたのに、かわりにヤックスリーを迎えなければならなくなった。しもべ妖精は沈黙を守るだろうか、それとも死喰い人に知っていることを全部話してしまうだろうか。ハリーは、この一か月の間に、クリーチャーの自分に対する態度は変わったと信じたかった。いまは、ハリーに忠誠を尽くすだろうと信じたかった。しかし何が起こるかわからない。死喰い人がしもべ妖精を拷問したら？　いやなイメージが頭に浮かび、ハリーはこれも押しのけようとした。

クリーチャーのために、自分は何もしてやれない。ハーマイオニーもハリーも、クリーチャーを呼び寄せないことに決めていた。魔法省から誰か一緒についてきたらどうなる？　ハーマイオニーのそで口をつかんだヤックスリーを、グリモールド・プレイスに連れてきてしまったと同じような欠陥が、しもべ妖精の「姿あらわし」には絶対にないとは言いきれまい。

傷痕は、いまや焼けるようだった。自分たちの知らないことがなんと多いことか、とハリーは思った。ルーピンが言ったことは正しかった。いままで出会ったことも、想像したこともない魔法がある。ダンブルドアは、どうしてもっと教えてくれなかったのか？　まだまだ時間があると思ったのだろうか。この先何年も、もしかしたら友人のニコラス・フラメルのように、何百年も生きると思っていたのだろうか？　そうだとしたら、ダンブルドアはまちがっていた……スネイプのせいで……スネイプのやつ、眠れる蛇め、あいつがあの塔の上で撃ったんだ……。

そしてダンブルドアは落ちていった……落ちて……。

「**俺様にそれを渡せ、グレゴロビッチ**」

ハリーの声はかん高く、冷たく、はっきりしていた。青白い手、長い指で杖を掲げている。杖を向けられた男は、ロープもないのに逆さ吊りになって浮かんでいる。見えない、薄気味の悪い縛りを受け、手足を体に巻きつけられて揺れている。おびえた顔が、ハリーの顔の高さにあった。頭に血が下がって、赤い顔をしている。

男の髪は真っ白で、豊かなあごひげを生やしている。手足を縛られたサンタクロースだ。

「わしはない、持って。もはやない、持って！　それは、何年も前に、わしから盗まれた！」

「ヴォルデモート卿にうそをつくな、グレゴロビッチ。帝王は知っている……常に知っているのだ」

吊るされた男の瞳孔は、恐怖で大きく広がっていた。それが、だんだん大きくふくれ上がるように見えたかと思うと、ハリーは丸ごとその瞳の黒さの中にのみ込まれた――。

ハリーはいま、手提げランプを掲げて走る、小柄ででっぷりしたグレゴロビッチのあとを追って、暗い廊下を急いでいた。グレゴロビッチは、廊下の突き当たりにある部屋に、勢いよく飛び込んだ。ランプが、工房と思われる場所を照らし出した。鉋くずや金が、揺れる光だまりの中で輝いた。出窓の縁に、ブロンドの若い男が大きな鳥のような格好で止まっている。一瞬、ランプの光が男を照らした。ハンサムな顔が、大喜びしているのが見えた。そして、その侵入者は自分の杖から「失神呪文」を発射し、高笑いしながら、後ろ向きのまま鮮やかに窓から飛び降りた。

ハリーは、広いトンネルのような瞳孔から、矢のように戻ってきた。グレゴロビッチは、恐怖で引きつった顔をしていた。

**「グレゴロビッチ、あの盗人は誰だ？」**

かん高い、冷たい声が言った。

**「知らない。ずっとわからなかった。若い男だ――助けてくれ――お願いだ――お願いだ！」**

叫び声が長々と続き、そして緑の閃光が――。

**「ハリー！」**

ハリーはあえぎながら目を開けた。額がずきずきする。ハリーはテントに寄りかかったまま眠りに落ち、ずるずると横に倒れて地面に大の字になっていた。見上げるとハーマイオニーの豊かな髪が、黒い木々の枝からわずかに見える夜空を覆っていた。

「夢だ」

ハリーは急いで体を起こし、にらみつけているハーマイオニーに、なんでもないという顔をしてみせようとした。

「うたた寝したみたいだ。ごめんよ」

「傷痕だってことはわかってるわ！　顔を見ればわかるわよ！　あなた、またヴォル――」

「その名前を言うな！」

テントの奥から、ロンの怒った声が聞こえた。

「**いいわよ**」ハーマイオニーが言い返した。「それじゃ、**『例のあの人』**の心をのぞいていたでしょう！」

「わざとやってるわけじゃない！」ハリーが言った。「夢だったんだ！　ハーマイオニー、**君なら**、夢の中身を変えられるのか？」

「あなたが『閉心術』を学んでさえいたら――」

しかしハリーは、説教されることには興味がなかった。いま見たことを話し合いたかった。

「あいつは、グレゴロビッチを見つけたよ、ハーマイオニー。それに、たぶん殺したと思う。だけど殺す前に、グレゴロビッチの心を読んだんだ。それで、僕、見たんだ――」

「あなたが居眠りするほどつかれているなら、見張りを変わったほうがよさそうね」

ハーマイオニーが冷たく言った。

「交代時間が来るまで見張るよ！」

「ダメよ。あなたはまちがいなくつかれているわ。中に入って横になりなさい」

ハーマイオニーは、意地でも動かないという顔でテントの入口に座り込んだ。ハリーは腹が立ったが、けんかはしたくなかったので入口をくぐって中に入った。

ロンは、まだ青い顔で二段ベッドの下から顔を突き出していた。ハリーはその上のベッドに登り、横になって天井の暗いキャンバス地を見上げた。しばらくするとロンが、入口にうずくまっているハーマイオニーに届かないくらいの低い声で、話しかけてきた。

「『例のあの人』は、何をしてた？」

ハリーは細かい所まで思い出そうと、眉根を寄せて考えてから、暗闇に向かってヒソヒソと言った。

「あいつは、グレゴロビッチを見つけた。縛り上げて拷問していた」

「縛られてたら、グレゴロビッチは、どうやってあいつの新しい杖を作るって言うんだ？」

「さあね……変だよな？」

ハリーは目を閉じて、見たこと聞いたことを全部反芻した。思い出せば出すほど、意味をなさなくなる……ヴォルデモートは、ハリーの杖のことを一言も言わなかったし、杖の芯が双子であることにも触れなかった。ハリーの杖を打ち負かすような新しい、より強力な杖を作れとも言わなかった……。

「グレゴロビッチの、何かが欲しかったんだ」ハリーは、目をしっかりと閉じたまま言った。「あいつはそれを渡せと言ったけど、グレゴロビッチは、もう盗まれてしまったと言っていた……それから……それから……」

ハリーは、自分がヴォルデモートになってグレゴロビッチの目の中を走り抜け、その記憶に入り込んだ様子を思い出した……。

「あいつはグレゴロビッチの心を読んだ。そして僕は、誰だか若い男が出窓の縁に乗って、グレゴロビッチに呪いを浴びせてから、飛び降りて姿を消すところを見た。あの男が盗んだんだ。『例のあの人』が欲しがっていた、何かを盗んだ。それに僕……あの男をどこかで見たことがあると思う……」

ハリーは、高笑いしていた若者の顔を、もう一度よく見たいと思った。盗まれたのは何年も前だと、グレゴロビッチは言った。それなのに、どうしてあの若い盗っ人の顔に見覚えがあるのだろう？

周囲の森のざわめきは、テントの中ではくぐもって聞こえる。ハリーの耳には、ロンの息づかいしか聞こえなかった。しばらくして、ロンが小声で言った。

「その盗っ人の持っていたもの、見えなかったのか？」

「うん……きっと、小さなものだったんだ」

「ハリー?」

ロンが体の向きを変え、ベッドの下段の板がきしんだ。

「ハリー、『例のあの人』は、分霊箱にする何かを探しているんだとは思わないか?」

「わからないよ」ハリーは考え込んだ。「そうかもしれない。だけどもう一つ作るのは、あいつにとって危険じゃないか? ハーマイオニーが、あいつはもう、自分の魂を限界まで追いつめたって言っただろう?」

「ああ、だけど、あいつはそれを知らないかも」

「うん……そうかもな」ハリーが言った。

ヴォルデモートは、双子の芯の問題を回避する方法を探していた。ハリーは、そう確信していた。あの年老いた杖作りに、その解決策を求めたにちがいない、と思っていた……しかしやつは、どう見ても、杖の秘術など一つも質すことなく、その杖作りを殺してしまった。

いったい、ヴォルデモートは何を探していたのだろう? 魔法省や魔法界を従えておきながら、いったいなぜ遠出までして、見知らぬ盗っ人に盗られてしまったグレゴロビッチのかつての所有物を、必死で求めようとしたのだろう?

ハリーの目には、あのブロンドの若者の顔が、まだ焼きついていた。陽気で奔放な顔だった。どこかフレッドやジョージ的な、策略の成功を勝ち誇る雰囲気があった。まるで鳥のように、窓際から身を躍らせた。どこかで見たことがある。しかしハリーには、どこだったか思い出せない……。

グレゴロビッチが死んだいま、次はあの陽気な顔の盗っ人が危険だ。ロンのいびきが下のベッドから聞こえてきて、ハリー自身も、その若者のことに思いをめぐらしながら、ゆっくりと二度目の眠りに落ちていった。

# 第十五章　小鬼の復讐

次の朝早く、ハリーは二人が目を覚ます前にテントを抜け出し、森を歩いて、一番古く、節くれだって反発力のありそうな木を探した。そしてその木陰に、マッド-アイ・ムーディの目玉を埋め、杖でその木の樹皮に小さく「＋」と刻んで目印にした。たいした設えではなかったが、マッド-アイにとっては、ドローレス・アンブリッジの扉にはめ込まれているよりはうれしいだろうと、ハリーは思った。それからテントに戻り、次の行動を話し合おうと、二人が目を覚ますのを待った。

ハリーもハーマイオニーも、ひと所にあまり長くとどまらないほうがよいだろうと考えたし、ロンもそれに同意していた。ただ一つ、次に移動する場所は、ベーコン・サンドイッチが容易に手に入る所、という条件つきだった。ハーマイオニーは、空き地の周りにかけた呪文を解き、ハリーとロンは、キャンプしたことがわかるような跡を地上から消した。それから三人は、「姿くらまし」

で小さな市場町の郊外に移動した。

低木の小さな林で隠された場所にテントを張り終え、新たに防衛のための呪文を張りめぐらせたあと、ハリーは透明マントをかぶり、思いきって食べ物を探しに出かけた。しかし、計画どおりにはいかなかった。町に入るか入らないうちに、時ならぬ冷気があたりを襲い、霧が立ち込めて空が急に暗くなり、ハリーはその場に凍りついたように立ち尽くしてしまった。

「だけど君、すばらしい守護霊が創り出せるじゃないか！」

ハリーが手ぶらで息せき切って戻り、声も出せずに「吸魂鬼だ」と、ただ一言を唇の動きで伝えると、ロンが抗議した。

「創り出せ……なかった」

ハリーはみずおちを押さえて、あえぎながら言った。

「出て……こなかった」

あぜんとして失望する二人の顔を見て、ハリーはすまないと思った。霧の中からするすると現れる吸魂鬼を遠くに見た瞬間、ハリーは身を縛るような冷気に肺をふさがれ、遠い日の悲鳴が耳の奥に響いてきて、自らの身を護ることができないと感じた。それはハリーにとって悪夢のような経験だった。マグルは、吸魂鬼の姿を見ることはできなくともその存在が周囲に広げる絶望感は、まちがいなく感じていたはずだ。目のない吸魂鬼がマグルの間をすべるように動き回るのも放置し、ハリーは、ありったけの意思の力を振りしぼってその場から逃げ出すのがやっとだった。

「それじゃ、また食い物なしだ」

「ロン、おだまりなさい」

ハーマイオニーが厳しく言った。

「ハリー、どうしたっていうの？　なぜ守護霊を呼び出せなかったと思う？　きのうは完璧にできたのに！」

「わからないよ」

ハリーは、パーキンズの古いひじかけ椅子に座り込んで、小さくなった。だんだん屈辱感がつのってきた。自分の何かがおかしくなったのではないか、と心配だった。きのうという日が、ずいぶん昔に思えた。今日は、ホグワーツ特急の中で、ただ一人だけ気絶した十三歳のときの自分に戻ってしまったような気がした。

ロンは、椅子の脚を蹴飛ばした。

「どうするんだよ？」

ロンがハーマイオニーに食ってかかった。

「僕は飢え死にしそうだ！　出血多量で半分死にかけたときから、食ったものといえば、毒キノコ二本だけだぜ！」

「それなら君が行って吸魂鬼と戦えばいい」ハリーは、かんにさわってそう言った。

「そうしたいさ。だけど、気づいてないかもしれないけど、僕は片腕を吊っているんだ！」

「そりゃあ好都合だな」

「どういう意味だ――？」

「わかった！」

ハーマイオニーが額をピシャッとたたいて叫んだのに驚いて、二人とも口をつぐんだ。

「ハリー、ロケットを私にちょうだい！　さあ、早く」

ハリーがぐずぐずしていると、ハーマイオニーはハリーに向かって指を鳴らしながら、もどかしそうに言った。

「分霊箱よ、ハリー。あなたがまだ下げているでしょう！」

ハーマイオニーは両手を差し出し、ハリーは金の鎖を持ち上げて頭からはずした。それがハリーの肌を離れるが早いか、ハリーは解放されたように感じ、不思議に身軽になった。それまでじっとりと冷や汗をかいていたことにも、胃を圧迫する重さを感じていたことにも、そういう感覚が消えたいまのいままで気づきもしなかった。

「楽になった？」ハーマイオニーが聞いた。

「ああ、ずっと楽だ！」

「ハリー」

ハーマイオニーはハリーの前に身をかがめて、重病人を見舞うときの声とはまさにこうだろう、と思うような声で話しかけた。

「取り憑かれていた、そう思わない？」

「えっ？　ちがうよ！」

ハリーはむきになった。

「それを身につけているときに、僕たちが何をしたか全部覚えているもの。もし取り憑かれていたら、自分が何をしたかわからないはずだろう？　ジニーが、ときどきなんにも覚えていないことがあったって話してくれた」

「ふーん」

ハーマイオニーは、ずっしりしたロケットを見下ろしながら言った。

「そうね、身につけないほうがいいかもしれない。テントの中に保管しておけばいいわ」

「分霊箱を、そのへんに置いておくわけにはいかないよ」ハリーがきっぱりと言った。「なくしたり、盗まれでもしたら――」

「わかったわ、わかったわよ」

ハーマイオニーは自分の首にかけ、ブラウスの下に入れて見えないようにした。

「だけど、一人で長く身につけないように、交代でつけることにしましょう」

「けっこうだ」ロンがいらいら声で言った。「そっちは解決したんだから、何か食べるものをもらえないかな？」

「いいわよ。だけど、どこか別の所に行って見つけるわ」

ハーマイオニーが、横目でちらっとハリーを見ながら言った。

「吸魂鬼が飛びまわっている所にとどまるのは無意味よ」

結局三人は、人里離れてぽつんと建つ農家の畑で、一夜を明かすことになった。そしてやっと、農家から卵とパンを手に入れた。

「これって、盗みじゃないわよね？」

三人でスクランブルエッグをのせたトーストを貪るようにほおばりながら、ハーマイオニーが気づかわしげに言った。

「鶏小屋に、少しお金を置いてきたんだもの」

ロンは目をぐるぐるさせ、両ほおをふくらませて言った。

「アーーミーニー、くみ、しんぽい、しすぎ。イラックス！」

事実、心地よく腹がふくれると、リラックスしやすくなった。その夜は、吸魂鬼についての言い争いが、笑いのうちに忘れ去られた。三交代の夜警の、最初の見張りに立ったハリーは、陽気なばかりか希望に満ちた気分にさえなっていた。

　満たされた胃は意気を高め、からっぽの胃は言い争いと憂鬱をもたらす。三人は、この事実に初めて出会った。ハリーにとって、これは、あまり驚くべき発見ではなかった。ダーズリー家で、餓死寸前の時期を経験していたからだ。ハーマイオニーも、ベリーやかび臭いビスケットしかなかった何日かを、かなりよく耐えていた。いつもより少し短気になったり、気難しい顔でだまりこくることが多くなっただけだった。ところが、これまで母親やホグワーツの屋敷しもべ妖精のおかげで、三度三度おいしい食事をしていたロンは、空腹だとわがままになり、怒りっぽくなった。食べ物のないときと分霊箱を持つ順番とが重なると、ロンは思いっきりいやなやつになった。

「それで、次はどこ？」

　ロンは口ぐせのようにくり返して聞いた。自分自身にはなんの考えもなく、そのくせ自分が食料の少なさをくよくよ悩んでいる間に、ハリーとハーマイオニーが計画を立ててくれると期待していた。結局、ハリーとハーマイオニーの二人だけが、どこに行けばほかの分霊箱が見つかるのか、どうしたらすでに手に入れた分霊箱を破壊できるのかと、結論の出ない話し合いに、何時間も費やすことになった。新しい情報がまったく入らない状況では、二人の会話はしだいに堂々めぐりになっていた。

　ダンブルドアがハリーに、分霊箱の隠し所は、ヴォルデモートにとって重要な場所にちがいないと教えていたこともあって、話し合いでは、ヴォルデモートが住んでいたか訪れたことがわかっている場所の名前が、うんざりするほど単調にくり返された。生まれ育った孤児院、教育を受けたホグワーツ、卒業後に勤めたボージン・アンド・バークスの店、何年も亡命していたアルバニア、こうした場所が推測の基本線だった。

「そうだ、アルバニアに行こうぜ。国中を探し回るのに、午後半日あれば充分さ」

ロンは皮肉を込めて言った。

「そこにはなんにもあるはずがないの。国外に逃れる前に、すでに五つも分霊箱を作っていたんですもの。それにダンブルドアは、六つ目はあの蛇にちがいないと考えていたのよ」

ハーマイオニーが言った。

「あの蛇が、アルバニアにいないことはわかってるわ。だいたいいつもヴォル――」

「**それを言うのは、やめてくれって言っただろ？**」

「わかったわ！　蛇はだいたいいつも『**例のあの人**』と一緒にいる――これで満足？」

「別に」

「ボージン・アンド・バークスの店に、何か隠しているとは思えない」

ハリーはもう何度もこのことを指摘していたが、いやな沈黙を破るためだけに、もう一度言った。

「ボージンもバークも、闇の魔術の品にかけては専門家だから、分霊箱があればすぐに気づいたはずだ」

ロンは、わざとらしくあくびした。何か投げつけてやりたい衝動を抑えて、ハリーは先を続けた。

「僕は、やっぱり、あいつはホグワーツに何か隠したんじゃないかと思う」

ハーマイオニーはため息をついた。

「でも、ハリー、ダンブルドアが見つけているはずじゃない！」

ハリーは、自分の説を裏づける議論をくり返した。

「ダンブルドアが、僕の前で言ったんだ。ホグワーツの秘密を全部知っているなどと思ったことはないって。はっきり言うけど、もし、どこか一か所、ヴォル――」

「おっと！」

「**『例のあの人』**だよ！」

がまんも限界で、ハリーは大声を出した。

「もしどこか一か所、『例のあの人』にとって、ほんとうに大切な場所があるとすれば、それはホグワーツだ！」

「おい、いいかげんにしろよ」

ロンが混ぜっ返した。

「**学校が**か？」

「ああ、学校がだ！　あいつにとって、学校は初めてのほんとうの家庭だった。自分が特別だってことを意味する場所だったし、あいつにとってのすべてだった。学校を卒業してからだって――」

「僕たちが話してるのは、『例のあの人』のことだよな？　君のことじゃないだろう？」ロンが尋ねた。首にかけた分霊箱の鎖を引っ張っている。ハリーはその鎖をつかんでロンの首をしめ上げたい衝動にかられた。

「『例のあの人』が卒業後に、ダンブルドアに就職を頼みにきたって話してくれたわね」

ハーマイオニーが言った。

「そうだよ」ハリーが言った。

「それで、あの人が戻ってきたいと思ったのは、ただ何かを見つけるためだったし、たぶん創設者ゆかりの品をもう一つ見つけて分霊箱にするためだったと、ダンブルドアはそう考えたのね？」

「そう」ハリーが言った。

「でも、就職はできなかった。そうね？」

ハーマイオニーが言った。

「だからあの人は、そこで創設者ゆかりの品を見つけたり、それを学校に隠したりする機会はなかった！」

「オッケー、それなら」ハリーは降参した。「ホグワーツはなしにしよう」

ほかにはなんの糸口もなく、ハリーたちはロンドンに行き、透明マントに隠れてヴォルデモートが育った孤児院を探した。ハーマイオニーは図書室に忍び込み、そこの記録から、問題の場所が何年も前に取り壊されてしまったことを知った。その場所を訪れると、高層のオフィスビルが建っているのが見えた。

「土台を掘ってみる？」

ハーマイオニーが捨て鉢に言った。

「あいつはここに分霊箱を隠したりしないよ」

ハリーには、とうにそれがわかっていた。孤児院は、ヴォルデモートが絶対に逃げ出してやろうと考えていた場所だ。そんな所に、自分の魂のかけらを置いておくはずがない。ダンブルドアは、ヴォルデモートが隠し場所に栄光と神秘を求めたことを、ハリーに示してくれた。こんな気のめいるような薄暗いロンドンの片隅は、ホグワーツや魔法省、または金色の扉と大理石の床を持つ魔法界の銀行、グリンゴッツとは正反対だ。

ほかに新しいことも思いつかないまま、三人は安全のために毎晩場所を変えてテントを張りながら、地方をめぐり続けた。毎朝、野宿の跡を残さないように消し去ってから、また別の人里離れたさびしい場所を求めて旅立った。またある日は森へ、崖の薄暗い割れ目へ、ヒースの咲く荒れ地へ、ハリエニシダの茂る山の斜面へ、そしてある日は風をよけた入り江の小石だらけの場所へと

「姿あらわし」で移動した。約十二時間ごとに、分霊箱を次の人に渡した。音楽が止まるたびに皿を持っている人がほうびをもらえる「皿回し」ゲームを、ひねくれてスローモーションで遊んでいるかのようだった。ただ、ほうびのかわりに十二時間のつのる恐れと不安がもらえるだけなので、ゲームの参加者は音楽が止まるのを恐れた。

ハリーの傷痕は、ひっきりなしにうずいていた。分霊箱を身につけている間が一番ひんぱんに痛むことに、ハリーは気づいた。ときには痛みに耐えかねて、体が反応してしまうこともあった。

「どうした？　何を見たんだ？」

ハリーが顔をしかめるたびに、ロンが問いつめた。

「顔だ」

そのたびにハリーはつぶやいた。

「いつも同じ顔だ。グレゴロビッチから何かを盗んだやつの」

するとロンは顔をそむけ、失望を隠そうともしなかった。ロンが家族や不死鳥の騎士団のメンバーの安否を知りたがっていることは、ハリーにもわかっていた。しかし、ハリーはテレビのアンテナではない。ある時点でヴォルデモートが考えていることを見ることはできても、好きなものにチャンネルを合わせることはできないのだ。どうやらヴォルデモートは、あのうれしそうな顔の若者のことを、四六時中考えているようだ。ヴォルデモートもハリー同様、あの男が誰なのか、どこにいるのかも知らないらしい。傷痕は焼けるように痛み続け、陽気なブロンドの若者の顔が、じらすように脳裏に浮かんだが、その盗っ人のことを口に出せば二人をいらいらさせるばかりだったので、ハリーは痛みや不快感を抑えて表に出さない術を身につけた。二人とも必死になって、分霊箱の糸口を見つけようとしているのだから、ハリーは、一概に二人だけを責めることができなかった。

何日間かが何週間にもなった。ハリーは、ロンとハーマイオニーが、自分のいない所で、自分のことを話しているような気がしはじめた。ハリーがテントに入っていくと、突然二人がだまり込む、ということが数回あった。テントの外でも、偶然に二度ほど、二人が一緒にいるのに出くわしたことがあった。ハリーから少し離れた所で、額をつき合わせて早口で話していたが、ハリーが近づくのに気づいたとたん、話をやめて、水とか薪を集めるのに忙しいというふりをした。

ロンとハーマイオニーは、ハリーと一緒に旅に出ると言った。しかし、二人は、ハリーには秘密の計画があって、そのうちきっと二人にも話してくれるだろうと思ったからこそ、ついてきたのではないだろうか。この旅が、目的もなく漫然と歩き回るだけのものになってしまったように感じられるいま、ハリーはそう考えざるをえなかった。ロンは機嫌の悪さを隠そうともせず、ハーマイオニーも、ハリーのリーダーとしての能力に失望しているのではないかと、ハリーはだんだん心配になってきた。なんとかしなければと、ハリーは分霊箱のありかを考えてみたが、何度考えても、ただ一か所、ホグワーツが頭に浮かぶだけだった。しかしあとの二人が、そこはありえないと考えていたので、ハリーには言いだせなかった。

地方をめぐるうちに、しだいに秋の色が濃くなってきた。テントを張る場所にも、落葉がぎっしり敷き詰められていた。吸魂鬼の作り出す霧に自然の霧が加わり、風も雨も、三人の苦労を増すばかりだった。ハーマイオニーは食用キノコを見分けるのがうまくなっていたが、それだけではあまりなぐさめにならないほど三人は孤立し、ほかの人間から切り離され、ヴォルデモートとの戦いがどうなっているかも、まったくわからないままだった。

「ママは——」

ある晩、ウェールズのとある川岸に野宿しているとき、テントの中でロンが言った。

「なんにもないところから、おいしいものを作り出せるんだ」

ロンは、皿にのった黒焦げの灰色っぽい魚を、憂鬱そうにつついていた。ハリーは反射的にロンの首を見たが、思ったとおり、分霊箱の金鎖がそこに光っていた。ロンに向かって悪態をつきたい衝動を、ハリーはやっとのことで抑えつけた。ロケットをはずす時が来ると、ロンの態度が少しよくなるのを知っていたからだ。

「あなたのママでも、何もないところから食べ物を作り出すことはできないのよ」

ハーマイオニーが言った。

「誰にもできないの。食べ物というのはね、『ガンプの元素変容の法則』の五つの主たる例外のその第一で――」

「あーあ、普通の言葉でしゃべってくれる？」

ロンが、歯の間から魚の骨を引っ張り出しながら言った。

「何もないところからおいしい食べ物を作り出すのは、不可能です！　食べ物がどこにあるかを知っていれば『呼び寄せ』できるし、少しでも食べ物があれば、変身させることも量を増やすこともできるけど――」

「――ならさ、これなんか増やさなくていいよ。ひどい味だ」ロンが言った。

「ハリーが魚を釣って、私ができるだけのことをしたのよ！　結局いつも私が食べ物をやりくりすることになるみたいね。たぶん私が**女**だからだわ！」

「違うさ。君の魔法が、一番うまいはずだからだ！」ロンが切り返した。

ハーマイオニーは突然立ち上がり、焼いたカマスの身がブリキの皿から下にすべり落ちた。

「ロン、あしたは**あなたが**料理するといいわ！　**あなたが**食料を見つけて、呪文で何か食べられるものに変えるといいわ。それで、私はここに座って、顔をしかめて文句を言うのよ。そしたらあなたは、少しは――」

「だまって！」

ハリーが突然立ち上がって、両手を挙げながら言った。

「**シーッ！** だまって！」

ハーマイオニーが憤慨した顔で言った。

「ロンの味方をするなんて。この人、ほとんど一度だって料理なんか――」

「ハーマイオニー、静かにして。声が聞こえるんだ！」

両手でしゃべるなと二人を制しながら、ハリーは聞き耳を立てた。すると、かたわらの暗い川の流れの音に混じって、また話し声が聞こえてきた。ハリーは「かくれん防止器」を見たが、動いていない。

「『**耳ふさぎ**』の呪文はかけてあるね？」

ハリーは小声でハーマイオニーに聞いた。

「全部やったわ」

ハーマイオニーがささやき返した。

「『**耳ふさぎ**』だけじゃなくて、『マグルよけ』、『目くらまし術』、全部よ。誰が来ても私たちの声は聞こえないし、姿も見えないはずよ」

何か大きなものがガサゴソ動き回る音や、物がこすれ合う音に混じって、石や小枝が押しのけられる音が聞こえ、相手は複数だとわかった。木の生い茂った急な坂を、ハリーたちのテントのある狭い川岸へと、這い下りてくる。三人は杖を抜いて待機した。この真っ暗闇の中なら、周囲にめぐらした呪文だけで、マグルや普通の魔法使いたちに気づかれないようにするには充分だった。もし相手が死喰い人だったら、保護呪文の護りが闇の魔術に耐えうるかどうかが、初めて試されることになるだろう。

話し声はだんだん大きくなってきたが、川岸に到着したときも、話の内容は相変わらず聞き取れなかった。ハリーの勘では、相手は五、六メートルも離れていないようだった。しかし川の流れの音で、正確なところはわからない。ハーマイオニーはビーズバッグをすばやくつかみ、中をかき回しはじめたが、やがて「伸び耳」を三個取り出して、ハリーとロンに、それぞれ一個ずつ投げ渡した。二人は急いで薄オレンジ色のひもの端を耳に差し込み、もう一方の端をテントの入口に這わせた。

数秒後、ハリーはつかれたような男の声をキャッチした。

「ここなら鮭の二、三匹もいるはずだ。それとも、まだその季節には早いかな？　アクシオ！　鮭よ、来い！」

川の流れとははっきりちがう水音が数回して、捕まった魚がじたばたと肌をたたく音が聞こえた。誰かがうれしそうに何かつぶやいた。ハリーは「伸び耳」をギュッと耳に押し込んだ。川の流れに混じってほかの声も聞こえてきたが、英語でもなく、いままで聞いたことのない言葉で、人間のものではない。耳ざわりなガサガサした言葉で、のどに引っかかるような雑音のつながりだ。どうやら二人いる。一人はより低くゆっくりした話し方をする。

テントの外で火がゆらめいた。炎とテントの間を、大きな影がいくつか横切った。鮭の焼けるうまそうなにおいが、じらすようにテントに流れてきた。やがてナイフやフォークが皿に触れる音がして、最初の男の声がまた聞こえた。

「さあ、グリップフック、ゴルヌック」

**小鬼だわ！** ハーマイオニーが、口の形でハリーに言った。ハリーはうなずいた。

「ありがとう」

小鬼たちが、同時に英語で言った。

「じゃあ、君たち三人は、逃亡中なのか。長いのかい？」

別の男の声が聞いた。感じのいい、心地よい声だ。ハリーにはどことなく聞き覚えがあった。腹の突き出た、陽気な顔が思い浮かんだ。

「六週間か……いや七週間……忘れてしまった」

つかれた男の声が言った。

「すぐにグリップフックと出会って、それからまもなくゴルヌックと合流した。仲間がいるのはいいものだ」

声がとぎれ、しばらくはナイフが皿をこする音や、ブリキのマグを地面から取り上げたり置いたりする音が聞こえた。

「君はなぜ家を出たのかね、テッド？」男の声が続いた。

「連中が私を捕まえにくるのはわかっていたのでね」心地よい声のテッドが言った。

ハリーはとっさに声の主を思い出した。トンクスの父親だ。

「先週、死喰い人たちが近所をかぎ回っていると聞いて、逃げたほうがいいと思ったのだよ。マグル生まれの登録を、私は主義として拒否したのでね。あとは時間の問題だとわかっていた。最終的には家を離れざるをえなくなることがわかっていたんだ。妻は大丈夫なはずだ。純血だから。それで、このディーンに出会ったというわけだ。二、三日前だったかね？」

「ええ」別の声が答えた。

ハリーもロンもハーマイオニーも顔を見合わせた。声は出さなかったが、興奮で我を忘れるほどだった。確かにディーン・トーマスの声だ。グリフィンドールの仲間だ。

「マグル生まれか、え？」

最初の男が聞いた。

「わかりません」

ディーンが言った。

「父は僕が小さいときに母を捨てました。でも魔法使いだったかどうか、僕はなんの証拠も持っていません」

しばらく沈黙が続き、ムシャムシャ食べる音だけが聞こえたが、やがてテッドが口を開いた。

「ダーク、君に出会って実は驚いたよ。うれしかったが、やはり驚いた。捕まったと聞いていたのでね」

「そのとおりだ」

ダークが言った。

「アズカバンに護送される途中で、脱走した。ドーリッシュを『失神』させて、やつの箒を奪った。思ったより簡単だったよ。やつは、どうもまともじゃないように思う。『錯乱』させられているのかもしれない。だとすれば、そうしてくれた魔法使いだか魔女だかと握手したいよ。たぶんそのおかげで命拾いした」

またみんなだまり込み、たき火のはぜる音や川のせせらぎが聞こえた。やがてテッドの声がした。

「それで、君たち二人はどういう事情かね？　つまり、えー、小鬼たちはどちらかといえば、『例のあの人』寄りだという印象を持っていたのだがね」

「そういう印象はまちがいです」高い声の小鬼が答えた。

「我々はどちら寄りでもありません。これは、魔法使いの戦争です」

「それじゃ、君たちはなぜ隠れているのかね？」

「慎重を期するためです」低い声の小鬼が答えた。「私にしてみれば無礼極まりないと思われる要求を拒絶しましたので、身の危険を察知しました」

「連中は何を要求したのかね？」

テッドが聞いた。

「わが種族の尊厳を傷つける任務です」

小鬼の答える声は、より荒くなり、人間味が薄れていた。

「私は、『屋敷しもべ妖精』ではない」

「グリップフック、君は？」

「同じような理由です」声の高い小鬼が答えた。

「グリンゴッツは、もはや我々の種族だけの支配ではなくなりました。私は、魔法使いの主人など認知いたしません」

グリップフックは小声で何かつけ加えたが、小鬼のゴブリディグック語だ。ゴルヌックが笑った。

「何がおかしいの？」ディーンが聞いた。

「グリップフックが言うには」ダークが答えた。「魔法使いが認知していないこともいろいろある」

少し間が空いた。

「よくわからないなぁ」ディーンが言った。

「逃げる前に、ちょっとした仕返しをしました」グリップフックが英語で言った。

「それでこそ男だ――あ、いや、それでこそ小鬼だ」テッドは急いで訂正した。「死喰い人を誰か一人、特別に機密性の高い古い金庫に閉じ込めたりしたんじゃなかろうね？」

「そうだとしても、あの剣では金庫を破る役には立ちません」グリップフックが答えた。

ゴルヌックがまた笑い、ダークまでがクスクス笑った。

「ディーンも私も、何か聞き逃していることがありそうだね」テッドが言った。

「セブルス・スネイプにも逃したものがあります。もっとも、スネイプはそれさえも知らないのですが」グリップフックが言った。

そして二人の小鬼は、大声で意地悪く笑った。

テントの中で、ハリーは興奮に息をはずませていた。ハリーとハーマイオニーは、顔を見合わせ、これ以上は無理だというほど聞き耳を立てた。

「テッド、あのことを聞いていないのか？」ダークが問いかけた。「ホグワーツのスネイプの部屋から、グリフィンドールの剣を盗み出そうとした子供たちのことだが」

ハリーの体を電流が走り、神経の一本一本をかき鳴らした。ハリーはその場に根が生えたように立ちすくんだ。

「一言も聞いていない」テッドが言った。「『予言者新聞』にはのってなかっただろうね？」

「ないだろうな」ダークがカラカラと笑った。「このグリップフックが話してくれたのだが、銀行に勤めているビル・ウィーズリーから、それを聞いたそうだ。剣を奪おうとした子供の一人はビルの妹だった」

ハリーがちらりと目をやると、ハーマイオニーもロンも、命綱にしがみつくようにしっかりと「伸び耳」を握りしめていた。

「その子とほかの二人とで、スネイプの部屋に忍び込み、剣が収められていたガラスのケースを破ったらしい。スネイプは、盗み出したあとで階段を下りる途中の三人を捕まえた」

「ああ、なんと大胆な」テッドが言った。「何を考えていたのだろう？　『例のあの人』に対して、その剣を使えると思ったのだろうか？　それとも、スネイプに対して使おうとでも？」

「まあ、剣をどう使おうと考えていたかは別として、スネイプは、剣をその場所に置いておくのは安全でないと考えた」ダークが言った。「それから数日後、『例のあの人』から許可をもらったからだと思うが、スネイプは、剣をグリンゴッツに預けるために、ロンドンに送った」

小鬼たちがまた笑いだした。

「何がおもしろいのか、私にはまだわからない」テッドが言った。

「偽物だ」グリップフックが、ガサガサ声で言った。

「グリフィンドールの剣が！」

「ええ、そうですとも。贋作です――よくできていますが、まちがいない――魔法使いの作品です。本物は、何世紀も前に小鬼がきたえたもので、小鬼製の刀剣類のみが持つある種の特徴を備えています。本物のグリフィンドールの剣がどこにあるやら、とにかくグリンゴッツ銀行の金庫ではありませんな」

「なるほど」テッドが言った。「それで、君たちは、死喰い人にわざわざそれを教えるつもりはない、と言うわけだね？」

「それを教えてあの人たちをおわずらわせする理由は、まったくありませんな」

グリップフックがすましてそう言うと、今度はテッドとディーンも、ゴルヌックとダークと一緒になって笑った。

テントの中で、ハリーは目をつむり、誰かが自分の聞きたいことを聞いてくれますようにと祈っていた。まるで十分に思えるほどの長い一分がたって、ディーンが聞いてくれた。そういえば（ハリーはそのことを思い出して、胸がざわついたが）、ディーンもジニーの元ボーイフレンドだった。

「ジニーやほかの二人はどうなったの？　盗み出そうとした生徒たちのことだけど？」

「ああ、罰せられましたよ。しかも厳しくね」グリップフックは、無関心に答えた。

「でも、無事なんだろうね？」テッドが急いで聞いた。「つまり、ウィーズリー家の子供たちが、これ以上傷つけられるのはごめんだよ。どうなんだね？」

「私の知るかぎりでは、ひどい傷害は受けなかったらしいですよ」グリップフックが言った。

「それは運がいい」テッドが言った。「スネイプの経歴を見れば、その子供たちがまだ生きているだけでもありがたいと思うべきだ」

「それじゃ、テッド、君はあの話を信じているのか？」ダークが聞いた。「スネイプがダンブルドアを殺したと思うのか？」

「もちろんだ」テッドが言った。「君はまさか、ポッターがそれに関わっていると思うなんて、そんなたわ言を言うつもりはないだろうね？」

「近ごろは、何を信じていいやらわからない」ダークがつぶやいた。

「僕はハリー・ポッターを知っている」ディーンが言った。「そして、僕は彼こそ本物だと思う――『選ばれし者』なんだ。どういう呼び方をしてもいいけど」

「君、そりゃあ、ポッターがそうであることを信じたい者はたくさんいる」ダークが言った。「私もその一人だ。しかし、彼はどこにいる？　どうやら逃げてしまったじゃないか。ポッターが我々の知らないことを何か知っていると言うなら、それともポッターには何か特別な才能があると言うなら、隠れていないで、いまこそ正々堂々と戦い、レジスタンスを集結しているはずだろう。それに、それ、『予言者新聞』がポッターに不利な証拠を挙げているし――」

「『予言者』？」

テッドが鼻先で笑った。

「ダーク、まだあんなくだらんものを読んでいるなら、だまされても文句は言えまい。ほんとうのことが知りたいなら、『ザ・クィブラー』を読むことだ」

突然、のどを詰まらせてゲーゲー吐く大きな音が聞こえた。背中をドンドンたたく音も加わった。どうやらダークが魚の骨を引っかけたらしい。やっと吐き出したダークが言った。

「『ザ・クィブラー』？　ゼノ・ラブグッドの、あの能天気な紙くずのことか？」

「近ごろはそう能天気でもない」テッドが言った。「試しに読んでみるといい。ゼノは『予言者』が無視している事柄をすべて活字にしている。最新号では『しわしわ角スノーカック』に一言も触れていない。ただし、このままだと、いったいいつまで無事でいられるか、そのあたりは私にはわからない。しかしゼノは、毎号の巻頭ページで、『例のあの人』に反対する魔法使いは、ハリー・ポッターを助けることを第一の優先課題にするべきだと書いている」

「地球上から姿を消してしまった男の子を助けるのは、難しい」ダークが言った。

「いいかね、ポッターがまだ連中に捕まっていないということだけでも、たいしたものだ」テッドが言った。「私は喜んでハリーの助言を受け入れるね。我々がやっていることもハリーと同じだ。自由であり続けること。そうじゃないかね？」

「ああ、まあ、君の言うことも一理ある」ダークが重々しく言った。「魔法省や密告者がこぞってポッターを探しているからには、もういまごろは捕まっているだろうと思ったんだが。もっとも、もうとうに捕まえて、こっそり消してしまったと言えなくもないじゃないか？」

「ああ、ダーク、そんなことを言ってくれるな」テッドが声を落とした。

それからは、ナイフとフォークの音だけで、長い沈黙が続いた。次に話しだしたときは、川岸でこのまま寝るか、それとも木の茂った斜面に戻るかの話し合いだった。木があるほうが身を隠しやすいと決めた一行は、たき火を消し、再び斜面を登っていった。話し声はしだいに消えていった。

ハリー、ロン、ハーマイオニーは、「伸び耳」を巻き取った。盗み聞きを続ければ続けるほど、だまっているのが難しくなってきていたハリーだったが、いま口をついて出てくる言葉は、「ジニー――剣――」だけだった。

「わかってるわ！」ハーマイオニーが言った。

ハーマイオニーは、またしてもビーズバッグをまさぐったが、今回は片腕をまるまる奥まで突っ込んでいた。

「さあ……ここに……あるわ……」

ハーマイオニーは歯を食いしばって、バッグの奥にあるらしい何かを引っ張り出しながら言った。ゆっくりと、装飾的な額縁の端が現れた。ハリーは急いで手を貸した。ハーマイオニーのバッグから、二人がかりで、額縁だけのフィニアス・ナイジェラスの肖像画を取り出すと、ハーマイオニーは杖を向けて、いつでも呪文をかけられる態勢を取った。

「もしも、剣がまだダンブルドアの校長室にあったときに、誰かが偽物とすり替えていたのなら」ハーマイオニーは、額縁をテントの脇に立てかけながら、息をはずませた。「その現場を、フィニアス・ナイジェラスが見ていたはずよ。彼の肖像画はガラスケースのすぐ脇にかかっているもの！」

「眠っていなけりゃね」

そうは言ったものの、ハリーは、ハーマイオニーがからの肖像画の前にひざまずいて杖を絵の中心に向けるのを、息を殺して見守った。ハーマイオニーは、咳払いをしてから呼びかけた。

「えー――フィニアス？ フィニアス・ナイジェラス？」

何事も起こらない。

「フィニアス・ナイジェラス？」

ハーマイオニーが、再び呼びかけた。

「ブラック教授？ お願いですから、お話しできませんか？ どうぞお願いします」

「『どうぞ』は常に役に立つ」

皮肉な冷たい声がして、フィニアス・ナイジェラスがするりと額の中に現れた。すかさずハーマイオニーが叫んだ。

「オブスクーロ！ 目隠し！」

フィニアス・ナイジェラスの賢しい黒い目を、黒の目隠しが覆い、フィニアスは額縁にぶつかって、ギャッと痛そうな悲鳴を上げた。

「なんだ――よくも――いったいどういう――？」

「ブラック教授、すみません」ハーマイオニーが言った。「でも、用心する必要があるんです！」

「この汚らしい描き足しを、すぐに取り去りたまえ！　取れといったら取れ！　偉大なる芸術を損傷しているぞ！　ここはどこだ？　何が起こっているのだ？」

「ここがどこかは、気にしなくていい」ハリーが言った。

フィニアス・ナイジェラスは、描き足された目隠しをはがそうとあがくのをやめて、その場に凍りついた。

「その声は、もしや逃げを打ったミスター・ポッターか？」

「そうかもしれない」

こう言えば、フィニアス・ナイジェラスの関心を引き止めておけると意識して、ハリーが応えた。

「二つ質問があります――グリフィンドールの剣のことで」

「ああ」

フィニアス・ナイジェラスは、ハリーの姿をなんとか見ようとして、今度は頭をいろいろな角度に動かしながら言った。

「そうだ。あのばかな女の子は、まったくもって愚かしい行動を取った――」

「妹のことをごちゃごちゃ言うな」

ロンは乱暴な言い方をした。フィニアス・ナイジェラスは、人を食ったような眉をピクリと上げた。

「ほかにも誰かいるのか？」

フィニアスはあちこちと首を回した。

「君の口調は気に入らん！　あの女の子も仲間も、向こう見ずにもほどがある。校長の部屋で盗みを働くとは！」

「盗んだことにはならない」ハリーが言った。「あの剣はスネイプのものじゃない」

「スネイプ教授の学校に属するものだ」

フィニアス・ナイジェラスが言った。

「ウィーズリー家の女の子に、いったいどんな権利があると言うのだ？　あの子は罰を受けるに値する。それに抜け作のロングボトムも、変人のラブグッドもだ！」

「ネビルは抜け作じゃないし、ルーナは変人じゃないわ！」ハーマイオニーが言った。

「ここはどこかね？」

フィニアス・ナイジェラスはまたしても目隠しと格闘しながら、同じことを聞いた。

「私をどこに連れてきたのだ？　なぜ私を、先祖の屋敷から取りはずした？」

「それはどうでもいい！　スネイプは、ジニーやネビルやルーナにどんな罰を与えたんだ？」

ハリーは急き込んで聞いた。

「スネイプ**教授**は、三人を『禁じられた森』に送って、ウスノロのハグリッドの仕事を手伝わせた」

「ハグリッドは、ウスノロじゃないわ！」ハーマイオニーがかん高い声を出した。

「それに、スネイプはそれが罰だと思っただろうけど」ハリーが言った。「でも、ジニーもネビルもルーナも、ハグリッドと一緒に大笑いしただろう。『禁じられた森』なんて……それがどうした！三人とももっと大変な目にあっている！」

ハリーはホッとした。最低でも、「磔の呪文」のような恐ろしい罰を想像していたのだ。

「ブラック教授。私たちがほんとうに知りたいのは、誰か別の人が、えーと、剣を取り出したことがあるかどうかです。たとえば磨くためとか――そんなことで？」

目隠しを取ろうとじたばたしていたフィニアス・ナイジェラスは、また一瞬動きを止め、ニヤリと笑った。

「フン、**マグル生まれ**めが。小鬼製の刀剣・甲冑は、磨く必要などない。単細胞め。小鬼の銀は世俗の汚れを寄せつけず、自らを強化するもののみを吸収するのだ」

「ハーマイオニーを単細胞なんて呼ぶな」ハリーが言った。

「反駁されるのは、もううんざりですな」フィニアス・ナイジェラスが言った。「そろそろホグワーツの校長室に戻る潮時ですかな？」

目隠しされたまま、フィニアスは絵の縁を探りはじめ、手探りで絵から抜け出し、ホグワーツの肖像画に戻ろうとした。ハリーは突然、ある考えがひらめいた。

「ダンブルドアだ！　ダンブルドアを連れてこられる？」

「なんだって？」フィニアス・ナイジェラスが聞き返した。

「ダンブルドア先生の肖像画です――ダンブルドア先生をここに、あなたの肖像画の中に連れてこられませんか？」

　フィニアス・ナイジェラスは、ハリーの声のほうに顔を向けた。

「どうやら無知なのは、マグル生まれだけではなさそうだな、ポッター。ホグワーツの肖像画は、お互いに往き来できるが、城の外に移動することはできない。どこかほかにかかっている自分自身の肖像画だけは別だ。ダンブルドアは、私と一緒にここに来ることはできない。それに、君たちの手でこのような待遇を受けたからには、私がここを訪問することも二度とないと思うがよい！」

　ハリーは少しがっかりして、絵から出ようとますます躍起になっているフィニアスを見つめた。

「ブラック教授」

　ハーマイオニーが呼びかけた。

「お願いですから、**どうぞ**教えていただけませんか。剣が最後にケースから取り出されたのは、いつでしょう？　つまり、ジニーが取り出す前ですけど？」

フィニアスはいらいらした様子で、鼻息も荒く言った。

「グリフィンドールの剣が最後にケースから出るのを見たのは、確か、ダンブルドア校長が指輪を開くために使用したときだ」

ハーマイオニーが、くるりとハリーを振り向いた。フィニアス・ナイジェラスの前で、二人ともそれ以上、何も言えはしなかった。フィニアスは、ようやく出口を見つけた。

「では、さらばだ」

フィニアスはやや皮肉な捨てゼリフを残して、まさに姿を消そうとした。まだ見えている帽子のつばの端に向かって、ハリーが突然叫んだ。

「待って！　スネイプにそのことを話したんですか？」

フィニアス・ナイジェラスは、目隠しされたままの顔を絵の中に突き出した。

「スネイプ校長は、アルバス・ダンブルドアの数々の奇行なんぞより、もっと大切な仕事で頭がいっぱいだ。**ではさらば**、ポッター！」

それを最後に、フィニアスの姿は完全に消え、あとにはくすんだ背景だけが残された。

「ハリー！」ハーマイオニーが叫んだ。

「わかってる！」ハリーも叫んだ。

興奮を抑えきれず、ハリーは拳で天を突いた。これほどの収穫があるとは思わなかった。テントの中を歩き回りながら、ハリーはいまならどこまででも走れるような気がした。空腹さえ感じていなかった。ハーマイオニーは、フィニアス・ナイジェラスの肖像画をビーズバッグの中に再び押し込み、留め金をとめてバッグを脇に投げ出し、顔を輝かせてハリーを見上げた。

「剣が、分霊箱を破壊できるんだわ！　小鬼製の刃は、自らを強化するものだけを吸収する――ハリー、あの剣は、バジリスクの毒をふくんでいるわ！」

「そして、ダンブルドアが僕に剣を渡してくれなかったのは、まだ必要だったからだ。ロケットに使うつもりで――」

「――そして、もし遺言に書いたら、連中があなたに剣を引き渡さないだろうって、ダンブルドアは知っていたにちがいないわ――」

「――だから偽物を作った――」

「――そして、ガラスケースに贋作を入れたのね――」

「――それから本物を……どこだろう？」

二人はじっと見つめ合った。ハリーは、見えない答えがそのへんにぶら下がっているような気がした。身近に、じらすように。ダンブルドアはどうして教えてくれなかったのだろう？　それとも、実は、ハリーが気がつかなかっただけで、すでに話してくれていたのだろうか？

「考えて！」ハーマイオニーがささやいた。「考えるのよ！　ダンブルドアが剣をどこに置いたのか」

「ホグワーツじゃない」ハリーは、また歩きはじめた。

「ホグズミードのどこかは？」ハーマイオニーがヒントを出した。

「『叫びの屋敷』は？」ハリーが言った。「あそこには誰も行かないし」

「でも、スネイプが入り方を知っているわ。ちょっと危ないんじゃないかしら？」

「ダンブルドアは、スネイプを信用していた」ハリーが、ハーマイオニーに思い出させた。

「でも、剣のすり替えを教えるほどには、信用してはいなかった」ハーマイオニーが言った。

「うん、それはそうだ！」

そう言いながら、ハリーは、どんなにかすかな疑いであれ、ダンブルドアにはスネイプを信用しきっていないところがあったのだと思うと、ますます元気が出てきた。

「じゃあ、ダンブルドアは、ホグズミードから遠く離れた所に剣を隠したんだろうか？　ロン、どう思う？　ロン？」

ハリーはあたりを見回した。一瞬、ロンがテントから出ていってしまったのではないかと思い、ハリーはとまどった。しかしロンは、二段ベッドの下段の薄暗がりに、石のように硬い表情で横たわっていた。

「おや、僕のことを思い出したってわけか？」ロンが言った。

「え？」

ロンは上段のベッドの底を見つめながら、フンと鼻を鳴らした。

「お二人さんでよろしくやってくれ。せっかくのお楽しみを、邪魔したくないんでね」

あっけに取られて、ハリーはハーマイオニーに目で助けを求めたが、ハーマイオニーもハリーと同じぐらいとほうに暮れているらしく、首を振った。

「何が気に入らないんだ？」

ハリーが聞いた。

「何が気に入らないって？　別になんにも」

ロンはまだ、ハリーから顔をそむけたままだった。

「もっとも、君に言わせれば、の話だけどね」

テントの天井に**パラパラ**と水音がした。雨が降りだしていた。

「いや、君はまちがいなく何かが気に入らない」ハリーが言った。

「はっきり言えよ」

ロンは長い足をベッドから投げ出して、上体を起こした。ロンらしくない、ひねくれた顔だ。

「ああ、言ってやる。僕が小躍りしてテントの中を歩き回るなんて、期待しないでくれ。なんだい、ろくでもない探し物が、また一つ増えただけじゃないか。君の知らないもののリストに加えときゃいいんだ」

「僕が知らない？」ハリーがくり返した。「**僕が**知らないって？」

**バラ、バラ、バラ。**雨足が強くなった。テントの周りでは、川岸に敷き詰められた落ち葉を雨が打つ音や、闇を流れる川の瀬音がしていた。たかぶっていたハリーの心に冷水を浴びせるように、恐怖が広がった。ロンは、ハリーの想像していたとおりのことを、そして恐れていたとおりのことを考えていたのだ。

「ここでの生活は最高に楽しいものじゃない、なんて言ってないぜ」ロンが言った。「腕はめちゃめちゃ、食い物はなし、毎晩尻を冷やして見張り、てな具合のお楽しみだしな。ただ僕は、数週間駆けずり回った末には、まあ、少しは何か達成できてるんじゃないかって、そう思ってたんだ」

「ロン」

ハーマイオニーが蚊の鳴くような声で言ったが、ロンは、いまやテントにたたきつけるような大きな雨の音にかこつけて、聞こえないふりをした。

「僕は、君が何に志願したのかわかっている、と思っていた」ハリーが言った。

「ああ、僕もそう思ってた」

「それじゃ、どこが君の期待どおりじゃないって言うんだ？」

怒りのせいで、ハリーは反撃に出た。

「五つ星の高級ホテルに泊まれるとでも思ったのか？　一日おきに分霊箱が見つかるとでも？　ク

リスマスまでにはママの所に戻れると思っていたのか？」

「僕たちは、君が何もかも納得ずくで事に当たっていると思ってた！」

ロンは立ち上がってどなった。その言葉は焼けたナイフのようにハリーを貫いた。

「僕たちは、ダンブルドアが君のやるべきことを教えてると思っていた！　君には、ちゃんとした計画があると思ったよ！」

「ロン！」

今度のハーマイオニーの声は、テントの天井に激しく打ちつける雨の音よりもはっきりと聞こえたが、ロンはそれも無視した。

「そうか。失望させてすまなかったな」

心はうつろで自信もなかったが、ハリーは落ち着いた声で言った。

「僕は、はじめからはっきり言ったはずだ。ダンブルドアが話してくれたことは、全部君たちに話したし、忘れてるなら言うけど、分霊箱を一つ探し出した――」

「ああ、しかも、それを破壊する可能性は、ほかの分霊箱を見つける可能性と同じぐらいさ――つまり、まーったく可能性なし！」

「ロン、ロケットをはずしてちょうだい」

ハーマイオニーの声は、いつになく上ずっていた。

「お願いだから、はずして。一日中それを身につけていなかったら、そんな言い方はしないはずよ」

「いや、そんな言い方をしただろうな」

ハリーは、ロンのために言い訳などしてほしくなかった。

「僕のいない所で二人でヒソヒソ話をしていたことに、僕が気づかないと思っていたのか？　君たちがそんなふうに考えていることに、僕が気づかないとでも思ったのか？」

「ハリー、私たちそんなこと――」

「うそつけ！」ロンがハーマイオニーをどなりつけた。「君だってそう言ったじゃないか。失望したって。ハリーはもう少しわけがわかってると思ったたって――」

「そんな言い方はしなかったわ――ハリー、ちがうわ！」ハーマイオニーが叫んだ。

雨は激しくテントを打ち、涙がハーマイオニーのほおを流れ落ちた。ほんの数分前の興奮は、一瞬燃え上がっては消えるはかない花火のように跡形もなく消え去り、残された暗闇が冷たくぬれそぼっていた。グリフィンドールの剣は、どことも知れず隠されている。そして、テントの中の、まだ十代の三人がこれまでにやりとげたことと言えば、まだ、死んでいないということだけだった。

「それじゃ、どうしてまだここにいるんだ？」ハリーがロンに言った。

「さっぱりわからないよ」ロンが言った。

「なら、家に帰れよ」ハリーが言った。

「ああ、そうするかもな！」

大声でそう言うなり、ロンは二、三歩ハリーに近寄った。ハリーは動かなかった。

「妹のことをあの人たちがどう話していたか、聞いたか？　ところが、君ときたら、洟も引っかけなかった。たかが『禁じられた森』じゃないかだって？　『**僕はもっと大変な目にあっている**』とおっしゃるハリー・ポッター様は、森で妹に何が起ころうと気にしないんだ。ああ、僕なら気にするね。巨大蜘蛛だとか、まともじゃないものだとか――」

「僕はただ――ジニーはほかの二人と一緒だったし、ハグリッドも一緒で――」

「――ああ、わかったよ。君は心配してない！　それにジニー以外の家族はどうなんだ？　『ウィーズリー家の子供たちが、これ以上傷つけられるのはごめんだよ』って、聞いたか？」

「ああ、僕――」

「でも、それがどういう意味かなんて、気にしないんだろ？」

「ロン！」

ハーマイオニーは二人の間に割って入った。

「何も新しい事件があったという意味じゃないと思うわ。私たちの知らないことが起こったわけじゃないのよ。ロン、よく考えて。ビルはとうに傷ついているし、ジョージが片耳を失ったことは、いまではいろいろな人に知れ渡っているわ。それにあなたは、黒斑病で死にそうだということになっているし。あの人が言ってたのは、きっとそれだけのことなのよ——」

「へえ、たいした自信があるんだな？　いいさ、じゃあ、僕は家族のことなんか気にしないよ。君たち二人はいいよな。両親が安全な所にいてさ——」

「僕の両親は、**死んでるんだ！**」ハリーは大声を出した。

「僕の両親も、同じ道をたどっているかもしれないんだ！」ロンも叫んだ。

「なら、**行けよ！**」

ハリーがどなった。

「みんなの所に帰れ。黒斑病が治ったふりをしろよ。そしたらママがお腹いっぱい食べさせてくれて、そして——」

ロンが突然動いた。ハリーも反応した。しかし二人の杖がポケットから出る前に、ハーマイオニーが杖を上げていた。

「プロテゴ！　護れ！」

見えない盾が広がり、片側にハリーとハーマイオニー、反対側にロン、と二分した。呪文の力で、双方が数歩ずつあとずさりした。ハリーとロンは、透明な障壁の両側で、初めて互いをはっきり見るかのようににらみ合った。ロンに対する憎しみが、ハリーの心をじわじわとむしばんだ。二人の間で何かが切れた。

「分霊箱を、置いていけよ」ハリーが言った。

ロンは鎖を首からぐいとはずし、そばにあった椅子にロケットを投げ捨てた。

「君はどうする？」

ロンがハーマイオニーに向かって言った。

「どうするって？」

「残るのか、どうなんだ？」

「私……」

ハーマイオニーは苦しんでいた。

「ええ――私、ええ、残るわ。ロン、私たち、ハリーと一緒に行くと言ったわ。助けるんだって、そう言ったわ――」

「そうか。君はハリーを選んだんだ」

「ロン、ちがうわ――お願い――戻ってちょうだい。戻って！」

ハーマイオニーは、自分の「盾の呪文」にはばまれた。障壁を取りはずしたときには、ロンはもう、夜の闇に荒々しく飛び出していったあとだった。ハリーはだまったまま、身動きもせず立ち尽くし、ハーマイオニーが泣きじゃくりながら木立の中からロンの名前を呼び続ける声を聞いていた。

しばらくして、ハーマイオニーが戻ってきた。ぐっしょりぬれた髪が、顔に張りついている。

「い――行って――行ってしまったわ！　『姿くらまし』して！」

ハーマイオニーは椅子に身を投げ出し、身を縮めて泣きだした。

ハリーは何も考えられなかった。かがんで分霊箱を拾い上げ、首にかけると、ロンのベッドから毛布を引っ張り出して、ハーマイオニーに着せかけた。それから自分のベッドに登り、テントの暗い天井を見つめながら、激しく打ちつける雨の音を聞いた。

# 第十六章　ゴドリックの谷

次の朝目覚めたハリーは、一瞬何が起きたのか思い出せなかった。そのあとで、子供じみた考えではあったが、すべてが夢ならいいのにと思った。ロンはまだそこにいる、いなくなったわけではない、と思いたかった。しかし、枕の上で首をひねると、からっぽのロンのベッドが目に入った。からのベッドはまるで屍のように目を引きつけた。ハリーはロンのベッドを見ないようにしながら、上段のベッドから飛び下りた。ハーマイオニーはもう台所で忙しく働いていたが、「おはよう」の挨拶もなく、ハリーがそばを通ると急いで顔をそむけた。

**ロンは行ってしまった**。ハリーは自分に言い聞かせた。**行ってしまったんだ**。顔を洗い、服を着る間も、反芻すればショックがやわらぐかのように、ハリーはそのことばかりを考えていた。**ロンは行ってしまった**。**もう戻ってはこない**。保護呪文を周りにかけるのだから、この場所をいったん引き払ってしまえば、ロンは二度と二人を見つけることはできないということだ。その単純な事実

を、ハリーは知っている。

ハリーとハーマイオニーは、だまって朝食をとった。ハーマイオニーは泣き腫らした赤い目をしていた。眠れなかったようだ。二人は荷造りをしたが、ハーマイオニーはのろのろとしていた。ハーマイオニーがこの川岸にいる時間を引き延ばしたい理由が、ハリーにはわかっていた。何度か期待を込めて目を上げるハーマイオニーを見て、ハリーは、この激しい雨の中でロンの足音を聞いたような気がしたのだろうと思った。しかし、木立の間から赤毛の姿が現れる様子はなかった。ハリーもハーマイオニーに釣られてあたりを見回したが――ハリー自身も、かすかな希望を捨てられなかった――雨にぬれそぼつ木立以外には何も見えなかった。そしてそのたびに、ハリーの胸の中で、小さな怒りの塊が爆発するのだった。

**君が、何もかも納得ずくで事に当たっていると思ってた！**――そう言うロンの声が聞こえた。みずおちがしぼられるような思いで、ハリーは再び荷造りを始めた。

そばを流れるにごった川は急速に水嵩を増し、いまにも川岸にあふれ出しそうだった。二人は、いつもなら野宿を引き払っていたであろう時間より、ゆうに一時間はぐずぐずしていた。ビーズバッグを三度も完全に詰めなおしたあとで、ハーマイオニーはとうとうそれ以上長居をする理由が見つからなくなったようだった。二人はしっかり手を握り合って「姿くらまし」し、ヒースの茂る荒涼とした丘の斜面に現れた。

到着するなり、ハーマイオニーは手をほどいてハリーから離れ、大きな岩に腰を下ろしてしまった。ひざに顔をうずめて身を震わせているハーマイオニーを見れば、泣いているのがわかる。そばに行ってなぐさめるべきだと思いながらも、何かがハリーをその場に釘づけにしていた。体の中の何もかもが、冷たく、張りつめていた。ロンの軽蔑したような表情が、またしてもハリーの脳裏に浮かんだ。ハリーはヒースの中を大股で歩きながら、打ちひしがれているハーマイオニーを中心に大きな円を描き、いつもハーマイオニーが安全のためにかけている保護呪文を施した。

それから数日の間、二人はロンのことをまったく話題にしなかった。ハリーは、ロンの名前を二度と口にすまいと心に誓っていたし、ハーマイオニーは、この問題を追及してもむだだとわかっているようだった。しかし、夜になると、ときどきハリーが寝ているはずの時間に、ハーマイオニーが泣いているのが聞こえた。一方ハリーは、「忍びの地図」を取り出して杖灯りで調べるようになった。ロンの名前が記された点が、ホグワーツの廊下に戻ってくる瞬間を待っていたのだ。現れれば、純血という身分に守られて、ぬくぬくとした城に戻ったという証拠だ。しかし、ロンは地図に現れなかった。しばらくすると、ハリーは、女子寮のジニーの名前を見つめるためだけに、地図を取り出している自分に気がついた。これだけ強烈に見つめれば、もしかしたらジニーの夢に入り込むことができるのではないか、自分がジニーのことを思い、無事を祈っていることが、なんとかジニーに通じるのではないだろうか、と思った。

昼の間は、グリフィンドールの剣のありそうな場所はどこかと、二人で必死に考えた。しかし、ダンブルドアが隠しそうな場所を話し合えば話し合うほど、二人の推理はますます絶望的になり、ありそうもない方向に流れた。ハリーがどんなに脳みそをしぼっても、ダンブルドアが何か隠す場所を口にしたという記憶はなかった。ときどき、ハリーは、ダンブルドアとロンのどちらに、より腹を立てているのかわからなくなるときがあった。

**——僕たちは、君が何もかも納得ずくで事に当たっていると思ってた……僕たちは、ダンブルドアが君のやるべきことを教えてると思っていた……君には、ちゃんとした計画があると思ったよ！**

ロンの言ったことは正しい。ハリーは、その事実から目をそむけることができなかった。ダンブルドアは事実上、ハリーに何も遺していかなかった。分霊箱の一つは探し出したが、破壊する方法はなかった。ほかの分霊箱が手に入らないという状況は、はじめからまったく変わっていない。ハリーは絶望に飲み込まれてしまいそうだった。こんなあてどない無意味な旅に同行するという友人の申し出を受け入れた自分は、身のほど知らずだった。ハリーは、いまさらながらに動揺した。自分は何も知らない。なんの考えも持っていないのだ。ハーマイオニーもまた、いや気がさしてハリーから離れると言いだすのではないかと、ハリーはそんな気配を見落とさないよう、いつも痛いほど張りつめていた。

いく晩も、二人はほとんど無言で過ごした。ハーマイオニーは、ロンが去ったあとの大きな穴を埋めようとするかのように、フィニアス・ナイジェラスの肖像画を取り出して椅子に立てかけた。二度と来ないとの宣言にもかかわらず、フィニアスはハリーの目的をうかがい知る機会の誘惑に負けたようで、数日おきに目隠しつきで現れることに同意した。ハリーは、フィニアスでさえ会えてうれしかった。傲慢で人をあざけるタイプではあっても、話し相手にはちがいない。ホグワーツで起こっていることなら、どんなニュースでも二人にとっては歓迎だった。もっともフィニアス・ナイジェラスは、理想的な情報屋とは言えなかった。フィニアスは、自分が学校を牛耳って以来のスリザリン出身の校長を崇めていたので、スネイプを批判したり、校長に関する生意気な質問をしたりしないように気をつけないと、たちまち肖像画から姿を消してしまうのだった。

とはいえ、ある程度の断片的なニュースはもらしてくれた。スネイプは、強硬派の学生による小規模の反乱に、絶えず悩まされているようだった。ジニーはホグズミード行きを禁じられていた。また、スネイプは、アンブリッジ時代の古い教育令である学生集会禁止令を復活させ、三人以上の集会や非公式の生徒の組織を禁じていた。

こうしたことから、ハリーは、ジニーがたぶんネビルとルーナと一緒になって、ダンブルドア軍団を継続する努力をしているのだろうと推測した。こんなわずかなニュースでも、ハリーは、胃が痛くなるほどジニーに会いたくてたまらなくなった。

しかし同時に、ロンやダンブルドアのことも考えてしまったし、ホグワーツそのものを、ガールフレンドだったジニーと同じくらい恋しく思った。フィニアス・ナイジェラスがスネイプによる弾圧の話をしたときなど、一瞬我を忘れ、学校に戻ってスネイプ体制揺さぶりの運動に加わろうと、本気でそう思ったほどだった。食べ物ややわらかなベッドがあり、自分以外の誰かが指揮をとっている状況は、この時のハリーにとって、この上なくすばらしいものに思われた。しかし、自分が「問題分子ナンバーワン」であることや、首に一万ガリオンの懸賞金が懸かっていることを思い出し、ホグワーツにいまのこのこ戻るのは、魔法省に乗り込むのと同じくらい危険だと思いなおした。

実際にフィニアス・ナイジェラスが、なにげなくハリーとハーマイオニーの居場所に関する誘導尋問を会話にはさむことで、計らずもその危険性を浮き彫りにしてくれた。そのたびに、ハーマイオニーは肖像画を乱暴にビーズバッグに押し込んだし、フィニアスはと言えば、無礼な別れの挨拶への応酬にその後数日は現れないのが常だった。

季節はだんだん寒さを増してきた。イギリス南部だけにとどまれるなら、せいぜい霜くらいが最大の問題だったが、一か所にあまり長く滞在することはとうていできず、あちらこちらをジグザグに渡り歩いたため、二人は大変な目にあった。あるときはみぞれが山腹に張ったテントを打ち、ある時は広大な湿原で冷たい水がテントを水浸しにした。また、スコットランドの湖の真ん中にある小島では、一夜にしてテントの半分が雪に埋もれた。

居間の窓にきらめくクリスマスツリーをちらほら見かけるようになったある晩、ハリーは、まだ探っていない唯一の残された途だと思われる場所を、もう一度提案しようと決心した。透明マントに隠れてスーパーに行ったハーマイオニーのおかげで（出るときに、開いていたレジの現金入れに几帳面にお金を置いてきたのだが）いつになく豊かな食事をしたあとのことだった。スパゲッティミートソースと缶詰の梨で満腹のハーマイオニーは、いつもより説得しやすそうに思われた。その上、用意周到にも、分霊箱を身につけるのを数時間休もうと提案しておいたので、分霊箱はハリーの脇の二段ベッドの端にぶら下がっていた。

「ハーマイオニー？」

「ん？」

ハーマイオニーは、『吟遊詩人ビードルの物語』を手に、クッションのへこんだひじかけ椅子の一つに丸くなって座り込んでいた。ハリーは、その本からこれ以上何か得るものがあるのかどうか疑問だった。もともとがたいして厚い本ではない。しかしハーマイオニーはまちがいなく、まだ何かの謎解きをしていた。椅子のひじに、『スペルマンのすっきり音節』が開いて置いてある。

ハリーは咳払いした。数年前に、まったく同じ気持ちになったことを思い出した。ダーズリー夫婦を説得できずに、ホグズミード行きの許可証にサインしてもらえなかったにもかかわらず、マクゴナガル先生に許可を求めたときのことだ。

「ハーマイオニー、僕、ずっと考えていたんだけど——」

「ハリー、ちょっと手伝ってもらえる？」

どうやらハリーの言ったことを聞いていなかったらしいハーマイオニーが、身を乗り出して、『吟遊詩人(ぎんゆうしじん)ビードルの物語(ものがたり)』をハリーに差し出した。

「この印を見て」

ハーマイオニーは、開いたページの一番上を指差して言った。物語の題だと思われる文字の上に（ハリーはルーン文字が読めなかったので、題かどうか自信がなかったが）、三角の目のような絵があった。瞳(ひとみ)の真ん中に縦線(たてせん)が入っている。

「ハーマイオニー、僕(ぼく)、古代ルーン文字の授業(じゅぎょう)を取ってないよ」

「それはわかってるわ。でも、これ、ルーン文字じゃないし、スペルマンの音節表にものっていないの。私(わたし)はずっと、目だと思っていたんだけど、ちがうみたい！　これ、書き加えられているわ。ほら、誰(だれ)かがそこに描(か)いたのよ。もともとの本にはなかったの。よく考えてね。どこかで見たことがない？」

「ううん……ない。あっ、待って」

ハリーは目を近づけた。

「ルーナのパパが、首から下げていたのと同じ印じゃないかな？」

「ええ、私(わたし)もそう思ったの！」

「それじゃ、グリンデルバルドの印だ」

ハーマイオニーは、口をあんぐり開けてハリーを見つめた。

**「なんですって？」**

「クラムが教えてくれたんだけど……」

ハリーは、結婚式でビクトール・クラムが物語ったことを話して聞かせた。ハーマイオニーは目を丸くした。

**「グリンデルバルドの**印ですって？」

ハーマイオニーはハリーから奇妙な印へと目を移し、再びハリーを見た。

「グリンデルバルドが印を持っていたなんて、私、初耳だわ。彼に関するものはいろいろ読んだけど、どこにもそんなことは書いてなかった」

「でも、いまも言ったけど、あの印はダームストラングの壁に刻まれているもので、グリンデルバルドが刻んだって、クラムが言ったんだ」

ハーマイオニーは眉根にしわを寄せて、また古いひじかけ椅子に身を沈めた。

「変だわ。この印が闇の魔術のものなら、子供の本と、どういう関係があるの？」

「うん、変だな」

ハリーが言った。

「それに、闇の印なら、スクリムジョールがそうと気づいたはずだ。大臣だったんだから、闇のことなんかにくわしいはずだもの」

「そうね……私とおんなじに、これが目だと思ったのかもしれないわ。ほかの物語にも全部、題の上に小さな絵が描いてあるの」

ハーマイオニーは、だまって不思議な印をじっと眺め続けていた。ハリーはもう一度挑戦した。

「ハーマイオニー？」

「ん？」

「僕、ずっと考えていたんだけど、僕――僕、ゴドリックの谷に行ってみたい」

ハーマイオニーは顔を上げたが、目の焦点が合っていなかった。本の不思議な印のことを、まだ考えているにちがいない、とハリーは思った。

「ええ」ハーマイオニーが言った。

「ええ、私もずっとそのことを考えていたの。私たち、そうしなくちゃならないと思うわ」

「僕の言ったこと、ちゃんと聞いてた？」ハリーが聞いた。

「もちろんよ。あなたはゴドリックの谷に行きたい。賛成よ。行かなくちゃならないと思うわ。つまり、可能性があるなら、あそこ以外にありえないと思うの。危険だと思うわ。でも、考えれば考えるほど、あそこにありそうな気がするの」

「あー――あそこに**何が**あるって？」ハリーが聞いた。

この質問に、ハーマイオニーは、ハリーの当惑した気持ちを映したような顔をした。

「何って、ハリー、剣よ！　ダンブルドアは、あなたがあそこに帰りたくなるとわかっていたにちがいないわ。それに、ゴドリックの谷は、ゴドリック・グリフィンドールの生まれ故郷だし――」

「えっ？　グリフィンドールって、ゴドリックの谷出身だったの？」

「ハリー、あなた、『魔法史』の教科書を開いたことがあるの？」

「んー」

ハリーは笑顔になった。ここ数か月で初めて笑ったような気がした。顔の筋肉が奇妙にこわばっていた。

「開いたかもしれない。つまりさ、買ったときに……一回だけ……」

「あのね、あの村は、彼の名前を取って命名されたの。そういう結びつきだっていうことに、あなたが気づいたのかと思ったのに」ハーマイオニーが言った。

最近のハーマイオニーではなく、昔のハーマイオニーに戻ったような言い方だった。「図書館に行かなくちゃ」と宣言するのではないかと、ハリーは半分身がまえた。

「あの村のことが、『魔法史』に少しのっているわ……ちょっと待って……」

ハーマイオニーはビーズバッグを開いて、しばらくガサゴソ探していたが、やがて古い教科書を引っ張り出した。バチルダ・バグショット著の『魔法史』だ。ページをめくっていたハーマイオニーは、お目当ての箇所を探し出した。

一六八九年、国際機密保持法に署名した後、魔法族は永久に姿を隠した。彼らが集団の中に自らの小さな集団を形成したのは、おそらく自然なことであった。魔法使いの家族は、相互に支え守り合うために、多くは小さな村落や集落に引き寄せられ、集団となって住んだ。コーンウォール州のティンワース、ヨークシャー州のアッパー・フラグリー、南部海岸沿いのオッタリー・セント・キャッチポールなどが、魔法使いの住む集落としてよく知られている。彼らは、寛容な、または『錯乱の呪文』にかけられたマグルたちとともに暮らしてきた。このような魔法使い混合居住地として最も名高いのは、おそらくゴドリックの谷であろう。英国西部地方にあるこの村は、偉大な魔法使い、ゴドリック・グリフィンドールが生まれた所であり、魔法界の金属細工師、ボーマン・ライトが最初の金のスニッチを鋳た場所でもある。墓地は古からの魔法使いの家族の墓碑銘で埋められており、村の小さな教会にゴーストの話が絶えないのも、これでまちがいなく説明がつく。

「あなたのことも、ご両親のことも書いてないわ」

本を閉じながら、ハーマイオニーが言った。

「バグショット教授は十九世紀の終わりまでしか書いていないからだわ。でも、わかった？　ゴドリックの谷、ゴドリック・グリフィンドール、グリフィンドールの剣。ダンブルドアは、あなたがこのつながりに気づくと期待したとは思わない？」

「ああ、うん……」

ハリーは、ゴドリックの谷に行く提案をしたときには、剣のことをまったく考えていなかった。しかし、それを打ち明けたくはなかった。ハリーにとっての村へのいざないは、両親の墓であり、自分がからくも死をまぬかれた家や、バチルダ・バグショット自身にひかれてのことだった。

「ミュリエルの言ってたこと、覚えてる？」

ハリーはやっと切り出した。

「誰の？」

「ほら」

ハリーは言いよどんだ。ロンの名前を口にしたくなかったからだ。

「ジニーの大おばさん。結婚式で。君の足首がガリガリだって言った人だよ」

「ああ」ハーマイオニーが言った。

きわどかった。ハーマイオニーは、ロンの名前が見え隠れするのに気づいていた。ハリーは先を急いだ。

「その人が、バチルダ・バグショットは、まだゴドリックの谷に住んでいるって言ったんだ」

「バチルダ・バグショットが――」

ハーマイオニーは、『魔法史』の表紙に型押しされている名前を人差し指でなぞっていた。

「そうね、たぶん――」

ハーマイオニーが突然息をのんだ。あまりの大げさな驚きように、ハリーは腸が飛び出しそうになった。ハリーは杖を抜くなりテントの入口を振り返った。入口の布を押し開けている手が見えるのではないかと思ったのだが、そこには何もなかった。

「なんだよ？」

ハリーは半ば怒り、半ばホッとしながら言った。

「いったいどうしたっていうんだ？　入口のジッパーを開けている死喰い人でも見えたのかと思ったよ。少なくとも――」

「ハリー、**バチルダが剣を持っていたら？**　ダンブルドアが彼女に預けたとしたら？」

ハリーはその可能性をよく考えてみた。バチルダはもう相当の年のはずだ。ミュリエルによれば、「老いぼれ」ている。ダンブルドアがバチルダに託して、グリフィンドールの剣を隠したという可能性はあるだろうか？　もしそうだとすれば、ダンブルドアはかなり偶然に賭けたとしか思えない。剣を偽物とすり替えたことを、ダンブルドアは一度も明かさなかったし、バチルダと親交があったことすら一言も言わなかったのだから。しかし、ハリーの一番の願いに、ハーマイオニーが驚くほど積極的に賛成しているいまは、ハーマイオニー説に疑義を差しはさむべき時ではない。

「うん、そうかもしれない！　それじゃ、ゴドリックの谷に行くね？」

「ええ、でも、ハリー、このことは充分に考えないといけないわ」

ハーマイオニーはいまや背筋を正していた。再び計画的に行動できる見通しが立ったことで、ハーマイオニーの気持ちがハリーと同じぐらいに奮い立ったことが、ハリーにははっきりわかった。

「まずは、『透明マント』をかぶったままで、一緒に『姿くらまし』する練習がもっと必要ね。それから『目くらまし術』をかけるほうが安全でしょうね。それとも、万全を期して、『ポリジュース薬』を使うべきだと思う？　それなら誰かの髪の毛を取ってこなくちゃ。ハリー、やっぱりそうしたほうがいいと思うわ。変装は念入りにするに越したことはないし……」

ハリーはハーマイオニーのしゃべるに任せて、間が空くとうなずいたり同意したりしたが、心は会話とは別な所に飛んでいた。こんなに心が躍るのは、グリンゴッツにある剣が偽物だとわかったとき以来だった。

まもなく故郷に帰るのだ。かつて家族がいた場所に戻るのだ。ヴォルデモートさえいなければ、ゴドリックの谷こそ、ハリーが育ち、学校の休暇を過ごす場所になるはずだった。友達を家に招いたかもしれない……弟や妹もいたかもしれない……十七歳の誕生日に、ケーキを作ってくれるのは母親だったかもしれない。そういう人生が奪われてしまった場所を訪れようとしているこのときほど、失われてしまった人生が真に迫って感じられたことはなかった。

その夜、ハーマイオニーがベッドに入ってしまったあとで、ハリーはビーズバッグからそっと自分のリュックサックを引っ張り出し、ずいぶん前にハグリッドからもらったアルバムを取り出した。この数か月で初めて、ハリーは両親の古い写真をじっくりと眺めた。ハリーにはもうこれしか遺されていない両親の姿が、写真の中からハリーに笑いかけ、手を振っていた。

ハリーは翌日にもゴドリックの谷に出発したいくらいだったが、ハーマイオニーの考えはちがっていた。両親の死んだ場所にハリーが戻ることを、ヴォルデモートは予想しているにちがいないと確信していたハーマイオニーは、二人とも最高の変装ができたという自信が持てるまでは出発はしないと、固く決めていた。そんなわけで、丸一週間たってから――クリスマスの買い物をしていた何も知らないマグルの髪の毛をこっそりいただき、透明マントをかぶったままで一緒に「姿あらわし」と「姿くらまし」が完璧にできるように練習してから――ハーマイオニーはやっと旅に出ることを承知した。

夜の闇に紛れて村に「姿あらわし」する計画だったので、二人は午後も遅い時間になってから、やっとポリジュース薬を飲んだ。ハリーははげかかった中年男のマグルに、そしてハーマイオニーは小柄で目立たないその妻に変身した。所持品のすべてが入ったビーズバッグは（分霊箱だけはハリーが首からかけたが）、ハーマイオニーがコートの内ポケットにしまい込んで、きっちりコートのボタンをかけた。ハリーが透明マントを二人にかぶせ、それから一緒に回転して、またもや息が詰まるような暗闇に入り込んだ。

心臓がのど元で激しく打つのを感じながら、ハリーは目を開けた。二人は、雪深い小道に手をつないで立っていた。狭い小道の両側に、夕暮れのダークブルーの空には、宵の星がちらほらと弱い光を放ちはじめていた。狭い小道の両側に、クリスマス飾りを窓辺にキラキラさせた小さな家が立ち並んでいる。少し先に金色に輝く街灯が並び、そこが村の中心であることを示していた。

「こんなに雪が！」

透明マントの下で、ハーマイオニーが小声で言った。

「どうして雪のことを考えなかったのかしら？　あれだけ念入りに準備したのに、雪に足跡が残るわ！　消すしかないわね――前を歩いてちょうだい。私が消すわ――」

姿を隠したまま足跡を魔法で消して歩くなど、ハリーはそんなパントマイムの馬のような格好で村に入りたくなかった。

「マントを脱ごうよ」

ハリーがそう言うと、ハーマイオニーはおびえた顔をした。

「大丈夫だから。僕たちだとはわからない姿をしているし、それに周りに誰もいないよ」

ハリーがマントを上着の下にしまい、二人はマントにわずらわされずに歩いた。何軒もの小さな家の前を通り過ぎる二人の顔を、氷のように冷たい空気が刺した。ジェームズとリリーがかつて暮らした家や、バチルダがいまも住む家は、こうした家の中のどれかかもしれない。ハリーは一軒一軒の入口の扉や、雪の積もった屋根、ひさしつきの玄関先をじっと眺め、見覚えのある家はないかと探した。しかし心の奥では、思い出すことなどありえないとわかっていた。この村を永久に離れたとき、ハリーはまだ一歳になったばかりだった。その上、その家が見えるかどうかも定かではなかった。「忠誠の術」をかけた者が死んだ場合はどうなるのか、ハリーは知らなかった。二人の歩いている小道が左に曲がり、村の中心の小さな広場が目の前に現れた。

豆電球の灯りでぐるりと囲まれた広場の真ん中に、戦争記念碑のようなものが見えた。くたびれた感じのクリスマスツリーが、その一部を覆っている。店が数軒、郵便局、パブが一軒、それに小さな教会がある。教会のステンドグラスが、広場のむこう側で宝石のようにまばゆく光っていた。

広場の雪は踏み固められ、人々が一日中歩いた所は固くつるつるしていた。目の前を行き交う村人の姿が、街灯の明かりでときどき照らし出された。パブの扉が一度開いて、また閉まり、笑い声やポップスが一瞬だけ流れ出した。やがて小さな教会からクリスマス・キャロルが聞こえてきた。

「ハリー、今日はクリスマスイブだわ！」ハーマイオニーが言った。

「そうだっけ？」

ハリーは日にちの感覚を失っていた。二人とも、何週間も新聞を読んでいなかった。

「まちがいないわ」

ハーマイオニーが教会を見つめながら言った。

「お二人は……お二人ともあそこにいらっしゃるんでしょう？　あなたのお父さまとお母さま。あの後ろに、墓地が見えるわ」

ハリーはぞくりとした。興奮を通り越して、恐怖に近かった。これほど近づいたいま、ほんとうに見たいのかどうか、ハリーにはわからなくなっていた。ハーマイオニーはおそらく、そんなハリーの気持ちを察したのだろう。ハリーの手を取って、初めて先に立ち、ハリーを引っ張った。しかし、ハーマイオニーは、広場の中ほどで突然立ち止まった。

「ハリー、見て！」

ハーマイオニーの指先に、戦争記念碑があった。二人がそばを通り過ぎると同時に、記念碑が様変わりしていた。数多くの名前が刻まれたオベリスクではなく、三人の像が建っている。めがねをかけたくしゃくしゃな髪の男性、髪の長いやさしく美しい顔の女性、母親の両腕に抱かれた男の子。それぞれの頭に、やわらかな白い帽子のように雪が積もっている。

ハリーは近寄って、両親の顔をじっと見た。像があるとは思ってもみなかった……石に刻まれた自分の姿を見るのは、不思議な気持ちだった。額に傷痕のない、幸福な赤ん坊……。

「さあ」

思う存分眺めたあと、ハリーがうながした。二人は再び教会に向かった。道を渡ってから、ハリーは振り返った。像は再び戦争記念碑に戻っていた。

教会に近づくにつれ、歌声はだんだん大きくなった。ホグワーツのことが痛いほどに思い出されて、ハリーは胸がしめつけられた。甲冑に入り込んで、クリスマス・キャロルの卑猥な替え歌を大声でわめくピーブズ、大広間の十二本のクリスマスツリー、クラッカーから出てきた婦人用の帽子をかぶるダンブルドア、そして手編みのセーターを着たロン……。

墓地の入口には、一人ずつ入る狭い小開き門があった。ハーマイオニーがその門をできるだけそっと開け、二人はすり抜けるようにして中に入った。教会の扉まで続くつるつるすべりそうな小道の両側は、降り積もったままの深い雪だ。二人は教会の建物を回り込むようにして、明るい窓の下の影を選び、雪の中に深い溝を刻んで進んだ。

教会の裏は雪の毛布に覆われ、綿帽子をかぶった墓石が何列も突き出ていた。青白く光る雪のところどころに、ステンドグラスの灯りが映り、点々と赤や金色や緑にまばゆく光っている。上着のポケットにある杖をしっかりと握りしめたまま、ハリーは一番手前の墓に近づいた。

「これ見て、アボット家だ。ハンナの遠い先祖かもしれない！」

「声を低くしてちょうだい」ハーマイオニーが哀願した。

雪に黒い溝をうがち、かがみ込んでは古い墓石に刻まれた文字を判読しながら、二人はしだいに墓地の奥へと入り込んだ。ときどき闇を透かして、誰にもつけられていないことを確かめるのも忘れなかった。

「ハリー、ここ！」

ハーマイオニーは二列後ろの墓石の所にいた。ハリーは自分の鼓動をはっきり感じながら、雪をかき分けて戻った。

「僕の――？」

「ううん。でも見て！」

ハーマイオニーは黒い墓石を指していた。あちこち苔むして凍りついた御影石を、ハリーはかがんでのぞき込んだ。「**ケンドラ・ダンブルドア**」と読める。生年と没年の少し下に、「**そして娘のアリアナ**」とある。引用文も刻まれている。

**汝の財宝のある所には、汝の心もあるべし**

リータ・スキーターもミュリエルも、事実の一部はとらえていたわけだ。ダンブルドアの家族は紛れもなくここに住み、何人かはここで死んだ。

墓は、話に聞くことよりも、目の当たりにするほうがつらかった。ダンブルドアも自分もこの墓地に深い絆を持っていたのに、そのことをハリーに話してくれるべきだったのに、二人の絆を、ダンブルドアは一度たりとも分かち合おうとはしなかった。ハリーはどうしてもそう考えてしまうのだった。二人でここを訪れることもできたのだ。一瞬ハリーは、ダンブルドアと一緒にここに来る場面を想像した。どんなに強い絆を感じられたことか。ハリーにとって、それがどんなに大きな意味を持ったことか。しかしダンブルドアにとっては、両方の家族が同じ墓地に並んで眠っているという事実など、取るに足らない偶然であり、ダンブルドアがハリーにやらせようとした仕事とは、おそらく無関係だったのだろう。

ハーマイオニーは、ハリーを見つめていた。顔が暗がりに隠れていてよかったと、ハリーは思った。ハリーは、墓石に刻まれた言葉をもう一度読んだ。

**汝の財宝のある所には、汝の心もあるべし**

ハリーにはなんのことか、理解できなかった。母親亡きあとは家長となった、ダンブルドアの選んだ言葉にちがいない。

「先生はほんとうに一度もこのことを――?」

ハーマイオニーが口を開いた。

「話してない」ハリーはぶっきらぼうに答えた。「もっと探そう」

そしてハリーは、見なければよかったと思いながらその場を離れた。興奮と戦慄が入りまじった気持ちに、恨みをまじえたくなかった。

「ここ!」

しばらくして、ハーマイオニーが再び暗がりの中で叫んだ。

「あ、ごめんなさい! ポッターと書いてあると思ったの」

ハーマイオニーは、苔むして崩れかけた墓石をこすっていたが、のぞき込んで少し眉根を寄せた。

「ハリー、ちょっと戻ってきて」

ハリーはもう寄り道したくはなかったが、しぶしぶ雪の中を引き返した。

「何?」

「これを見て!」

非常に古い墓だ。風雨にさらされて、ハリーには名前もはっきり読み取れない。ハーマイオニーは名前の下の印を指差した。

「ハリー、あの本の印よ！」

ハーマイオニーの示す先を、ハリーはよくよく見た。石がすり減っていて、何が刻まれているのかよくわからない。しかし、ほとんど判読できない名前の下に、三角の印らしいものがあった。

「うん……そうかもしれない……」

ハーマイオニーは、杖灯りをつけて、墓石の名前の所に向けた。

「イグ――イグノタス、だと思うけど……」

「僕は両親の墓を探し続ける。いいね？」

ハリーは少しとげとげしくそう言うと、古い墓の前にかがみ込んでいるハーマイオニーを置いて、歩きはじめた。

さっき見たアボットのように、ハリーはときどき、ホグワーツで出会った名前を見つけた。数世代にわたる同じ家系の墓もいくつか見つけた。年号から考えて、もうその家系は死に絶えたか、またはその現在の世代がゴドリックの谷から引っ越してしまったと思われる。どんどん奥に入り込み、まだ新しい墓石を見つけるたびに、不安と期待でハリーはドキッとした。

突然、暗闇と静寂が一段と深くなったような気がした。ハリーは、吸魂鬼ではないかと不安にかられてあたりを見回したが、そうではなかった。クリスマス・キャロルを歌い終わった参列者が、次々と街の広場に出ていき、話し声や騒音が徐々に消えていったからだった。教会の中の誰かが、明かりを消したところだった。

その時、ハーマイオニーの三度目の声が、二、三メートル離れた暗闇の中から、鋭く、はっきりと聞こえた。

「ハリー、ここだわ……ここよ」

声の調子から、ハリーは、今度こそ父親と母親だとわかった。重苦しいもので胸をふさがれるように感じながら、ハリーはハーマイオニーのほうへと歩いた。ダンブルドアが死んだ直後と同じ気持ちだった。ほんとうに心臓と肺を押しつぶすような、重い悲しみだ。

墓石は、ケンドラとアリアナの墓からほんの二列後ろにあった。ダンブルドアの墓と同じく白い大理石だ。暗闇に輝くような白さのおかげで、墓石に刻まれた文字が読みやすかった。文字を読み取るのに、ひざまずく必要も間近まで行く必要もなかった。

ジェームズ・ポッター　一九六〇年三月二十七日生、一九八一年十月三十一日没

リリー・ポッター　一九六〇年一月三十日生、一九八一年十月三十一日没

最後の敵なる死もまた亡ぼされん

ハリーは、たった一度しかその意味を理解するチャンスがないかのように、ゆっくりと墓碑銘を読み、最後の碑文は声に出して読んだ。

「**『最後の敵なる死もまた亡ぼされん』**……」

ハリーは恐ろしい考えが浮かび、恐怖にかられた。

「これ、死喰い人の考えじゃないのか？　それがどうしてここに？」

「ハリー、死喰い人が死を打ち負かすというときの意味と、これとはちがうわ」

ハーマイオニーの声はやさしかった。

「この意味は……そうね……死を超えて生きる。死後に生きること」

しかし、両親は生きていない、とハリーは思った。死んでしまった。空虚な言葉で事実をごまかすことはできない。両親の遺体は、何も感じず、何も知らずに、雪と石の下に横たわって朽ちはてている。知らず知らずに涙が流れ、熱い涙はほおを伝ってたちまち凍った。涙をぬぐってどうなろう？　隠してどうなろう？　ハリーは涙の流れるに任せ、唇を固く結んで、足元の深い雪を見つめた。この下に、ハリーの目には見えない所に、リリーとジェームズの最後の姿が横たわっている。もう骨になっているにちがいない。塵に帰ったかもしれない。生き残った息子がこんなに近くに立っているというのに――二人の犠牲のおかげで心臓はまだ脈打ち、生きているというのに――この瞬間、その息子が、雪の下で二人と一緒に眠っていたいとまで願っているというのに――何も知らず、無関心に横たわっている。

ハーマイオニーは、またハリーの手を取ってギュッと握った。ハリーは顔を上げられなかったが、その手を握り返し、刺すように冷たい夜気を深く吸い込んで気持ちを落ち着かせ、立ち直ろうとした。何か手向けるものを持ってくるべきだった。いままで考えつかなかった。墓地の草木はすべて葉を落とし、凍っている。しかしハーマイオニーは杖を上げ、空中に円を描いて、目の前にクリスマス・ローズの花輪を咲かせた。ハリーはそれを取り、両親の墓に供えた。

立ち上がるとすぐ、ハリーはその場を去りたいと思った。もうこれ以上、ここにいるのは耐えられない。ハリーは片腕をハーマイオニーの肩に回し、ハーマイオニーはハリーの腰に片腕を回した。そして二人はだまって雪の中を歩き、ダンブルドアの母親と妹の墓の前を通り過ぎ、明かりの消えた教会へ、そしてまだ視界には入っていない出口の小開き門へと向かった。

# 第十七章　バチルダの秘密

「ハリー、止まって」

「どうかした？」

二人は、まだアボット某の墓の所までしか戻っていなかった。

「あそこに誰かいるわ。私たちを見ている。私にはわかるのよ。ほら、あそこ、植え込みのそば」

二人は身を寄せ合ってじっと立ち止まったまま、墓地と外とを仕切る黒々とした茂みを見つめた。ハリーには何も見えない。

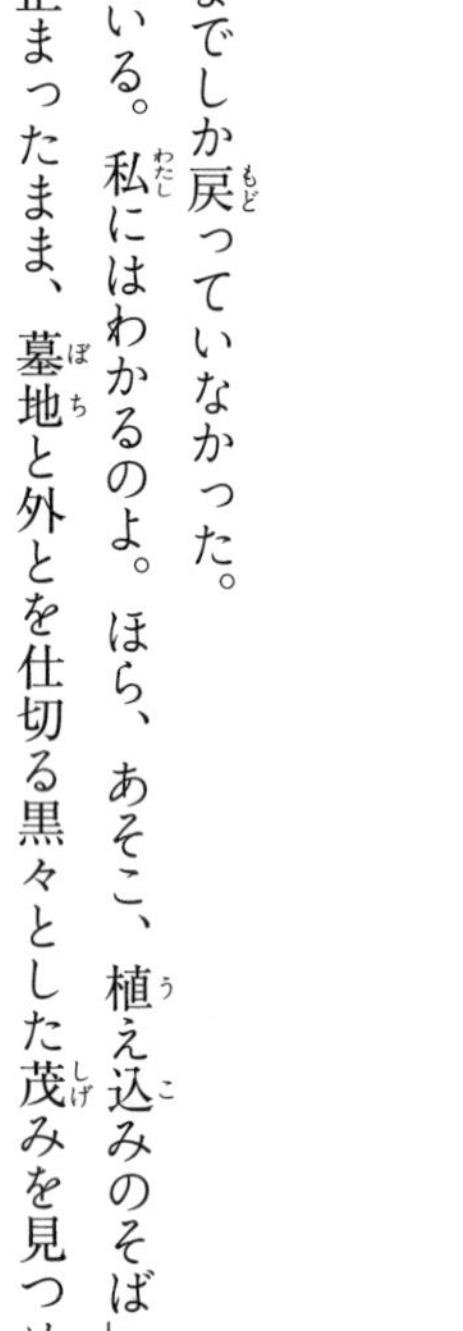

「ほんとに？」

「何かが動くのが見えたの。ほんとよ、見えたわ……」

ハーマイオニーはハリーから離れて、自分の杖腕を自由にした。

「僕たち、マグルの姿なんだよ」ハリーが指摘した。

「あなたのご両親の墓に、花を手向けていたマグルよ！　ハリー、まちがいないわ。誰かあそこにいる！」

ハリーは『魔法史』を思い出した。墓地にはゴーストが取り憑いているとか。もしかしたら――？しかし、その時、サラサラと音がして、ハーマイオニーの指差す植え込みから落ちた雪が、小さな雪煙を上げるのが見えた。ゴーストは、雪を動かすことはできない。

「猫だよ」

一瞬間を置いて、ハリーが言った。

「小鳥かもしれない。死喰い人だったら、僕たち、もう死んでるさ。でも、ここを出よう。また透明マントをかぶればいい」

墓地から出る途中、二人は何度も後ろを振り返った。ハーマイオニーに大丈夫だと請け合った時には強気を装ってはいたが、ハリーは内心それほど元気ではなかった。だから、小開き門からつるつるすべる歩道に出たときには、ホッとした。二人は再び透明マントをかぶった。パブは前よりも混み、中からは、さっき教会に近づいたときに聞こえていたクリスマス・キャロルを歌う大勢の声が響いてきた。一瞬ハリーは、パブに避難しようと言おうかと思った。しかし、それより早く、ハーマイオニーが「こっちへ行きましょう」と小声で言いながら、ハリーを暗い小道に引っ張り込んだ。村に入ってきたときとは、反対方向の村はずれに向かう道だ。家並みが切れる先で、小道が再び田園へと広がっているのが見えた。色とりどりの豆電球が輝き、カーテンにクリスマスツリーの影が映る窓辺をいくつも通り過ぎて、二人は不自然でない程度に急いで歩いた。

「バチルダの家を、どうやって探せばいいのかしら？」

小刻みに震えながら、ハーマイオニーは何度も後ろを振り返っていた。

「ハリー、どう思う？　ねえ、ハリー？」

ハーマイオニーはハリーの腕を引っ張ったが、ハリーは上の空で、家並みの一番端に建っている黒い塊のほうをじっと見つめていた。次の瞬間、ハリーは急に足を速めた。引っ張られたハーマイオニーは、その拍子に、氷に足を取られた。

「ハリー――」

「見て……ハーマイオニー、あれを見て……」

「あれって……あっ！」

あの家が、見えたのだ。「忠誠の術」は、ジェームズとリリーの死とともに消えたにちがいない。ハグリッドが瓦礫の中からハリーを連れ出して以来十六年間、その家の生け垣は伸び放題になっていた。腰の高さまで伸びた雑草の中に、瓦礫が散らばっている。家の大部分はまだ残っていたが、黒ずんだ蔦と雪とに覆いつくされている。一番上の階の右側だけが吹き飛ばされている。ハリーは、きっとそこが、呪いの跳ね返った場所だろうと思った。ハリーとハーマイオニーは門の前にたたずみ、壊れた家を見つめた。かつては、同じ並びに建つ家と同じような家だったにちがいない。

「どうして誰も建て直さなかったのかしら？」ハーマイオニーがつぶやいた。

「建て直せないんじゃないかな？」ハリーが答えた。「闇の魔術の傷と同じで、元どおりにはできないんじゃないか？」

ハリーは透明マントの下からそっと手を出して、雪まみれのさびついた門を握りしめた。開けようと思ったわけではなく、ただ、その家のどこかに触れたかっただけだった。

「中には入らないでしょうね？　安全そうには見えないわ。もしかしたら――まあ、ハリー、見て！」

ハリーが門に触れたことが引き金になったのだろう。目の前のイラクサや雑草の中から、けたはずれに成長の早い花のように、木の掲示板がぐんぐんせり上がってきた。金色の文字で何か書いてある。

一九八一年十月三十一日、この場所で、
リリーとジェームズ・ポッターが命を落とした。
息子のハリーは「死の呪い」を受けて生き残った唯一の魔法使いである。
マグルの目には見えないこの家は、ポッター家の記念碑として、
さらに、家族を引き裂いた暴力を忘れないために、廃墟のまま保存されている。

整然と書かれた文字の周りに、「生き残った男の子」の逃れた場所を見ようとやってきた魔女、魔法使いたちが書き加えた落書きが残っていた。「万年インク」で自分の名前を書いただけの落書きもあれば、板にイニシャルを刻んだもの、言葉を書き残したものもある。十六年分の魔法落書きの上に一段と輝いている真新しい落書きは、みな同じような内容だった。

「**ハリー、いまどこにいるかは知らないけれど、幸運を祈る**」「**ハリー、これを読んだら、私たち、みんな応援しているからね！**」「**ハリー・ポッターよ、永遠なれ**」

「掲示の上に書いちゃいけないのに！」ハーマイオニーが憤慨した。

しかしハリーは、ハーマイオニーにニッコリ笑いかけた。

「すごい。書いてくれて、僕、うれしいよ。僕……」

ハリーは急にだまった。遠くの広場のまぶしい明かりを背に、防寒着を分厚く着込んだ影絵のような姿が、こちらに向かってよろめくように歩いてくる。見分けるのは難しかったが、ハリーは女性だろうと思った。雪道ですべるのを恐れてのことだろう、ゆっくりと歩いてくる。でっぷりした体で、腰を曲げて小刻みに歩く姿から考えても、相当な年だという印象を受けた。二人は、近づいてくる影をだまって見つめた。ハリーは、その姿が途中のどこかの家に入るかもしれないと見守りつつも、直感的にそうではないことを感じていた。その姿は、ハリーたちから二、三メートルの所でようやく止まり、二人のほうを向いて、凍りついた道の真ん中にじっとたたずんだ。

この女性がマグルである可能性は、ほとんどない。ハーマイオニーに腕をつねられるまでもなかった。魔女でなければまったく見えるはずのないこの家を、じっと見つめて立っているのだから。しかし、**ほんとうに**魔女だとしても、こんな寒い夜に、古い廃墟を見るためだけに出かけてくるとは奇妙な行動だ。しかも、通常の魔法の法則からすれば、ハーマイオニーとハリーの姿はまったく見えないはずだ。にもかかわらず、この魔女には二人がここにいることがわかっているし、二人が誰なのかもわかっているという不気味さを、ハリーは感じていた。ハリーがこういう不安な結論に達したその時、魔女は手袋をはめた手を上げて、手招きした。

透明マントの下で、ハーマイオニーは、腕と腕がぴったりくっつくほどハリーに近づいた。

「あの魔女、どうしてわかるのかしら？」

ハリーは首を横に振った。魔女はもう一度、今度はもっと強く手招きした。呼ばれても従わない理由はいくらでも思いついたが、人気のない通りで向かい合って立っている間に、ハリーの頭の中で、この魔女があの人ではないかという思いが、しだいに強くなっていた。

この魔女が、何か月もの間、二人を待っていたということはありうるだろうか？　ダンブルドアが、ハリーは必ず来るから待つようにと言ったのだろうか？　墓地の暗がりで動いたのはこの魔女で、ここまでつけてきたという可能性はないだろうか？　この魔女が二人の存在を感じることができるという能力も、ハリーがこれまで遭遇したことのない、ダンブルドア的な力をにおわせている。

ハリーはついに口を開いた。ハーマイオニーは息をのんで飛び上がった。

「あなたはバチルダですか？」

着ぶくれしたその姿は、うなずいて再び手招きした。

マントの下で、ハリーとハーマイオニーは顔を見合わせた。ハリーがちょっと眉を上げると、
ハーマイオニーは小さくおどおどとうなずいた。

二人が魔女のほうに歩きだすと、魔女はすぐさま背を向けて、いましがた歩いてきた道をよぼよぼと引き返した。二人の先に立って、魔女は何軒かの家の前を通り過ぎ、とある門の中に入っていった。二人はあとについて玄関まで歩いたが、その庭はさっきの庭と同じぐらい草ぼうぼうだ。魔女は玄関でしばらく鍵をガチャつかせていたが、やがて扉を開け、身を引いて二人を先に通した。

魔女からはひどいにおいがした。それともその家のにおいだったかもしれない。二人で魔女の横をすり抜け、透明マントを脱ぎながら、ハリーは鼻にしわを寄せた。横に立ってみると、その魔女がどんなに小さいかがよくわかった。年のせいで腰が曲がり、やっとハリーの胸に届くぐらいの高さだった。魔女は玄関扉を閉めた。はげかかったペンキを背景に、魔女のしみの浮き出た青い指の関節が見えた。それから魔女は、振り向いてハリーの顔をのぞき込んだ。その目は白内障でにごり、薄っぺらな皮膚のしわの中に沈み込んでいる。顔全体に切れ切れの静脈や茶色の斑点が浮き出

ている。ハリーは、自分の顔がまったく見えていないのではないかと思った。見えたとしても、目に映るのは、ハリーが姿を借りているはげかけのマグルのはずだ。

魔女が虫食いだらけの黒いショールをはずし、頭皮がはっきり見えるほど薄くなった白髪頭を現すと、老臭やほこりの悪臭、汚れっぱなしの衣服とすえた食べ物のにおいが一段と強くなった。

「バチルダ？」ハリーが、くり返して聞いた。

魔女はもう一度うなずいた。ハリーは胸元の皮膚に当たるロケットに気づいた。その中の、ときどき脈を打つ何かが、目覚めていた。冷たい金のケースを通して、ハリーはその鼓動を感じた。それはわかっているのだろうか？　感じているのだろうか？　自分を破壊する何かが近づいているということを？

バチルダはぎこちない足取りで二人の前を通り過ぎながら、ハーマイオニーなど目に入らないかのように押しのけた。そして、居間と思しき部屋に姿を消した。

「ハリー、なんだかおかしいわ」

ハーマイオニーが息を殺して言った。

「あんなに小さいじゃないか。いざとなれば、ねじ伏せられるよ」

ハリーが言った。

「あのね、君に言っておくべきだったけど、バチルダがまともじゃないって、僕は知っていたんだ。ミュリエルは『老いぼれ』って呼んでいた」

「おいで！」居間からバチルダが呼んだ。

ハーマイオニーは飛び上がって、ハリーの腕にすがった。

「大丈夫だよ」

ハリーは元気づけるようにそう言うと、先に居間に入った。

バチルダはよろよろと歩き回って、ろうそくに灯をともしていた。それでも部屋は暗く、言うまでもなくひどく汚かった。分厚く積もったほこりが足元でギシギシ音を立て、じめじめした白かびのにおいの奥に、ハリーの鼻はもっとひどい悪臭、たとえば肉のくさったようなにおいをかぎ分けていた。バチルダがまだなんとか暮らしているかどうかを確かめるために、最後に誰かがこの家に入ったのはいつのことだろうと、ハリーはいぶかった。バチルダは魔法を使えるということさえ忘れはててしまったようだ。手で不器用にろうそくをともしていたし、垂れ下がったそで口のレースにいまにも火が移りそうで危険だった。

「僕がやります」

ハリーはそう申し出て、バチルダからマッチを引き取った。部屋のあちこちに置かれた燃えさしのろうそくに火をつけて回るハリーを、バチルダは突っ立ったまま見ていた。ろうそくの置かれた皿は、積み上げた本の上の危なっかしい場所や、ひび割れてかびの生えたカップが所狭しと置かれたサイドテーブルの上にのっていた。

最後の燭台は、前面が丸みを帯びた整理ダンスの上で、そこには写真がたくさん置かれていた。ろうそくがともされ炎が踊りだすと、写真立てのほこりっぽいガラスや銀の枠に火影がゆらめいた。写真の中の小さな動きがいくつかハリーの目に入った。バチルダが暖炉に薪をくべようとよたしている間、ハリーは小声で「テルジオ、ぬぐえ」と唱えた。写真のほこりが消えるとすぐに、ハリーは、とりわけ大きく華やかな写真立てのいくつかから、写真が五、六枚なくなっているのに気づいた。バチルダが取り出したのか、それともほかの誰かなのかと、ハリーは考えた。その時、写真のコレクションの中の、一番後ろの一枚がハリーの目を引いた。ハリーはその写真をサッと手に取った。

ブロンドの髪の、陽気な顔の盗っ人だ。グレゴロビッチの出窓に鳥のように止まっていた若い男が、銀の写真立ての中から、たいくつそうにハリーに笑いかけている。とたんにハリーは、以前にどこでこの若者を見たのかを思い出した。『アルバス・ダンブルドアの真っ白な人生と真っ赤な嘘』で、十代のダンブルドアと腕を組んでいた。そしてそのリータの本に、ここからなくなった写真がのっているにちがいない。

「ミセス――ミス――バグショット？」

ハリーの声はかすかに震えていた。

「この人は誰ですか？」

　バチルダは部屋の真ん中に立って、ハーマイオニーがかわりに暖炉の火をつけるのを見ていた。

「ミス・バグショット？」

　ハリーはくり返して呼びかけた。そして写真を手にして近づいていった。暖炉の火がパッと燃え上がると、バチルダはハリーの声のほうを見上げた。分霊箱の鼓動がますます速まるのが、ハリーの胸に伝わってきた。

「この人は誰ですか？」ハリーは写真を突き出して聞いた。

　バチルダはまじめくさって写真をじっと眺め、それからハリーを見上げた。

「この人が誰か、知っていますか？」

　ハリーはいつもよりずっとゆっくりと、ずっと大きな声で、同じことをくり返した。

「この男ですよ。この人を知っていますか？　なんという名前ですか？」

　バチルダは、ただぼんやりした表情だった。ハリーはひどく焦った。リータ・スキーターは、どうやってバチルダの記憶をこじ開けたのだろう？

「この男は誰ですか？」ハリーは大声でくり返した。

「ハリー、あなた、何をしているの？」ハーマイオニーが聞いた。

「この写真だよ、ハーマイオニー、あの盗っ人だ。グレゴロビッチから盗んだやつなんだ！　お願いです！」

最後の言葉はバチルダに対してだった。

「これは誰なんですか？」

しかしバチルダは、ハリーを見つめるばかりだった。

「どうして私たちに、一緒に来るようにと言ったのですか？　ミセス——ミス——バグショット？」

ハーマイオニーの声も大きくなった。

「何か、私たちに話したいことがあったのですか？」

バチルダは、ハーマイオニーの声が聞こえた様子もなく、ハリーに二、三歩近寄った。そして頭をくいっとひねり、玄関ホールを振り返った。

「帰れということですか？」ハリーが聞いた。

バチルダは同じ動きをくり返したが、今度は最初にハリーを指し、次に自分を指して、それから天井を指した。

「ああ、そうか……ハーマイオニー、この人は僕に、一緒に二階に来いと言ってるらしい」

「いいわ」ハーマイオニーが言った。「行きましょう」

しかし、ハーマイオニーが動くと、バチルダは驚くほど強く首を横に振って、もう一度最初にハリーを指し、次に自分自身を指した。

「この人は、僕一人で来てほしいんだ」

「どうして？」

ハーマイオニーの声は、ろうそくに照らされた部屋にはっきりと鋭く響いた。大きな音が聞こえたのか、老魔女はかすかに首を振った。

「ダンブルドアが、剣を僕に、僕だけに渡すようにって、そう言ったんじゃないかな？」

「この人は、あなたが誰なのか、ほんとうにわかっていると思う？」

「ああ」ハリーは、自分の目を見つめている白濁した目を見下ろしながら言った。「わかっていると思うよ」

「まあ、それならいいけど。でもハリー、早くしてね」

「案内してください」ハリーがバチルダに言った。

バチルダは理解したらしく、ぎこちない足取りでハリーのそばを通り過ぎ、ドアに向かった。ハリーはハーマイオニーをちらりと振り返って、大丈夫だからとほほえんだが、ろうそくに照らされた不潔な部屋の真ん中で、寒そうに両腕を体に巻きつけて本棚のほうを見ているハーマイオニーにも見えたかどうかは定かではなかった。部屋から出るとき、ハリーは、ハーマイオニーにもバチルダにも気づかれないように、正体不明の盗っ人の写真が入った銀の写真立てを、上着の内側にすべり込ませた。

階段は狭く、急で、バチルダがいまにも落ちてきそうだった。ハリーは、自分の上に仰向けに落ちてこないように、太った尻を両手で支えてやろうかと半ば本気でそう思った。バチルダは少しあえぎながら、ゆっくりと二階の踊り場まで上がり、そこから急に右に折れて、天井の低い寝室へとハリーを導いた。

真っ暗で、ひどい悪臭がした。バチルダがドアを閉める前に、ベッドの下から突き出ているおまるがちらっと見えたが、それさえもすぐに闇に飲まれてしまった。

「ルーモス、光よ」

ハリーの杖に灯りがともった。とたんにハリーはどきりとした。真っ暗になってからほんの数秒だったのに、バチルダがすぐそばに来ていた。しかもハリーには、近づく気配さえ感じ取れなかった。

「ポッターか？」

バチルダがささやいた。

「そうです」

バチルダは、ゆっくりと重々しくうなずいた。ハリーは、分霊箱が自分の心臓より速く拍動するのを感じた。心をかき乱す、気持ちの悪い感覚だ。

「僕に、何か渡すものがあるのですか？」

ハリーが聞いたが、バチルダはハリーの杖灯りが気になるようだった。

「僕に、何か渡すものがあるのですか？」ハリーはもう一度聞いた。

するとバチルダは目を閉じた。そして、その瞬間にいくつものことが同時に起こった。ハリーの傷痕がチクチク痛み、分霊箱が、ハリーのセーターの前がはっきり飛び出るほどピクリと動いて、悪臭のする暗い部屋が一瞬消え去った。ハリーは喜びに心が躍り、冷たいかん高い声でしゃべった。

「**こいつを捕まえろ！**」

ハリーはその場に立ったまま、体をふらつかせていた。部屋の悪臭と暗さが、再びハリーの周りに戻ってきた。たったいま何が起こったのか、ハリーにはわからなかった。

「僕に、何か渡すものがあるのですか？」

ハリーは、前よりも大きい声で、三度目の質問をした。

「あそこ」

バチルダは、部屋の隅を指差してささやいた。ハリーが杖をかまえて見ると、カーテンのかかった窓の下に、雑然とした化粧台が見えた。

バチルダは、今度は先に立って歩こうとはしなかった。ハリーは杖をかまえながら、バチルダと乱れたままのベッドの間のわずかな空間を、横になって歩いた。バチルダから目を離したくなかった。

「なんですか？」

化粧台にたどり着いたとき、ハリーが聞いた。そこには、形からしてもにおいからしても、汚い洗濯物の山のようなものが積み上げられていた。

「そこだ」

バチルダは、形のわからない塊を指差した。

ごたごたした塊の中に剣の柄やルビーが見えはしないかと、ハリーが一瞬目を移して探ったとたんに、バチルダが不気味な動き方をした。目の端で動きをとらえたハリーは、得体の知れない恐怖にかられて振り向き、ぞっとして体がこわばった。老魔女の体が倒れ、首のあった場所から大蛇がぬっと現れるのが見えたのだ。

ハリーが杖を上げるのと、大蛇が襲いかかってくるのが同時だった。前腕をねらった強烈なひとかみで、杖は回転しながら天井まで吹っ飛び、杖灯りが部屋中をぐるぐる回って消えた。蛇の尾がハリーの腹を強打し、ハリーは「ウッ」と唸って息が止まった。そのまま化粧台に背中を打ちつけ、ハリーは汚れ物の山に仰向けに倒れた――。

化粧台が尾の一撃を受けた。ハリーは横に転がってからくも身をかわしたが、いまのいま倒れていた場所が打たれ、粉々になった化粧台のガラスが床に転がるハリーに降りかかった。階下からハーマイオニーの呼ぶ声が聞こえた。

「ハリー？」

ハリーは息がつけず、呼びかけに応える息さえなかった。すると、重いぬめぬめした塊がハリーを床にたたきつけた。その塊が自分の上をすべっていくのを、ハリーは感じた。強力で筋肉質の塊が――。

「どけ！」床に釘づけにされ、ハリーはあえいだ。

「そぉおうだ」ささやくような声が言った。

「**そぉおうだ……こいつを捕まえろ……こいつを捕らえろ……**」

「アクシオ……杖よ、来い……」

だめだった。しかも両手を突っ張り、胴体に巻きつく蛇を押しのけなければならなかった。大蛇はハリーをしめつけて、息の根を止めようとしている。胸に押しつけられた分霊箱は、必死に脈打つハリー自身の心臓のすぐそばで、ドクドクと命を脈動させる丸い氷のようだった。頭の中は、冷たい白い光でいっぱいになり、すべての思いが消えていった。息が苦しい。遠くで足音がする。何もかもが遠のく……。

金属の心臓がハリーの胸の外でバンバン音を立てている。ハリーは飛んでいた。勝ち誇って飛んでいた。箒もセストラルもなしで……。

すえたにおいのする暗闇で、ハリーは突然我に返った。ナギニはハリーを放していた。ようやく立ち上がったハリーが目にしたものは、踊り場からの明かりを背にした大蛇の輪郭だった。大蛇が襲いかかり、ハーマイオニーが悲鳴を上げて横に飛びのくのが見えた。ハーマイオニーの放った呪文がそれて、カーテンのかかった窓を打ち、ガラスが割れて凍った空気が部屋に流れ込んだ。降りかかるガラスの破片をまた浴びないよう、ハリーが身をかわしたとたん、えんぴつのようなものに足を取られてすべった――ハリーの杖だ――。

ハリーはかがんで杖を拾い上げた。しかし部屋の中には、尾をくねらせる大蛇しか見えず、ハーマイオニーの姿はどこにもなかった。ハリーは刹那に、最悪の事態を考えたが、その時、バーンという音とともに赤い光線がひらめき、大蛇が宙を飛んだ。太い胴体をいく重にも巻きながら天井まで吹っ飛んでいく大蛇が、ハリーの顔をいやというほどこすった。ハリーは杖を上げたが、その時傷痕が、ここ何年もなかったほど激しく、焼けるように痛んだ。

「あいつが来る！　**ハーマイオニー、あいつが来るんだ！**」

ハリーが叫ぶのと同時に大蛇が落下してきて、シューシューと荒々しい息を吐いた。何もかもめちゃめちゃだった。大蛇は壁の棚を打ち壊し、陶器のかけらが四方八方に飛び散った。ハリーはベッドを飛び越し、ハーマイオニーだとわかる黒い影をつかんだ――。

ベッドの反対側にハーマイオニーを引っ張っていこうとしたが、ハーマイオニーは痛みで叫び声を上げた。大蛇が再び鎌首を持ち上げた。しかし、大蛇よりもっと恐ろしいものがやってくることを、ハリーは知っていた。もう門まで来ているかもしれない。傷痕の痛みで、頭が真っ二つに割れそうだ――。

ハーマイオニーを引きずり、部屋から逃げ出そうと走りだしたハリーに、大蛇が襲いかかってきた。その時、ハーマイオニーが叫んだ。

「コンフリンゴ！　爆発せよ！」

呪文は部屋中を飛びまわり、洋だんすの鏡を爆発させ、床と天井の間を跳ねながら二人に向かって跳ね返ってきた。ハリーは、手の甲が呪文の熱で焼けるのを感じた。ハーマイオニーを引っ張って、ベッドから壊れた化粧台に飛び移り、ハリーは破れた窓から一直線に無の世界に飛び込んだ。窓ガラスの破片がハリーのほおを切った。ハーマイオニーの叫び声を闇に響かせ、二人は空中で回転していた……。

そしてその時、傷痕がざくりと開いた。ハリーはヴォルデモートだった。悪臭のする寝室を走って横切り、長いろうのような両手が窓枠を握った。その目にはげた男と小さな女が回転して消えるのがわずかに見えた。ヴォルデモートは怒りの叫びを上げ、その叫びはハーマイオニーの悲鳴と混じり、教会のクリスマスの鐘の音を縫って暗い庭々に響き渡った……。

ヴォルデモートの叫びはハリーの叫びだった。彼の痛みはハリーの痛みだった……前回取り逃したこの場所で、またしても同じことが起ころうとは……死とはどんなものかを知る一歩手前まで行った、あの家が見えるこの場所で……。死ぬこと……激しい痛みだった……。肉体から引き裂かれて……しかし肉体がないなら、なぜこんなにも頭が痛いのか、死んだのなら、なぜこんなに耐えがたい痛みを感じるのか。痛みは死とともに終わるのではないのか。やむのではないのか……。

その夜は雨で、風が強かった。かぼちゃの姿をした子供が二人、広場をよたよたと横切っていく。店の窓は紙製のクモで覆われている。信じてもいない世界の扮装でごてごてと飾り立てるマグルたち……。

「あの人」はすべるように進んでいく。自分には目的があり、力があり、正しいのだと、「あの人」がこういう場合には必ず感じる、あの感覚……怒り、ではない……そんなものは自分より弱い魂にふさわしい……そうではない。そうだ、勝利感なのだ……この時を待っていた。このことを望んでいたのだ……。

「おじさん、すごい変装だね！」

そばまで駆け寄ってきた小さな男の子の笑顔が、マントのフードの中をのぞき込んだとたんに消えるのを、「あの人」は見た。絵の具で変装した顔が恐怖でかげるのを、「あの人」は見た。子供はくるりと向きを変えて走り去った……ローブの下で、「あの人」は杖の柄をいじった……たった一度簡単な動きをしさえすれば、子供は母親の所まで帰れない……しかし、無用なことだ。まったく無用だ……。

そして「あの人」は、別の、より暗い道を歩いていた。目的地がついに目に入った。「忠誠の術」は破れた。あいつらはまだそれを知らないが……。黒い生け垣まで来ると、「あの人」は歩道をすべる落ち葉ほどの物音さえ立てずに、生け垣のむこうをじっとうかがった……。

カーテンが開いていた。小さな居間にいるあいつらがはっきり見える。めがねをかけた背の高い黒髪の男が、杖先から色とりどりの煙の輪を出して、ブルーのパジャマを着た黒い髪の小さな男の子をあやしている。赤ん坊は笑い声を上げ、小さな手で煙をつかもうとしている……。

ドアが開いて、母親が入ってきた。何か言っているが声は聞こえない。母親の顔に、深みのある赤い長い髪がかかっている。今度は父親が息子を抱き上げ、母親に渡した。それから杖をソファに投げ出し、あくびをしながら伸びをした……。

門を押し開けると、かすかにきしんだ。しかしジェームズ・ポッターには聞こえない。ろうのような青白い手で、マントの下から杖を取り出しドアに向けると、ドアがパッと開いた。

「あの人」は敷居をまたいだ。ジェームズが、走って玄関ホールに出てきた。たやすいことよ。あまりにもたやすいことよ。やつは杖さえ持ってこなかった……。

「リリー、ハリーを連れて逃げろ！　あいつだ！　行くんだ！　早く！　僕が食い止める――」

食い止めるだと？　杖も持たずにか！……呪いをかける前に「あの人」は高笑いした……。

「アバダ　ケダブラ！」

緑の閃光が、狭い玄関ホールを埋め尽くした。壁際に置かれた乳母車を照らし出し、階段の手すりが避雷針のように光を放った。そしてジェームズ・ポッターは、糸の切れた操り人形のように倒れた……。

二階から、逃げ場を失った彼女の悲鳴が聞こえた。しかし、おとなしくさえしていれば、彼女は恐れる必要はないのだ……。バリケードを築こうとする音を、かすかに楽しんで聞きながら、「あの人」は階段を上った……。彼女も杖を持っていない……愚かなやつらめ。友人を信じて安全だと思い込むとは。一瞬たりとも武器を手放してはならぬものを……。

ドアの陰に大急ぎで積み上げられた椅子や箱を、杖の軽いひと振りで難なく押しのけ、「あの人」はドアを開けた……そこに、赤ん坊を抱きしめた母親が立っていた。「あの人」を見るなり、母親は息子を後ろのベビーベッドに置き、両手を広げて立ちふさがった。それが助けになるとでもいうように、赤ん坊を見えないように護れば、かわりに自分が選ばれるとでもいうように……。

「ハリーだけは、ハリーだけは、どうぞハリーだけは！」

**「どけ、バカな女め……さあ、どくんだ……」**

「ハリーだけは、どうかお願い。私を、私をかわりに殺して――」

**「これが、最後の忠告だぞ――」**

「ハリーだけは！　お願い……助けて……許して……ハリーだけは！　ハリーだけは！　お願

い――私はどうなってもかまわないわ――」

「どけ――女、どくんだ――」

母親をベッドから引き離すこともできる。しかし、一気に殺ってしまうほうが賢明だろう……。

部屋に緑の閃光が走った。母親は夫と同じように倒れた。赤ん坊ははじめから一度も泣かなかった。ベッドの柵につかまり立ちして、侵入者の顔を無邪気な好奇心で見上げていた。マントに隠れて、きれいな光をもっと出してくれる父親だと思ったのかもしれない。そして母親は、いまにも笑いながらひょいと立ち上がると――。

「あの人」は、慎重に杖を赤ん坊の顔に向けた。こいつが、この説明のつかない危険が滅びるところを見たいと願った。赤ん坊が泣きだした。こいつは、俺様がジェームズでないのがわかったのだ。こいつが泣くのはまっぴらだ。孤児院で小さいやつらがピーピー泣くと、いつも腹が立った――。

「アバダ　ケダブラ！」

そして「あの人」は壊れた。無だった。痛みと恐怖だけしかない無だった。しかも、身を隠さねばならない。取り残された赤子が泣きわめいている、この破壊された家の瓦礫の中ではなく、どこか遠くに……ずっと遠くに……。

「だめだ」

「あの人」はうめいた。

汚らしい雑然とした床を、大蛇が這う音がする。「あの人」はその男の子を殺した。それなのに、「あの人」がその男の子だった……。

「だめだ……」

そしていま「あの人」はバチルダの家の破れた窓のそばに立ち、自分にとって最大の敗北の思い出にふけっていた。足元に大蛇がうごめき、割れた陶器やガラスの上を這っている……「あの人」は床を見て、何かに目をとめた……何か信じがたいものに……。

「だめだ……」

「ハリー、大丈夫よ、あなたは無事なのよ！」

「あの人」はかがんで、壊れた写真立てを拾い上げた。あの正体不明の盗っ人がいる。探していた男だ……。

「だめだ……僕が落としたんだ……落としたんだ……」

「ハリー、大丈夫だから、目を覚まして、目を開けて！」

ハリーは我に返った……自分は、ハリーだった。ヴォルデモートではなく……床を這うような音は、大蛇ではなかった……。

ハリーは目を開けた。

「ハリー」ハーマイオニーがささやきかけた。

「気分は、だ――大丈夫？」

「うん」

ハリーはうそをついた。

ハリーはテントの中の、二段ベッドの下段に、何枚も毛布をかけられて横たわっていた。静けさと、テントの天井を通して見える寒々とした薄明かりからして、夜明けが近いらしい。ハリーは汗びっしょりだった。シーツや毛布にそれを感じた。

「僕たち、逃げおおせたんだ」

「そうよ」ハーマイオニーが言った。「あなたをベッドに寝かせるのに、『浮遊術』を使わないといけなかったわ。あなたを持ち上げられなかったから……あなたは、ずっと……あの、あんまり具合が……」

ハーマイオニーの鳶色の目の下にはくまができていて、手には小さなスポンジを持っているのが見えた。それでハリーの顔をぬぐっていたのだ。

「具合が悪かったの」ハーマイオニーが言い終えた。「とっても悪かったわ」

「逃げたのは、どのくらい前？」

「何時間も前よ。いまはもう夜明けだわ」

「それで、僕は……どうだったの？　意識不明？」

「というわけでもないの」ハーマイオニーは言いにくそうだった。

「叫んだり、うめいたり……いろいろ」

ハーマイオニーの言い方は、ハリーを不安にさせた。いったい自分は何をしたんだろう？　ヴォルデモートのように呪いを叫んだのか、ベビーベッドの赤ん坊のように泣きわめいたのか？

「分霊箱をあなたからはずせなかったわ」

ハーマイオニーの言葉で、ハリーは、話題を変えたがっているのがわかった。

「貼りついていたの。あなたの胸に。ごめんなさい。あざが残ったわ。はずすのに『切断の呪文』を使わなければならなかったの。それに蛇があなたをかんだけど、傷をきれいにしてハナハッカを塗っておいたわ……」

ハリーは着ていた汗まみれのTシャツを引っ張って、中をのぞいてみた。心臓の上に、ロケットが焼きつけた楕円形の赤あざがあった。腕には、半分治りかけのかみ傷が見えた。

「分霊箱はどこに置いたの？」

「バッグの中よ。しばらくは離しておくべきだと思うの」

ハリーは、枕に頭を押しつけ、ハーマイオニーのやつれた土気色の顔を見た。

「ゴドリックの谷に行くべきじゃなかった。僕が悪かった。みんな僕のせいだ。ごめんね、ハーマイオニー」

「あなたのせいじゃないわ。私も行きたかったんですもの。ダンブルドアがあなたに渡そうと、剣をあそこに置いたって、本気でそう思ったの」

「うん、まあね……二人ともまちがっていた。そういうことだろ？」

「ハリー、何があったの？　バチルダがあなたを二階に連れていったあと、何があったの？　蛇がどこかに隠れていたの？　急に現れてバチルダを殺して、あなたを襲ったの？」

「ちがう」ハリーが言った。

「**バチルダが**蛇だった……というか、蛇がバチルダだった……はじめからずっと」

「な――なんですって？」

ハリーは目をつむった。バチルダの家の悪臭がまだ体にしみついているようで、何もかもが生々しく感じられた。

「バチルダは、だいぶ前に死んだにちがいない。蛇は……蛇はバチルダの体の中にいた。『例のあの人』が、蛇をゴドリックの谷に置いて待ち伏せさせたんだ。君が正しかったよ。あいつは、僕が戻ると読んでいたんだ」

「蛇がバチルダの**中に**いた、ですって？」

ハリーは目を開けた。ハーマイオニーは、いまにも吐きそうな顔をしていた。

「僕たちの予想もつかない魔法に出会うだろうって、ルーピンが言ったね」

ハリーが言った。

「あいつは、君の前では話をしたくなかったんだ。蛇語だったから。全部蛇語だった。僕は気づかなかった。でも、僕にはあいつの言うことがわかったんだ。僕たちが二階の部屋に入ったとき、あいつは『例のあの人』と交信した。僕は、頭の中でそれがわかったんだ。『あの人』が興奮して、僕を捕まえておけって言ったのを感じたんだ……それから……」

ハリーは、バチルダの首から大蛇が現れる様子を思い出した。ハーマイオニーに、すべてをくわしく話す必要はない。

「……それからバチルダの姿が変わって、蛇になって襲ってきた」

ハリーはかみ傷を見た。

「あいつは僕を殺す予定ではなかった。『例のあの人』が来るまで、僕をあそこに足止めするだけだった」

あの大蛇を、しとめていたなら――それなら、あれほどの犠牲を払っても行ったかいがあったのに……自分がいやになり、ハリーはベッドに起き上がって毛布を跳ねのけた。

「ハリー、だめよ。寝てなくちゃだめ！」

「君こそ眠る必要があるよ。気を悪くしないでほしいけど、ひどい顔だ。僕は大丈夫。しばらく見張りをするよ。僕の杖は？」

ハーマイオニーは答えずに、ただハリーの顔を見た。

「ハーマイオニー、僕の杖はどこなの？」

ハーマイオニーは唇をかんで、目に涙を浮かべた。

「ハリー……」

**「僕の杖は、どこなんだ？」**

ハーマイオニーはベッドの脇に手を伸ばして、杖を取り出して見せた。

柊と不死鳥の杖は、ほとんど二つに折れていた。不死鳥の羽根のひと筋が、細々と二つをつないでいた。柊の木は完全に割れていた。ハリーは、深傷を負った生き物を扱うような手つきで、杖を受け取った。何をどうしていいかわからなかった。言い知れない恐怖で、すべてがぼやけていた。それからハリーは、杖をハーマイオニーに差し出した。

「お願いだ。直して」

「ハリー、できないと思うわ。こんなふうに折れてしまって――」

「お願いだよ、ハーマイオニー、やってみて！」

「レ――レパロ、直れ」

ぶら下がっていた半分が、くっついた。ハリーは杖をかまえた。

「ルーモス！　光よ！」

杖は弱々しい光を放ったが、やがて消えた。ハリーは杖を、ハーマイオニーに向けた。

「エクスペリアームス！　武器よ去れ！」

ハーマイオニーの杖はぴくりと動いたが、手を離れはしなかった。弱々しく魔法をかけようとした杖は、負担に耐えきれずにまた二つに折れた。

ハリーは愕然として杖を見つめた。目の前で起こったことが信じられなかった……あれほどさまざまな場面を生き抜いた杖が……。

「ハリー」ハーマイオニーがささやいた。

ハリーにはほとんど聞き取れないほど小さな声だった。

「ごめんなさい。ほんとにごめんなさい。私が壊したと思うの。逃げるとき、ほら、蛇が私たちを襲ってきたので、『爆発呪文』をかけたの。それが、あちこち跳ね返って、それできっと――きっとそれが当たって――」

「事故だった」

ハリーは無意識に応えた。頭が真っ白で、何も考えられなかった。

「なんとか――なんとか修理する方法を見つけるよ」

「ハリー、それはできないと思うわ」

ハーマイオニーのほおを涙がこぼれ落ちていた。

「覚えているかしら……ロンのこと？　自動車の衝突で、あの人の杖が折れたときのこと？　どうしても元どおりにならなくて、新しいのを買わなければならなかったわ」

ハリーは、誘拐されてヴォルデモートの人質になっているオリバンダーのことや、死んでしまったグレゴロビッチのことを思った。どうやったら新しい杖が手に入るというのだろう？

「まあね」

ハリーは平気な声を装った。

「それじゃ、いまは君のを借りるよ。見張りをする間」

涙で顔を光らせ、ハーマイオニーは自分の杖を渡した。ハリーはベッド脇に座っているハーマイオニーをそのままにして、そこから離れた。とにかくハーマイオニーから離れたかった。

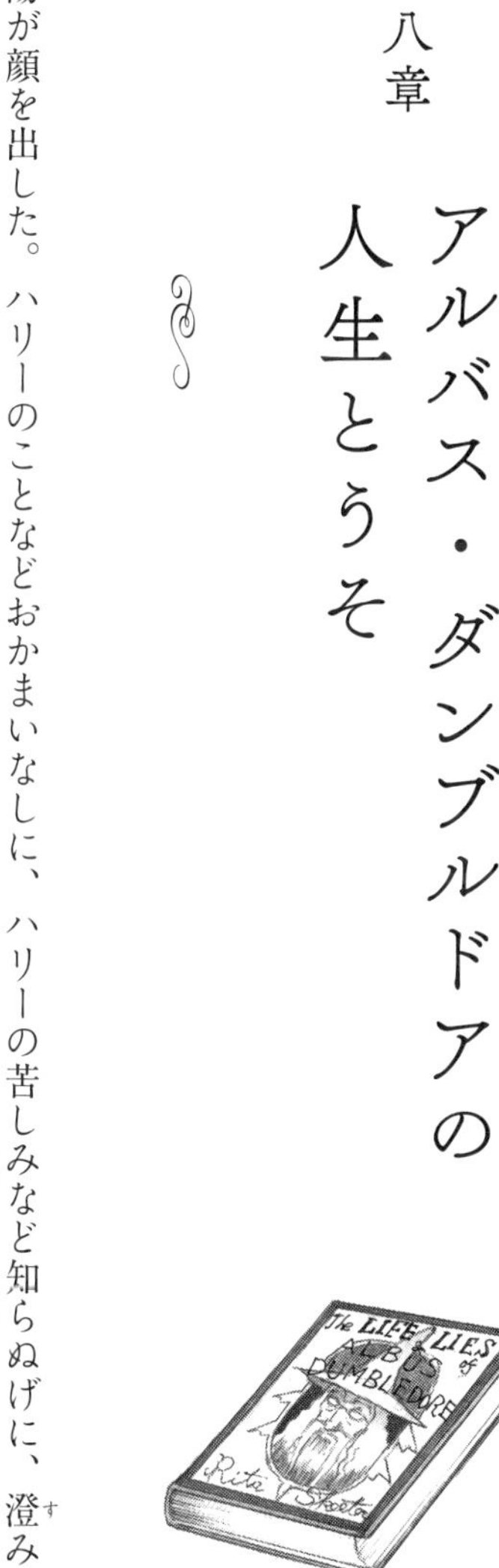

# 第十八章
# アルバス・ダンブルドアの人生とうそ

太陽が顔を出した。ハリーのことなどおかまいなしに、ハリーの苦しみなど知らぬげに、澄みきった透明な空が頭上いっぱいに広がっている。ハリーはテントの入口に座って、澄んだ空気を胸いっぱい吸い込んだ。雪に輝く山間から昇る太陽を、生きて眺められるということだけでも、この世の至宝を得ていると考えるべきなのだろう。しかし、ハリーには、それをありがたいと思う余裕がなかった。杖を失ったみじめさで、意識のどこかが傷ついていた。ハリーは一面の雪に覆われた谷間を眺め、輝く静けさの中を響いてくる、遠くの教会の鐘の音を聞いた。

肉体的な痛みに耐えようとしているかのように、ハリーは無意識に指を両腕に食い込ませていた。ハリーはこれまでも数えきれないほど何度も血を流してきた。右腕の骨を全部失ったこともある。この旅が始まってからも、手と額の傷痕に、胸と腕の新しい傷が加わった。しかし、いまほど

致命的に弱ったと感じたことはなかった。まるで魔法力の一番大切な部分をもぎ取られたみたいで、ハリーは無防備でもろくなったように感じた。

こんなことを少しでも打ち明けたらハーマイオニーがなんと言うか、ハリーにははっきりわかっていた。杖は、持ち主の魔法使いしだいだと言うに決まっている。しかし、ハーマイオニーはまちがっている。ハリーの場合はちがうのだ。杖が羅針盤の針のように回って方向を示したり、敵に向かって金色の炎を噴射したりする感触を、ハーマイオニーは感じたことがないのだ。ハリーは双子の尾羽根の護りを失った。失って初めて、ハリーは、自分がどんなに杖に頼っていたかを思い知った。

ハリーは、二つに折れた杖をポケットから引っ張り出し、目をそむけたまま首にかけたハグリッドの巾着袋にしまい込んだ。袋はもうこれ以上入らないほど、壊れたものや役に立たないものでいっぱいになっていた。モーク革の袋の外から、ハリーの手があの古いスニッチに触れた。一瞬ハリーは、スニッチを引っ張り出して投げ捨ててしまいたい、という衝動と戦わなければならなかった。こんなもの、不可解でなんの助けにもならず、役にも立たない。ダンブルドアが遺してくれたものは、ほかのものも全部同じだ――。

ダンブルドアに対する怒りが、いまや溶岩のように噴き出して内側からハリーを焼き、ほかのいっさいの感情を消し去った。ハリーとハーマイオニーは、追いつめられた気持ちから、ゴドリックの谷にこそ答えがあり、自分たちはそこに戻るべき運命にあるのだと思い込もうとした。せっぱ詰まった気持ちから、それこそがダンブルドアの敷いた秘密の道の一部なのだと、自らに信じ込ませたのだ。

しかし、地図もなければ計画も用意されていなかった。ダンブルドアは、ハリーたちに暗闇を手探りさせ、想像を絶する未知の恐怖と、孤立無援で戦うことを強いた。なんの説明もなく、ただでは何も与えてもらえず、その上剣もなく、いまやハリーには杖もない。そしてハリーは、あの盗っ人の写真を落としてしまった。ヴォルデモートにとっては、あの男が誰かを知るのは容易いことにちがいない……ヴォルデモートはもう、すべての情報を握った……。

「ハリー?」

ハーマイオニーは、自分が貸した杖でハリーに呪いをかけられるのではないかというような、おびえた顔をしていた。涙の跡が残る顔で、ハーマイオニーはハリーの脇にうずくまった。震える両手に紅茶のカップを二つ持ち、わきの下に何か大きなものを抱えている。

「ありがとう」ハリーは紅茶を受け取りながら言った。

「話してもいいかしら?」

「ああ」ハリーはハーマイオニーの気持ちを傷つけたくなかったので、そう言った。

「ハリー、あなたは、あの写真の男が誰なのか、知りたがっていたわね。あの……私、あの本を持っているわ」

ハーマイオニーは、おずおずとハリーのひざに本を押しつけた。真新しい『アルバス・ダンブルドアの真っ白な人生と真っ赤な嘘』だ。

「どこで――どうやって――？」

「バチルダの居間に置いてあったの……本の端からこのメモがのぞいていたわ」

黄緑色のとげとげしい文字で書かれた二、三行のメモを、ハーマイオニーが読み上げた。

「『**バティさん、お手伝いいただいてありがとざんした。ここに一冊献本させていただくざんす。気に入っていただけるといいざんすけど。覚えてないざんしょうが、あなたは何もかも言ってくれたざんすよ。リータ**』。この本は、本物のバチルダがまだ生きていたときに、届いたのだと思うわ。でも、たぶん読める状態ではなかったのじゃないかしら？」

「たぶん、そうだろうな」

ハリーは表紙のダンブルドアの顔を見下ろし、残忍な喜びが一度に湧き上がるのを感じた。ダンブルドアがハリーに知られることを望んだかどうかは別として、ハリーに話そうとしなかったことのすべてが、いまやハリーの手の中にある。

「まだ、私のことをとても怒っているのね？」ハーマイオニーが言った。

ハリーが顔を上げると、ハーマイオニーの目からまた新しい涙が流れ落ちるのが見えた。ハリーは、怒りが自分の顔に表れていたにちがいないと思った。

「ちがうよ」ハリーは静かに言った。

「ハーマイオニー、ちがうんだ。あれは事故だったってわかっている。君は、僕たちがあそこから生きて帰れるようにがんばったんだ。君はすごかった。君があの場に助けにきてくれなかったら、僕はきっと死んでいたよ」

涙にぬれたハーマイオニーの笑顔に、ハリーは笑顔で応えようと努め、それから本に注意を向けた。背表紙はまだ硬く、本が一度も開かれていないのは明らかだった。ハリーは写真を探してパラパラとページをめくった。探していた一枚は、すぐに見つかった。若き日のダンブルドアが、ハンサムな友人と一緒に大笑いしている。どんな冗談で笑ったのかは追憶のかなただ。ハリーは写真の説明に目を向けた。

アルバス・ダンブルドア——母親の死後まもなく、
友人のゲラート・グリンデルバルドと

ハリーはしばらくの間、最後の文字をまじまじと眺めた。グリンデルバルド。友人のグリンデルバルド。横を見ると、ハーマイオニーも自分の目を疑うように、まだその名前を見つめていた。ゆっくりとハリーを見上げて、ハーマイオニーが言った。

「**グリンデルバルド？**」

ほかの写真は無視して、ハリーはその写真の前後のページをめくって、その決定的な名前がどこかほかにも書かれていないかどうか探した。名前はすぐに見つかり、ハリーはそこを貪り読んだが、なんのことだかわからなかった。もっと前に戻って読まないと、まったく意味がわからない。そして結局ハリーは、「より大きな善のために」という題がついているその章の冒頭に戻っていた。ハーマイオニーと一緒に、ハリーは読みはじめた。

十八歳の誕生日が近づき、ダンブルドアは数々の栄誉に輝いてホグワーツを卒業した――首席、監督生、秀でた呪文術へのバーナバス・フィンクリー賞受賞、ウィゼンガモット最高裁への英国青年代表、カイロにおける国際錬金術会議での革新的な論文による金賞受賞などである。次にダンブルドアは、在学中に彼の腰巾着になった、のろまながらも献身的な「ドジの」エルファイアス・ドージとともに、伝統の卒業世界旅行に出る計画だった。

ロンドンの「漏れ鍋」に泊まった二人の若者が、翌朝のギリシャへの出発に向けて準備していたとき、一羽のふくろうが、ダンブルドアの母親ケンドラの訃報を運んできた。「ドジの」ドージは本書へのインタビューを拒んだが、彼自身、その訃報のあとに起こったことについての感傷的な一文を公にしている。ドージは、ケンドラの死を悲劇的な痛手と表現し、ダンブルドアが遠征を断念したのは気高い自己犠牲の行為であったと主張している。

確かにダンブルドアは、すぐさまゴドリックの谷に帰った。弟と妹の「面倒を見る」というのがその理由であるはずだった。しかし、実際にはどれだけ世話を焼いたのであろうか？

「あの子はいかれた変人でしたよ、あのアバーフォースって子は」当時、ゴドリックの谷の郊外に住んでいた、イーニッド・スミークはそう言う。「手に負えない子でね。もちろん、父親も母親もいない子ですから、普通なら不憫に思ったでしょうが、アバーフォースは私の頭にしょっちゅう山羊のフンを投げつけるような子でしたからね。アルバスは、弟のことをあまり気にしているふうではなかったですね。とにかく、二人が一緒にいるところを一度も見たことはありませんでしたよ」

暴れ者の弟をなだめていたのでないなら、アルバスは何をしていたのだろうか？どうやらその答えは、引き続き妹をしっかり監禁していた、ということのようだ。最初の見張り役は死んだが、妹、アリアナ・ダンブルドアの哀れな状態は変わらなかった。この妹の存在さえ、アリアナが「蒲柳の質」だという話をまちがいなくうのみにする、「ドジの」ドージのような少数の者をのぞいては、外部に知られていなかった。

もう一人、家族ぐるみのつき合いがあり、これも簡単に丸め込まれる友人に、長年ゴドリックの谷に住む、名高い魔法史家のバチルダ・バグショットがいる。村に移った家族を歓迎しようとしたバチルダを、ケンドラは、言うまでもなく最初は拒絶した。しかし、数年後、『変身現代』に掲載された「異種間変身」の論文に感心したバチルダが、ホグワーツのアルバスにふくろう便を送ったのがきっかけで、ダンブルドアの家族全員とのつき合いが始まったのだ。ケンドラが死ぬ前に、ゴドリックの谷でダンブルドアの母親と言葉を交わせる間柄だったのは、バチルダただ一人だった。

不幸にして、かつてのバチルダの輝ける才能は、いまや薄ぼけてしまっている。アイバー・ディロンスビィはそれを「から鍋のからだき」という言い方で筆者に語り、イーニッド・スミークはもっと俗な言葉で、「カバの逆立ち」と表現した。にもかかわらず、筆者は百戦練磨の取材の技を駆使することで、確たる事実の数々を引き出し、それらをつなぎ合わせた結果、醜聞の全貌を浮かび上がらせた。

ケンドラの早すぎる死が「呪文の逆噴射」のためだというバチルダの見方は、魔法界全体の見解と同じであり、アルバスとアバーフォースが後年くり返し語った話でもある。バチルダはさらに、アリアナが「腺病質」であり、「傷つきやすい」という家族の言いぐさを、受け売りしている。しかしながら、ある問題に関しては、筆者が苦労して「真実薬」を入手したかいがあった。何しろ、バチルダこそ、そしてバチルダのみが、アルバス・ダンブルドアの人生における秘中の秘の全容を知る者だからである。初めて明かされるこの話は、崇拝者が信奉するダンブルドア像のすべてに、疑問を投げかける。闇の魔術を憎み、マグルの弾圧に反対したというイメージや、自らの家族に献身的であったことさえ虚像ではないかと思われる。

孤児となり、家長となったダンブルドアが、ゴドリックの谷に戻ったその同じ夏のこと、バチルダ・バグショットは、遠縁の甥を家に住まわせることにした。ゲラート・グリンデルバルドである。

グリンデルバルドの名は、当然ながら有名である。「歴史上最も危険な闇の魔法使い」のリストでは、一世代後に出現した「例のあの人」に王座を奪われなければ、トップの座に君臨していたと言えよう。しかし、グリンデルバルドの恐怖の手は、イギリスにまでおよんだことがなかったため、その勢力台頭の過程については、わが国では広く知られてはいない。

闇の魔術を容認するという、かんばしくない理由で当時から有名だったダームストラング校で教育を受けたグリンデルバルドは、ダンブルドア同様、早熟な才能を開花させていた。しかし、ゲラート・グリンデルバルドの場合は、その能力を賞や栄誉を得ることに向けず、別の目的の追求に没頭していた。十六歳にして、もはやダームストラング校でさえ、そのゆがんだ試みを見捨ててはおけなくなり、ゲラート・グリンデルバルドは放校処分になった。

従来、グリンデルバルドの退学後の行動については、「海外を数か月旅行した」ことしか知られていなかったが、いま初めて事実が明るみに出る。グリンデルバルドはゴドリックの谷の大おばを訪ねる道を選び、その地で、多くの読者には衝撃的であろうが、誰あろう、アルバス・ダンブルドアその人と親交を結んだのである。

「私には魅力的な少年に思えたがねぇ」とバチルダはブツブツしゃべった。「後年、あの子がどういうふうになったかは別として。当然、私はあの子を、同じ年ごろの男の友人がいない、かわいそうなアルバスに紹介したのだよ。二人はたちまち意気投合してねぇ」

確かにそのとおりだった。バチルダが、保管していた一通の手紙を見せてくれたが、それはアルバス・ダンブルドアが、夜中にゲラート・グリンデルバルドに書き送ったものだった。

「そう、一日中議論したあとにだよ――才気あふれる若い二人は、まるで火にかけた大鍋のように相性がよくてねぇ――ときどき、アルバスからの手紙を届けるふくろうが、ゲラートの寝室の窓をコツコツつつく音が聞こえたものだ！　アルバスに何か考えがひらめいたのだろうね。そうすると、すぐにゲラートに知らせずにはいられなかったのだろう！」

考えが聞いてあきれる。アルバス・ダンブルドアのファンには深い衝撃であろうが、彼らのヒーローが十七歳のとき、新しい親友に語った思想は以下のとおりだ（手紙の実物のコピーは四六三ページに掲載）。

ゲラート――

魔法使いが支配することは、**マグル自身のためだ**という君の論点だが――僕は、これこそ肝心な点だと思う。確かに我々には力が与えられている。そして、確かに、その力は我々に支配する権利を与えている。しかし、同時にそのことは、被支配者に対する責任をも我々に与えているという点を、我々は強調しなければならない。この点こそが、我々の打ち立てるものの土台となるだろう。我々の行動が反対にあった場合、そして必ずや抵抗はあるだろうが、反論の基礎はここになければならない。我々は、**より大きな善**のために支配権を掌握するのだ。このことからくる当然の帰結だが、抵抗にあった場合は、力の行使は必要なだけにとどめ、それ以上であってはならない（これが君のダームストラングにおけるまちがいだった！　しかし、僕には文句が言えない。なぜなら、君が退学にならなければ、二人が出会うことはなかっただろうから)。

アルバス

多くのダンブルドア崇拝者にとっては愕然とさせられる驚きの手紙であろうが、これこそが、かつてアルバス・ダンブルドアが「秘密保持法」を打ち壊し、魔法使いによるマグルの支配を打ち立てようと夢見た証なのである。ダンブルドアこそマグル生まれの最も偉大な闘士であると、常にそのイメージを描いてきた人々にとっては、なんたる打撃！　マグルの権利を振興する数々の演説が、この決定的な新証拠の前で、なんとむなしく響くことか！　母親の死を嘆き、妹の世話をしているべき時期に、自らが権力の座に上る画策に励んでいたアルバス・ダンブルドアが、いかに見下げはてた存在に見えることか！

是が非でもダンブルドアを崩れかけた台座にのせておきたい人々は、結局ダンブルドアがこの計画を実行に移さなかったと、女々しい泣き言を言うにちがいない。ダンブルドアの考えが変わって、正気に戻ったとたわ言を言うにちがいない。しかし、どうやら真実はこれよりもっと衝撃的なのだ。

すばらしい新しい友情から二か月もたたないうちに、ダンブルドアとグリンデルバルドは別れ、あの伝説の決闘までは互いに二度と会うことはなかったのだ（決闘については二十二章を参照）。突然の決裂はいったい何故だったのか？　ダンブルドアが正気に戻ったのか？　グリンデルバルドに対して、もはや彼の計画に加わりたくないと言ったのか？　嗚呼、そうではなかった。

「それは、かわいそうなアリアナちゃんが死んだせいだったろうねぇ」バチルダはそう言う。「恐ろしいショックだった。ゲラートはその時、ダンブルドアの家にいたのだが、それこそうろたえて家に戻ってきよってな、私に、翌日家に帰りたいと言った。そりゃあ、ひどく落ち込んでいてねぇ。そこで私は移動キーを手配したのだが、それっきりあの子には会ってないのだよ」

「アリアナの死で、アルバスは取り乱していたよ。二人の兄弟にとって、あまりにも恐ろしい出来事だった。二人を残して、家族全員を失ったのだからねぇ。当然、かんしゃくも起ころうというものだよ。こういう恐ろしい状況ではよくあることだが、アバーフォースがアルバスを責めてねぇ。ただし、気の毒に、アバーフォースは、普段から少し正気ではない話し方をする子だったが。いずれにせよ、葬式でアルバスの鼻をへし折るというのは、穏当じゃなかったねぇ。息子たちが娘のなきがらをはさんであんなふうにけんかをするのを見たら、母親のケンドラは胸がつぶれたことだろう。ゲラートが、残って葬儀に参列しなかったのは残念だった……少なくともアルバスのなぐさめにはなったことだろうに……」

　アリアナ・ダンブルドアの葬儀に参列した数少ない者しか知らないことだが、棺を前にしてのこの恐ろしい争いは、いくつかの疑問を呈している。アバーフォース・ダンブルドアはいったいなぜ、妹の死に関してアルバスを責めたのか？「バティ」が言い張るように、単なる悲しみの表れだったのだろうか？　それともその怒りには、もっと具体的な理由があったのだろうか？　同窓生たちを攻撃して殺しかけた事件でダームストラングを放校になっているグリンデルバルドは、アリアナの死から数時間後にイギリスから逃げ去った。そしてアルバスは（恥からか、それとも恐れからか？）、魔法界の懇願に応えてやむなく顔を合わせることになるまでは、二度とグリンデルバルドに会うことはなかった。

　ダンブルドアもグリンデルバルドも、少年時代の短い友情に関して、後年一度たりとも触れることはなかったと思われる。しかしながら、死傷者や行方不明者が続出した大混乱の五年ほどの間、ダンブルドアが、ゲラート・グリンデルバルドへの攻撃を先延ばしにしていたことは疑いがない。ダンブルドアを躊躇させていたのは、グリンデルバルドに対する友情の名残だったのか、それとも、かつては親友だったことが明るみに出るのを恐れたからだったのか？　一度は出会えたことをあれほど喜んだ相手だ。その男を取り押さえに出向くのは、ダンブルドアにとって気の進まないことだったのか？

そして、謎のアリアナはどのようにして死んだのか？　闇の儀式の予期せぬ犠牲者だったのか？　二人の若者が栄光と支配を目指しての試みの練習中に、アリアナは偶然に不都合な何かを見てしまったのか？　アリアナ・ダンブルドアが「より大きな善のため」の最初の犠牲者だったということはありうるだろうか？

この章は、ここで終わっていた。ハリーは目を上げた。ハーマイオニーは先にページの下まで読み終えていた。ハリーの表情に少しドキリとしたように、ハーマイオニーは本をハリーの手からぐいと引っ張り、不潔なものでも隠すように、本を見もせずに閉じた。

「ハリー――」

しかし、ハリーは首を振った。ハリーの胸の中で、確固とした何かが崩れ落ちた。ロンが去ったときに感じた気持ちと、まったく同じだった。ハリーはダンブルドアを信じていた。ダンブルドアこそ、善と知恵そのものであると信じていた。すべては灰燼に帰した。これ以上失うものがあるのだろうか？　ロン、ダンブルドア、不死鳥の尾羽根の杖……。

「ハリー」

ハーマイオニーはハリーの心の声が聞こえたかのように言った。

「聞いてちょうだい。これ――この本は、読んで楽しい本じゃないわ――」

「――ああ、そうみたいだね――」

「――でも忘れないで、ハリー、これはリータ・スキーターの書いたものよ」

「君も、グリンデルバルドへの手紙を読んだろう?」

「ええ、私――読んだわ」

ハーマイオニーは冷えた両手で紅茶のカップを包み、動揺した表情で口ごもった。

「あれが最悪の部分だと思うわ。バチルダはあれが机上の空論にすぎないと思ったにちがいないわ。でも『より大きな善のために』はグリンデルバルドのスローガンになって、後年の残虐な行為を正当化するために使われた。それに……あれによると……ダンブルドアがグリンデルバルドにその考えを植えつけたみたいね。『より大きな善のために』は、ヌルメンガードの入口にも刻まれていると言われているけれど」

「ヌルメンガードって何?」

「グリンデルバルドが、敵対する者を収容するために建てた監獄よ。ダンブルドアに捕まってからは、自分が入るはめになったけれど。とにかく、ダンブルドアの考えがグリンデルバルドの権力掌握を助けたなんて、考えるだけで恐ろしいことよ。でも、もう一方では、さすがのリータでさえ、二人が知り合ったのは、ひと夏のほんの二か月ほどだったということを否定できないし、二人とも、とても若いときだったし、それに――」

「君はそう言うだろうと思った」

ハリーが言った。ハーマイオニーに自分の怒りのとばっちりを食わせたくはなかったが、静かな声で話すのは難しかった。

「『二人は若かった』って、そう言うと思ったよ。でも、いまの僕たちと同じ年だった。それに、僕たちはこうして闇の魔術と戦うために命を賭けているのに、ダンブルドアは新しい親友と組んで、マグルの支配者になるたくらみをめぐらしていたんだ」

ハリーは、もはや怒りを抑えておけなかった。少しでも発散させようとして、ハリーは立ち上がって歩き回った。

「ダンブルドアの書いたことを擁護しようとは思わないわ」ハーマイオニーが言った。「『支配する権利』なんてばかげたこと、『魔法は力なり』とおんなじだわ。でもハリー、母親が死んだばかりで、ダンブルドアは一人で家に縛りつけられて――」

「一人で？　一人なもんか！　弟と妹が一緒だった。監禁し続けたスクイブの妹と――」

「私は信じないわ」ハーマイオニーも立ち上がった。

「その子のどこかが悪かったにせよ、スクイブじゃなかったと思うわ。私たちの知っているダンブルドアは、絶対そんなことを許すはずが――」

「僕たちが知っていると思っていたダンブルドアは、力ずくでマグルを征服しようなんて考えなかった！」ハリーは大声を出した。

その声は何もない山頂を越えて響き、驚いたクロウタドリが数羽、鳴きながら真珠色の空にくるくると舞い上がった。

「ダンブルドアは変わったのよ、ハリー、変わったんだわ！　それだけのことなのよ！　十七歳のときにはこういうことを信じていたかもしれないけれど、それ以後の人生は、闇の魔術と戦うことに捧げたわ！　ダンブルドアこそグリンデルバルドをくじいた人、マグルの保護とマグル生まれの権利を常に支持した人、最初から『例のあの人』と戦い、打倒しようとして命を落とした人なのよ！」

二人の間に落ちているリータの著書から、アルバス・ダンブルドアの顔が二人に向かって悲しげにほほえんでいた。

「ハリー、言わせてもらうわ。あなたがそんなに怒っているほんとうの理由は、ここに書かれていることを、ダンブルドア自身が、いっさいあなたに話さなかったからだと思うわ」

「そうかもしれないさ！」ハリーは叫んだ。

そして、両腕で頭を抱え込んだ。怒りを抑えようとしているのか、それとも失望の重さから自らを護ろうとしているのか、自分にもわからなかった。

「ハーマイオニー、ダンブルドアが僕に何を要求したか言ってやる！　命を賭けるんだ、ハリー！　何度も！　何度でも！　わしが何もかも君に説明するなんて期待するな！　ひたすら信用しろ、わしは何もかも納得ずくでやっているのだと信じろ！　わしが君を信用しなくとも、わしのことは信用しろ！　真実のすべてなんて一度も！　一度も！」

神経がたかぶって、ハリーはかすれ声になった。真っ白な何もない空間で、二人は立ったまま見つめ合っていた。この広い空の下で、ハリーは自分たちが虫けらのように取るに足らない存在だと感じた。

「ダンブルドアはあなたのことを愛していたわ」ハーマイオニーがささやくように言った。

「私にはそれがわかるの」

ハリーは両腕を頭から離した。

「ハーマイオニー、ダンブルドアが誰のことを愛していたのか、僕にはわからない。でも、僕のことじゃない。愛なんかじゃない。こんなめちゃくちゃな状態に僕を置き去りにして。ダンブルドアは、僕なんかよりゲラート・グリンデルバルドに、よっぽど多く、ほんとうの考えを話していたんだ」

ハリーは、さっき雪の上に落としたハーマイオニーの杖を拾い上げ、再びテントの入口に座り込んだ。

「紅茶をありがとう。僕、見張りを続けるよ。君は中に入って暖かくしていてくれ」

ハーマイオニーはためらったが、一人にしてくれと言われたのだと悟り、本を拾い上げてハリーの横を通り、テントに入ろうとした。その時ハーマイオニーは、ハリーの頭のてっぺんを軽くなでた。ハリーはその手の感触を感じて目を閉じた。ハーマイオニーの言うことが真実であってほしい――ダンブルドアはほんとうにハリーのことを大切に思っていてくれたのだ――ハリーはそう願う自分を憎んだ。

# 第十九章

# 銀色の牝鹿(めじか)

真夜中にハーマイオニーと見張(みは)りを交代したときには、もう雪が降(ふ)りだしていた。ハリーは、心がかき乱(みだ)されるような混乱(こんらん)した夢(ゆめ)を見た。ナギニが、最初は巨大(きょだい)な割(わ)れた指輪から、次はクリスマス・ローズの花輪から出入りする夢(ゆめ)だった。遠くで誰(だれ)かがハリーを呼(よ)んだような気がしたり、あるいはテントをはためかせる風を足音か人声(ひとごえ)と勘(かん)ちがいして、ハリーはそのたびにドキッとして目を覚ました。

とうとう暗いうちに起き出したハリーは、ハーマイオニーの所に行った。ハーマイオニーは、テントの入口にうずくまって、杖灯(つえあか)りで『魔法史(まほうし)』を読んでいた。雪はまだしんしんと降(ふ)っていて、ハリーが早めに荷造(にづく)りをして移動(いどう)しようと言うと、ハーマイオニーはホッとしたように受け入れた。

「どこかもっと、雨露(あめつゆ)をしのげる所に行きましょう」

ハーマイオニーはパジャマの上にトレーナーを着込(きこ)み、震(ふる)えながら賛成(さんせい)した。

「誰かが、外を動き回っている音が聞こえたような気がしてしょうがなかったの。一度か二度、人影を見たような気もしたわ」

ハリーはセーターを着込む途中で動きを止め、ちらっとテーブルの上の「かくれん防止器」を見た。しかし、動きもなく、静かだった。

「きっと気のせいだとは思うけど――」

ハーマイオニーは不安そうな顔で言った。

「闇の中の雪って、見えないものを見せるから……でも、念のために、透明マントをかぶったまま『姿くらまし』したほうがいいわね？」

三十分後、テントを片づけて、ハリーは分霊箱を首にかけ、ハーマイオニーはビーズバッグを握りしめて、二人は「姿くらまし」した。いつものしめつけられるような感覚にのみ込まれ、ハリーの両足は雪面を離れたかと思ううちに固い地面を打った。木の葉に覆われた凍結した地面のようだった。

「ここはどこ？」

ハリーは、いままでとはちがう木々の生い茂った場所を、目を凝らして見回しながら、ビーズバッグを開いてテントの柱を引っ張り出しているハーマイオニーに問いかけた。

「グロスター州のディーンの森よ。一度パパやママと一緒に、キャンプに来たことがあるの」

ここでも、あたり一面の木々に雪が積もり、刺すような寒さだったが、少なくとも風からは護られていた。二人はほとんど一日中テントの中で、ハーマイオニーお得意の明るいリンドウ色の炎の前にうずくまって、暖を取りながら過ごした。この炎は、広口瓶にすくい取って運べる便利なものだった。

ハリーは、つかの間患っていた重い病気から立ち直ろうとしているような気分だった。ハーマイオニーが細かい気づかいを見せてくれることで、ますますそんな気持ちになった。午後にはまた雪が舞い、ハリーたちのいる木々に囲まれた空き地も、粉をまいたように新雪で覆われた。

ふた晩、ほとんど寝ていなかったせいか、ハリーの感覚はいつもより研ぎ澄まされていた。ゴドリックの谷から逃れはしたが、あまりにも際どいところだったために、ヴォルデモートの存在が前より身近に、より恐ろしいものに感じられた。その日も暮れかかったとき、見張りを交代するというハーマイオニーの申し出を断り、ハリーはハーマイオニーに寝るようにうながした。

ハリーは、テントの入口に古いクッションを持ち出して座り込んだが、ありったけのセーターを着込んだにもかかわらず、まだ震えていた。刻一刻と闇が濃くなり、とうとう何も見えないほど暗くなった。ハリーは、しばらくジニーの動きを眺めたくて、忍びの地図を取り出そうとしたが、ジニーはクリスマス休暇で「隠れ穴」に戻っていることに気づいた。

広大な森では、どんな小さな動きも拡大されるように思えた。森は、生き物でいっぱいだということはわかっている。でも、全部動かずに静かにしていてくれればいいのに、とハリーは思った。そうすれば、動物が走ったり徘徊したりする無害な音と、ほかの不気味な動きを示す物音とを区別できる。ハリーは何年も前に、落ち葉の上を引きずるマントの音を聞いたことを思い出した。そのとたん、またその音を聞いたような気がしたが、頭の中から振り払った。自分たちのかけた保護呪文は、ここ何週間もずっと有効だった。いまさら破られるはずはないじゃないか？　しかし、今夜は何かがちがうという感じをぬぐいきれなかった。

　ハリーはテントにもたれて、おかしな角度に体を曲げたまま寝込んでしまい、首が痛くなって何度かぐいと体を起こした。ビロードのような深い夜の帳の中で、ハリーは、「姿くらまし」と「姿あらわし」の中間にぶら下がっているような気がした。そんなことになっていれば指は見えないはずだと思い、目の前に手をかざして見えるかどうかを確かめてみた、ちょうどその時だ。

　目の前に明るい銀色の光が現れ、木立の間を動いた。光の正体はわからないが、音もなく動いている。光は、ただハリーに向かって漂ってくるように見えた。

　ハリーはパッと立ち上がって、ハーマイオニーの杖をかまえた。声がのど元で凍りついている。真っ黒な木立の輪郭の陰で、光はまばゆいばかりに輝きはじめ、ハリーは目を細めた。その何物かは、ますます近づいてきた……。

　そして、一本のナラの木の木陰から、光の正体が歩み出た。明るい月のように眩しく輝く、白銀の牡鹿だった。音もなく、新雪の粉雪にひづめの跡も残さず、牡鹿は一歩一歩進んできた。まつげの長い大きな目をした美しい頭をすっと上げ、ハリーに近づいてくる。

ハリーはぼうぜんとして牡鹿を見つめた。見知らぬ生き物だからではない。なぜかこの牡鹿を知っているような気がしたからだ。この牡鹿と会う約束をして、ずっと来るのを待っていたのに、いままでそのことを忘れていたような気がした。ついさっきまで、ハーマイオニーを呼ぼうとしていた強い衝動は消えてしまった。まちがいない。誰がなんと言おうと、この牡鹿はハリーの所に、そしてハリーだけの所に来たのだ。

牡鹿とハリーは、しばらく互いにじっと見つめ合った。それから、牡鹿は向きを変え、去りはじめた。

「行かないで」

ずっとだまっていたせいで、ハリーの声はかすれていた。

「戻ってきて！」

牡鹿は、おもむろに木立の間を歩み続けた。やがてその輝きに、黒く太い木の幹が縞模様を描きはじめた。ハリーはほんの一瞬ためらった。罠かもしれない。危ない誘いかもしれない。慎重さがささやきかけた。しかし、直感が、圧倒的な直感が、これは闇の魔術ではないとハリーに教えていた。ハリーはあとを追いはじめた。

ハリーの足元で雪が軽い音を立てたが、木立を縫う牝鹿はあくまでも光であり、物音一つ立てない。牝鹿は、ハリーをどんどん森の奥へといざなった。ハリーは足を速めた。牝鹿が立ち止まったときこそ、ハリーが近づいてよいという合図にちがいない。そして、牝鹿が口を開いたとき、その声が、ハリーの知るべきことを教えてくれるにちがいない。

ついに、牝鹿が立ち止まった。そして美しい頭を、もう一度ハリーに向けた。知りたさに胸を熱くし、ハリーは走りだした。しかし、ハリーが口を開いたとたん、牝鹿は消えた。

牝鹿の姿はすっぽりと闇に飲まれてしまったが、輝く残像はハリーの網膜に焼きついていた。目がチカチカして視界がぼやけ、まぶたを閉じたハリーは、方向感覚を失った。それまでは牝鹿が安心感を与えてくれていたが、いまや恐怖が襲ってきた。

「ルーモス！　光よ！」

小声で唱えると、杖先に灯りがともった。

瞬きをするたびに、牝鹿の残像は薄れていった。ハリーはその場にたたずみ、森の音を、遠くの小枝の折れる音や、サラサラというやわらかな雪の音を聞いた。いまにも誰かが襲ってくるのではないか？　牝鹿は、待ち伏せにハリーをおびき出したのだろうか？　杖灯りの届かない所に立っている誰かが、ハリーを見つめているように感じるのは、気のせいだろうか？

ハリーは杖を高く掲げた。誰も襲ってくる気配はない。木陰から飛び出してくる緑色の閃光もない。ではなぜ、牝鹿はハリーをここに連れてきたのだろう？

杖灯りで何かが光った。ハリーはパッと後ろを向いたが、小さな凍った池があるだけだった。よく見ようと杖を持ち上げると、暗い池の表面が割れて光っていた。

ハリーは用心深く近づき、池を見下ろした。氷がハリーのゆがんだ姿を映し、杖灯りを反射して光ったが、灰色に曇った厚い氷のずっと下で、何か別のものがキラリと光った。大きな銀色の十字だ……。

ハリーの心臓がのど元まで飛び出した。池の縁にひざまずいて、池の底にできるだけ光が当たるように杖を傾けた。深紅の輝き……柄に輝くルビーをはめ込んだ剣……グリフィンドールの剣が、森の池の底に横たわっていた。

ハリーは、ほとんど息を止めて剣をのぞき込んだ。どうしてこんなことが？　自分たちが野宿している場所の、こんな近くの池に横たわっているなんて、どうして？　未知の魔法が、ハーマイオニーをこの地点に連れてきたのだろうか？　それとも、ハリーが守護霊だと思った牝鹿は、この池の守人なのだろうか？　もしかして、ハリーたちがここにいると知って、二人が到着したあとに、この池に剣が入れられたのだろうか？　だとしたら、剣をハリーに渡そうとした人物はどこにいるのだ？　ハリーはもう一度杖を周りの木々や灌木に向け、人影はないか、目が光ってはいないか、と探したが、誰の姿も見えなかった。それでもやはりハリーは、凍った池の底に横たわる剣にもう一度目を向けながら、高揚した気持ちの中に一抹の恐怖がふくれ上がってくるのを感じた。

ハリーは杖を銀色の十字に向けて、つぶやくように唱えた。

「アクシオ、剣よ来い」

剣は微動だにしない。ハリーも動くとは期待していなかった。そんなに簡単に動くくらいなら、剣は凍った池の底ではなく、ハリーが拾い上げられるような地面に置かれていただろう。ハリーは、以前、剣のほうからハリーの所に現れたときのことを必死に思い出しながら、氷の周囲を歩きはじめた。あの時のハリーは、恐ろしく危険な状況に置かれ、救いを求めた。

「助けて」

ハリーはつぶやいた。しかし剣は、無関心に、じっと池の底に横たわったままだった。

ハリーが剣を手に入れたあの時、ダンブルドアはなんと言ったっけ？　ハリーは（再び歩きながら）、思い出そうとした。――**真のグリフィンドール生だけが、帽子から剣を取り出してみせることができるのじゃ――**。そして、グリフィンドール生を決める特質とは、なんだっただろう？　ハリーの頭の中で、小さい声が答えた。――**勇猛果敢な騎士道で、ほかとはちがうグリフィンドール**。

ハリーは立ち止まって、長いため息をついた。白い息が、凍りついた空気の中にたちまち散っていった。何をすべきか、ハリーにはわかっていた。いつわらずに言えば、ハリーは、最初に氷を通して剣を見つけたときから、こうなるのではないかと考えていたのだ。

ハリーはもう一度周りの木々をぐるりと眺め、今度こそ、ハリーを襲うものは誰もいないと確信した。そのつもりなら、ハリーが一人で森を歩いていたときに、襲うチャンスはあったし、池を調べていたときにも充分にその機会はあった。いまハリーがぐずぐずしているのは、これから取るべき行動が、あまりにも気の進まないことだったからだ。

思うように動かない指で、ハリーは一枚一枚服を脱ぎはじめた。こんなことをして、どこが「騎士道」なのだろう――ハリーは恨みがましく考えた――ハリーには確信が持てなかった。もっとも、ハーマイオニーを呼び出して、自分のかわりにこんなことをさせないというのが、せめてもの騎士道なのかもしれない。

ハリーが服を脱いでいると、ふくろうがどこかで鳴いた。ハリーはヘドウィグを思い出して、胸が痛んだ。いまやハリーは、歯の根も合わないほどに震えていたが、最後の一枚を残して裸足で雪に立つところまで脱ぎ続けた。杖と母親の手紙、シリウスの鏡のかけら、そして古いスニッチの入った巾着袋を服の上に置き、ハリーはハーマイオニーの杖を氷に向けた。

「ディフィンド、裂けよ」

氷の砕ける音が、静寂の中で弾丸のように響いた。池の表面が割れ、黒っぽい氷の塊が、波立った池の面に揺れた。ハリーの判断では、池はそれほど深くはないが、それでも剣を取り出すためには、完全にもぐらなければならないだろう。

これからすることをいくら考えてみたところで、やりやすくなるわけでもなく、水が温むわけでもない。ハリーは池の縁に進み出て、ハーマイオニーの杖を、杖灯りをつけたままそこに置いた。これ以上どこまで凍えるのだろう、どこまで激しく震えることになるのだろう、そんなことは想像しないようにしながら、ハリーは飛び込んだ。

体中の毛穴という毛穴が、抗議の叫びを上げた。氷のような水に肩までつかると、肺の中の空気が凍りついて固まるような気がした。ほとんど息ができない。激しい震えで波立った水が、池の縁を洗った。かじかんだ両足で、ハリーは剣を探った。もぐるのは一回だけにしたかった。

あえぎ、震えながら、ハリーはもぐる瞬間を刻一刻と先延ばしにしていた。ついにやるしかないと自分に言い聞かせ、ハリーはあらんかぎりの勇気を振りしぼってもぐった。

冷たさがハリーを責めさいなみ、火のようにハリーを襲った。暗い水を押し分けて底にたどり着き、手を伸ばして剣を探りながら、ハリーは脳みそまで凍りつくような気がした。指が剣の柄を握った。ハリーは剣を引っ張り上げた。

その時、何かが首をしめた。もぐったときには何も体に触れるものはなかった。たぶん水草だろうと思い、ハリーは空いている手でそれを払いのけようとした。水草ではなかった。分霊箱の鎖がきつくからみつき、ゆっくりとハリーののど笛をしめ上げていた。

ハリーは水面に戻ろうと、がむしゃらに水を蹴ったが、池の岩場のほうへと進むばかりだった。

もがき、息を詰まらせながら、ハリーは巻きついている鎖をかきむしった。しかし、凍りついた指は鎖をゆるめることもできず、いまやハリーの頭の中には、パチパチと小さな光がはじけはじめた。おぼれるんだ。もう残された手段はない。ハリーには何もできない。胸の周りをしめつけているのは、「死」の腕にちがいない……。

ぐしょぬれで咳き込み、ゲーゲー吐きながら、こんなに冷えたのは生まれて初めてだというほど凍え、ハリーは雪の上に腹ばいになって我に返った。どこか近くで、もう一人の誰かがあえぎ、咳き込みながらよろめいている。ハーマイオニーがまた来てくれたんだ。蛇に襲われたときに来てくれたように……でもこの音はハーマイオニーのようではない。低い咳、足音の重さからしても、ちがう……。

ハリーには、助けてくれたのが誰かを見るために、頭を持ち上げる力さえなかった。震える片手をのどまで上げ、ロケットが肉に食い込んだあたりに触れるのがせいぜいだった。ロケットはそこになかった。誰かがハリーを解き放したのだ。その時、ハリーの頭上で、あえぎながら話す声がした。

「おい――**気は**――**確かか？**」

その声を聞いたショックがなかったら、ハリーは起き上がる力が出なかっただろう。歯の根も合わないほど震えながら、ハリーはよろよろと立ち上がった。目の前にロンが立っていた。服を着たままだが、びしょぬれで、髪が顔に張りついている。片手にグリフィンドールの剣を持ち、もう片方に鎖の切れた分霊箱をぶら下げている。

**「まったく、どうして――」**

ロンが分霊箱を持ち上げて、あえぎながら言った。ロケットが、下手な催眠術のまね事のように、短い鎖の先で前後に揺れていた。

「もぐる前に、こいつをはずさなかったんだ？」

ハリーは答えられなかった。銀色の牝鹿など、ロンの出現に比べればなんでもない。ハリーは信じられなかった。寒さに震えながら、ハリーは池の縁に重ねて置いてあった服をつかんで、着はじめた。一枚、また一枚と、セーターを頭からかぶるたびにロンの姿が見えなくなり、そのたびにロンが消えてしまうのではないかと半信半疑で、ハリーはロンを見つめていた。しかし、ロンは本物にちがいない。池に飛び込んで、ハリーの命を救ったのだ。

「き――君だったの？」

歯をガチガチ言わせながら、ハリーはやっと口を開いた。しめ殺されそうになったために、いつもより弱々しい声だった。

「まあ、そうだ」ロンは、ちょっとまごつきながら言った。

「き――君が、あの牝鹿を出したのか？」

「え？　もちろんちがうさ！　僕は、君がやったと思った！」

「僕の守護霊は牡鹿だ」

「ああ、そうか。どっかちがうと思った。角なしだ」

ハリーはハグリッドの巾着を首にかけなおし、最後の一枚のセーターを着て、かがんでハーマイオニーの杖を拾い、もう一度ロンと向き合った。

「どうして君がここに？」

どうやらロンは、この話題が出るのなら、もっとあとに出てほしかったらしい。

「あのさ、僕――ほら――僕、戻ってきた。もしも――」

ロンは咳払いした。

「あの、君がまだ、僕にいてほしければ、なんだけど」

一瞬、沈黙があった。その間に、ロンの去っていったことが、二人の間に壁のように立ちはだかるように思われた。しかし、ロンはここにいる。帰ってきた。たったいま、ハリーの命を救ったのだ。

ロンは自分の両手を見下ろし、自分が持っているものを見て、一瞬驚いたようだった。

「ああ、そうだ。僕、これを取ってきた」

ロンは言わなくともわかることを言いながら、ハリーによく見えるように剣を持ち上げた。

「君はこのために飛び込んだ。そうだろ？」

「うん」ハリーが言った。「だけど、わからないな。君はどうやってここに来たんだ？　どうやって僕たちを見つけたんだ？」

「話せば長いよ」ロンが言った。

「僕、何時間も君たちを探してたんだ。何しろ広い森だろう？　それで、木の下で寝て、朝になるのを待とうって考えたのさ。そうしたら牝鹿がやってきて、君がつけてくるのが見えたんだ」

「ほかには誰も見なかったか？」

「見てない」ロンが言った。「僕――」

ロンは、数メートル離れた所に二本くっついて立っている木をちらりと見ながら、言いよどんだ。

「――あそこで何かが動くのを、見たような気がしたことはしたんだけど、でもその時は僕、池に向かって走っていたんだ。君が池に入ったきり出てこなかったから、それで、回り道なんかしていられないと思って――おい！」

ハリーはもう、ロンが示した場所に向かって走っていた。二本のナラの木が並んで立ち、幹と幹の間のちょうど目の高さにほんの十センチほどのすきまがあって、相手から見られずにのぞくのには理想的な場所だ。しかし根元の周りには雪がなく、足跡一つ見つけることはできなかった。ハリーは、剣と分霊箱を持ったまま突っ立って待っているロンの所に戻った。

「何かあったか？」ロンが聞いた。

「いや」ハリーが答えた。

「それじゃ、剣はどうやってあの池に入ったんだ？」

「誰だかわからないけど、守護霊を出した人があそこに置いたにちがいない」

二人は、見事な装飾のある銀の剣を見た。ハーマイオニーの杖の灯りで、ルビーのはまった柄がわずかにきらめいている。

「こいつ、本物だと思うか？」ロンが聞いた。

「一つだけ試す方法がある。だろう？」ハリーが言った。

分霊箱はロンの手からぶら下がり、まだ揺れていた。ロケットがかすかにピクッとした。ハリーには、ロケットの中のものが、再び動揺したのがわかっていた。剣の存在を感じたロケットは、ハリーにそれを持たせるくらいなら、ハリーを殺してしまおうとしたのだ。いまは長々と話し込んでいる時ではない。いまこそ、ロケットを完全に破壊するときだ。ハリーは、ハーマイオニーの杖を高く掲げて周りを見回し、これという場所を見つけた。シカモアの木陰の平たい岩だ。

「来いよ」

ハリーは先に立ってそこに行き、岩の表面から雪を払いのけ、手を差し出して分霊箱を受け取った。しかし、ロンが剣を差し出すと、ハリーは首を振った。

「いや、君がやるべきだ」

「僕が？」

ロンは驚いた顔をした。

「どうして？」

「君が、池から剣を取り出したからだ。君がやることになっているのだと思う」

ハリーは、親切心や気前のよさからそう言ったわけではなかった。牝鹿がまちがいなく危険なものではないと思ったと同様、ロンがこの剣を振るべきだという確信があった。ダンブルドアは少なくともハリーに、ある種の魔法について教えてくれた。ある種の行為が持つ、計り知れない力という魔法だ。

「僕がこれを開く」

ハリーが言った。

「そして君が刺すんだ。一気にだよ、いいね？　中にいるものがなんであれ、歯向かってくるから。日記の中のリドルのかけらも、僕を殺そうとしたんだ」

「どうやって開くつもりだ？」おびえた顔のロンが聞いた。

「開けって頼むんだ。蛇語で」

ハリーが言った。答えはあまりにもすらすらと口をついて出てきた。きっと心のどこかで、自分にははじめからそのことがわかっていたのだ、と思った。たぶん、ナギニと数日前に出会ったことで、それに気づいたのだ。ハリーは、緑色に光る石で象嵌された、蛇のようにくねった「S」の字を見た。岩の上にとぐろを巻く小さな蛇の姿を想像するのは容易なことだった。

「だめだ！」ロンが言った。「開けるな！　だめだ！　ほんとにだめ！」

「どうして？」ハリーが聞いた。「こんなやつ、片づけてしまおう。もう何か月も――」

「できないよ、ハリー、僕、ほんとに――君がやってくれ――」

「でも、どうして？」

「どうしてかって、僕、そいつが苦手なんだ！」

ロンは岩に置かれたロケットからあとずさりしながら言った。

「僕には手に負えない！　ハリー、僕があんなふうな態度を取ったことに言い訳するつもりはないんだけど、でもそいつは、君やハーマイオニーより、僕にもっと悪い影響を与えるんだ。そいつは僕につまらないことを考えさせた。どっちにせよ僕が考えていたことではあるんだけど、でも、何もかもどんどん悪い方向に持っていったんだ。うまく説明できないよ。それで、そいつをはずすとまともに考えることができるんだけど、またそのクソッタレをかけると――僕にはできないよ、ハリー！」

ロンは剣を脇に引きずり、首を振りながらあとずさりした。

「君にはできる」ハリーが言った。「できるんだ！　君はたったいま剣を手に入れた。それを使うのは君なんだってことが、僕にはわかるんだ。頼むから、そいつをやっつけてくれ、ロン」

名前を呼ばれたことが、刺激剤の役目をはたしたらしい。ロンはゴクリとつばを飲み込み、高い鼻からはまだ激しい息づかいが聞こえたが、岩のほうに近づいていった。

「合図してくれ」ロンがかすれ声で言った。

「三つ数えたらだ」

ハリーはロケットを見下ろし、目を細めて「S」の字に集中して蛇を思い浮かべた。ロケットの中身は、捕らわれたゴキブリのようにガタガタ動いている。ハリーの首の切り傷がまだ焼けるように痛んでいなかったら、哀れみをかけてしまったかもしれない。

「一……二……三……**開け**」

最後の一言は、シューッと息がもれるような唸り声だった。そして、カチッと小さな音とともに、ロケットの金色のふたが二つ、パッと開いた。

二つに分かれたガラスケースの裏側で、生きた目が一つずつ瞬いていた。細い瞳孔が縦に刻まれた、真っ赤な目になる前のトム・リドルの目のように、ハンサムな黒い両目だ。

「刺せ」

ハリーはロケットが動かないように、岩の上で押さえながら言った。

ロンは震える両手で剣を持ち上げ、切っ先を、激しく動き回っている両目に向けた。ハリーはロケットをしっかりと押さえつけ、からっぽになった二つの窓から流れ出す血を早くも想像して、身がまえた。

　その時、分霊箱から押し殺したような声が聞こえた。

「おまえの心を見たぞ。おまえの心は俺様のものだ」

「聞くな！」ハリーは厳しく言った。「刺すんだ！」

「おまえの夢を俺様は見たぞ、ロナルド・ウィーズリー。そして俺様はおまえの恐れも見たのだ。おまえの夢見た望みは、すべて可能だ。しかし、おまえの恐れもまたすべて起こりうるぞ……」

「刺せ！」ハリーが叫んだ。

　その声は周りの木々に響き渡った。剣の先が小刻みに震え、ロンはリドルの両目をじっと見つめた。

「母親の愛情がいつも一番少なかった。母親は娘が欲しかったのだ……いまも愛されていない。あの娘は、おまえの友人のほうを好んだ……おまえはいつも二番目だ。永遠に誰かの陰だ……」

「ロン、刺せ、いますぐ！」ハリーが叫んだ。

　押さえつけているロケットがブルブル震えているのがわかり、ハリーはこれから起こるであろうことを恐れた。ロンは剣を一段と高く掲げた。その時、リドルの両目が真っ赤に光った。

　ロケットの二つの窓、二つの目から、グロテスクな泡のように、ハリーとハーマイオニーの奇妙にゆがんだ顔が噴き出した。

　驚いたロンは、ギャッと叫んであとずさりした。見る見るうちにロケットから二つの姿が現れた。最初は胸が、そして腰が、両足が、最後には、ハリーとハーマイオニーの姿が、一つの根から生える二本の木のように並んで、ロケットから立ち上がり、ロンと本物のハリーの上でゆらゆら揺れた。本物のハリーは、突然焼けるように白熱したロケットから、急いで指を引っ込めていた。

「ロン！」

ハリーは大声で呼びかけたが、いまやリドル－ハリーがヴォルデモートの声で話しはじめ、ロンは催眠術にかかったようにその顔をじっと見つめていた。

「なぜ戻った？　僕たちは君がいないほうがよかったのに、幸せだったのに、いなくなって喜んでいたのに……二人で笑ったさ、君の愚かさを、臆病さを、思い上がりを――」

「思い上がりだわ！」リドル－ハーマイオニーの声が響いた。

本物のハーマイオニーよりもっと美しく、しかももっとすごみがあった。ロンの目の前で、そのハーマイオニーはゆらゆら揺れながら高笑いした。ロンは、剣をだらんと脇にぶら下げ、おびえた顔で、しかし目が離せずに金縛りになって立ちすくんでいた。

「あなたなんかに誰も目もくれないわ。ハリー・ポッターと並んだら、誰があなたに注目するというの？『選ばれし者』に比べたら、あなたは何をしたというの？『生き残った男の子』に比べたら、あなたはいったいなんなの？」

「ロン、刺せ、**刺すんだ！**」

ハリーは声を張り上げた。しかしロンは動かない。大きく見開いた両目に、リドル－ハリーとリドル－ハーマイオニーが映っている。二人の髪は炎のごとくメラメラと立ち上り、目は赤く光り、二人の声は毒々しい二重唱を奏でていた。

「君のママが打ち明けたぞ」

リドル－ハリーがせせら笑い、リドル－ハーマイオニーはあざけり笑った。

「息子にするなら、僕のほうがよかったのにって。喜んで取り替えるのにって……」

「誰だって彼を選ぶわ。女なら、誰があなたなんかを選ぶ？　あなたはクズよ、クズ。彼に比べればクズよ」

リドル－ハーマイオニーは口ずさむようにそう言うと、蛇のように体を伸ばして、リドル－ハリーに巻きつき、強く抱きしめた。二人の唇が重なった。

宙に揺れる二人の前で、地上のロンの顔は苦悶にゆがんでいた。震える両腕で、ロンは剣を高く振りかざした。

「やるんだ、ロン！」ハリーが叫んだ。

ロンがハリーに顔を向けた。ハリーは、その両目に赤い色が走るのを見たように思った。

「ロン──？」

剣が光り、振り下ろされた。ハリーは飛びのいて剣をよけた。鋭い金属音と長々しい叫び声がした。ハリーは雪に足を取られながらくるりと振り向き、杖をかまえて身を護ろうとした。しかし戦う相手はいなかった。

自分自身とハーマイオニーの怪物版は、消えていた。剣をだらりと提げたロンだけが、平らな岩の上に置かれたロケットの残骸を見下ろして立っていた。

ゆっくりと、ハリーはロンのほうに歩み寄った。何を言うべきか、何をすべきか、わからなかった。ロンは荒い息をしていた。両目はもう赤くはない。いつものブルーの目だったが、涙にぬれていた。

ハリーは見なかったふりをしてかがみ込み、破壊された分霊箱を拾い上げた。ロンは二つの窓のガラスを貫いていた。リドルの両目は消え、しみのついた絹の裏地がかすかに煙を上げていた。分霊箱の中に息づいていたものは、最後にロンを責めさいなんで、消え去った。

ロンの落とした剣が、ガチャンと音を立てた。ロンはがっくりとひざを折り、両腕で頭を抱えた。震えていたが、寒さのせいではないことが、ハリーにはわかった。ハリーは壊れたロケットをポケットに押し込み、ロンの脇にひざをついて、片手をそっとロンの肩に置いた。ロンがその手を振り払わなかったのは、よいしるしだと思った。

「君がいなくなってから」

ハリーは、ロンの顔が隠れているのをありがたく思いながら、そっと話しかけた。

「ハーマイオニーは一週間泣いていた。僕に見られないようにしていただけで、もっと長かったかもしれない。互いに口もきかない夜がずいぶんあった。君が、いなくなってしまったら……」

ハリーは最後まで言えなかった。ロンが戻ってきたいまになって、ハリーは初めて、ロンの不在がハーマイオニーとハリーの二人にとってどんなに大きな痛手だったかが、はっきりわかった。

「ハーマイオニーは、妹みたいな人なんだ」ハリーは続けた。「僕の妹のような気持ちで愛しているし、ハーマイオニーの僕に対する気持ちも同じだと思う。ずっとそうだった。君には、それがわかっていると思っていた」

ロンは答えなかったが、ハリーから顔をそむけ、大きな音を立ててそでで鼻をかんだ。ハリーはまた立ち上がり、数メートル先に置かれていたロンの大きなリュックサックまで歩いていった。おぼれるハリーを救おうと、ロンが走りながら放り投げたのだろう。ハリーはそれを背負い、ロンのそばに戻った。ロンはよろめきながら立ち上がって、ハリーが近づくのを待っていた。泣いた目は真っ赤だったが、落ち着いていた。

「すまなかった」ロンは声を詰まらせて言った。「いなくなって、すまなかった。ほんとに僕は、僕は――ん――」

ロンは暗闇を見回した。どこかから自分を罵倒する言葉が襲ってくれないか、その言葉が自分の口をついて出てきてくれないか、と願っているようだった。

「君は今晩、その埋め合わせをしたよ」ハリーが言った。「剣を手に入れて。分霊箱をやっつけて。僕の命を救って」

「実際の僕よりも、ずっとかっこよく聞こえるな」ロンが口ごもった。

「こういうことって、実際よりもかっこよく聞こえるものさ」ハリーが言った。「そういうものなんだって、もう何年も前から君に教えようとしてたんだけどな」

二人は、同時に歩み寄って抱き合った。ハリーは、まだぐしょぐしょのロンの上着の背を、しっかり抱きしめた。

「さあ、それじゃ」

互いに相手を放しながら、ハリーが言った。

「あとはテントを再発見するだけだな」

難しいことではなかった。牝鹿と暗い森を歩いたときは遠いように思ったが、ロンがそばにいると、帰り道は驚くほど近く感じられた。ハリーは、ハーマイオニーを起こすのが待ちきれない思いだった。興奮で小躍りしながら、ハリーはテントに入った。ロンはその後ろから遠慮がちに入ってきた。

唯一の明かりは、床に置かれたボウルでかすかにゆらめいているリンドウ色の炎だけだったが、池と森のあとでは、ここはすばらしく暖かかった。ハーマイオニーは毛布にくるまり、丸くなってぐっすり眠っていた。ハリーが何回か呼んでも、身動きもしなかった。

**「ハーマイオニー！」**

もぞもぞっと動いたあと、ハーマイオニーはすばやく身を起こし、顔にかかる髪の毛を払いのけた。

「何かあったの？　ハリー？　あなた、大丈夫？」

「大丈夫だ。すべて大丈夫。大丈夫以上だよ。僕、最高だ。誰かさんがいるよ」

「何を言ってるの？　誰かさんて――？」

ハーマイオニーはロンを見た。剣を持って、すり切れたじゅうたんに水を滴らせながら立っている。ハリーは薄暗い隅のほうに引っ込み、ロンのリュックサックを下ろして、テント生地の背景に溶け込もうとした。

ハーマイオニーは簡易ベッドからすべり降り、ロンの青ざめた顔をしっかり見すえて、夢遊病者のようにロンのほうに歩いていった。唇を少し開け、目を見開いて、ロンのすぐ前で止まった。ロンは弱々しく、期待を込めてほほえみかけ、両腕を半分上げた。

ハーマイオニーはその腕に飛び込んだ。そして、手の届く所をむやみやたらと打った。

「イテッ――アッ――やめろ！　何するんだ――？　ハーマイオニー――**アーッ！**」

「この――底抜けの――**大バカの**――ロナルド――ウィーズリー！」

言葉と言葉の間に、ハーマイオニーは打った。ロンは頭をかばいながら後退し、ハーマイオニーは前進した。

「あなたは――何週間も――何週間も――いなくなって――のこのこ――ここに――帰って――来るなんて――あ、**私の杖はどこ？**」

ハーマイオニーは、腕ずくでもハリーの手から杖を奪いそうな形相だった。ハリーは本能的に動いた。

「プロテゴ！　**護れ！**」

見えない盾が、ロンとハーマイオニーの間に立ちはだかった。その力で、ハーマイオニーは後ろに吹っ飛び、床に倒れた。口に入った髪の毛をペッと吐き出しながら、ハーマイオニーは跳ね起きた。

「ハーマイオニー！」ハリーが叫んだ。「落ち着い――」

「私、落ち着いたりしない！」

ハーマイオニーは金切り声を上げた。こんなに取り乱したハーマイオニーは、見たことがなかった。気が変になってしまったような顔だった。

「私の杖を返して！　**返してよ！**」

「ハーマイオニー、お願いだから――」

「指図しないでちょうだい、ハリー・ポッター！」

ハーマイオニーがかん高く叫んだ。

「指図なんか！　さあ、すぐ返して！　それに、**君！**」

ハーマイオニーは世にも恐ろしい非難の形相で、ロンを指差した。まるで呪詛しているようだった。ロンがたじたじと数歩下がったのも無理はないと、ハリーは思った。

「私はあとを追った！　あなたを呼んだ！　戻ってと、あなたにすがった！」

「わかってるよ」ロンが言った。「ハーマイオニー、ごめん。ほんとうに僕――」

「あら、**ごめんが**聞いてあきれるわ！」

ハーマイオニーは、声の制御もできなくなったようにかん高い声で笑った。ロンは、ハリーに目で助けを求めたが、ハリーは、どうしようもないと顔をしかめるばかりだった。

「あなたは戻ってきた。何週間もたってから――**何週間もよ**――それなのに、**ごめん**の一言ですむと思ってるの？」

「でも、ほかになんて言えばいいんだ？」

ロンが叫んだ。ハリーはロンが反撃したのがうれしかった。

「あーら、知らないわ！」ハーマイオニーが皮肉たっぷりに叫び返した。「あなたが脳みそをしぼって考えれば、ロン、数秒もかからないはずだわ――」

「ハーマイオニー」

ハリーが口をはさんだ。いまのは反則だと思った。

「ロンはさっき、僕を救って――」

「そんなこと、どうでもいいわ！」ハーマイオニーはキーキー声で言った。「ロンが何をしようと、どうでもいいわ！　何週間も何週間も、私たち二人とも、とっくに**死んでいた**かもしれないのに――」

「死んでないのは、わかってたさ！」

ロンのどなり声が、初めてハーマイオニーの声を上回った。盾の呪文が許すかぎりハーマイオニーに近づき、ロンは大声で言った。

「ハリーの名前は『**予言者**』にもラジオにもべたべただった。やつらはあらゆる所を探してたし、うわさだとか、まともじゃない記事だとかがいっぱいだ。君たちが死んだら、僕にはすぐに伝わってくるって、わかってたさ。君には、どんな事情だったかがわかってないんだ――」

「**あなたの**事情が、どうだったって言うの？」

ハーマイオニーの声は、まもなくコウモリしか聞こえなくなるだろうと思われるほどかん高くなっていた。しかし、怒りの極致に達したらしく、ハーマイオニーは一時的に言葉が出なくなった。その機会をロンがとらえた。

「僕、『姿くらまし』した瞬間から、戻りたかったんだ。でも、ハーマイオニー、すぐに『人さらい』の一味に捕まっちゃって、どこにも行けなかったんだ！」

「なんの一味だって？」

ハリーが聞いた。一方ハーマイオニーは、ドサリと椅子に座り込んで腕組みし、足を組んだが、その組み方の固さときたら、あと数年間は解くつもりがないのではないかと思われた。

「人さらい」ロンが言った。

「そいつら、どこにでもいるんだ。『マグル生まれ』とか『血を裏切る者』を捕まえて、賞金かせぎをする一味さ。一人捕まえるごとに、魔法省から賞金が出るんだ。僕はひとりぼっちだったし、学生みたいに見えるから、あいつらは僕が逃亡中の『マグル生まれ』だと思って、ほんとに興奮したんだ。僕は早く話をつけて、魔法省に引っ張っていかれないようにしなくちゃならなかった」

「どうやって話をつけたんだ？」

「僕は、スタン・シャンパイクだって言った。最初に思い浮かんだんだ」

「それで、そいつらは信じたのか？」

「最高にさえてるっていう連中じゃなかったしね。一人なんか、絶対にトロールが混じってたな。臭いの臭くないのって……」

ロンはちらりとハーマイオニーを見た。ちょっとしたユーモアで、ハーマイオニーがやわらいでくれることを期待したのは明らかだった。しかし、固結びの手足の上で、ハーマイオニーの表情は、相変わらず石のように硬かった。

「とにかく、やつらは、僕がスタンかどうかで口論を始めた。正直言って、お粗末な話だったな。だけど相手は五人、こっちは一人だ。それに僕は杖を取り上げられていたし。その時二人が取っ組み合いのけんかを始めて、ほかの連中がそっちに気を取られているすきに、僕を押さえつけていたやつの腹にパンチをかまして、そいつの杖を奪って、僕の杖を持ってるやつに『武装解除』をかけて、それから『姿くらまし』したんだ。それがあんまりうまくいかなくて、また『ばらけ』てさ――」

ロンは右手を挙げて見せた。右手の爪が二枚なくなっていた。ハーマイオニーは冷たく眉を吊り上げた。

「――それで僕、君たちがいた場所から数キロも離れた場所に現れた。僕たちがキャンプしていたあの川岸まで戻ってきたときには……君たちはもういなかった」

「うわー、なんてわくわくするお話かしら」

ハーマイオニーは、ぐさりとやりたいときに使う高飛車な声で言った。

「あなたは、そりゃ怖かったでしょうね。ところで私たちはゴドリックの谷に行ったわ。えーと、ハリー、あそこで何があったかしら？　ああ、そうだわ、『例のあの人』の蛇が現れて、危うく二人とも殺されるところだったわね。それから『例のあの人』自身が到着して、間一髪のところで私たちを取り逃がしたわ」

「えーっ？」

ロンはポカンと口を開けて、ハーマイオニーからハリーへと視線を移したが、ハーマイオニーはロンを無視した。

「指の爪がなくなるなんて、ハリー、考えてもみて！　それに比べれば、私たちの苦労なんてたいしたことないわよね？」

「ハーマイオニー」ハリーが静かに言った。「ロンはさっき、僕の命を救ったんだ」

ハーマイオニーは聞こえなかったようだった。

「でも、一つだけ知りたいことがあるわ」

ハーマイオニーは、ロンの頭上三十センチも上のほうをじっと見つめたままで言った。

「今夜、どうやって私たちを見つけたの？　これは大事なことよ。それがわかれば、これ以上会いたくもない人の訪問を受けないようにできるわ」

ロンはハーマイオニーをにらみつけ、それからジーンズのポケットから、何か小さな銀色のものを引っ張り出した。

「これさ」

ハーマイオニーは、ロンの差し出したものを見るために、ロンに目を向けざるをえなかった。

「『灯消しライター』？」

驚きのあまり、ハーマイオニーは冷たく厳しい表情を見せるのを忘れてしまった。

「これは、灯をつけたり消したりするだけのものじゃない」ロンが言った。「どんな仕組みなのかわからないし、なぜそのときだけそうなって、ほかのときにはならなかったのかもわからないけど。だって、僕は、二人と離れてから、ずっと戻りたかったんだからね。でも、クリスマスの朝、とっても朝早くラジオを聞いていたんだ。そしたら、君の声が……君の声が聞こえた……」

ロンは、ハーマイオニーを見ていた。

「私の声がラジオから聞こえたの？」

ハーマイオニーは信じられないという口調だった。

「ちがう。ポケットから君の声が聞こえた。君の声は――」

ロンはもう一度灯消しライターを見せた。

「ここから聞こえたんだ」

「それで、私はいったいなんと言ったの？」

半ば疑うような、半ば聞きたくてたまらないような言い方だった。

「僕の名前。『ロン』。それから君は……杖がどうとか……」

ハーマイオニーは、顔を真っ赤にほてらせた。ハリーは思い出した。ロンがいなくなって以来、二人の間でロンの名前が声に出たのは、その時が初めてだった。ハーマイオニーが、ハリーの杖を直す話をしたときに、ロンの名前を言ったのだ。

「それで僕は、これを取り出した」

ロンは灯消しライターを見ながら話を進めた。

「だけど、変わった所とか、別に何もなかった。でも、絶対に君の声を聞いたと思ったんだ。だからカチッとつけてみた。そしたら僕の部屋の灯りが消えて、別の灯りが窓のすぐ外に現れたんだ」

ロンは空いているほうの手を上げて、前方を指差し、ハリーにもハーマイオニーにも見えない何かを見つめる目をした。

「丸い光の球だった。青っぽい光で、強くなったり弱くなったり脈を打ってるみたいで、移動キーの周りの光みたいなもの。わかる？」

「うん」

ハリーとハーマイオニーが、思わず同時に答えた。

「これだって思ったんだ」ロンが言った。「急いでいろんなものをつかんで、詰めて、リュックサックを背負って、僕は庭に出た」

「小さな丸い光は、そこに浮かんで僕を待っていた。僕が出ていくと、光はしばらくふわふわ一緒に飛んで、僕がそれについて納屋の裏まで行って、そしたら……光が僕の中に入ってきた」

「いまなんて言った？」ハリーは、聞きちがいだと思った。

「光が、僕のほうにふわふわやってくるみたいで」

ロンは空いている手の人差し指で、その動きを描いて見せた。

「まっすぐ僕の胸のほうに。それから——まっすぐ胸に入ってきた。ここさ」

ロンは心臓に近い場所に触れた。

「僕、それを感じたよ。熱かった。それで、僕の中に入ったとたん、僕は、何をすればいいかがわかったんだ。光が、僕の行くべき所に連れていってくれるんだって、わかったんだ。それで、僕は『姿くらまし』して、山間の斜面に現れた。あたり一面雪だった……」

「僕たち、そこにいたよ」ハリーが言った。「そこでふた晩過ごしたんだ。二日目の夜、誰かが暗闇の中を動いていて、呼んでいる声が聞こえるような気がしてしかたがなかった！」

「ああ、うん、僕だったかもしれない」ロンが言った。「とにかく、君たちのかけた保護呪文は、効いてるよ。だって、僕には君たちが見えなかったし、声も聞こえなかった。でも、絶対近くにいると思ったから、結局寝袋に入って、君たちのどちらかが出てくるのを待ったんだ。テントを荷造りしたときには、どうしても姿を現さなきゃならないだろうと思ったから」

「それが、実は」ハーマイオニーが言った。「念には念を入れて、透明マントをかぶったままで『姿くらまし』したの。それに、とっても朝早く出発したわ。だって、ハリーが言ったように、二人とも、誰かがうろうろしているような物音を聞いたんですもの」

「うん、僕は一日中あの丘にいた」ロンが言った。「君たちが姿を見せることを願っていたんだ。だけど暗くなってきて、きっと君たちに会いそこなったにちがいないってわかった。だから、もう一度灯消しライターをカチッとやって、ブルーの光が出てきて、僕の中に入った。そこで『姿くらまし』したら、ここに、この森に着いたんだ。それでも君たちの姿は見えなかった。だから、そのうちきっと姿を見せるだろうって、そう願うしかなかったんだ――そしたら、ハリーが出てきた。まあ、当然、最初は牝鹿を見たんだけど」

「何を見たんですって？」ハーマイオニーが鋭く聞いた。

二人は何があったかを話した。銀色の牝鹿と、池の剣の話が展開するにつれて、ハーマイオニーは、二人を交互ににらむようにして、聞き入った。集中するあまり、手足をしっかり組むのも忘れていた。

「でも、それは守護霊にちがいないわ！」ハーマイオニーが言った。「誰がそれを創り出していたか、見なかったの？　誰か見えなかったの？　それが剣の場所まであなたを導いたなんて！　信じられないわ！　それからどうしたの？」

ロンは、ハリーが池に飛び込むところを見ていたこと、出てくるのを待っていたこと、何かがおかしいと気づいて、もぐってハリーを救い出したこと、それからまた剣を取りにもぐったことを話した。ロケットを開くところまで話し、そこでロンが躊躇したので、ハリーが割り込んだ。

「――それで、ロンが剣でロケットを刺したんだ」

「それで……それでおしまい？　そんなに簡単に？」ハーマイオニーが小声で言った。

「まあね、ロケットは――悲鳴を上げた」

ハリーは、横目でロンを見ながら言った。

「ほら」

ハリーは、ハーマイオニーのひざにロケットを投げた。ハーマイオニーは恐る恐るそれを拾い上げ、穴の開いた窓をよく見た。

これでもう安全だと判断して、ハリーはハーマイオニーの杖をひと振りし、「盾の呪文」を解いてロンを見た。

「『人さらい』から、杖を一本取り上げたって？」

「えっ？」

ロケットを調べているハーマイオニーを見つめていたロンは、不意をつかれたようだった。

「あ――ああ、そうだ」

ロンは、リュックサックの留め金を引いて開け、リュックのポケットから短い黒っぽい杖を取り出した。

「ほら、予備が一本あると便利だろうと思ってさ」

「そのとおりだよ」ハリーは手を差し出した。「僕のは、折れた」

「冗談だろ？」

ロンがそう言ったとき、ハーマイオニーが立ち上がった。ロンはまた不安そうな顔をした。ハーマイオニーは破壊された分霊箱をビーズバッグに入れ、またベッドに這い上がって、それ以上一言も言わずにそこでじっとしていた。

ロンは、新しい杖をハリーに渡した。

「この程度ですんでよかったじゃないか」ハリーがこっそり言った。

「ああ」ロンが言った。「もっとひどいこともありえたからな。あいつが僕にけしかけた小鳥のこと、覚えてるか？」

「その可能性も、まだなくなってはいないわ」

ハーマイオニーのくぐもった声が、毛布の下から聞こえてきた。しかしハリーは、ロンが、リュックサックから栗色のパジャマを引っ張り出しながら、ニヤッと笑うのを見た。

下巻につづく

作者紹介

## J.K.ローリング

「ハリー・ポッター」シリーズで数々の文学賞を受賞し、多くの記録を打ち立てた作家。世界中の読者を夢中にさせ、80以上の言語に翻訳されて5億部を売り上げるベストセラーとなったこの物語は、8本の映画も大ヒット作となった。また、副読本として『クィディッチ今昔』『幻の動物とその生息地』(ともにコミックリリーフに寄付)、『吟遊詩人ビードルの物語』(ルーモスに寄付)の3作品をチャリティのための本として執筆しており、『幻の動物とその生息地』から派生した映画の脚本も手掛けている。この映画はその後5部作シリーズとなる。さらに、舞台『ハリー・ポッターと呪の子 第一部・第二部』の共同制作に携わり、2016年の夏にロンドンのウエストエンドを皮切りに公演がスタート。2018年にはブロードウェイでの公演も始まった。2012年に発足したウェブサイト会社「ポッターモア」では、ファンはニュースや特別記事、ローリングの新作などを楽しむことができる。また、大人向けの小説『カジュアル・ベイカンシー　突然の空席』、さらにロバート・ガルブレイスのペンネームで書かれた犯罪小説「私立探偵コーモラン・ストライク」シリーズの著者でもある。児童文学への貢献によりOBE(大英帝国勲章)を受けたほか、コンパニオン・オブ・オーダーズ勲章、フランスのレジオンドヌール勲章など、多くの名誉章を授与され、国際アンデルセン賞をはじめ数多くの賞を受賞している。

訳者紹介
松岡 佑子（まつおか・ゆうこ）
翻訳家。国際基督教大学卒、モントレー国際大学院大学国際政治学修士。日本ペンクラブ会員。スイス在住。訳書に「ハリー・ポッター」シリーズ全7巻のほか、「少年冒険家トム」シリーズ全3巻、『ブーツをはいたキティのおはなし』、『ファンタスティック・ビーストと魔法使いの旅』、『とても良い人生のために』（以上静山社）がある。

ハリー・ポッターと死の秘宝 上

2020年6月18日　第1刷発行

著者　J.K.ローリング
訳者　松岡佑子
発行者　松岡佑子
発行所　株式会社静山社
〒102-0073　東京都千代田区九段北1-15-15
電話・営業　03-5210-7221
https://www.sayzansha.com

日本語版デザイン　坂川栄治+鳴田小夜子（坂川事務所）
日本語版装画・挿画　佐竹美保
組版　アジュール
印刷・製本　中央精版印刷株式会社


Published by Say-zan-sha Publications, Ltd.
ISBN978-4-86389-529-4 Printed in Japan